砂之器

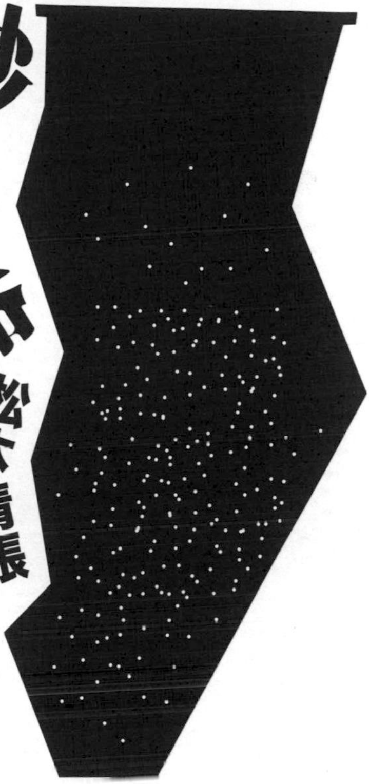

松本清張

MATSUMOTO SEICHO

砂の器・すなのうつわ

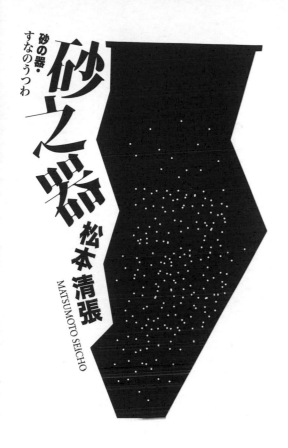

日本推理大師經典

砂之器

松本清張

CONTENTS

日本推理大師，永不墜落的熠熠星團　編輯部　出版緣起

那燙手的「昭和之心」：松本清張的推理文學世界

陳國偉　總導讀

第一章　得利思酒吧的客人　15

第二章　亀田　45

第三章　新思潮派　75

第四章　案情膠著　103

第五章　撒紙片的女人　133

第六章　方言分布　161

第七章　血跡　191

第八章　變卦　219

第九章　摸索　247

第十章　惠美子　279

第十一章　她的死　305

第十二章　混迷　335

第十三章　線索　365

第十四章　無聲　393

第十五章　航跡　419

第十六章　某個戶籍　447

第十七章　廣播　473

出版緣起

日本推理大師，永不墜落的熠熠星團

編輯部

一九二三年，被譽爲「日本推理之父」的江戶川亂步推出〈兩分銅幣〉之後，日本現代推理小說正式宣告成立。若包含亂步之前的黎明期，此一文類經過了將近百年的漫長演化，至今已發展出獨步全球的特殊風格與特色，使日本成爲最有實力的推理小說生產國之一，甚至在同類型漫畫、電影與電腦遊戲的推波助瀾之下，日本著名暢銷作家如桐野夏生、宮部美幸等也已躋進亞洲、歐美市場，在國際文壇上展露光芒，聲譽扶搖直上。

我們不禁要問，在新一代推理作家於日本本國、台灣，甚或全球，取得絕大成功的背後，有哪些強大力量的支持、經過哪些營養素的吸取與轉化，能夠在競爭激烈的國際舞台上掙得一席之地？在這些作家之前，曾有哪些重要的作家精耕此一文類、獨領當時風騷，無論在形式的創新或銷售實績上都睥睨群雄、立下典範、影響至鉅？而他們的努力對此一文類長期發展的貢獻爲何？此外，日本推理小說的體系是如何建立的？爲何這番歷史傳承得以一代又一代地開發出一批批忠心耿耿的讀者，並吸引無數優秀的創作者傾注心血，人才輩出？

爲嘗試回答這個問題，獨步文化在經過縝密的籌備和規畫之後，於二〇〇六年年初推出全新書系「日本推理大師經典」系列，以曾經開創流派、對於後輩作家擁有莫大影響力的作家爲中心，由本格推理大師、名偵探金田一耕助和由利麟太郎的創作者橫溝正史，以及社會派創始者、日本文壇巨匠松本清張領軍，帶領讀者重新閱讀，並認識在日本推理史上留下重要足跡的作家，如森村誠一、阿刀田高、逢坂剛等不同創作風格的重量級巨星。

日本推理百年歷史，從本格派到社會派，到新本格、新新本格的宣言及開創，眾星雲集，但跨越世代、擁有不朽魅力的巨匠們，永遠宛如夜空中璀璨耀眼的星團熠熠發亮，炫目不墜。

獨步文化編輯部期待能透過「日本推理大師經典」系列的出版，讓所有熱愛或即將親近日本推理小說的讀者，親炙大師風采，不僅對於日本推理小說的歷史淵源有全盤而深入的理解，更能從經典中讀出門道、讀出無窮無盡的趣味。

總導讀／

那燙手的「昭和之心」：松本清張的推理文學世界

陳國偉

昭和：進入清張的關鍵字

轉眼間，「昭和」（一九二六～一九八九）竟已是三十年以前的事，以我們受教育過程中被灌輸的歷史概念來看，那可說已然是上上個「朝代」了。甫邁入令和的此時，即便連「平成」（一九八九～二〇一九）的記憶都需要追溯，年輕一點的朋友，甚至是從此刻的追憶，才開始在腦中勾勒與建構出平成年代的樣子。在這樣的空氣中，昭和這麼一個遙遠的名字，到底想要訴說些什麼？於我們而言，又代表著什麼意義？

那就是，如今開始一切關於令和時代的挑戰，都是平成無法解決的難題，而這些難題，其實正是昭和留下的債務。昭和總結了此前日本近代從明治（一八六八～一九一二）到大正時期（一九一二～一九二六）的榮光與闃闇，它曾經幻想著一路挺進南國，成爲東亞的統御者。那不切實際的日本帝國大航海之夢，對其他戰爭受災國而言，卻是傷痛與恥辱的記憶，直到原爆的蕈狀雲在日本列島升起才告一段落，所有苦難與恥辱終於回到日本自身，開啓了大和民族從廢墟中榮耀再起的戰後七十年。

而這一切，正是松本清張文學的起點。雖然他出生於一九〇九年的明治時期，但直到一九五一年四十二歲才藉處女作〈西鄉紙幣〉入選《朝日新聞》的「百萬人小說」徵文獎而出道，並且要到一九五五年四十六歲才首度在《小說新潮》發表短篇小說〈埋伏〉，開啟了他的推理創作生涯。而他自己的生命史，也與昭和時代緊密相連。無論是兩次大戰期間他進入社會結婚生子，還是二戰時被徵召從軍派駐朝鮮，或是經濟大蕭條階段因爲貧困輾轉於各種工作間，目睹戰後日本被美軍占領，到經濟奇蹟所遺留下的各種歷史問題，最終孕育出他穿透表象直視問題核心的犀利目光，以及觀看且批判社會各種階層的文學視野，進而改造了日本推理小說的格局。

因此，我們必然得重返昭和，才能親近那用脆弱的時代之砂捏製的器皿盛裝著，燙手的清張「昭和之心」。裡面不僅潛藏著日本島嶼的歷史黑霧，以及怎樣都無法用點與線勾勒出的、深陷在戰後迷走地圖中的日本人徬徨的青春與心靈。

推理：被清張改寫的名字

眾所周知，推理這個類型，在二次世界大戰前，是以「偵探小說」之名通行於世，自十九世紀中期從西方傳播到日本後，歷經了作家們的各種嘗試，最終在江戶川亂步的手中完成了「本格」（正統）的書寫形式。那是以愛倫坡爲典範、講究展示科學理性邏輯推論的敘事法則。但由於這個新興類型大受歡迎，開始出現許多徒有偵探角色，卻是以感官獵奇爲訴求的「變格」之作。其後更隨著二戰的白熱化，偵探小說因爲它的西方血緣而被視爲「敵性文學」查禁，生存面臨了極大的考驗，直到戰爭結束才又逐漸復甦。

在這過程中，具有醫學博士身分的偵探小說家木木高太郎，從戰前就一直主張「偵探小說」應該包括具有文學性與思想性的作品，因此到了二戰之後，他開始提倡用「推理小說」代替「偵探小說」之名，甚至與江戶川亂步有過論爭，但都得不到文壇的支持而不了了之。沒想到，松本清張在一九五〇年代中期橫空出世，原本在雜誌連載便大受好評的《點與線》與《眼之壁》，一九五八年出書時竟創下超過百萬本的驚人成績，成了當時最受矚目的文學現象。由於清張一反過去偵探小說的慣例，以社會中的普通人作爲主角，並且強調犯罪動機的重要性，吸引大批非知識分子的一般讀者，擴展了偵探小說的受眾。因此，媒體發明了「清張之前」與「清張之後」的說法予以區別，將清張帶動的「社會派」風潮，結合木木高太郎提倡的名稱「推理小說」，賦予清張這種風格之作新的命名，也因此，「推理小說」當時是與清張畫上等號的。

對於木木高太郎來說，清張的作品也的確能回應他的理念。他認爲清張將原本情色化、變格化的偵探小說轉向社會問題的關懷，並且透過對人性深刻的描寫，將類型化的偵探小說提升到文學的層次。（註）寫出權威性的《日本推理小說史》的評論家中島河太郎指出，清

註—木々高太郎，〈探偵小説の諸問題〉，木々高太郎、有馬頼義編，《推理小説入門》（東京：光文社文庫，二〇〇五），頁二一九—二二〇。

張的作品往往從日常的瑣碎物事作爲起點，通過謎團的開展與偵察推理程序，最終揭露事件的眞相，這樣的一種敘述方式，改變了過去推理小說是「桌上殺人遊戲」的印象，讓社會大眾更願意親近這類作品。（註一）

因此，許多讀者後來望文生義，以爲「推理小說」應該是強調「推理邏輯」的作品，而對社會派，甚至後來的冷硬派、警察小說被劃歸爲推理小說有所質疑。其實，他們從來不知道，「推理小說」這個名稱，才確確實實是社會派催生的產物。

透過清張的努力，在昭和年代這個歷史的轉捩點，日本大眾文學成功進行了「推理小說」新名稱與概念普及化的工程。「推理」成爲這個類型的代名詞，讓此一類型有了新的進化。而且，由於「推理小說」是日本人獨創的漢字名詞，沒有對應的英文翻譯，到目前爲止僅流通於日本和華文地區，也因此意外創造出兩種文化體之間獨特的「推理共同體」。

歷史：社會表象的歪曲複寫

但要說到清張眞正的偉大之處，還是在於他徹底改造了日本推理小說的體質，讓推理小說不僅可跟嚴肅的純文學鼎足而立，且無須犧牲自身原有的文體特性，甚至能比純文學更尖銳地挖掘社會最底層的問題，向國家與國際政治提出犀利的質問。

所以，雖然本格（正統）推理小說重視的謎團和詭計，在清張的小說中並沒有消失

（《點與線》那名垂日本推理史的「空白四分鐘」就是最好的例子），但作品世界的核心轉移到與社會性和人性連結的「犯罪動機」之上。正如評論家尾崎秀樹指出的，透過具有一般人性質的角色受到的政治束縛，以及背後牽動的社會複雜性與現實感，清張成功讓讀者意識到，政治與日常生活之間實際上是非常緊密的，因而對日本社會的種種問題性產生覺醒。（註二）正因如此，推理小說擁有與社會對話的積極性意義與功能，也爲推理這個類型，創造出在日本更爲普及化與在地化的新途徑。

然而，跟隨著清張走上社會派路線的其他作家，包括森村誠一、夏樹靜子、水上勉等幾位代表，雖然也寫出非常傑出的作品，卻無一能夠達到清張如此高的成就，甚至出現所謂「清張之前無社會，清張之後無社會」的說法。關鍵原因在於，清張小說聚焦的不只是社會的表象，而是穿越他曝光的醜陋地表後，潛藏在地層中的歷史伏流。所有對社會提出的質問，指向的其實是日本戰後的歷史進程，必須回到歷史的特殊時空中，才能得到眞正的解答。

所以，像是他第一本聲名大噪的長篇《點與線》，表面上是一對男女從東京車站出發、

註一——中島河太郎，〈解說〉，松本清張，張杏如譯，《黃色風土（下）》（台北：林白，一九八八）。頁二六一——二六八。

註二——尾崎秀樹，〈『寶藏疑雲』解說〉，松本清張，譚必嘉譯，《寶藏疑雲》（台北：志文，一九八七），頁三——六。

最後在一千公里外的九州香椎海岸殉情的奇聞，眞相卻直指日本戰後追求經濟復興的過程中，官商勾結的綿密網絡黑幕。而《零的焦點》中，新婚女子一路追查丈夫的行蹤來到金澤，最後驚覺必須回溯到戰後初期日本被美國託管，占領期間個體掙扎生存的悲慘歷史，才能找到那讓人不忍的不堪眞相。同樣地，在《砂之器》裡，偵探窮盡凶手生命之旅，追索到最後，看見的卻是因爲時代與人性的殘酷，被迫流放與遺忘的童眞自我，那突然到臨的痛下殺手，其實只是好不容易活下來的自我生存保護本能。

一切的答案，都是必須仔細聆聽的，戰後日本的歷史回音。而在其中搖曳著的，是一個又一個如風景斷片般的時代隱喩。

那是〈越過天城〉（〈天城山奇案〉）隧道彼端微弱的光？還是《砂之器》中，和賀英良爲過去的人生，所譜寫的波瀾壯闊的鋼琴協奏曲《宿命》？但記憶所及，只剩他與父親走過寒冬暴雪、亡命天涯的零落背影，彷彿在講述著，當歷史的洪流往我們身上襲來，我們不僅無法抵禦，也難以逃脫，這就是戰後日本人心靈無可迴避的「宿命」。

那也是《零的焦點》金剛斷崖旁洶湧拍岸的浪濤，現代化的浪潮隨著黑船來航，是時代的原點，更是日本現代化的原點。明治維新開展了現代的榮光與美好，然而，正是因爲國家與軍事的現代化，帶來了侵略的野望。「零」作爲隱喩，既指向過去歷史的時間點，也標的出當下的開端，戰後發展的扭曲複寫，而宿命彷彿是重新拷貝一般，無論怎麼試圖遺忘，過去終究會如幽魅般襲來，一如《砂之器》中那樣。

直到今天，作爲二戰的發動國，也是戰敗國，日本一路從明治維新到戰後的經濟成長期，宿命般地仍在現代性的延長線上不斷疾走著，好似這樣奔馳就能擺脫那些希望被遺忘的過去。然而，歷史永遠不會消音，更永遠不會過去。作爲昭和年代的大文豪，他爲時代留下最燙手的見證，爲這個國家保存最具重量的歷史記憶。他是拒絕國民集體忘卻的「國民作家」松本清張，因爲他有著最炙熱、但也最爲憂鬱的「昭和之心」。

本文作者簡介：

陳國偉，曾出版過小說集，得過幾個文學獎，現爲國立中興大學台灣文學與跨國文化研究所副教授、台灣人文學社理事長。著有研究專書《越境與譯徑：當代台灣推理小說的身體翻譯與跨國生成》（聯合文學）、《類型風景·戰後台灣大眾文學》（國立台灣文學館），並執行多個有關台灣與亞洲大眾文學推理小說與發展的學術研究計畫。

I CHAPTER — 第一章

得利思酒吧的客人

1

國營鐵路蒲田車站附近的巷弄裡，一家店面不大的「Torys bar」窗戶透著燈光（註）。

晚間十一點以後，蒲田車站一帶的商店大都打烊，僅剩鈴蘭形的街燈兀自亮著。再往前走一些，便是小吃店及小酒吧林立的街道，唯獨這家酒吧孤伶伶地座落在此。

這偏僻的酒吧內部裝潢十分簡陋。走進店內，映入眼簾的是長長的吧檯，角落裡勉強設有兩個雅座，但目前沒有客人。吧檯前坐著三名公司男職員，和一名看似同公司的女職員，雙手托腮靠在吧檯上。

他們似乎是這酒吧的常客，就這麼當著年輕調酒師和女服務生面前歡聲談話。酒吧內流瀉著唱片的樂聲，都是流行歌和爵士樂，女服務生偶爾會對上幾句哼唱起來。

這些客人都醉了。從談話中得知他們先前在外面喝過，回程在蒲田站下車，又到這酒吧續攤。

「你們課長啊……」男職員探出上半身對著同伴說：「簡直成了經理的狗腿子，我看他拍馬屁奉迎的樣子就想吐。你也好心勸他幾句嘛！」

「要怪他身邊的人不好，連那些次長都那麼寵他了，我說幾句又有什麼用呢？」同行的男職員一飲而盡。

「他太丟臉啦，大家都在取笑他呢。」

「這他早就知道了。話說回來，這樣便裹足不前，恐怕很難出人頭地。只有不在乎顏面，懂得適時拍馬屁才是成功的關鍵。因為別人根本不知道你在想什麼。喂，小蜜，妳說是不是？」男職員說完，轉頭看向身旁的女職員。

二十五、六歲的女職員按捺不住地應道：「是啊，再過三年局長即將退休，我們部長早就在盤算占這個職缺，而他底下那些次長則在覬覦部長的位置。」

「眞是颱風天撿到大肥豬啊。簡單講，那些想升遷的人得精打細算才行。不過，這些事跟我們無關，我只要每晚都能這樣痛快喝上幾杯就心滿意足了……說來實在悲哀。倒是我們每晚來光顧，可肥了你們店。」男職員看向吧檯內說道。

年輕調酒師露出笑臉，隨即鄭重其事地致謝：「感謝各位的關照。」

「對了，小蜜，這個月我還可以預支薪水嗎？」

「哎呀，不行了啦。」

「看來，我這個月又得喝西北風了。每逢發薪水的日子，我就馬上向會計小姐預支下個月的薪水。上個月我只領到一張千圓鈔，而且還是夾在傳票下面。小蜜，這個月請妳多幫忙啊。」

「你這個人眞討厭，來喝酒光說些掃興的話。」

這時，敞開的店門走進兩道人影。

一般而言，酒吧內的燈光會較昏暗，加上酒客吞雲吐霧地抽菸，以致無法看清楚推門而入的兩名男子的面容。

「歡迎光臨！」

調酒師站在吧檯內，朝兩名客人看了一眼，熱切地招呼道。他旋即看出兩人不是店裡的常客。

「歡迎光臨！」女服務生循著調酒師的聲音望去，跟著開口招呼客人。

註——Troys是一九五〇年三得利（Santory）公司推出的威士忌，並隨即在日本開設「得利思酒吧」，旋即引起民眾的飲酒風潮，當時素有「得利思酒吧文化時代」之稱。

坐在吧檯前的兩名客人也循聲轉過頭，發現是生面孔，便又回頭與同事談笑。

走進來的客人，一個穿著皺巴巴的深藍色西裝，另一個穿著淡灰色運動衫。或許是想避開吧檯前話聲吵雜的客人，兩人迅即走向角落的雅座。

女服務生澄子立刻起身接待他們。

在其他客人最初的印象中，穿西裝、頭髮半白的男子約莫五十歲，而穿運動衫的男子大概三十歲。雖然不是很確定，但應該相去不遠。

澄子從調酒師手中接過兩條濕毛巾後，將毛巾送至客人手上。

「兩位要喝什麼？」澄子詢問。

「嗯……」年輕男子似乎以眼神跟那名五十歲的男子商量著。

「來兩杯威士忌蘇打好了。」頭髮灰白的男子回答。

這句話的腔調，顯然不是東京口音。後來，澄子告訴警察，她當下覺得那客人可能是來自外縣市，應該是東北地區的人。

澄子請調酒師調兩杯威士忌蘇打。

那幾名公司職員聊天的話題已從公司人事換成電影。由於談到澄子喜歡的電影明星，澄子聽得更起勁了。

澄子等待著調酒師調威士忌蘇打，站在一旁不時和那幾名常客搭話，漸漸聊上興頭。調酒師見狀，對澄子喊了一聲「喂」，將兩個冒著氣泡的玻璃酒杯放到吧檯。澄子不好意思地吐了吐舌，趕緊將兩杯威士忌蘇打放在銀製托盤上。

「讓兩位久等了。」澄子走向雅座，分別將酒杯放在兩名男子面前。

兩人正低聲談話，看到澄子靠近頓時停下。

「喂……」

頭髮有點髒污蓬亂、運動衫滿是皺褶的三十歲男子，見澄子要坐在旁邊，迅即向澄子擺擺手，神經質地表示：「我們有話要談，不好意思，能不能請妳迴避？」

「好的，兩位請慢用。」澄子施上一禮，回到吧檯。

「他們好像有事要談。」

「這樣啊。」

調酒師朝雅座看了一眼。由於他們是生客，看上去又頗爲無趣，澄子便趁機和熟客繼續討論電影。

「那個明星的演技自兩、三年前就……」

吧檯的酒客已從電影談到職棒。調酒師恰巧對這話題很感興趣，也加入討論。

因此，包括熟客在內，大家並未多加留意雅座的兩名客人。一方面也是因爲他們在密談，女服務不想自討沒趣，便沒上前搭理。她們寧願跟熟客談天，還比較有趣。

雅座那兩名客人還在談話，關係似乎非常親近。儘管如此，女服務生仍不時瞟向雅座，若客人的酒杯見底得適時詢問是否續杯，但桌上的黃色酒液一直維持只剩半杯的狀態，實在是不捧場的客人！

雅座前剛好是前往洗手間的通道，女服務生和客人偶爾會經過。

澄子經過的時候偶然聽到隻字片語，他們的腔調果眞是東北口音，而且濁音濃重。年輕客人的口音沒那麼明顯，頭髮半白的客人卻口音極重。

澄子聽不清楚他們的談話內容。不過經過兩人身旁時，她偶然聽到年輕客人說：「亀田還是老樣子吧？」

「是啊，亀田一直沒變……能夠見到你……我太高興了……我要大肆宣揚一番……他們是多麼……」

儘管只能聽到年長一方斷斷續續的回答，但這樣的談話內容，讓澄子認爲他們是相識已久的朋友，在路上不期而遇，而「亀田」可能是他們共同的朋友。她曾向警視廳的搜查員如此表示。年長的一方操東北地區口音，是在場眾人一致的印象，因爲每次經過洗手間時，都會聽到兩人低聲交談。

當然，店內的客人都不太注意這兩人，而且只熱中於自己的話題，換句話說，無論是酒吧的工作人員或來客，幾乎都無視於他們。

「哇，十二點了。」有名酒客看著手表說道。

「我們該走了，否則會來不及坐末班電車。」

「糟糕！要是坐末班電車就麻煩了，出了車站到我家還得走十分鐘。」女職員聲音裡透著疲憊。

「別大驚小怪，冷靜一點。若晚了我再送妳回家。」

「才不要你送我回家。」她的話聲微醉，「哥哥會來車站接我。」

「噢，我怎麼不知道妳有個哥哥啊。」

「你講話正經點，別想歪了。」

「哈哈，踢到鐵板了吧？你最好別惹小蜜生氣，下個月你還得看她的臉色呢。」

「哎呀，少亂說話。」

就在他們你一言我一語地抬槓時，雅座的兩個神祕客站了起來。

「喂，買單。」

兩人走出得利思酒吧後，究竟前往何方？關於這一點，並不是完全沒有目擊者。

兩名吉他走唱者剛好在離酒吧五、六公尺的地方，與神祕客擦身而過。

他們常到這附近的酒吧走唱。至於會注意到那兩人的去向，是因爲想到得利思酒吧唱歌，湊巧看見客人走出來，不由得咂咂嘴。

「唉，這種客人才不會點唱。」年長的吉他走唱者說：「一看就知道品相不好。」

走唱者所說的「品相」，即「穿著」的黑話。他們四處賣唱，習慣以客人的穿著來判斷是否付得出點唱費。

「是嗎……」年紀較小的走唱者身處暗處，沒有多加注意兩人的穿著，只是下意識地回頭望去。

此時，兩人已走遠。

這條巷弄往前走十公尺就是岔路，右邊是通往熱鬧商店街的大道，左邊則是沿著鐵絲網通往蒲田車站的小路。

左邊的小路十分冷清，少有行人，鐵絲網柵欄圍成的空地上雜草蔓生，裡面有幢無人居住的空屋，單身女子不大會在深夜時分經過。一旁的路燈暗淡，彷彿有什麼怪東西隨時會衝出來。順著這條路再往前走，就是電車調度場。

那兩名客人轉入左邊的小路，身影逐漸遠離，年輕的吉他走唱者無法判斷他們的品相，但會走在那樣荒涼小路上的，肯定不是什麼有來頭的客人。

「他們看起來像是交情深厚呢？還是在吵架？」案件發生之後，搜查總部的搜查員詢問兩名走唱者。

「他們不像在吵架，似乎在商量什麼事情，但我不清楚他們談話的內容。我覺得兩人關係很密切。」

「他們講話有什麼重要的特徵？」

「嗯……他們好像是操東北地區的口音。」

「是哪一個呢？年長的或是年輕的？」搜查員問道。

「當時燈光太暗，看不清他們的長相，我只記得是左邊那個身材矮小的人。」

身材矮小的人，就是頭髮半白的男子。

這件事發生在五月十一日晚上。

2

從蒲田站開往京濱東北線的頭班電車是清晨四點零八分發車。電車駕駛員、車掌和檢車員爲了能準時發車，凌晨三點一過便離開值班室，往停放電車的調度場走去。

寬敞的調度場裡停放著多輛電車。五月十二日凌晨三點，漆黑寒冷。

年輕的檢車員拿著手電筒逐車檢視著，當他往第七節車廂的車輪底下一照時，赫然被眼前的景象嚇呆了。他屏住呼吸，愣在原處，過一會才猛然往回跑，一個踉蹌跌倒在剛送上電、站在駕駛座的駕駛員前面。

「不好了，車輪下有『黑鮪魚』！」檢車員驚慌喊道。

「黑鮪魚？」駕駛員愣了一下，隨後笑著說：「喂，電車還沒開動，不可能有黑鮪魚。你大概還沒睡醒，看走眼了，醒醒吧。」

檢車員口中的「黑鮪魚」，是指被電車輾斃的屍體。駕駛員不相信檢車員的說詞，好不容易升起導電弓架，聽見引擎啓動的聲響。

「我沒看走眼，那底下眞的躺著一具『黑鮪魚』！」檢車員臉色蒼白地強調著。

駕駛員和車掌決定到檢車員所說的出事現場一探究竟。

「就在那裡！」來到第七節車廂，檢車員拿著手電筒遠遠地往車輪下照。在手電筒的燈光照射下，的確有一具滿臉血污的屍體，緊挨著車輪橫躺在鐵軌上。駕駛員蹲下一看，不由得發出尖叫。

「哇，眞是慘不忍睹！」車掌驚嚇地喊道。

三人目不轉睛地盯著那具屍體，動也不敢動。

「快去通知警方，時間不多了。」不愧是車掌，當下還能指揮若定。眼看離頭班車的發車時間只剩下二十分鐘。

「嗯，我這就去通知警方。」駕駛員旋即奔向遠處的辦公室。

「大清早的，眞不吉利啊。」稍微恢復平靜的車掌仍不免嘟囔著：「這到底是怎麼回事？電車還沒開動，怎麼會躺著血肉模糊的屍體？」

調度場內停放著許多電車，頭班電車緊鄰著鐵絲網柵欄，與相鄰的電車只隔一公尺左右，那具屍體剛好橫躺在兩列電車之間的暗處。

此處高懸著路燈，不過陳屍地點的燈光被電車遮住，這也是事後警方推斷犯案動機的線索之一。車掌和檢車員不停來回踱步，等待辦公室派人來支援。這並非畏冷，而是出於緊張。

天色逐漸亮了起來。

遠處射來幾道手電筒的光束，是聞訊趕來支援的同事及值班的副站長。

「啊……」副站長蹲下來朝車輪探看，不由得驚叫。

他碰過許多急行電車輾斃人的意外，但不明屍體橫躺在調度場內的電車底下倒是頭一遭。

「你們趕快打電話通知警視廳，禁止閒雜人等靠近現場！頭班電車改爲二〇八號車。」副站長當場裁示指揮道。

「唉，死得眞慘。」隨行的同事蹲下，窺探著屍體感嘆道。

男屍的臉部血肉模糊，情況之慘令人聯想到猙獰的赤面鬼。

這具屍體的頭部枕在鐵軌，大腿搭在另一條鐵軌上，倘若沒人發現，電車一開動就會將他的頭顱和腳輾個粉碎。

天色終於亮了，警視廳的承辦員警趕來的時候，調度場內的路燈已熄滅。

抵達現場的，有搜查一課的黑崎股長、搜查員和鑑識課員等七、八個人。此外，還有常駐警署的各報社記者，但那些記者都不得靠近，只能站在遠處觀望。

那列電車僅留下第七節車廂，拖著其餘正常的六節車廂駛出調度場。出事的車廂孤伶伶地留在原處。

鑑識課人員忙碌起來，一下拍照存證，一下繪製命案現場草圖，又從辦公室借來調度場的地圖，在上面畫著紅線。做完相關的採證後，他們將屍體從車輪下抬了出來。

男屍的臉部難以辨認，研判似乎是遭到鈍器重擊，導致眼球凸出、鼻子塌陷、嘴唇碎裂，半白的頭髮沾滿鮮血。

鑑識課員立刻檢視屍體。

「這男子剛死不久。」有個鑑識課員蹲著說道。

「可不是嗎？約莫才死了三、四個鐘頭吧。」

鑑識課員推估的死亡時間，與之後的解剖結果大致吻合。當天下午，在R大學法醫學部進行屍體解剖，結果如下：

年齡約五十四、五歲，身材略瘦。

死因爲勒斃。

臉部有嚴重挫傷，手腳多處擦傷，表皮脫落，呈條狀紅腫。

胃部有淡黃褐色混濁液（含酒精成分），及未消化的花生米。

混濁液大約二〇〇CC，經化驗比對，查出有安眠藥成分。

綜上所見，被害人可能是喝下含有安眠藥的威士忌後遭勒斃，臉上受到鈍器（比如石塊或鐵鎚等）猛烈敲擊。

死後經過約三至四小時。

解剖結果所推定的凶器與事實無誤。搜查小組在案發現場附近進行搜索時，在道路與調度場之間的水溝裡找到疑似凶器的石頭。那石頭沾滿泥污，清洗後還殘留著少許血跡。由於石塊掉落在水溝裡，血痕大都被水沖走，不過這血痕與被害人的血型相符。石頭直徑約十二公分左右。

被害人的手腳出現多處擦傷的原因很快就查明了。因爲調度場緊鄰道路的木樁，架著有刺的鐵絲網圍籬，但鐵絲網破了個大洞，看來是被進出玩耍的頑童無意間剪破的。那裡仍殘留著鐵線，推測是從道路那端拖進調度場，才造成手腳多處擦傷。

被害人頭髮半白，年約五十四、五歲，身高一百六十公分，體重約五十二公斤，營養狀態良好。雖然穿西裝，但內褲和襯衫不是高級質料，很可能是工人。警方檢查他的隨身物品，沒有發現任何可證明身分的文件。他的西裝沒繡上姓名，說明這是廉價品，襯衫上沒有註記洗衣店的店號，表示平日鮮少將衣物送洗，經濟上並不寬裕。

從發現屍體的時間往前推斷，死者遇害的時間大約是午夜十二點至凌晨一點之間。

按照常理，那時現場附近應該是人跡罕至，只有凶手和被害人經過。可能是凶手把昏睡的被害人拖到調度場勒死，要不就是先在別處將他勒斃，再開車運來此處。由於被害人的胃裡檢驗出含有安眠藥成分的威士忌，可見是被灌下安眠藥後，在無法抵抗的情況下遭勒斃，載來這裡棄屍。搜查總部的員警都持這種看法。

凶手將被害人勒斃後，拿現場附近的石頭重擊臉部，顯然與被害人有血海深仇。

而凶手將屍體仰面放在電車的軌道上，目的是不希望別人認出死者的身分，試圖毀壞死者的面容以湮滅證據。換句話說，只要電車開動，死者的臉部就會被輾得粉碎。可是凶手並不知道電車發動之前，檢車員照例會先檢查每節車廂。

調度場內的路燈徹夜通明，凶手故意將被害人的屍體拖到車廂之間的暗處，避免路過的行人發現。從這一點研判，是熟人之間的仇殺而非強盜殺人案，至於是否爲爭風吃醋尙不得而知。總之，當務之急就是查出被害人的身分。搜查員旋即以蒲田車站爲重點展開調查。這時，有名搜查員從車站附近的得利思酒吧得知，案發當晚被害人曾和同伴去喝酒。

據該酒吧的女服務生表示，他們都是初次來店。因此，搜查員決定請得利思酒吧的女服務生，以及當天剛好在店裡喝酒的幾名公司職員，前往搜查總部說明當晚的詳細情形。

那幾名公司男職員表示，被害人及其同伴是當晚十一點半左右進入酒吧。由於女職員在意著三十分鐘後出發的目蒲線末班電車，所以他們對時間記得特別清楚。至於兩人的長相沒人記得清楚，只說一個頭髮半白，另一個年約三十歲。不過，大家對那年輕人的年齡看法很不一致，有人說大約是四十歲，也有人說他比實際年齡還年輕。

搜查總部方面聽完酒吧女服務生、當時在場的公司職員，及在酒吧外面與被害人擦身而過的吉他走唱者的證詞後，得出一個結論，就是被害人操著濃重的東北口音。對搜查總部來說，這是追查被害人身分的重大線索。

「你們爲什麼知道是東北口音？」搜查員問。

「那位年長的客人說話時帶有明顯的『滋滋腔』（註），雖然我聽不懂他們在講什麼，但就是那種腔調。年輕人則是標準的東京腔。」

所有證人的回答大致如此。因爲酒吧的工作人員和客人曾前往洗手間，而他們的座位就在洗手間的入口旁，自然而然就會聽到兩人的隻言片語。

「年輕人問『亀田還是老樣子嗎？』」有個酒吧女服務生說道。

不只是澄子聽到，另一名女服務生也聽到這句話，代表他們在談話中不時提到「亀田」一詞。

「亀田」到底是指什麼？搜查員們頗感興趣，諸多證詞中這是唯一得知的具體名稱。

「亀田大概是他們共同的朋友吧？」一個搜查員這樣推論。

這個論點獲得大家的贊同。也就是說，死者和凶手原是舊識，但很久沒有碰面，這次偶然相逢便到附近的酒吧飲酒，閒談間提到「亀田」這個朋友。

由此推測，那個頭髮半白的被害人最近可能見過亀田，要不就是跟他交情甚篤。而年輕人很久沒見到亀田，才向被害人打探亀田的近況。

這是一條極其重要的線索，被害人的同伴——即到得利思酒吧的那名年輕人，縱使不是凶手，也與命案關係重大。

此外，酒客從他們的談話中偶然聽到「很想念」、「後來不怎麼如意」、「最近總算適應這種生活」等斷續的話語，都是被害人用東北口音「滋滋腔」講的，卻沒聽到年輕人說什麼，因爲他們壓低音量交談。或許年輕人是故意這麼做，每當有酒客欲如廁，從他們面前經過的時候，他總是盡量遮掩

註—日本東北地區特有的音和鼻音。

自己的臉孔。於是搶劫的說法完全消失，警方更傾向是怨恨引起的仇殺。

「被害人大約五十四、五歲左右，外表像個工人，本籍不是東京，而是東北人。可能是來東京工作，並且有個朋友叫『亀田』。」

這是搜查總部針對被害人的人際關係所做的推論。由於被害人看似勞工，搜查員決定對東京市區的簡陋公寓和廉價旅館展開調查。當天的晚報以巨大的篇幅報導這起命案，警方認爲受害者家屬看到這則報導，肯定會立刻趕來警署，可是經過兩天仍沒有家屬出面認屍，甚至沒有接到相關人士的通報。警方由被害人在蒲田站附近的酒吧飲酒，推斷他可能就住在那一帶，因而集中警力在大田區內展開搜查，可惜沒有任何斬獲。

「他在蒲田站附近的酒吧飲酒，不一定就住在那一帶吧？」有搜查員提出不同的看法。

「蒲田站既通國鐵電車，又是目蒲線和池上線的交叉點，被害人很可能住在目蒲線或池上線沿線。」這是最中肯的看法，但如此一來就得擴大搜索範圍。

「不過，國鐵列車往返於橫濱櫻木町站至埼玉縣大宮之間，所以不限定在這兩條私營鐵路的沿線上。」也有搜查員提出新看法。

如果這個提案通過，搜索範圍便是擴大到包括櫻木町至大宮之間的鐵路沿線在內。

「你說的不無道理……」股長接著說：「可是，與其搜索國營鐵路沿線，倒不如以蒲田站這兩條私營鐵路的交叉點爲重心，畢竟他們是晚間十一點半走進得利思酒吧，住在這兩條鐵路沿線的可能性很大。事實上，出面作證的酒客就是住在沿線附近，趕著坐末班電車回家。他們的情況大概也是如此吧？」

大家暫時得出共識了。

「根據諸多目擊者指出，被害人操東北口音，但凶手幾乎沒說話，他到底是操什麼口音？」

「酒吧女服務生清楚表明被害人的同伴——大概就是加害者——曾問對方『亀田還是老樣子嗎？』，是略帶東北口音的東京腔。從兩人談話的口氣來看，不是在東京認識，似乎是東北的同鄉。」有個搜查員這樣說道。

3

搜查總部研判，被害人很可能是臨時工人，與他隨行的年輕男子也可能從事類似的職業。再說，他們到得利思酒吧這種地方喝酒，顯然生活並不寬裕。

總之，目前的線索就是從「亀田」找起。

「要找出亀田嗎？」一名搜查員說道。

若能找到「亀田」，就可查明被害人和凶手的身分。但亀田可能是個姓氏，在東北姓亀田的非常多，若要一一查出肯定頗費周章。不過，除此之外似乎也沒有其他辦法。

搜查總部決定請求警視廳東北管區，從青森、秋田、岩手、山形、宮城、福島各縣警署轄區內找出姓亀田的人，再根據匯集的名單依序徹底展開調查。這方法非常耗費時日，過程也相當繁瑣，卻是穩當可靠的方法。但最重要的是，該名年輕男子果真提過「亀田」嗎？萬一是證人聽錯，恐怕只會浪費警力。

「他眞的提過亀田嗎？」愼重起見，搜查員再次詢問幾名證人。

「沒錯，他的確提過亀田。」酒吧女服務生齊聲回答。

聽到男子詢問「亀田」的，還有店裡的一個客人和調酒師。不過，搜查總部面臨另一個困境——所有證人都沒看清楚凶手的長相，對年齡的判別又不一致。

證人們沒能看清凶手的長相，主要是該名男子刻意低下頭不讓別人看到他的面貌，加上當晚來店的酒客和女服務生熱中談論電影，沒多加注意。從對方刻意掩飾臉部的舉動來看，他應該就是凶手，而且是一起有計畫的謀殺。如果目擊者看清那男子的長相，就能透過供述繪製凶手的畫像，可惜沒有人記清楚他的面貌，自然無法繪製畫像追查。

案發經過一個星期，還是沒能查出被害人的身分，搜查總部傾全力對目蒲線沿線和池上線沿線展開調查。由於被害人看似臨時工人，警方全面查訪沿線各區的公共職業介紹所，但都沒有姓龜田的工人。接著，又查訪了被害人可能暫居的簡陋公寓和廉價旅館，也是全無結果。

搜查總部最初就不奢望能短期破案，畢竟目擊者僅限於得利思酒吧的酒客和兩名吉他走唱者，沒有其他的證人。

總部從被害人遇害的慘狀研判，凶手身上可能沾染許多血跡，於是詢問市區的各計程車行當天晚上是否載到行跡可疑的乘客，卻沒有任何線索。另外，分析凶手作案後，可能害怕深夜獨自行走會引人猜疑，暫時先躲在某個地方清洗沾血的衣褲，等天亮後再坐早班電車逃走。可是，電車的車掌表示，沒有看過類似的可疑人物。

接著，搜查總部以現場爲中心，進行地毯式搜查。由於附近有大片空地，雜草叢生，凶手作案之後，很可能暫時藏身其中。不過，全面清查的結果，並未發現任何相關的遺留物品。

唯一清楚的是，當晚調度場內發生了凶殺案，案情卻像迷霧般令人無法捉摸。這麼一來，必須全力查出被害人的身分，因爲死者與凶手是互相認識的朋友關係。

另一方面，委託警視廳東北管區各警署調查姓龜田的人，陸陸續續得到回覆。

「龜田周一、龜田梅吉、龜田勝三、龜田龜夫、龜田良介、龜田薩夫、龜田正一、龜田榮、龜田國夫、龜田太郎、龜田陽太郎、龜田……」

東北各縣紛紛寄來姓亀田的居民名單，上面的地址也是形形色色，比如：

「福島縣信夫郡飯坂町、福島縣會津若松市、福島縣安達郡東和村、宮城縣石卷市、宮城縣柴田郡村田町、宮城縣黑川郡富谷村、山形縣山形市、山形縣東村山郡豐榮村、岩手縣陸前高田市、秋田縣南秋田郡昭和町、福島縣……」

共計三十二名「亀田」分別居住在東北各地區，搜查總部要求各地警署對此展開調查，到第五天全部查清。三十二名「亀田」的家屬、親戚、朋友，都對被害人沒有印象。

雖說被害人的臉部遭到石頭猛擊，但還不致面目全非，經相當程度地復原後，總部分送照片到各警署。

「眞難辦啊。」搜查主任在會議上面帶愁容，「也許僅把範圍鎖定在東北是錯誤的。說不定他們共同的朋友『亀田』不是東北人，而是東京人或住在西部地區的人。」

主任說得沒錯。在此之前，警方受限於證人聽到死者操東北口音，而推定「亀田」可能住東北或是東北人，但也可能是其他縣市的人。於是，警方決定藉由報紙大幅報導這起命案，希望日本全國姓亀田的人都能提供線索。

當前只有這個辦法可行。搜查總部最初對報導抱持很大的期望，可惜還是落空了。

另一方面，調查被害人和凶手身分的工作依舊沒有進展。重點是，死者出現在蒲田站附近的得利思酒吧之前，到底去了哪裡？不過，這也跟最初的搜索一樣，一無所獲。

刑警們連日拖著沉重的步伐四處打探消息，回到搜查總部時，每個人臉上都掛著倦容。調查上若有斬獲，再怎麼疲累臉上照樣是熠熠生輝，每次都空手而回，難怪總是垂頭喪氣。

搜查工作面臨瓶頸，很可能就此找不到出口。

四十五歲的刑警今西榮太郎，就是爲這起命案疲於奔命的人，回到搜查總部連喝杯茶都提不起精神來。他主要負責到池上線沿線的簡陋公寓和廉價旅館等地方打聽消息，自發生命案之後，已在這一帶奔波十餘天。

這一天，他仍是毫無所獲，沮喪地回到搜查總部。隨後又召開檢討會，對每個搜查員帶來的資料進行研討，可是仍無重大發現，整個會議充滿焦躁與疲憊的氣氛。連日來的疲乏還眞教人不知該如何抒發。

今西榮太郎回到家時，將近深夜十二點。妻子以爲他今晚又不回家，狹小的格子門上了鎖，屋裡的燈也關了。他按了按格子門旁的電鈴，沒多久，屋裡的燈亮起，玻璃窗映出妻子的身影。

「是誰？」妻子隔著門問。

「是我。」今西站在門外應道。

門開了，妻子芳子露出臉，燈光落在她的肩膀上。「你回來啦。」

今西默不吭聲地走進去，脫掉鞋子。這幾天他都在外奔波打聽消息，鞋後跟磨掉大半，以致鞋子都放不穩了。

他從一坪大的門廳走到緊鄰著的兩坪大房間，房裡放著三床棉被，有個男孩正在酣睡。他蹲下來，以手指戳了戳十歲兒子的臉頰。

「不要啦，這樣會吵醒他。」妻子站在他身後勸阻。

「我十幾天沒看到孩子，眞想把他叫醒講幾句話。」

「明天也會這麼晚回來嗎？」妻子問道。

「還不知道。」

今西從孩子的枕邊站起，來到隔壁三坪大的房裡坐了下來。

「要吃點東西嗎？」妻子問。

「來點宵夜，茶泡飯就好。」今西在榻榻米上舒展雙腿說道。
「我去溫一小瓶酒吧。」妻子笑著朝廚房走去。
今西沒心情馬上更換衣服，順勢趴在榻榻米上，攤看著報紙。不知不覺間，只覺得眼皮沉重，他微微聽到廚房傳來的聲響，還是睡著了。
「老公，宵夜來了。」妻子輕聲叫喚。
今西睜眼一看，小小的飯桌上放著一小瓶酒和下酒菜。剛才他睡著的時候，妻子幫他蓋了被子。他推開被子，坐正身子。
「你太累了。」妻子拿起酒壺說道。
「是啊。」
「看你睡得那麼熟，眞不忍心把你叫醒，可是我特地做了宵夜……」妻子幫丈夫斟了杯酒。
今西用指頭搓揉著眼睛。「嗯，好酒！」他一飲而盡，又夾了點罐頭鹽漬烏賊。
「怎麼樣，妳要不要喝一杯？」今西將杯子遞到妻子面前。
妻子做了個喝酒的樣子，又把杯子還給丈夫。
「都沒有進展嗎？」妻子詢問的是案情。
自從蒲田命案發生以後，今西被派往搜查總部，連日來都很晚回家。看到丈夫滿面倦容，妻子擔心不已。
「還沒呢。」今西喝了口酒，搖頭應道。
「報紙上做了大篇幅的報導，這案子會拖很久嗎？」與其說芳子關注破案的進展，倒不如說是體恤積勞已久的丈夫。「報上說，警方在找一個姓亀田的人，被害人和凶手都認識他，還沒找到嗎？」
妻子平常很少詢問丈夫辦案的進展，丈夫回家之後也盡量不提這方面的事。如今芳子特意提起，可見報導引起她極大的興趣。

「嗯。」今西含糊回答。

「這樣大幅報導，爲什麼沒有人出來指認？」

這次今西仍沒有回答。他認爲沒必要將案情告訴家人。不久前發生過一起命案，芳子執拗地追問，今西一氣之下責罵她不該對案件多嘴，從此她克制了不少，但這起命案又讓她忘了分際。

妻子見丈夫不大想回答，便委婉地問：「姓亀田的人很多嗎？」

「唔，算是比較少的。」今西想到妻子體恤他在外奔波疲憊，回家後又幫他準備宵夜酒菜，不好苛責。儘管如此，他還是回答得含糊不清。

「今天我有事到魚店去，借了電話簿查看，原來光是東京就有一百零二家姓亀田的。雖然不算很多，可也眞不少啊。」

「是嗎……」今西拿起第二瓶酒壺。

今西不想在家裡談案情發展，更不想再聽到「亀田」這個名字。爲了找出這個人，總部不知付出了多少辛勞。目前，他負責拿著被害者的照片到池上線沿線的簡陋公寓和廉價旅館查訪。今天晚上他不想談這起命案，只想安靜睡上一覺。

「我有點醉了。」今西感到體內溫熱起來。

「你太累了，所以才感覺醉了。」

「喝完這瓶，我想吃點飯。」

「沒飯了，因爲不知道你今晚會不會回來。」

「沒關係。」

妻子又朝廚房走去。

今西有些微醺。

「亀田……」他不由得嘟囔。看來，他十分在意幾時才能找出凶手。雖然談不上大醉，但今西接連這樣喃喃自語。

4

這天早上，今西榮太郎貪睡了一下。連日來他早出晚歸，有時候還夜宿搜查總部。今天和同事談好輪班，可晚些出勤。醒來時將近九點，兒子已上學去了。漱洗完畢，今西坐在飯桌前，由於昨晚難得熟睡，全身的倦意全消。

「你今天幾點以前得去上班？」妻子邊幫丈夫盛飯邊問。

「十一點以前趕到就行。」

「是嗎？這樣時間還很充裕。」

燦爛的晨光灑落在狹窄的庭院裡，盆花的葉片水珠閃閃，顯然妻子澆過水。

「你今天能早些回來嗎？」

「我也不知道。」

「最好早些回來，每天都這麼晚歸，身體會累垮。」

「就算妳這麼說也沒用，畢竟是我的職責。況且案子沒偵破，我也無法保證每天是否都能早些回來。」

「這起案子結束又有下一起，總是沒完沒了啊。」妻子體恤丈夫的辛勞，略感不平地說著。

今西佯裝沒聽見，把味噌湯倒進飯裡攪和著吃了起來。他從小在農村長大，至今仍沒改掉這種習慣。每次妻子都罵他吃相難看，但他覺得用湯拌飯最有滋味。

大概吃得太飽了，也或許是倦意未除，今西躺在客廳裡，睡意朝他襲來。

「你再多睡一會嘛。」妻子幫他拿來枕頭和薄被。

今西仍掛記著搜查的事，沒有馬上睡著。為了排遣煩悶，他拿起枕邊厚厚的婦女雜誌翻閱。隨意翻閱的同時，雜誌的附錄「叭啦」一聲掉了出來。那是摺疊的《全國著名溫泉景點指南》彩色地圖。

今西躺著翻看那本精美的附錄，益發興趣盎然。但他的注意力還是集中在東北地區，「亀田」總是在腦海中縈繞不去。

根據目擊者指出，死者和凶手都操東北口音，尤其是死者似乎剛來東京不久。

今西興致勃勃地看著東北地圖，地圖上標記著松島、花卷溫泉、田澤湖、十和田湖等名勝，鐵路線密密麻麻地印著小車站的站名。今西依序讀著站名，邊思忖死者到底出身東北何處，姓亀田的人又住在地圖上的哪個位置。

每個陌生的站名都讓他感到興奮，雖然從未去過東北，可是看到站名，腦海便會浮現出當地的景色。比方，往左邊去就是八郎瀉，再往前就是男鹿半島。

今西讀著每個站名，能代、鯉川、追分、秋田、下濱等字樣逐一映入眼簾，就在他往下看的時候，「羽後亀田」這個地名讓他大吃一驚。

——羽後亀田。

驀然，今西的眼前一片模糊。這裡也有個「亀田」，但不是人名而是小車站的站名，看來附近大概都是冠上「亀田」的村鎮。

原來「亀田」就在這裡！

今西直盯著那個地名足足有一分鐘之久。突然，他丟開地圖跳了起來，換上衣服準備出門。

「哎呀，怎麼了？」妻子從廚房走來，見丈夫慌忙穿上西裝，於是問道：「你睡不著嗎？」

「我哪有心情睡覺啊。」接著，今西臉色一沉：「快幫我擦鞋。」

「不是十一點以前趕到就行了嗎？現在時間還早呢。」妻子看著掛鐘說道。

「妳別多嘴，趕快幫我擦鞋就是了，我馬上要出門。」今西大聲嚷嚷，他知道自己情緒有點亢奮。

在妻子驚愕的目送下，今西慌張地大步走著，焦躁地等候公車的到來。

「亀田不是人名！」他喃喃自語：「我們當成人名是弄錯方向了。」

被害人和同伴提及的「亀田」若是地名，豈不是更合理？

凶手的確說過「亀田還是老樣子嗎？」，而這句話是凶手詢問被害人分別後當地的狀況。

今西不知道「羽後亀田」是不是正確的地名，從地圖上來看，隸屬於秋田縣，是羽越線電車從秋田算起第五站，緊鄰日本海。

今西抵達搜查總部時已十點多。

「喲，今天來得眞早。」同事拍拍今西的肩膀。

「主任來了嗎？」

搜查總部設在轄區蒲田署的一個辦公室。

「嗯，他剛到不久。」

他們站在走廊談了一會。

今西走進門口貼著「蒲田調度場凶殺案搜查總部」長長字條的辦公室。

主任黑崎警部（**註**）坐在正中央看著報告，在職位上他是警視廳搜查一課的股長，也是負責這起

註——日本警察制度的階級，由下而上依序爲巡查、巡查長、巡查部長、警部補、警部、警視、警視正、警視長、警視監、警視總監。

命案的搜查主任。

「主任，您早。」今西徑直來到他的面前打招呼。

「嗯。」圓肩粗頸的黑崎僅向今西點了點頭。

「股長，有關亀田那件事……」

今西才說到這裡，黑崎便抬起頭問：「有什麼新發現嗎？」

黑崎頭髮微鬈、眼睛細小，有雙下巴，體格壯碩。聽到「亀田」讓他神經質起來，頻眨著那雙細眼。

「我不知道這種說法是否正確，亀田……也許不是人名，而是地名。」

「什麼，是地名？」黑崎股長盯著今西問道。

「我不敢確定，但在想可能是如此。」

「東北有這個地名嗎？」

「有，今天早上我找到了。」

黑崎突然大大吐了口氣，近乎叫了出來：「我都沒察覺，原來是這樣啊……」他尋思片刻，恐怕是聯想到被害者同伴說過的話。接著，他神色慌張地問：「你說的亀田在什麼地方？」

「秋田縣。」

「秋田縣的什麼郡？」

「這我就不清楚了。」

「到底是哪個方向？」

「從秋田車站算起第五站，靠近鶴岡。」今西繼續道：「站名叫『羽後亀田』，所以車站附近很可能都叫『亀田』。」

「喂，把分縣地圖拿來！」主任喊道。

一名年輕刑警旋即衝出去借地圖。

「你的發現很有價值啊。」在等待地圖的空檔，主任瞇著細眼對今西說。

「我是無意間看地圖的時候，發現這個地名。」

「爲什麼會突然看起地圖？」

「其實，我是在翻閱內人的婦女雜誌時，湊巧看到那本附錄。」今西略感羞赧地應道。

「你眞是細心。」主任稱讚。

「還不確定是什麼情況。」今西連忙解釋。他的意思是，這只是他的直覺，是否屬實尚未確定，果眞屬實就太幸運了。

年輕刑警拿著地圖跑回來，「主任，這是秋田縣的地圖。」

主任攤開地圖，詢問：「今西君，那地方在哪裡？」

在主任的催促下，今西俯看著地圖。

「倒著看不容易，你到這邊來吧。」

「是。」今西繞到主任身旁，凝目盯著地圖上的細字。

今西今天早上看的是觀光景點指南的簡圖，看不出實際的所在位置，但只要在這張詳圖上找到秋田，再順著羽越線鐵路找到第五站就行了。

今西的指尖順著羽越線查找。

「啊，找到了！」今西指著一個定點。

「在哪裡？」黑崎主任俯視著地圖問。「嗯，是羽後亀田，果眞有這個地方。」

地圖上有「羽後亀田」這個站名，卻沒有記載「亀田」這個地名，旁邊倒是有個叫「岩城」的小鎮。

「主任，既然站名叫羽後亀田，附近準會有叫亀田的地方，只是不知道是鎮或是村。」

「也是，就這樣吧。」主任沉吟了一下，便叫今西回座。

過了一會，主任召開搜查會議，針對今西發現的「羽後亀田」展開討論。

「是啊，與其把被害人提到的亀田當成人名，不如當成地名地來得確實些。」

在場的多數同仁都持這種意見，紛紛將視線投向今西。

「總之，我們向轄區的警署查明狀況，先將被害人的相片寄給他們，再請他們確認該轄區是否有住民認識這個人。」主任說道。

此後的四天之間，搜查依舊停滯，無論是偵訊或調查凶嫌的下落，都毫無成果，只能等待秋田縣的回覆。

四天後，搜查總部接到岩城警署打來的電話。

「我是秋田縣岩城署的搜查課長……」對方說道。

「我是搜查總部的主任，敝姓黑崎。煩勞你專程回電，眞是不好意思。」黑崎接起電話，答道。

「有關貴總部查詢的事項……」

「啊，」黑崎緊張地握著話筒，「有什麼線索嗎？」

「本署訪查過亀田附近的居民，很遺憾，目前沒有任何斬獲。」

「這樣啊……」黑崎大失所望。

「本署拿著貴總部寄來的照片到處查訪，但亀田附近的居民都不認識這個人。」

「亀田是怎樣的地方？」黑崎問。

「亀田地區的人口只有三、四千人，現在隸屬於岩城町。由於耕地很少，主要以生產掛麵和織布爲主，目前人口逐年遞減當中。如果照片上的人出身亀田，當地居民應該認得出來，但他們都說不認識這個人。」

「是嗎？」

好不容易發現的羽後亀田居然無助於案情，著實讓黑崎主任心情沮喪，但聽到下一句話，他不禁振奮起來。

「儘管沒什麼斬獲，卻發生了一件奇怪的事。」

「噢，什麼奇怪的事？」

「貴總部寄來照片的前兩天，也就是約莫一星期前，有個陌生人在亀田附近閒逛。這名男子還住進亀田的一家旅館。由於那裡鮮見外地人，馬上引起居民的注意，本署的員警認爲這線索可供參考，便做了紀錄。」

這消息的確極有參考價值。

「他是怎樣的人？」主任重新握緊話筒。

「對方大約三十二、三歲。乍看像是工人，但不清楚他來亀田的眞正目的。這線索也許可供貴總部參考，因此特地通知一聲。」

「他只出現在村子裡，有沒有什麼奇怪的行徑？」

「倒是沒有，也沒有發生其他案件。剛才提過，考慮到他是外地人，說不定與貴總部詢問的命案有關，所以才特意知會。」

「謝謝大力幫忙。容我再請教一下，他有沒有做出引起村民注意的舉動？」

「只是一些小事情，」岩城署的搜查課長繼續道：「說來也沒什麼，只是在平靜的鄉下地方，他的行動總讓人覺得有些怪異。不過，在電話中很難講清楚……」

從對方的語意聽來，是希望搜查總部派人前往調查。

「感謝建議，視情況需要，我們會派員過去，到時候請多關照。」

「知道了。」對方說完便掛上電話。

黑崎主任點了根菸，深深吸一口後朝天花板吐去，接著，兩隻手肘支在桌上，陷入沉思。

「大家都到齊了嗎？」主任向在場同仁問道。

有個搜查員環視辦公室之後回答：「全員到齊了。」

搜查會議開始。

黑崎主任開口：「這起案件跟我們預估的有所出入，使得搜查進度原地踏步，目前尚未查明死者的身分，只能說那名在得利思酒吧與被害人交談的男子嫌疑最大。唯一的線索是『亀田』這個名稱……」

主任說到這裡，疲倦地喝了口茶。「四天前，今西君提醒，『亀田』可能不是人名而是地名，我認爲他的推論很有道理，於是向『亀田』所在的秋田縣岩城署詢問，他們已回覆，證實『亀田』就是岩城町亀田地區。而且，在接到我方詢問的兩天前，也就是一星期前，有個外地人出現在亀田閒逛，但電話中不便細談。這可能是重大的線索，派員前往調查對案情的偵破頗有幫助。不知大家的意見如何？」

與會的全體人員都表示贊同，畢竟搜查工作遇到瓶頸，宛如身陷泥淖。因此，派員前往調查一事，當場便決定下來。

「今西君，」主任說：「這地名是你發現的，勞你跑一趟好嗎？」

會議桌擺成ㄇ字形，今西坐在正中間，他起身向大家深深鞠躬。

「沒問題。不過，我想帶吉村君去，可以嗎？」

主任轉頭望向坐在末席的年輕人。

那個叫吉村弘的年輕刑警旋即站起，大聲應道：「主任，請讓我去。」

2 CHAPTER

第二章

亀田

1

傍晚六點左右，今西榮太郎回到家裡，妻子驚訝地說：「你今天回來得眞早啊。」

「算早嗎？我要出差，今晚就得出發。」今西脫下鞋子，走上客廳。

「去哪裡？」

「東北的秋田附近。」

今西沒有詳細解釋，他怕一提起亀田這個話題，妻子又要問個沒完。在這種情況下，刑警的行動千萬不能向任何人透露。雖然妻子口風很緊，仍難保她不會不小心洩漏丈夫的行蹤。針對這一點，今西不敢大意。

「坐幾點的火車？」妻子問。

「晚上九點從上野車站出發的火車。」

「噢，是不是抓到凶手了？」妻子關切道。

「還沒啦，完全沒有凶手的線索。」

「那麼，是去圍捕嗎？」

「不是。」今西有些悶悶不樂。

「這樣就好。」妻子稍微安心了。

「有什麼好的？」

「如果你是去圍捕或護送凶手，我倒有點擔心，若只是前往查訪就沒什麼危險，當然感到安心。」妻子回答。

今西曾有前往滋事地點圍捕犯人的經驗，那種辛苦是言語無法形容的。行動上稍有疏漏，犯人便趁機脫逃，這樣的經驗不止一次。至於押送犯人也非常危險，在押送途中，犯人無時不在尋隙跳車脫逃。這種事今西雖然沒有經歷過，但他的同事曾遇上。有犯人躲進洗手間，打破窗戶逃走，或戴著手銬跳下奔馳中的列車。遇到這種情況，刑警總是沒臉回署裡見上司。妻子之所以感到寬心，是因爲丈夫不必冒這兩種危險。其實，這次出差今西也比較沒有壓力。

不過，去亀田若沒有任何斬獲，在某種意義上，搜查總部也會沒面子。況且，發現「亀田」是地名、促成這次查訪的正是今西，可謂責任重大。

「誰跟你同行？」妻子知道刑警外出辦案不可能單獨行動，勢必是兩人一組，於是這樣問道。

「吉村君。」今西低聲回應。

「吉村先生啊，就是去年正月來我們家的那位午輕刑警吧？他這次會來我們家嗎？」

「不會，我們各自搭車去。」

晚間八點四十分，今西榮太郎到達上野車站時，開往秋田的羽黑號快車已駛進月台。今西悄悄朝周遭打量了一下，沒發現新聞記者的身影。儘管如此，他仍小心翼翼，沒有立刻上車。他先到月台上的販賣亭買包香菸。不用說，同事吉村還沒來。他點了根剛買來的香菸，仔細觀察四周是否有認識的人。這時，突然有人從背後拍拍他的肩膀。

「你好，今西先生。」

今西驚訝地回頭，只見S報社的記者山下露出笑容。

「這麼晚，你要去哪裡？」

今西自覺不妙，但仍保持鎮定，說道：「我有事要去新潟。」

「新潟？」或許是出於職業上的敏感，山下的眼神一亮：「噢，新潟發生什麼事？」

「沒有啦。」今西一邊答著，一邊尋思如何敷衍他。

「眞奇怪，貴總部正爲調度場那起凶殺案忙得焦頭爛額，身爲要角的你卻悠哉地去新潟出差，豈不是怪事？」

「沒什麼好奇怪的！」今西故作怒容，「新潟是我妻子的故鄉。剛才收到電報，岳父去世了，我正要趕過去。」

「是嗎……請節哀順變。」山下說著，旋即又冷笑問道：「噢，怎麼沒見到你太太？」

今西有點不知所措，但隨即保持鎭定。「中午接到電報，我太太就先出發了。我在忙那起案件，所以晚了些出發。」

「這樣啊。」

今西如此搪塞著，精明的山下居然信以爲眞。

「山下先生，你爲什麼在這裡閒逛？」今西反問，他擔心會和山下坐同一班車。

「我來接從新潟來的朋友。」

「哦，眞辛苦。」聽到山下這麼說，今西總算鬆一口氣。他向山下揮手，慢慢朝月台走去。

「再見。」山下目送著今西離開。

今西故意朝反方向走，來到適當位置時回頭一看，那名新聞記者的身影已消失。今西終於放下心。接著，他小心翼翼地走回熙來攘往的人群中，快步登上最後一節車廂。

這班車幾乎客滿。在這節車廂裡沒看到吉村，他走到另一節車廂，也是客滿，只好再往前找。這時候，他看到吉村坐在面向月台的座位上。吉村已用手提箱幫今西占了個座位。

今西呼喚一聲，吉村笑著向他揮揮手。

「剛才有沒有記者發現你？」今西劈頭問道。

「沒有。」吉村請今西坐在鄰座。「有記者看到您了嗎？」

「嗯，剛才S報社的記者突然拍我肩膀，嚇了我一跳。沒辦法，我只好隨口說要去妻子的故鄉新潟辦點事情，真是虛驚一場。」

「原來如此。」

今西焦躁不安地盼望火車快開，停在這裡總怕被認識的人看見。他們背著月台，面向對側的車窗，聽到開車的鈴聲才鬆了口氣。

「這班車到本莊是七點半吧？」今西問道。

「是的，七點四十分。在本莊換車之後，再二十分鐘就到龜田。」吉村回答。

「你去過東北地區嗎？」

「沒有，一次也沒去過。」

「我也是頭一次。吉村君，真希望我們都能帶家人去旅行，老是這麼出差，實在毫無樂趣。」

「今西先生，我跟您不同，還沒結婚呢。」吉村笑著說：「所以到哪裡出差都一樣，一個人旅行滿愉快的。」

「是啊，這次不是押送犯人，也不是攻堅行動，輕鬆多了。」

「話說回來，龜田這地方是您發現的，若因此破案，您可是大功臣。」

「我的推論是否正確還不知道，說不定是我多嘴，浪費了旅費，最後還得被主任臭罵。」

他們閒聊著，但顧慮到身旁尚有旅客，並未對搜查工作多做深談。兩人都是初次到東北，晚間十一點左右仍沒入睡。暗淡的車窗外，疏落的民家燈火飛掠而過。儘管窗外的景色幽暗難辨，依然可感受到東北的氣息。

拂曉時分抵達鶴岡，六點半到達亀田，車站內十分冷清。車站前，街道兩旁的房屋古舊堅固，比他們想像中更為幽雅清靜。亀田是多雪的地方，每戶人家都有向外延伸的屋簷。村鎮的後面有一座山。

今西和吉村初次踏上東北的土地，對一切事物都感到新奇。

「今西先生，我有點餓了。」吉村說道。

「嗯，我們到那邊吃飯吧。」

他們走進車站前的食堂，裡面只有兩、三個客人。雖然名為食堂，其實一樓兼賣特產，二樓則是旅社。

「你要吃什麼？」

「我想吃些白飯，實在餓扁了。」

「看你睡成那個樣子。」

「是嗎？還是您把我叫醒的呢，今天早上起得很早嗎？」

「我畢竟有點年紀了，車到鶴岡附近我就醒來。」

「太可惜了，我本想看看鶴岡這個小鎮。」

「你睡得那麼香甜，什麼地方也看不到的。」

「您那麼早醒來，想必肚子很餓吧？」

「我跟你不一樣。」

今西點了蕎麥麵，兩個人並肩坐著吃了起來。

「今西先生，我有個奇怪的想法，不知道您覺得如何？」吉村扒著炸蝦蓋飯說：「我們到處出差，我印象最深的不是各地的風景，而是當地的美食。有時候，押送犯人提心吊膽，達成任務回到家，與其說想起所受的辛苦，不如說當地的美食最令人難忘。我們出差，差旅費相當有限，不能盡情品嘗美味佳肴，吃的不外乎是咖哩飯或大碗蓋飯，但各地口味不同，令人回味無窮。」
「是嗎？」今西吃著麵條應道：「你畢竟還年輕啊，我倒想欣賞各地的景色。」
「啊，對了，」吉村停下筷子說：「今西先生，記得您會做俳句（註），所以才特別留意各地的景色嗎？這次您的詩囊也會滿載而歸吧？」
「我的爛俳句不值一提。」今西笑道：「對了，吃完飯，我們馬上去警署嗎？」
「好的。不過，說來此行有點不可思議。要不是您看了夫人的雜誌，我不可能來到這裡。由此可見，人生往往會因為某個機遇而改變命運。」吉村吃光炸蝦蓋飯，倒著茶說道。

2

岩城警署是棟老舊的建築物。今西他們走進警署後，把名片遞給櫃檯的警衛。
「請進。」一名巡查看過名片，隨即帶他們到署長室。署長正在批閱公文，看到他們走進來，馬上挪開椅子站起。他在看名片之前，似乎已知道來者是誰。
「請坐、請坐。」身材肥胖的署長堆滿笑容，拿了兩張椅放在他們面前。
「我是警視廳搜查一課的今西榮太郎。」
「您好，我叫吉村弘。」兩人同時向署長問候。
「兩位辛苦了。」署長請他們就坐。

註—俳句，原稱「俳諧」，自日本明治時代由正岡子規耙改稱俳句。一般以五、七、五，三句共十七音節構成，但亦有多於十七音節的句子。俳句裡一定要有能表達春、夏、秋、冬四季的「季語」。代表作家有松尾芭蕉等。

「上次多虧貴署的幫忙。」今西致謝道。

「哪裡、哪裡，不知道是否有參考價值，但還是得向貴總部通報一聲。」

年輕的員警端來茶水。

署長看著桌上的香菸，示意他們可抽菸，並問道：「你們是直接過來嗎？」

「不是，我們在羽後亀田站下車，先到附近繞了一圈，才搭公車來這裡。」

「這樣啊，其實警視廳是頭一遭派員到本署。」署長接著說：「你們要詢問的事情我大致了解，但詳情尚不明白，能否請你們再說明一遍？」

「好的。」

今西馬上概要說明蒲田調度場凶殺案的搜查情況。

署長聽完，饒富興趣地說：「原來如此，所以你們將亀田這個地方列爲搜查重點……」

「是的。無論從他們操東北口音，或是從亀田這個地方來看，我總覺得就是這個地方。」

「我明白了。之前本署在電話中向貴搜查主任報告過，並沒有發現異常的情況。你們也知道，亀田這個地方，很早以前是城下町，是個擁有兩萬石（註）俸祿的小藩，居民相當多。」署長解釋：「如你們看到的，亀田三面環山，耕地很少，現在主要以製作乾麵和織布爲生。這裡的織布名叫『亀田織』，二次大戰前頗受到重視，但後來逐漸沒落。許多年輕人紛紛到外地工作，本地人口逐年減少。」

雖說署長講的是標準語（即東京腔），還是帶有這地方獨特的腔調。

「所以，只要是亀田出身的人，大都可以馬上查出來。本署的員警拿著貴總部寄來的被害人照片到處查訪，但看來被害人不像是本地的居民。不過……」署長停頓了一下，繼續道：「一星期前，有個奇怪的男子出現在亀田。」

「噢，怎麼個奇怪法？」今西問道。

「聽說那男子乍看像是工人，穿著滿是皺褶的舊西裝，大約三、四十歲。剛開始我們並未感到不對勁，只是收到貴總部的來函，到亀田附近查訪的時候，當地居民提起，才知道有這麼一名男子。」

「噢，除此之外，還發生什麼不尋常的狀況嗎？」

「那男子曾住在朝日屋旅館。那是一家頗具歷史的旅館，以注重格調規矩聞名。其實他要投宿沒什麼奇怪，只是他那身工人打扮，住進這樣的旅館有點不相稱。」

「是嗎……」

「起先旅館方面拒絕那男子的投宿，這自然是以貌取人。不過，那男子表示，費用不是問題，預付房費也行，務必讓他投宿。由於剛好處於淡季，沒什麼客人，旅館方面便同意他留下來過夜。當然，沒讓他住豪華的套房，而是把他帶到設備簡單的房間。」

今西聽到這裡，突然想起在蒲田站附近的酒吧裡，跟被害人同行的那名男子。根據目擊者指出，那個人是三、四十歲，外表也像工人。署長的描述引起今西的興趣。

「後來發生了什麼事情嗎？」

「倒也沒發生什麼事情。他依約預付房費，還給女服務生五百圓小費。在這一帶，給女服務生這麼多小費算是少見。後來旅館人員有點後悔，早知道他出手這麼大方，就讓他住高級點的房間。」

「……」

「儘管如此，他的外表實在太寒酸，旅館方面仍放心不下。」

「他在房裡做了什麼事？」

註—一石相當於一八〇公升。

「他到達旅館已接近黃昏，吃完晚飯直說身體疲憊，沒去泡熱水澡，倒頭就睡。因此，旅館人員更不放心。」

「發生什麼令人起疑的狀況嗎？」

「要說可疑，就是他睡到晚間十點多醒來，便問女服務生旅館幾點打烊，女服務生告知是深夜一點左右。他表示有事外出一下，便趿著旅館的木屐出門去了。」

「他是十點多外出的嗎？」今西確認似地問。

「是的。」署長繼續道：「聽說他在深夜一點多回到旅館。噢，有件事我忘記說。他帶著一個小型背包，但放在房間沒有帶出去。這附近的民家很早鎖門，他十點多外出，深夜一點才回來，不知道做了些什麼事。若在一般的都市，這不足爲奇，可是在鄉下很容易啟人疑竇。」

「也是。他外出回來後，行爲舉止有什麼特異之處嗎？」

「倒是沒有。他不像喝了酒，跟外出時沒兩樣。女服務生問他去哪裡，他說到外面辦了點事。可是，十點以後還能辦什麼事？旅館方面當然覺得奇怪。這是女服務生在本署員警前往查訪時，提供的訊息。」

「噢，那他的住宿紀錄還留著吧？」

「是的，我們原本想查扣房客登記簿，但聽說你們將派員前來，便仍由旅館方面保管。若有需要，可以請他們送來。」

「那就太感謝了。其他還有什麼特殊的情況嗎？」

「沒有。隔天早上八點多，他就辦理退房離開。吃早餐的時候，女服務生問他要去哪裡，他說要坐火車去青森。」

「他在住宿登記簿上是怎麼寫的？」

「住址是茨城縣的水戶市。」

「他是水戶人嗎？」

「上面的地址是這麼寫，至於他是否爲水戶人，還有待調查。不過，當女服務生提到水戶是個好地方時，他舉了許多水戶的名勝古蹟，可見對水戶相當熟悉。」

「他的職業呢？」

「登記簿上寫的是公司職員。不過，旅館方面並沒有問他是哪家公司。」

「說得也是，半夜外出三個鐘頭，難怪引起大家猜疑。」

「是啊。不過，若只是這樣就沒必要勞駕你們前來了。其實，後來又發生一些事。」

「什麼事？」

「那男子曾在掛麵店前徘徊……」

「掛麵店？」

「剛才我說過，亀田這地方是掛麵的著名產地。因此，每個店家旁都晾著掛麵，他就出現在那裡。」

「他出現在掛麵店前，又是怎麼回事？」今西反問。

「倒也沒什麼，只是他始終站在掛麵晾晒場前。」署長苦笑。

「他一直站在那裡嗎？」

「是的，他什麼也沒做，呆立在那裡，直盯著掛麵將近二十分鐘。」

「這樣啊。」

「聽說，看到這個衣貌不整的外地人莫名其妙直盯著晒麵場，掛麵店的人覺得可疑，於是格外注意他的一舉一動，不過沒什麼特別的發現，後來他便走到對面去了。我要講的就是這些，或許可供參考。」

「這線索很有價值。」今西點頭，接著道：「原來發生這麼多情況啊。不用說，那投宿的男子和出現在晒麵場的男子，確定是同一個人吧？」

「應該是同一個人。另外，還有一件事。」署長說著，笑了起來。

「什麼事？」

「亀田這個地方有條小河，叫做衣川。聽說，那男子大白天躺在河邊的土堤上睡了很久。」

「等等，」今西打斷署長的話，焦急地問：「那是住在旅館的隔天，還是……」

「不是隔天，是他投宿旅館的當天。剛才我說過，他是傍晚住進那家旅館，當天中午他待在河堤上。」

「我懂了，請繼續說。」

「不，就是這樣而已。他只是躺在河邊睡覺。附近很少人這麼悠閒。土堤旁有一條路，當地人經過時發現竟然有人在河堤上睡午覺，不禁覺得奇怪，都把他當成流浪漢。」

「倒也難怪。」

「這件事並沒有傳揚出去，而是我們員警外出查訪時無意間聽來的。」

「那男子白天睡在草叢裡，晚間十點過後又離開旅館，深夜一點半才回來……這些行動的確很奇怪。」

「你的意思是……」署長向今西確認道。

「大白天在河堤睡午覺，晚間又離開旅館，不像是正常人的行爲吧。」

「啊，你八成是把他當成小偷，起初我也這麼認爲，不過當天鎮上並沒有傳出竊盜案。」署長繼續道：「如果有人遭受什麼損害，肯定會聯想到那個行跡可疑的男子。但什麼事都沒發生，反而讓人摸不著頭緒。」

「那男子只在這裡停留一天嗎？」今西問。

「是的，逗留一天而已。今西先生，不覺得這個人跟貴總部調查的案件有所關聯嗎？」

「是啊，」今西笑了笑，「這事有點蹊蹺。總之，我們也該到現場看看。」

「沒問題，那我請本署的員警帶路。」

「不用了，只要把他投宿的地址告訴我們就行，也許這樣更方便。」

「好吧。」

署長喚來署裡的員警，說明「朝日屋」旅館和掛麵店等地方。今西和吉村向署長致謝後，走出警署。他們坐上公車前往亀田。公車上坐滿當地人，操著濃重的口音交談，很難聽懂。公車飛快穿過街道，沿著田間的道路奔馳。蒼翠欲滴的山色從車窗掠過，這裡的季節變化遠比東京來得晚。今西茫然望著窗外的景色。

他們在預定的車站下了車，直接造訪「朝日屋」旅館。聽署長說，這家旅館很講究禮規，果眞建築物也十分古老。裝飾著山形牆的大門有點不合時代潮流，卻仍顯現著威嚴。

「我們是……」今西掏出警察證給女服務生過目，表示想拜訪旅館老闆，不一會，一名約四十歲的男子從裡面出來，跪坐在今西面前行一禮。

「我們是東京都警視廳來的……」今西在玄關坐下。

老闆請今西他們到裡面坐，但女服務生看來客沒有動身，便把坐墊和茶水端來玄關。

今西先把從岩城署長口中聽來的事約略說了一遍。

「確實曾有這樣的客人來投宿。」老闆點頭。

「能否請你詳細說明當時的情況？」今西提出要求。

老闆據實以告，與署長所述大致吻合。

「聽說，那男子填寫的登記簿還留著？」今西問。

「嗯，還留著。」

「方便借我們看嗎？」

「沒問題。」

老闆請女服務生拿來住宿登記簿。與其說是登記簿，不如說是像單據般的傳票。

老闆出示的傳票上寫著：「茨城縣水户市××町××號，橋本忠介。」

字體歪歪斜斜，像出自小學生之手。不過，想到對方給人的印象是工人模樣，倒也無可厚非。今西凝視著上面的字跡。

「就是這張。」

今西榮太郎問起男子的長相，老闆描述對方是三十歲左右的高個子，不胖也不瘦，臉型稍長，蓄短髮沒有分線，膚色黝黑，鼻梁挺直，五官端正。不過，他習慣低著頭，講話時從不正視對方，女服務生對此印象特別深刻。

至於對方操什麼口音，女服務生認爲顯然不是東北口音，而是接近標準語調，嗓音有點低沉。給人的印象是陰鬱、非常疲倦，這一點大家意見一致。他沒有攜帶旅行袋或旅行箱，只揹著一個戰爭時期常用的布製小型背包，裝滿隨身物品。

從這家旅館人員述說的情況來看，兩名刑警縱使去探查掛麵店，結果也不會有什麼不同。

掛麵店旁果然有個晒麵場，並排的竹竿上吊著雪白的掛麵，在陽光的照耀下，宛如白色瀑布。

「那男子就站在那裡……」一個主婦說明：「那裡是條小路，離晒麵場大約兩百公尺。這一帶的房子間隔都很遠，中央是草地。草地之間有條小路，與外面的大馬路相通。那男子出現在草地附近，一下蹲，一下站，待了足足三十分鐘，我覺得挺可疑。但他沒做什麼壞事，我也不好意思多問。後來刑警上門查訪時，我才提起這件事。」

「這麼說，他是在參觀晒麵場嗎？」

「嗯，他直盯著麵條，弄不清楚他是在休息或在做什麼。」

在這裡聽到的消息和署長講的完全相同，今西和吉村確認後便離開。沒多久，他們來到一條大河的旁邊。河流的上游隱沒在重疊的山巒之間，土堤上面野草叢生。

「原來這就是那男子睡午覺的地方。」今西望著周遭的景色。

有個扛著鋤頭的農婦從對面的土堤走過來。今西心想，若不是要調查案子，這次眞的稱得上悠閒的旅行。

「今西先生，」一旁的吉村開口：「依您所見，他會是在蒲田站附近的酒吧，與被害人同行的男子嗎？」

「嗯，很難判斷。不過，這個人的舉止確實有點奇怪。」

「實在令人摸不著頭緒啊。」吉村站在今西身旁邊，神情略爲沮喪。

「今西先生，他在登記簿上塡的八成是假名吧。」吉村問。

「當然是假名，他在故弄玄虛。」今西說得相當肯定，引起了吉村的好奇。

「您怎麼知道？」

「你看過登記簿上的筆跡了吧？」

「嗯，看過了，他的字十分拙劣。」

「當然拙劣，因爲他故意用左手寫。喏……」今西掏出口袋裡的記事本，拿出那張仔細摺疊好的住房登記表。

「你仔細看看，根本沒什麼筆鋒可言，哪有這麼笨拙的字？記得女服務生說的嗎？對方並不是在她面前塡寫資料，而是她放下登記簿走出房間再折回時，對方就寫好了。所以可大膽推論，對方是趁她不在場，偷偷用左手寫的。」

吉村探頭看了一下，說道：「這麼一提，字體確實有點奇怪。」

「他的字不僅拙劣，而且是故意用左手寫的。平常慣用右手的人，突然改用左手，就是不想讓人辨認出筆跡。由此推論，他留下的住址和姓名八成是編造的。」

「嗯，您分析得很有道理。」吉村聽到這些說明，露出釋然的神色。

「話說回來，那男子住進旅館倒是不難理解，但晚上十點到半夜一點多之間，他到底去了哪裡？從他白天的行動來看，好像沒什麼特別的。」

「是啊，我也在思忖當中的原因。」

今西雙手插進口袋裡，佇立在草叢中。眼前的河水泛起小小的浪花，遠處的山巒在驕陽下顯得鬱鬱蒼蒼。

「眞是一趟奇特的出差之旅，」吉村說道：「結果沒什麼重大的突破。」

的確如此，大老遠跑來，只了解到一個奇怪男子的行動。不管那用左手寫的字跡日後能否發揮破案的作用，來到遙遠的東北小鎭，也不過證實了這件微不足道的小事。

「今西先生，接下來要怎麼辦？」吉村消沉地問。

「是啊，沒有目標，我們暫且回去吧。」

「不必再調查那男子的行蹤嗎？」

「調查也沒用，他在亀田頂多只待一天。」

「那麼，他到底爲什麼會來這裡？」

「我也不清楚。若說他是流浪的臨時工人，又沒有找工作的跡象。不過，正如你所說，愼重起見，我們還是到附近查訪一下。來這趟也不容易，打起精神吧。」今西對著沮喪的吉村說道。

3

翌日下午，今西和吉村再次拜訪岩城警署。

「這次承蒙貴署多方關照了。」今西向署長致謝。

「不必客氣，有什麼斬獲嗎？」身材肥胖的署長微笑著問。

「多虧你們的指點，大體情況已明瞭。」

「是嗎？有線索了嗎？」

「嗯，略微掌握案件輪廓了。」今西回答。

其實，這條線索能否發揮作用尚不得而知，但爲了給特地通知此事的署長些許面子，今西只好這麼說。不，也許這線索日後意外地能派上用場。

「太好了，我們沒有白費工夫。」署長有點自鳴得意。「後來的情況呢？」

「我們推論那男子可能不只到亀田，也許還出現在其他地方，於是到附近的村莊查訪。」

「眞是辛苦了，有什麼結果嗎？」

「沒有，他似乎只在亀田出現，可能是從亀田站坐車到其他地方。我們起初推測這種流浪的臨時工人，不是外地來的，就是會到附近去，於是展開調查，但都沒發現他的行蹤。」

「讓你們奔波了。不過，說來奇怪，那男子居然只在亀田出現……」

「是啊，但認眞思考起來，這種可能性也是有的。」

他們跟署長閒聊了一會就藉機告辭，署長送他們到門口。今西與吉村沿著雪鄉特有的長屋簷底下的街道，朝車站走去。

「我們坐幾點的火車回去？」吉村邊走邊問今西。

「嗯，當然是坐今晚的火車回去。坐夜間火車最適當，明天早晨即可到達上野，然後直接趕往總部。」

他們沒帶火車時刻表，只能先到車站，選擇合適的班次。

車站很小，走進去就看見時刻表掛在售票口的正上方，兩人抬頭查看著班次。這時，後面突然一陣騷亂。今西回頭望去，只見三、四個拎著手提箱的年輕人，被五、六名新聞記者包圍，其中有人拿著相機朝那些年輕人頻頻拍照。今西一眼就知道這些年輕人不是本地人，顯然是從東京來的。他看到當地記者在採訪，很想了解狀況，不住地打量著他們。

據今西觀察，四名年輕人的穿著乍看十分隨性，其實經過細心搭配，這種打扮以文化界人士居多。他們有的蓄著長髮，有的戴著貝雷帽，年紀都在三十歲左右。

當地的新聞記者不斷地採訪，時而將相機對準某人拍照。從這陣仗來看，這些年輕人享有相當的社會地位。總之，在這偏僻的鄉下車站，他們一行人的出現引起騷動，連坐在候客室的本地人也不禁把目光投向他們。

「不過，日本的火箭還不行啦！」

其中一名年輕人似乎這麼告訴記者。那名男子膚色白皙、眉毛粗黑，在一行人當中顯得特別年輕。他身穿灰色西裝，沒繫領帶，黑色運動衫的衣領翻在外面。

「他們在做什麼？」吉村納悶地問。

「不知道。」今西也弄不清楚，這幾名年輕人看上去來頭不小，年齡卻都不大。此時，兩、三個當地的年輕小姐走到他們面前，拿出類似記事本的東西。其中一名年輕人拿出鋼筆，在上面寫著什麼。那些小姐點頭致謝後，又把記事本遞給下一名年輕人，他照樣在上面疾筆一番。原來，這幾個小姐是請他們簽名留念。

「他們是電影明星嗎？」吉村看著那情景問。

「我說不上來。」

「他們不像是電影明星，談話的內容也有點奇怪。」吉村歪著腦袋說。

「最近出道的電影明星我們多半不認識，那些年輕小姐反倒比我們熟悉。」今西說出自己的感想。

其實，當今的電影界跟今西年輕的時代相比，改變非常大。他印象中的明星，如今都已淡出銀幕。

不久，那群年輕人走出剪票口。那是開往青森的下行列車，不是今西他們要搭的班次。

新聞記者朝那群年輕人行禮後，便各自離開。

「我去打聽是怎麼回事。」吉村興致高昂地說。

「不要啦。」今西制止道。

「可是，我想弄清楚他們的來歷。」

年輕的吉村果真喜歡湊熱鬧，他向拿著簽名簿的小姐走去，欠身對著她說了些什麼。那小姐略感羞赧地回答，吉村點點頭，走回今西身旁。

「我明白了。」吉村有點難爲情地開口。

「明白什麼？」

吉村轉述那年輕小姐的話。

「他們果真是東京的文化人士，也就是最近時常出現在報章雜誌上的『新思潮派』成員。」

「什麼是『新思潮派』？」今西納悶地問。

「大概就是『一群新銳』，由進步的文化菁英組成的團體。」

「噢，『新思潮派』？我們年輕時也出現過『新村』(註一)。」

「啊，您說的是由名作家武者小路實篤(註二)組織的『新村』。這可不是『村』，而是『群』呢。」

「他們是怎樣的團體？」

「裡面有各式各樣的人才。簡單講，他們是思想新潮、前衛的年輕世代，既有作曲家，又有學者、小說家、劇作家、音樂家、電影工作者、記者、詩人等等。」

「你知道的還滿多的。」

「沒有啦，我是從報章雜誌上看來的。」吉村有些不好意思。

「剛才的四人都是那個團體的成員嗎？」

「是的。聽那小姐說，穿黑色襯衫的是作曲家和賀英良，站在他身旁的是劇作家武邊豐一郎，接著是評論家關川重雄、畫家片澤睦郎。」

吉村這麼一介紹，今西覺得似乎在哪裡聽過這些名字。

「他們爲什麼來到這鄉下小鎭？」

「岩城町有個T大學的火箭研究所。他們參觀結束，正要回去。」

「火箭研究所？在這鄉下地方有那樣的機構嗎？」

「我想起來了，記得在某雜誌上看過火箭研究所的報導。」

「想不到在如此偏僻的地方，也有高科技的研究機構。」

「是啊，他們準備坐車去秋田，遊覽十和田湖一帶再返回東京。他們都是在新時代嶄露頭角的人物，是媒體寵兒，所以當地的新聞記者才會競相報導。」

「原來是這樣。」今西不太感興趣，畢竟彼此毫無關聯。聽完吉村的說明，他大大打了個呵欠。

「對了，吉村君，車次決定了嗎？」

「嗯，十九點四十四分有班快車。」

「幾點到達上野？」

「隔天早晨六點四十分抵達。」

「這麼早就到了？也好，先回家睡個覺，再去搜查總部報到。」今西喃喃自語。「反正這次查訪沒什麼斬獲，用不著急著趕回去。」

「也是。今西先生，既然來到這裡，順便去觀賞日本海的景色如何？時間還很充裕。」

「好，就這麼決定。」

今西和吉村沿著街道朝海邊走。市街慢慢變成漁村，濃郁的海潮味撲面而來。放眼望去，整個海岸邊都是沙灘。

「眞是一望無際啊。」吉村漫步在沙灘上，眺望著浩瀚的大海。水平線上看不到一點小島的影子，夕陽將海面染成一片通紅。

「日本海的顏色眞深。」吉村望著大海感嘆道。

「太平洋的顏色淺得多。或許只是我的感覺，此處的海水彷彿被濃縮了。」

註一——新思潮派原文爲「新しき群れ」，新村原文爲「新しき村」。

註二——武者小路實篤（一八八五～一九七六），日本白樺派作家。

「是啊，這裡的海水果然符合東北的景色。」

他們眺望大海良久。

「今西先生，您完成了嗎？」

「你是說俳句嗎？」

「您是不是完成三十句了？」

「別亂說，寫俳句可沒那麼容易。」今西苦笑。

一個漁村少年扛著魚簍從他們面前走過。

「在這裡才知道東京是多麼喧囂。」

「好悠哉啊。」

「若能悠閒地待個兩、三天，身心都會感到舒暢。心靈的塵垢彷彿能一併洗去。」

「聽你這樣形容，倒像是詩人。」今西看著吉村說。

「不，您過獎了。」

「從剛才你道出那些年輕人的來歷，就知道你讀了不少書。」

「不，沒您說得那麼厲害，我只是想多了解一些知識而已。」

「他們叫新……什麼？」

「新思潮派。」

「嗯，『新思潮』這名稱有趣又容易記，應該不是一群無所事事者的聚會吧？」

「怎麼可能！他們是一群聰敏過人的菁英，無不肩負著啓發下個世代的重責大任。」

「小時候聽我叔父說，他寫過簡短的小說。我提到的『新村』，就是產生自那個時代。」

「啊，您指的是『白樺派』吧？」

「沒錯，不過最近個人色彩更濃了。在白樺派當中，雖然有島武郎和武者小路實篤個性鮮明，但全體成員的色彩還是比較平均。剛才那些人就不同了，他們有著非常強烈的自我主張，這也是該團體的特徵。而且白樺派當時頗爲宣揚人道主義，活動也局限於文藝範圍，但最近那些年輕人對政治議題頻頻提出建言。」

「時代果眞不同了。」

今西沒完全聽懂吉村話裡的含意，但似乎明白了些道理。

「我們回去吧。」年輕的吉村覺得有些無趣了。

「走吧，反正今天晚上要坐火車。我跟你不同，在車上沒辦法睡，得趁現在多休息一下才行。」

4

這班火車的乘客不多。今西和吉村在本莊換乘快車，悠哉地在三等車廂裡找到座位。

「今西先生，我去買便當。」吉村放下行李，匆忙地走了出去。

快車要在這裡停留五分鐘，所以有足夠的時間買東西。車窗外淨是前來送行道別的場面，今西怔愣地望著。他們用當地的口音交談，聽不清楚談話內容。

不一會，吉村捧著便當和茶水回來。

「哎，辛苦你了。」今西接過便當和茶水。

「我好餓，要不要現在就開動？」

「等火車出發後再吃吧，比較安心。」

「是啊。」

列車終於發動，車站內燈火通明，「羽後本莊」的站名標牌隨著月台逐漸往後退。市街上閃動的燈火隨即映入眼簾，許多人站在平交道目送火車離去。

今西跟往常一樣，每次到遙遠的地方出差，總是感慨萬端，想著這輩子是否有機會再踏上這塊土地。沒多久，火車駛出夜幕籠罩的羽莊町，黑漆漆的群山在眼前晃動。

「差不多可以開動了吧。」吉村打開便當。

「吉村君，」今西跟著打開便當，說道：「我每次吃火車便當，總會想起許多往事。小時候，我最大的願望就是能吃到火車便當，可是母親難得買給我。當時，一個火車便當賣多少錢啊？對了，大概才三角多吧。」

「噢，那麼便宜嗎？」吉村朝今西瞥了一眼。從今西的話裡，他似乎能體會今西的成長和幼年時代的環境。對比之下，剛才在車站看到的年輕人，他們的成長環境顯然優越許多。他們全是富家子弟，而且都受過大學教育，過著優渥的生活。吉村看著今西的臉龐，不由得比較起這位資深而踏實的前輩刑警和那些年輕人來。

今西津津有味地吃完便當，將土瓶裡的茶水一咕嚕倒進喉嚨，滿是鬍鬚的臉上露出疲憊的神色。他蓋上便當盒，仔細綁好繩子，掏出剩下半截的香菸陶醉地抽了起來。

抽完菸，今西摸了摸上衣，取出筆記本，嚴肅地看著。坐在對面的吉村以爲今西在思考案情。

「吉村君，你看一下。」今西有點難爲情地笑著，將筆記本遞到吉村面前。

掛麵成排晾／綠葉風撫伴歌唱／日下閃閃亮
迢遙東北旅／碧海藍天織錦帶／徒增夏意歡

「您果眞有收穫啊！」吉村笑著看下一首。

河邊野草地／愜意放夢白日遊／臥枕衣川波

「這是在描寫那個行跡怪異的男子吧。」吉村指著那首俳句。
「嗯，可以這麼說。」今西靦腆笑著，視線投向窗外。
火車在漆黑的夜裡疾馳，偶爾可看見遠處山腳下的民家燈火，流星般往後飛逝。
「今西先生，」吉村說：「我眞希望那男子跟這起案子有關。」
「是啊，這樣我們就不算白跑了。」
「大老遠專程跑來，才知道查出的事情跟此案沒什麼關聯，終究令人有些洩氣啊。」
吉村不斷爲此行沒有重大收穫感到過意不去。搜查總部經費有限，這次專程跑到東北卻沒什麼突破，難怪他非常在意。
「沒辦法，到時候再請同事多加體諒。」
「嗯，話說回來，今西先生，一想到我們悠閒地坐著火車，其他同事正爲偵破此案到處奔波，心裡就覺得愧疚。」
「吉村君，這也是工作，你不必苛責自己。」雖然這麼勸慰吉村，其實今西比吉村更深刻體會到這股壓力。
目前搜查遇到瓶頸。若搜查順利，他們就不必專程跑到秋田縣這種鄉下地方，顯然搜查主任有亟待破案的壓力。尤其發現亀田這地名的是今西，此次出差令他備感壓力。
今西略感沮喪地望向窗外，突然喃喃自語：「不曉得那件運動衫是否搜出來了？」
「什麼運動衫？」吉村納悶地問。
「就是凶手穿的衣服啊。殺害死者的時候，身上必定會濺到大量血液，他不可能一直穿著，八成藏在某個地方。」
「凶手通常會將這種東西藏在家裡。」

「這種例子很多，但本案可另做假設。你不覺得……」今西接著說：「如果凶手的衣服血跡斑斑，能否安然返家實在令人懷疑，因爲途中恐怕會被人發現。」

「不過，那是在夜晚。」

「沒錯，但若凶手住在很遠的地方，不可能穿著血衣坐上電車吧？縱使搭計程車，也會引起司機的懷疑。」

「難不成他開自用轎車？」

「這種可能性頗高，但我認爲凶手八成是在某個中繼點換下血衣。」

窗外，暗夜持續飛掠而去，性急的旅客已準備就寢。

「您的推論極有可能，」吉村接著說：「這麼一來，那想必就是凶手的藏身之所。」

「我想也是。」今西好像在思考什麼，望著窗外兀自嘟囔。他從口袋掏出半截香菸，點燃並抽了起來。

「那麼，藏身處會是凶手情人的住所嗎？」

「我也不知道。」

「不過，若能在那地方換下衣服，應該不會是空屋，絕對有人居住。對方肯定跟凶手有特殊關係。」

「有道理。」

「是啊。」

「不是紅粉知己，就是親友或兄弟吧？」

遇到這種情況，今西往往不會多說什麼。老練的刑警喜歡獨自思考。

年輕的吉村平常不會跟在今西身旁。吉村是命案發生處的轄區刑警，以前碰上凶殺案的時候，他總是和警視廳派來的今西搭檔，所以非常敬重今西這位資深刑警。每次遇到難辦的案子，吉村都會請教今西，他非常了解今西的性情和嗜好，也跟今西的家人有來往。

若掌握到有利線索，今西絕不會向同事透露，而是直接向搜查一課的課長匯報。搜查一課是承辦凶殺命案的單位，共有八間辦公室，每間辦公室各有八名刑警，一旦成立搜查總部，就由其中一間辦公室派員出去。這八名刑警的立場不同，儘管都聽從主任警部的指揮，但握有搜捕凶手的線索時，通常會暗自行動。人難免有功名利祿之心，這是可以理解的。因此，每次在搜查會議上，刑警未必會將自己的搜查進度和盤托出。

要說保守也有幾分道理，但今西長期以來就是信守這種作法。無論在思考什麼，或找到什麼有利的線索，絕不會輕易洩漏口風。

「睡覺吧。」今西無聊地捻熄菸蒂。

「好啊。」

「你說列車早晨幾點到站？」

「六點半。」

「這麼早到不會有記者來迎接吧……不過，這次出差真是太花錢了。」

今西榮太郎醒來的時候，微光透過百葉窗灑進車廂裡。他稍微打開車窗，窗外的群山在乳白色的薄明中隱約可見，但山形與剛才不同。他抬起手表一看，已是清晨四點半。

吉村還在酣睡。今西凝目觀察列車開到哪裡，沒多久，經一個車站，瞬間閃過「渋川」的站名。

今西抽菸的時候，身旁的吉村睜開眼。

「您醒來了？」吉村眼中帶著血絲。

「把你吵醒了，不好意思。」

「不會啦。」吉村揉著眼看著窗外。

「到什麼地方了？」

「剛過渋川。」

「哎，總算快到了。」

「你再多睡一會。」

「好吧。」吉村閉上眼，旋即又睜開。

「我睡不著了。」

「是因爲快到東京了？」

吉村也從口袋掏出香菸。他們怔愣一會，列車從山地往平原駛去，車窗外逐漸亮了起來。今西將百葉窗拉起，可以看到晨起的農夫在田間工作的身影。沒多久，窗外的房屋明顯增多，已到達大宮站。

「吉村君，不好意思，幫我買份報紙好嗎？」今西央求道。

「好，我這就去買。」

吉村從座位上站起，穿過通道跑下月台。他幾乎在發車的同時回到車上，手中握著三份報紙。

「啊，眞是勞煩你了。」

今西拿到報紙後，隨即翻開社會版瀏覽。他掛心著出差期間搜查工作是否有進展，或有什麼新的突破。然而，報紙上隻字未提那起凶殺案。

今西又翻開另外兩份報紙，也沒有相關報導。吉村懷著同樣的心情盯著社會版。

「什麼也沒有報導。」吉村「啪」地闔上報紙。

「是啊。」

沒刊登案件的相關報導，他們的心情倒可輕鬆些。今西從頭版緩緩讀起，鄰座的乘客大都已醒來。再過三十分鐘便會抵達上野站，性急的乘客正在收拾行李。

「吉村君，你說的就是這個人吧？」今西推了推吉村的手肘，要他看文化欄上的照片。

吉村低頭探看，〈新時代的藝術〉這篇文章下署名「關川重雄」。

「啊，就是他。」吉村回答：「他就是我們在木莊車站看到的那群年輕人之一。」

「原來如此。這麼一說，面貌很像。」今西端詳著照片。

「從在文化欄發表文章這一點來看，他挺不簡單的。」

「他現在是媒體的寵兒。」

「他是新……？」

「新思潮派。」

「那團體的成員都像他那樣嗎？」

「大概吧。」

「我看不懂這篇深奧的文章，但他肯定是絕頂聰明的人。」

「應該吧。」吉村埋頭讀起今西遞給他的報紙。

「喂，到站了。」

列車駛進上野車站，吉村朝窗外看了一眼，收拾起報紙。

「吉村君，難纏的記者無所不在，我們還是分開下車吧。」

3 CHAPTER — 第三章

新思潮派

1

樂隊不斷奏出優美的樂曲，一名女歌手站在舞台上唱歌，舞台後方高掛著本次酒會主辦單位R報社的巨大社旗。在豪華的T會館大廳裡，交懸掛著數面小社旗。眾多來賓圍著酒桌緩緩來回走動。

這是R報社為了紀念旗下事業獲得重大發展所舉辦的雞尾酒會，應邀前來的全是社會名流，攝影師夾雜在手托銀盤的服務生中間，熟練地替這些貴賓拍照。

報社董事長以下，身穿禮服的高級主管在入口處迎接來賓。酒會已開始，賓客擠滿了整個大廳。來賓們自由交談著，有的欣賞女歌手的演唱，有的口沫橫飛地講個不停。這麼多人齊聚在豪華的大廳裡，宛如水面上漂動的浮萍。

有人手持玻璃杯，有人仔細品嘗桌上的佳肴，來賓臉上都掛著笑容。放眼望去，以老年人居多，他們都是知名人士，包括著名學者、企業家、文化界名人、藝術家……各行各業，不一而足。負責這次酒會招待的，是銀座某高級酒吧的老闆娘和劇團的年輕女演員。

有些客人較晚抵達。其中一個年輕人踏著鋪紅地毯的階梯走了上來，他站在入口處望著滿場的人群，顯得有些不知所措。他是臉型細長、額頭寬廣，略帶神經質的青年。

「關川先生！」一名身穿禮服、體型微胖的男子，從人群裡出聲招呼，他是這家報社的文化組次長。

「百忙中撥冗前來，眞是感謝啊。」

「哪裡、哪裡，打擾了。今天的酒會實在盛大。」青年世故地回禮，嘴角浮現一絲冷笑，漠然環顧周遭。「不過，全是些老人哪。」

「就是這種聚會嘛，別介意。你的同伴都在那裡。」文化組次長指著對面。大廳會場曲曲折折，評論家關川重雄穿過人群朝文化組次長所指的方向走去。

「噢，是村上順子。」他看向舞台兀自說道。

這時，女歌手正把雙手交握在低胸晚禮服前，放聲高歌。

關川穿越重重人群，混亂中與文化組次長走散了。行走間，他始終不斷以眼角餘光掃視著賓客的面孔。人群的盡頭站著幾名年輕人。

「嗨。」戴黑色貝雷帽、穿黑襯衫的前衛畫家片澤睦郎，向關川微笑打招呼。

「你來晚啦，我還以爲你不來了。」畫家有些責備的意思。

「唉，工作太多了。今天是截稿日，不趕不行。」

「上次……」從旁插嘴的是劇作家武邊豐一郎。他可能喝了酒，臉色微紅。

「對不起。」關川嘴上這麼說，態度依舊傲慢。這裡聚集的自然是他們的同好，有建築師、攝影家、導演、電影製作人，也有作家，年齡都不到三十歲。

「聽說你們去秋田參觀火箭？」

建築師淀川龍太手持蘇打威士忌，走到關川重雄的身旁，問道：「有什麼感想？」

「很好啊。」關川毫不遲疑地回答：「親眼看過那些研究成果後，我才深刻體會到空泛的觀念多麼站不住腳。在自然科學的面前，空洞的觀念根本禁不住考驗。我們平常喜歡談論各式各樣的理論，可是看過那些東西，總覺得所有的觀念在自然科學的重壓下，彷彿只能自慚形穢。」

「你也這麼認爲嗎？」建築師語帶嘲諷。

「嗯，我是這麼認爲的。原本我對自己的理論充滿信心，但坦白講，在科學面前我承認自己落伍了。」

「這麼說來，不久前你跟川村先生展開的論戰，不就……」

「根本不值得一提。」關川重雄傲然應道：「川村一成這種人，不過是現代的殘渣。這種人只會死抱住前人的亡魂，自戀地守在祭壇上，始終活在過去的幻想光環裡。我們得盡早將他剷除才行。」

關川重雄不屑地批判的川村一成，正是當代著名的文化評論家。

這時，剛才那名穿著禮服、頭髮微禿的報社文化組次長走了過來。

「哇，大家都到齊了？」他微笑著環顧四周，略帶醉意地說：「諸位文化菁英齊聚一堂，彷彿正要掀起一股新的時代風潮。」

「這次的酒會眞是盛況空前。」遲到的關川重雄回應，但文化組長聽得出來，這位平時喜愛高談闊論的年輕評論家並不是在恭維，而是話中帶刺。

「也許這種紀念形態有點老舊，但終究是一種慣例。」文化組長臉色微紅地說：「你看，那邊來了許多貴賓。」他隨即舉出三、四位當代美術和文學大師的名字。

「我們對那些老傢伙沒什麼興趣。」關川重雄嘲笑道。

這時會場發生小小的騷動。騷動的漩渦是從入口處掀起，文化組長轉頭望去，好像有些吃驚，隨即撇下幾名年輕人，撥開人群，慌忙地走上前。

留在原地的年輕人朝文化組長走去的方向看，只見一個老權威匆匆趕到會場。不過，以「趕到」二字形容有欠貼切，因爲那權威人士年事已高。他穿著高貴的和服、仙台平（註）褲裙，及白色布襪，宛如孩童學步，緩緩走向會場中央，左右兩旁都有人攙扶。當然，攙扶者並不是傭人，而是與會的來賓，他們一發現老權威走進會場，紛紛上前扶持。

老權威身後簇擁著一些人，他們往前走去，會眾無不讓路相迎。老權威年約七十，在場的賓客帶著尊敬和阿諛的笑臉向他致意。他邁著幼童般的步伐，微笑回禮。報社的高級主管立即引導這位老權威坐上貴賓席。

貴賓席上擺著四、五張沙發，聚集美術界、學界、文壇等各方面的大師。其中一人見老權威走來，趕緊起身讓座。

「你們看，」在遠處眺望的關川抬起下巴，對著同伴說：「那邊又來了一個老古董。」

在場的同伴都笑了起來。

「他就是死抱著前代亡魂的代表。」

「那種人最不要臉了。」

這些年輕人否定一切既定的權威。不斷破壞固有的制度和道德，是新思潮派青年奉行的主義。

「眞是厚顏無恥，」關川冷淡地說：「瞧瞧淺尾芳夫那傢伙，對老禿子阿諛奉承的模樣。」

那身材肥胖的著名評論家不停向老權威卑躬屈膝，但老權威只動了動凸出的下唇，絲毫不把對方的敬意看在眼裡。聽說老權威爲了參加這次酒會，專程從隱居的湘南趕來東京。

驀地，老權威身旁擠滿諸多人士。R報社董事長謙恭地來到老權威面前致意。頓時，老權威的臉上被閃光燈照得熾亮。

「淺尾芳夫不過是個不入流的庸人！文章寫得頭頭是道，然而，看他巴結的醜態，就明白他終究是權威的追隨者，缺乏自主性的可憐蟲。」關川冷笑，突然環視著同伴。「對了，和賀到哪裡去了？」問的是年輕作曲家和賀英良。

「和賀可能在大村泰一那裡。」

「大村先生？」

註—仙台地區生產的高級絲織品。

「就是那群老人聚集的地方。」

關川轉頭朝剛才老權威所坐的位子望去，許多人在席間穿梭致意，很難看出和賀英良是否在那裡。

「哼，」關川重雄不屑地嘟囔著：「他爲什麼要跟那些老古董打交道？」

大村泰一是當代的大學者，曾任大學校長，爲早期的自由主義者，享有極高的名聲。

「這也沒辦法，」劇作家武邊豐一郎說：「畢竟大村是和賀未婚妻的親戚。」

「噢，原來是這樣。」關川嘴裡這麼說，心中卻更反感。

導演笹川村一郎從人群中走了出來。

「喲！大家都到齊了吧？」他有個怪癖，打招呼的時候下巴總會抬得很高。只見他有點洋洋得意。

「怎麼樣？散會之後，要不要去喝幾杯？」這個導演喜歡熱鬧。

「好啊。」劇作家隨即應道。他平常與導演有來往，兩人性情頗爲投合。

「關川，你打算如何？」笹村問。

「讓我想想……」關川露出思索的表情。

「瞧你那副表情，好像有什麼隱情，太奇怪了。」導演笑道。

年輕的評論家關川重雄向來以尖銳的批判性言論聞名，至今爲止他不止一次挑戰老權威，敢於批判大人物的勇氣博得年輕世代的喝采。他從不顧慮尖銳的言論是否會引起對手的不快。

「關川，」導演半開玩笑地說：「我知道你最討厭機會主義者，我們的提議你別再猶豫了。」

這時，和賀英良從對面席上穿過人群走回來。他皮膚白皙得像個女人，連頭髮也像女人般柔軟服貼。

「和賀老師。」從人群裡走出來打招呼的，正是方才在舞台上演唱的女歌手村上順子。她不顧眾人的目光，向和賀英良嫣然致意。只見她輕抓著閃閃發光的禮服下襬，展翅般低下身子施上一禮。

和賀英良停下腳步，與女歌手相比，他像是個小弟。不過，女歌手在他面前反倒顯得有些拘謹。

「我剛才就想拜會您，有件事想拜託一下，方便耽誤幾分鐘嗎？」

「有什麼事嗎？」

女歌手稱二十八歲的和賀英良為「老師」，其實有點不相稱，因為他看起來比實際年齡還年輕。

和賀英良旁若無人地凝視著美麗的知名女歌手。那大剌剌的眼神看得女歌手不禁羞紅臉，儘管她平常並不怕生。

「不，下次見面再說，有件事想拜託您。」

「不能在這裡說嗎？」和賀面色不改。

「嗯，這個……」女歌手支支吾吾。

「好吧。不過，我可是很忙的。」

「我知道。只是，我有重要的工作想請您幫忙，請務必安排時間見我一面。」

「再打電話給我吧。」和賀英良說道。

「什麼時間都沒關係嗎？」女歌手拘謹地問。

「如果只是講電話的話。」和賀回答：「總之，我事情繁忙，即使接到電話也不一定能撥出時間跟妳見面。」

作曲家冷漠地說著，但這著名的女歌手並不以為意。

「我了解您非常忙碌。那麼，這幾天我會打電話給您，請多關照。」

美麗的女歌手露出羞紅的笑容，握著禮服的下襬行一禮。

周圍的人目送著從女歌手身旁冷漠離去的新進作曲家颯爽的背影。和賀英良來到年輕同伴的跟前，才恢復原來的表情和神態。

「喲，好久不見。」和賀英良微笑著對淀川說道。然後，他又向關川致意：「上次謝謝你。」這是指上次去東北地區參觀火箭的事。

「剛才怎麼了？」關川目睹村上順子向和賀英良打招呼的場面，冷笑著問。

「什麼意思？」和賀英良輕蔑一笑，「她有事情找我，還不是想要我替她作曲，眞是厚臉皮的女人。」

「偏偏就是有這種人。」關川隨即應道：「表面上想走新的路線，本身卻缺乏藝術涵養，整天只想自我宣傳或成名，不過是趁機利用我們而已。這種伎倆我早看穿了，之前也有那樣的人來找我。」

「眞是不自量力。」和賀說：「這女人只會唱庸俗的流行歌曲，哪懂得我的藝術精神！她只知道追求標新立異，你以爲我會爲這種俗不可耐的庸人作曲嗎？」

服務生端著擺有玻璃杯的銀盤走過來，和賀英良從中選了杯威士忌蘇打。

「實在是無聊透頂的聚會。」建築師淀川開口：「我們差不多該走了，反正在這裡久待也不會有什麼益處。」

「不，不全然沒有益處，」關川面帶慍色：「光是能親眼目睹這批過去的老怪物，就不虛此行。」

「剛才我們也在商量這件事。」建築師在旁邊對和賀說：「大家決定去銀座喝酒，你去不去？」

「我考慮一下……」和賀英良瞥一眼手表。

「你跟朋友有約嗎？」關川嘴角撇了撇。

「有倒是有，如果不耽擱太久，我可以奉陪。」

關川重雄勉強接受和賀英良的說詞。

「談妥了，就這麼決定吧。那我先走了。」淀川龍太隨即撥開人群，消失無蹤。

「關川，你也要去嗎？」和賀問道。

「好啊。」關川回答。

這時候，舞台上又奏起新樂曲。

2

「幸福俱樂部」位於銀座的後街。

這家酒吧設在大樓裡的二樓，格局不大，卻是採會員制的高級酒吧。經常有企業界人士和文藝界名人光顧，名聲響亮。

華燈初上，就有客人蒞臨，生意十分興隆。尤其九點以後，更是擁擠不堪，陸續抵達的客人只好站在門口等候。

這時，有大學的哲學系副教授和史學系教授坐在角落的雅座對飲。此外，還有兩組公司董事模樣的客人。店內仍很安靜，陪酒小姐幾乎都圍坐在這三組客人身旁。公司董事說著高級的下流話，教授們則談論著對自家大學的不滿。

酒吧的門被推開，五名青年走了進來。坐檯的小姐不約而同地轉過頭。

「歡迎光臨。」店裡的小姐大都起身迎接新來的客人。

身材高眺的老闆娘離開董事身旁，迎向新來的客人。「好久不見，請這邊坐。」

寬敞的雅座裡尚無客人，但座位仍不夠，於是又拿來幾張椅子放在旁邊。這幾名客人相對而坐，陪酒小姐穿插著坐在他們之間。

「你們來得很齊嘛。」老闆娘臉上堆滿笑容：「是在什麼地方碰上的？」

「別提了，是無聊透頂的酒會。大家剛好聚在一起，便提議來轉換心情。」導演笹村一郎率先開口。

「謝謝各位的捧場，非常歡迎。」

「笹村先生，」一個臉型細長的小姐說：「你好久沒來了。上次你喝得酩酊大醉回家，害我們好擔心。」

「對不起，那次眞是失態了，幸好平安無事回到家。」

「笹村，你是跟誰一起來的？」關川重雄插嘴。

「那是某雜誌社辦的座談會，我碰到一個討厭的傢伙，便趁機開溜，但又不想馬上回家，便來喝酒。不知不覺喝太多，出了洋相。」

「大夥費了好大的工夫，才將他扶上車。」陪酒小姐朝關川笑道。

在這裡的五個人，是導演笹村一郎、劇作家武邊豐一郎、評論家關川重雄、作曲家和賀英良及建築師淀川龍太，畫家片澤睦郎到別的地方去了。

「各位想喝什麼？」老闆娘笑容可掬地環視每個人。

五個人分別點了想喝的酒。

「和賀先生，」老闆娘面向作曲家，「上次眞對不起，還好嗎？」

「就這樣啊。」和賀轉身回應。

「不，我不是問你，而是問那一位……」

「和賀，」鄰座的導演拍了拍和賀的肩膀，「你慘了，是不是帶小姐在什麼地方被老闆娘撞見了？」

「那裡很不錯吧？」老闆娘瞇著一眼笑道。

「那大概是夜總會吧？」和賀英良看著老闆娘問。

「太不像話了，居然還說得出口。」笹村插話。

「我看到了，她長得很漂亮。」老闆娘笑著說：「我在雜誌上看過照片，但她本人比照片上漂亮得多。和賀先生，你眞幸福啊。」

「是嗎？」和賀歪著頭，取用端來的酒杯。

「爲和賀的未婚妻乾杯……」導演帶頭與大家碰杯。

「還不承認啊……」老闆娘瞪著和賀，「全日本的幸福好像全被你抱走了。你才華洋溢，又是年輕世代的佼佼者，不久後又要娶名門千金，簡直羨煞天下人。」

「我們也想沾沾你的福氣。」在場的小姐紛紛向和賀說道。

「是這樣嗎？」和賀又嘟囔著，低下頭。

「哎呀，妳們看，和賀先生害羞得低下頭了。」

「我不是在害臊。只是我這個人不論碰到什麼事情，總抱著懷疑的態度，以此來審視自己。這是我的性格……」

「眞不愧是藝術家。」老闆娘讚美道：「我們若遇上幸福，馬上會自我陶醉起來，成不了大器，沒辦法像和賀先生那樣凡事精心分析。」

「所以才時常碰壁。」其他的小姐隨聲附和著。

「話說回來，再怎麼審視自己，得到的幸福也不會改變。關川先生，你說是嗎？」老闆娘轉身問鄰座的評論家。

「沒錯。我認為人遇到幸福，以平常心接受即可，過多的分析或客觀的觀察，反而不好。」關川重雄輕皺眉頭，說出自己的看法。他瞥了和賀一眼，沒再說什麼。

「和賀先生的婚禮什麼時候舉行？」

「對了，我在雜誌上看過這則消息，傳聞是今年秋天。上面還登出他們小倆口的照片。」一名穿黑色絲綢禮服、清秀瘦削的小姐說道。

「妳們不要相信那些八卦新聞，根本是捕風捉影，亂寫一通。」和賀解釋。

「八卦雜誌本來就是以腥、煽、色為主，當然不負責任。」

「不過，從你跟她相偕出現在夜總會附近來看，你們感情相當不錯嘛。」建築師淀川出聲。

「那還用說嗎？」老闆娘接過話，「我看過他倆跳舞，多有默契呀。當時我和客人坐在同一桌，客人也出神地直盯著他倆。」

「噢……」一個小姐拍手讚嘆。

劇作家和評論家談起同伴的事情。

「他們是什麼人？」教授望著對面話聲略大的雅座問。

「『新思潮派』的成員。」坐檯的小姐答道。

「『新思潮派』是幹什麼的？」

「就是最近走紅的年輕藝術家團體。」哲學副教授回應：「他們都不到三十歲，卻被譽為年輕世代的代表。他們的宗旨是，否定並破壞既有的傳統道德、秩序與觀念。」

「啊，這麼一提，我有印象。」史學教授說：「我似乎在報紙上讀過類似的報導。」

「如你所見，最近他們在媒體上非常活躍。坐在老闆娘面前、髮型帥氣的男子，就是作曲家和賀英良。他也在試圖顚覆既有的音樂傳統。」

「好，不用解釋了。坐在他旁邊的是誰？」教授醉眼迷濛地望著那個年輕人。

「坐在和賀旁邊的是導演笹村。」

「他也是一樣嗎？」

「是的，據說他矢志改革戲劇界。」

「我年輕的時候，」教授說道，「有個築地小劇場，曾使青年們熱血沸騰。他們主張的是那樣的運動嗎？」

「有點不一樣，」副教授略帶爲難地說，「比那運動更大膽、更具創造性。」

「是嗎，下一個是誰？」

「應該是劇作家武邊吧？」副教授略失自信地望著陪酒小姐。

「是啊，他正是武邊老師。」

副教授在雜誌上看過他的照片。

「轉頭看向後面的是誰？」

「評論家關川老師。」

「那坐在陪酒小姐旁邊的又是誰？」

「建築師淀川老師。」

「原來全是『老師』。」教授露出冷笑，嘲諷道。

「那麼年輕就被奉爲老師，眞了不起。」

「現在，任何人都能以『老師』相稱，連幫派老大都被稱爲『老師』。」

「他們在笑什麼？」

「可能在談和賀先生的事情吧。」陪酒小姐聽到對面的談話。

「和賀怎麼了?」

「和賀先生的未婚妻田所佐知子，是知名的新銳女雕刻家，父親是前任大臣田所重喜，也是赫赫有名的人物。」

「噢，是嗎?」史學教授興味索然地應道。

不過，同一話題又在企業董事的席間談起。

「噢，田所重喜……」那兩名董事不認識年輕藝術家，但聽到前任大臣的名號，突然露出驚訝的眼神。

隨著時間的推移，店裡的客人愈來愈多。他們大都是兩、三人結伴前來，所以這群年輕酒客喧鬧的雅座仍受到眾人的側目。微暗的店裡充斥著菸味和熱鬧的話聲。

這時，大門靜靜打開，一名老紳士走了進來。他蓄著半白的長髮，戴著一副寬金絲邊眼鏡，穩穩邁步向前。看到雅座裡的幾名年輕人，他頓時有點不知所措。

「歡迎光臨，三田老師。」

這位老紳士是文化評論家，論述範疇不限於文學，對美術和風俗、時事也常發表高見。他叫三田謙三，是著名人士。

當三田謙三看到這幾名年輕成員的時候，有成員也認出了他。

「三田先生，」關川起身打招呼:「晚安。」

三田謙三勉強擠出一絲微笑，「噢，你們常來?」

「偶爾會聚聚。」

「滿熱鬧的嘛。」三田不知該說什麼好，尷尬地站在原處。

「三田先生，請這邊坐。」建築師關川龍太出聲。
「不……我待會再來打擾。」
剛好有個陪酒小姐迎上來，三田便隨同離開，僅向他們點頭致意。
「他逃走了。」關川脫口而出，聲音很小，但旋即引起哄堂大笑。關川非常瞧不起三田，認爲他是低俗的評論家，背後給他取了個「雜貨店」的綽號。
之後，年輕人的雅座裡又傳出歡鬧聲。
最早說要離開的是和賀英良。「我跟朋友有約，先走一步。」
「哎呀，先生，看你好像很高興的樣子。」身材瘦削的小姐拍著手說。
「我也要走了，突然想起有件事要辦。」關川臉色微慍。
此時，大家趁機紛紛站起，坐在別桌的老闆娘趕忙過來，逐一跟他們握手道別。接著，他們朝外面走去。
「關川，」劇作家喊道：「你要去哪裡？」
「我跟你們方向相反，失陪了。」
劇作家打量著關川的表情，放棄挽留，跟建築師和導演結伴。和賀英良向他們揮著手，信步朝大馬路走去。
關川重雄目送著和賀離開，將叼在嘴上的香菸扔在路面，往反方向走。
「先生，要不要買花？」
一個年輕的賣花小姐靠近，關川冷漠地將她趕走。
看到街角處有個電話亭，他大步走進去，沒查記事本便直撥電話號碼。
關川重雄坐上計程車，在一棟房子前下車時，恰巧是晚間十一點。搭計程車以前，他在其他地方逗留了片刻。

這棟房子座落在渋谷坡道上的住宅區，前面的大門總是敞開，門廊也是通宵出入自如。門廊亮著微弱的電燈。

簡單地說，這棟公寓門戶不嚴。一進正門就是樓梯，走廊也亮著微弱的燈光，兩側都有住戶，每戶都從裡頭反鎖。

關川重雄絕不會在白天過來，這種時間上門不會被人發現。他走到最裡面的一戶，以指尖在貼有「三浦惠美子」名牌的門上輕敲兩下。

門從內側拉出一條細縫，一名年輕小姐探出頭，輕聲說道：「回來了啊。」

關川不吭一聲地走進去。女子已換下黑色禮服，穿上普通毛衣。她正是剛才在「幸福俱樂部」的那名外型瘦削的陪酒女郎。

「天氣很熱，快脫下吧。」

惠美子接過關川的西裝上衣，掛在衣架上。這一戶只有三坪大，靠牆擺著五斗櫃、梳妝台和衣櫃等家具後更顯狹小。不過，畢竟是單身女子的住處，收拾得整潔雅緻，飄散著香味。每次關川過來，她必定會灑上香水。

關川盤腿而坐，惠美子立刻送上濕手巾。

「妳什麼時候回來的？」關川擦著臉問。

「剛到不久。我接到你的電話後，便向店裡請假趕回來。由於還沒打烊，半途開溜眞不容易。」

「我到妳們店裡，妳就應該知道了。」

「可是你沒說什麼，又沒給我使眼色。」

「畢竟全是些討厭的傢伙，在那麼多人面前，我也不好使眼色。」

「也是，他們個個都觀察力敏銳。不過，我很高興，因為你沒事先通知就來酒吧。」
惠美子傾身貼近關川。關川突然緊抓住她的肩膀，她順勢躺在關川的懷裡。
「那是什麼聲音？」關川聽到聲響，鬆開接吻的嘴。
惠美子睜開眼，說道：「在打麻將啦。」
「噢，原來是打牌聲。」
「他們全是學生。今天是星期六，他們每逢星期六晚上總是如此。」
「打通宵嗎？」
「是啊，他們是老實的學生，但星期六會三五成群來打麻將。」
「就是妳對面那一戶嗎？」
「嗯，剛開始我也覺得吵鬧，但他們都是年輕人，時日一久我就習慣了。」
「這麼說，他們整個晚上都不睡覺？」關川露出厭煩的表情。

3

「要吃點什麼嗎？」惠美子問。
「嗯，我確實餓了。」關川重雄把襯衫扔在一旁。惠美子接過襯衫，套在衣架上。
「我猜你一定餓了。酒會之後你什麼也沒吃吧？」
「我只在酒會上吃了些三明治。」
「我準備了清淡可口的食物。」
惠美子從廚房端出食物。只見餐桌上擺著生魚片、比目魚乾和醬菜。

「這是什麼魚？」

「鱸魚啊。我去壽司店硬要老闆賣給我的。老闆說，這季節的鱸魚最鮮美了。」

惠美子將米飯盛在碗裡。關川的飯碗平常就放在這邊。

關川悶聲不響地吃著。

「你在想什麼？」惠美子窺探著關川的表情。

「沒什麼。」

「可是，你自始至終都默不吭聲。」

「沒什麼話好說嘛。」

「是嗎……你不講話總覺得好冷清。你們在哪裡散會？」

「走出妳們酒吧後就散會了。」

「和賀先生呢？」

「和賀大概是去找未婚妻吧。」

惠美子察覺關川回答時面露不悅。

「要不要再來一碗？」

「不用了。」關川舉起茶杯讓她倒茶，轉換話題：「店裡忙嗎？」

「嗯，最近很忙，所以今天晚上突然請假，對老闆娘挺不好意思。」

「對不起，讓妳爲難了。」

「不會，爲了你，我什麼都願意。」

「店裡的小姐沒發現嗎？」

「沒問題，她們都不知道。」

「可是，接電話的時候，她們沒認出我的聲音嗎？」

「別擔心，她們聽不出來，因爲有許多客人打電話給我。」

「妳是當紅酒女嘛。」

「別這麼說，畢竟是生意場合，沒客人捧場我也臉上無光。」

關川重雄掠過一絲冷笑，給人漠然的感覺，但女子仍深情款款地望著他。

這時候，走廊傳來大步走路聲。

「眞吵，今天晚上他們都要這樣上廁所嗎？」關川雙眉緊皺。

「這也沒辦法。」

「那些學生沒看過我吧？」

「不會啦……眞討厭，你老是怕這怕那的。」

關川冷冷一笑，脫掉襯衫。

惠美子打開檯燈，關掉屋裡的電燈。只有棉被和枕頭處微微亮著，惠美子俐落地脫到一絲不掛。

「給我菸。」關川翻身說道。

「好。」

身旁的惠美子趕緊穿上衣服，打開熄掉的檯燈。她從放在桌上的菸盒抽出一根叼著，擦亮火柴點燃後吸了幾口，才放在關川的嘴裡。

關川仰躺著抽菸，睜開眼睛。

「你在想什麼？」惠美子躺在關川的身旁。

「唔……」關川依舊抽著菸沒說什麼。

「眞討厭，你始終都是這樣，是不是在爲工作心煩？」

關川沒有回答。對面傳來搓麻將的聲響。

「那聲音眞煩人。」

「你老是掛記在心，才會覺得吵，像我已習以爲常……菸灰快掉下來了。」

惠美子拿來菸灰缸，取下關川嘴上的香菸，撣去菸灰後又放回關川的嘴裡。

「對了，和賀先生幾歲了？」惠美子望著關川的側臉問。

「二十八歲。」

「這麼說，他大你一歲？那佐知子小姐呢？」

「大概是二十二、三歲吧。」關川冷淡地說。

「他們的年齡很匹配嘛。雜誌上寫著他們今年秋天要結婚，這消息是眞的嗎？」

「可能是眞的吧。」關川依舊冷漠。

床頭燈的淡淡光束，照在他的額頭和鼻子上。

「佐知子小姐是雕刻界的後起之秀，父親既有錢又有名望，和賀先生眞幸運啊。你應該會跟他一樣，找個名媛結婚吧？」惠美子盯著關川的眼睛。

「別亂說，」關川不耐煩地應道：「我跟和賀不同，才不搞那種謀略婚姻。」

「噢，那是謀略婚姻嗎？雜誌報導說，他們是戀愛結婚。」

「都一樣啦。和賀只想快點出人頭地。」

「這不是跟和賀先生……不，他的想法不就背離你們團體的宗旨嗎？」

「和賀很會講表面道理。他信誓旦旦地表示，即便跟富家千金結婚，也絕不妥協，還說佐知子的父親不是同一陣營的人，結婚以後，反而更能洞悉他的底細，堅忍對抗云云。他擅長詭辯，但我早已看透他的本性。」關川伸手將菸蒂丟進菸灰缸。
「這麼說，你不會像他那樣結婚嗎？」
「我不屑幹那種事。」
「眞的？」惠美子抱住關川。
「惠美子。」關川在她的擁抱下低聲問：「上次那件事，妳依照我的吩咐做了嗎？」
關川注視著天花板，眼珠一動也不動。
「沒問題啦。」
聽惠美子這麼說，關川突然吐了口氣，任憑惠美子撥弄他的頭髮。
「請放心，爲了你，什麼事我都願意做。」
「是嗎……」
「嗯，任何事我都願意。我知道你正處於緊要關頭，必須有更大的發展才行。所以，不論什麼祕密，我都會守口如瓶。」
關川轉過身，摟住她的頸後。「妳不會騙我吧？」
「爲了你，我死也心甘情願。」
「我們的事絕不能告訴任何人，知道吧？」
「知道，我絕不會說出去。」
關川的臉色突然陰沉下來。「現在幾點？」
惠美子拿起枕邊的手表看一下，「十二點十分。」
關川默默起身，惠美子無奈地看著他收拾東西。「你要走了？」
關川穿起襯衫和褲子。

出。

「我都明白，但還是想說，眞希望你偶爾能在這裡過夜。」

「說什麼傻話！」關川旋即小聲斥喝。

「剛才我不是告訴過妳嗎？天亮後，我要怎麼走出這棟公寓？」

「我知道，只是想這麼說。」

關川走到門口，打開一條細縫，走廊上空無一人。他躡手躡腳來到走廊。洗牌聲從旁邊的門傳出。

很不巧，這棟公寓的洗手間是共用的，關川來回都非常小心。走廊上只亮著微弱的燈光，他踮著腳尖，盡量不讓拖鞋發出聲響。

這時旁邊的門打開了，由於事出突然，關川吃了一驚。一名大學生也因爲這意外的遭逢，當場愣住。剎那間，關川趕緊別過臉，打算快步離開，但走廊狹窄，很難容納兩個人擦身而過。

由於有點在意對方，關川回到惠美子的門前，忍不住回頭。湊巧，朝洗手間而去的對方也回頭，兩人的目光交會。

關川走進屋裡關上門時，神色非常難看，佇立原地良久。惠美子見狀，從被窩裡坐起，問道：

「怎麼那副表情？」

關川依然不動，臉上血色盡失。

「你到底怎麼了？」

關川仍舊沒有回答。他默默坐在榻榻米上，拿起桌上的香菸抽著。惠美子掀開棉被起身。

「發生什麼事？」惠美子坐在關川面前，窺探似地問。

關川只顧吐著煙霧。

「你的神情太奇怪了。」

「有人看見我。」關川低聲回答。

由於說得太小聲，惠美子反問：「咦，你說什麼？」

「有人看見我。」

「誰看見你？」惠美子睜大眼睛問。

「斜對面那戶的學生。」關川夾著香菸的手搭在額頭上。

惠美子凝視著他。「不要緊，只是擦身而過，對方怎麼可能認出你是誰？」

「不，沒那麼簡單，我回頭張望，發現他也在看我。」

「噢……」

「而且是面對面。」

惠美子對著神情憂鬱的關川端詳良久，輕聲安慰：「別介意，這只是你的想法，也許對方根本沒看到你的臉……就算看到，也不會知道你是誰。況且走廊的燈光那麼暗，如果是大白天，還另當別論。你不要想太多。」關川依舊掛著陰沉的表情，「但願他不認得我。」

「當然不會認得你。對方是怎樣的人？」

「他長著圓臉，體型矮胖……」

惠美子點點頭。「唉，你弄錯啦，他不是住在斜對面的學生。那學生高高瘦瘦的，你看到的一定是來找他串門子的朋友，根本不會曉得你是誰。」

「朋友嗎……」

「放心啦。眞是的，一點小事就緊張成這樣。我跟你都快一年了，總是偷偷摸摸的。」惠美子略帶怨恨地注視關川，嘆了口氣。

「我走了。」關川急忙站了起來。

惠美子沒說什麼，默默幫關川整理衣裝。

4

三名學生擺好牌等著的時候，那個胖學生從洗手間回來。他說了聲「對不起」，在牌桌前坐下。

「現在幾點？」他若無其事地問。

「十二點二十分。」

「接下來得好好拚殺一番，離天亮還有五個鐘頭。」鄰座的學生開口。

「久保田，」坐在對面的學生對胖學生說：「換你做莊。」

久保田擲出骰子，「噢，好點數，太棒了。」

大家拿著牌，立在自己的面前。

「青木……」久保田邊扔牌邊問，青木是這一戶的主人。「斜對面的房客換人了嗎？」

「斜對面？」青木摸著牌說：「不，房客沒換。」

「我記得那一戶住著酒吧女郎吧？」

「嗯，她在銀座的酒吧上班。」

「噢，怎麼一開始就打出紅中啊，難不成是想大贏一場？」輪到出牌的學生邊思考邊問：「那個陪酒小姐長得漂亮嗎？」

「你沒看過她嗎？」

「我只來這裡三次，從沒看過她。」

「應該算是美女吧。喂，你怎麼突然這樣問？」

「剛才有個男人走進她的住處。」

「男人？」鄰座正在摸牌的學生不由得放下手，顯示出高度的興趣。

「她不像是那種女人。」青木歪著頭說道。

「之前從沒這樣，你會不會看走眼？」青木抬頭望著對面的久保田。

「我回頭的時候，對方剛好站在門口看著我，絕不會錯。」久保田回答。

「噢，這可是頭一回。對方是怎樣的人？」

「很年輕，大約二十七、八歲，長得細皮白肉，頭髮有點蓬鬆。我好像在哪裡見過他。」久保田露出沉思的表情。

「喂，輪到你了。」

之後打了五、六圈，桌子中間堆著下莊扔出的牌。昏暗的燈光落在象牙色的牌上。

「總覺得在哪裡看過他……」久保田嘟囔著。

「那麼介意的話，下次我替你問問那個陪酒女郎。」

「哼，我才沒興趣。只不過是那張臉似曾相識，卻又想不起來。」久保田喃喃自語。

關川重雄來到走廊上，躡手躡腳地走向樓梯口。幸好，這次沒遇上那幾個學生。屋內傳來丟牌和說話的聲音。

他偷偷下樓，穿上鞋子，走到門口。拉上格子門來到外頭，他才眞正鬆一口氣。

街上沒有半條人影，家家戶戶都大門緊閉，已將近凌晨一點。

關川沿著黑暗的巷弄朝大馬路走去。爲了招計程車，得走到大馬路。他仍惦記著剛才與學生碰個正著的事。就像惠美子說的，也許對方根本沒看清，他也希望如此，但總覺得對方已牢牢記住他的臉孔。

他在心中罵著：現在的學生真不自愛，通宵打麻將簡直是胡來。在社會騷然的現今，還藉這種遊戲消耗精力，不知他們在想什麼，全是些沒有教養的傢伙！

來到大馬路上，計程車的車燈一閃而過。雖然是深夜時分，奔馳的計程車仍不比白天少。空車很難等，映在車窗的盡是情侶的身影。

終於來了一輛空車，關川招手坐了上去。

「到中野。」

「好的。」

計程車沿著都營電車鐵道旁的道路疾馳。

「先生今天可真晚哪。」司機向背後的關川搭話。

「是啊，跟幾個朋友打麻將。」關川點了根香菸。「怎麼樣，最近生意好嗎？」

「比去年稍好一些。」

「最近很少看到空車，是不是景氣恢復了？」

「可能是搭計程車的客人變多了。」

「或許吧。不久前，除了上下班尖峰時段和下雨天之外，滿街都是空計程車，最近卻鮮少看到這種情形。聽說，交通部決定增加車輛分配，計程車行應該很高興吧？」

「才沒有，我們算是大公司，卻只增加十輛而已，上層簡直氣炸了。」

「交通部的方針是將分配的額度撥給新開的公司，而不是現有的公司。」

關川說到這裡，司機冷不防改變話題。「您是東北人吧？」

「嗯，你怎麼知道？」關川吃驚地問。

「從口音聽出來的。無論在東京住了多久，只要是當地人，憑感覺都聽得出來。我是山形縣北部的人，從您的口音來判斷，應該是秋田一帶的人。怎麼樣，沒錯吧？」

「是啊，我是那裡的人。」關川忽然露出不悅的神情。

4 CHAPTER — 第四章

案情膠著

1

國鐵蒲田調度場發生凶殺案後，轄區警署成立搜查總部已匆匆過了一個月。搜查工作幾乎沒有任何進展。警視廳搜查一課派出八名刑警，連同轄區警署的十五名員警合力展開調查，卻沒掌握到有力的線索。案情遇到瓶頸，無法突破。

案發後經過二十幾天，搜查總部的士氣開始低落。他們查訪所有相關地方、過濾所有可疑人士，幾乎沒什麼工作可做了。最近，警視廳管區內接連發生重大刑案，調查工作頗有進展，相形之下，蒲田凶殺案辦案進度更顯得停滯不前。每天早晨搜查員走出總部的時候，步伐難免沉重乏力。

依照慣例，案件調查若陷入膠著，搜查總部就要在一個月內解散，之後轉爲任意搜查。事實上，現在搜查總部已等同解散的狀態。

這天傍晚，設在轄區警署柔道場的搜查總部，聚集著二十四、五名搜查員。原本搜查總部是由警視廳刑事部長負責，這天卻由搜查一課課長和轄區的署長代理主持。

刑警個個面露倦容地坐著。他們面前的茶杯斟著酒，盤子上擺著類似醬燒的小菜。席間幾乎沒有談笑聲。往常，案件若順利偵破，解散搜查總部時所有組員都會高聲歡呼，但眼下案情絲毫沒有進展，難怪他們像喪家在守靈。

「報告長官，全員到齊了。」主任警部環視會場後，向搜查一課課長報告。

「各位同仁，這段時間辛苦了。」搜查課長從榻榻米上站了起來，接著略顯沮喪地說：「本案設立搜查總部以來，已將近一個月。這段期間各位付出諸多辛勞，遺憾的是，目前尚未掌握有力的事證，總部只好暫時解散。這種結果令人難過，但……」

課長掃視著在場的搜查員，他們都低頭靜靜聽著。

「本案的調查工作不會到此結束，今後仍會繼續追查下去。仔細回顧這起案件，當初雖然死者身分不明，但能參考的條件太齊全，多少讓我們過分期待能及早破案。經過多方查訪，依舊沒能查出被害人和凶手的關係。儘管各位同仁付出諸多心力，案情還是沒有突破，這是在最初階段設想得太簡單所致。」

今西榮太郎低頭聽著搜查課長的感觸。課長顯然是在激勵士氣，不過仍掩不住空洞的內容，終究是失敗者的口吻。

搜查總部解散以後，隨即進入任意搜查階段。到目前爲止，在這個階段抓到凶手的案例不多。最近，公開搜查的案子頗有成效，但僅限於凶手已曝光，只需公布照片請民眾協助的案子。然而，這起案件別說凶手，連被害人的身分也沒查出。

如搜查課長所說，案件剛發生時，現場的條件相當齊全。承辦人員太依賴這些資料，認爲可及早破案，導致過度樂觀，這話不無道理。實際上，案發初期今西也認爲很快便能偵破。從目擊者口中得知「亀田」這條線索時，所有的刑警都認爲破案有望。尤其是今西，比其他同事更感到責任重大。「亀田」這個地名是他找出來的，還千里迢迢到秋田縣出差查訪，最後卻是無功而返。

事到如今，今西不由得改變想法，「亀田」可能不是地名。他們到秋田縣岩城町亀田，僅查出一個與案件無關的行跡可疑男子。或許「亀田」眞的是姓氏。

不過，眼下退回到這個原點，也於事無補了。人一旦失敗，判斷就會出現種種謬誤。

搜查課長訓誡結束，由轄區警署的署長致詞慰勞大家，但內容與搜查課長大同小異。

會後，刑警們喝著酒聊談，但仍顯得意興闌珊。如果破案成功，大夥早已高聲談笑，事實卻不是如此。大家無不露出困頓的神色。

了無生氣的聚會很快結束。搜查課長和轄區署長先行離席，大夥跟著散去，沒人願意留下。

今西榮太郎獨自踏上歸途。他再也不必每天到這轄區警署內的搜查總部報到，從明天起，又得回到警視廳的刑警辦公室。

今西朝蒲田車站走去。街燈亮著，夜幕低垂的天空，掛著美麗的殘紅。

「今西先生！」驀然，有人在背後叫住他。回頭一看，原來是吉村追了上來。

「是你呀。」今西停下腳步。

「我跟您坐的國鐵電車剛好同一路線，想跟您結個伴。」

「好啊。」

他們並肩朝車站的方向邁步。

月台上人聲雜沓，非常擁擠。不巧遇上尖峰時段，電車裡擁擠得無法轉身，吉村被擠到離今西不遠的位置，用力抓著吊環。從車窗望出去，可看到向後飛逝的東京街景。五光十色的霓虹燈絢爛奪目，把都市的街景映得更加華麗。

吉村要在代代木站下車，今西則得乘坐到更遠的地方。

「吉村君，」今西看到渋谷站，忽然對吉村大聲喊道：「我們在這裡下車吧。」

吉村隨即應一聲。今西被擠到月台上，穿過人群來到樓梯口時，吉村追了上來。

「您怎麼臨時下車？」吉村睜大眼問道。

「沒什麼，突然想跟你聊聊，找個地方喝兩杯吧。」今西走下人群混雜的樓梯，「拖住你真不好意思。」

「不會啦，我沒關係。」吉村笑了笑。「其實，我正想跟您多聊聊。」

「太好了！反正我沒心情回家。喝了守靈似的悶酒，說什麼也不想回家，我們找個地方喝杯啤酒吧。」

籠。

「好啊。」

他們穿過車站前的廣場，走進一條狹窄的巷弄。這一帶小酒吧非常多，屋簷下都掛著通亮的紅燈籠。

「這一帶你常來嗎？」今西問道。

「我不熟悉。」

「那我們就隨便逛逛吧。」

他們走進賣五香串菜的小店。由於是黃昏時分，上門的客人不多。他們在角落的椅子坐下。

「老闆娘，給我們一瓶啤酒。」

拿長筷翻戳著煮鍋中的雜煮串的老闆娘，抬頭應道：「好，馬上來。」

他們舉起冒著泡沫的啤酒碰杯。

「眞好喝，」今西一口氣喝了半杯，「在路上遇到你眞好。」

「我也有同感。接下來，又沒機會跟您共事了。」

「謝謝你的幫忙。」

「哪裡的話，我才要感謝您。」

「我們點個東西吃吧。」

「好啊，我要來份雜煮串。」

「噢，你喜歡吃雜煮串？」今西微笑道：「我也喜歡吃這玩意。」

今西喝著啤酒，突然嘆了口氣。年輕的吉村悄悄看在眼裡。

刑警向來不在外面談論搜查的情況，所以他們盡可能回避觸及案情，但不知不覺間還是提到這個話題。不過，他們以彼此會意又不爲人知的方式交談著。

「明天起，您就要回警視廳嗎？」吉村喝了口啤酒，問道。

「是啊，這次承蒙你大力幫忙，我要回老巢去了。」今西吃著雜煮串。

「回去後，馬上要偵辦其他案件？」

「大概吧。我們的工作永遠也做不完。」

新的工作接踵而至，有的破案、有的案情膠著，案件總是不斷等著他們。

「話說回來，就算著手搜查新的案子，我還是惦記著這件案子。」今西說起感想。「當刑警這麼多年，我曾碰到三、四件棘手的案子。雖然都是些陳年舊案，至今仍縈繞在腦海中。眞不可思議，破的案子都不記得，可是未破的案子，連被害人的臉孔都記得一清二楚。如今，我又多一個做噩夢的對象。」

「今西先生，」吉村拍了拍他的手臂，「別說這些掃興的話了。今天是我們各自回原單位工作的日子，應該暢快地喝酒道別。」

「嗯，應該這樣才對，抱歉。」

「不過，今西先生，說來奇怪，比起在東京市區查案，那次去秋田出差，反倒令我印象深刻。」

「是啊，到外地出差辦案，總是令人難以忘懷。」

「那是我第一次去東北，當時的蔚藍大海眞是漂亮。」

「是啊。」今西附和這個話題，微笑著說：「等退休以後，我還想悠閒地重遊一次。」

「我也這麼打算。」

「說什麼嘛，你還那麼年輕。」

「不，我不是這個意思。我是想單獨再到亀田走走。」年輕的吉村懷念似地憶起當地的風景。

「對了，記得那時候您寫了三首俳句，後來又寫了嗎？」
「嗯，寫了幾首，大概十首吧……」
「噢，請讓我拜讀一下吧。」
「不行、不行。」今西搖頭，「這時候拿出彆腳的俳句，好喝的啤酒都要走味了。下次有機會再給你看，我們再喝一瓶就走人吧。」
店內逐漸嘈雜起來，客人的談話聲愈來愈高昂，反而方便他們談話。
「今西先生，」吉村探出上半身，「蒲田那起案子……」
「嗯。」今西迅速確認左右的情況，沒人注意他們。
「依您的判斷，凶手的巢穴離命案現場不會太遠，我認爲這個推論十分符合邏輯。」
「你也這麼認爲嗎？」
「是啊。凶手的身上肯定會濺滿血跡，不可能走得太遠，他的窩藏處應該就在附近。」
「我正是這樣推論，也找遍所有可疑的地點，不過……」今西略帶沮喪地說。
「凶手的身上染著血跡，不可能坐計程車回去。」吉村接著說，「依目擊者的描述，凶手的穿著非常不講究。其實，在蒲田附近的酒吧喝廉價威士忌的人，生活水準可想而知，不像會有自用轎車。」
「你說得有道理。」
「如果凶手不能坐計程車，只得徒步回去。從作案的時間來看，街上很暗，不太會被人發覺。問題在於，若是徒步，行動範圍總是有限。」
「是啊，即便走到天亮，人的腳程頂多八到十公里吧。」
「今西先生，我認爲凶手不脫下血衣直接回家，很可能是個單身漢。」

「嗯，有道理。」今西幫吉村斟上啤酒，也爲自己斟了一杯。「你的推論頗有創見。」

「今西先生，您同意這樣的推論嗎？如果凶手穿著血衣回家，必然會引起家人的懷疑，不得不有所顧慮。從這點來看，凶手很可能是單身的工人，而且與附近鄰居不大來往——我的腦中浮現出這條線索。」

「有意思。」

「您的看法是，凶手另有藏身處，當天晚上躲在那裡嗎？」

「現在，我對自己的判斷已失去信心。」

「不，您太謙虛了。不過，今西先生，恕我班門弄斧，如果凶手有藏身處，約莫是凶手的情婦或好友的住所。問題是，凶手沒什麼錢，有沒有那樣的朋友姑且不提，但說他有情婦，我可不這麼認爲。」

2

今西榮太郎和吉村道別後，獨自踏上歸途。他家位於瀧野川，剛好在馬路旁，每當有公車經過，整棟建築都會受到震動。他太太受不了噪音，早就想搬家，但始終找不到合適的房子。他們夫婦住在這裡將近十年，由於今西的薪俸很少，沒辦法搬到租金較高的寓所。

十年來，這一帶的房屋變得極爲密集，周遭環境變化相當大。老舊房舍拆了改建成大樓，空地上蓋起公寓，地貌已完全改觀。今西家建在日照不良的低地上，所以只有那一區的房舍仍保持舊樣。

今西從邊角的酒鋪走進小巷，半路上有棟廉價公寓。正因這棟公寓遮擋著，三年來今西家幾乎照不到陽光。

他走進巷道的時候，看到有人似乎在搬家，一輛搬家公司的卡車停在公寓旁。一群小孩在狹窄的巷道上玩耍。

今西打開不好開關的格子門，脫掉腳跟磨損的鞋子。「我回來了。」

「回來了啊，今天眞早。」妻子從房裡走到正門笑道。

今西默默走進屋內。雖說是屋內，也只有兩間房。狹窄的庭院擺滿從夜市買來的盆景。

「喂，」今西對著在整理西裝的妻子說：「明天起，我不用到蒲田署，要回警視廳了。」

「啊，是嗎？」

「以後就能早點回家。」

妻子這才發現今西的臉上有些潮紅，於是問道：「你在外面喝酒了吧？」

「我跟吉村君在渋谷下車，喝了幾瓶啤酒。偶爾解悶一下嘛。」

今西的妻子有個習慣，她從不過問丈夫的公事，除非丈夫主動提及，否則絕不問起。

「兒子呢？」

「剛才我媽媽帶走了，說明天是休假日，明天晚上再把他送回來。」

今西妻子的娘家在本鄉，父母仍然健在，他們體恤當刑警的女婿沒時間陪外孫玩耍，偶爾會帶外孫出去走走。

今西繫上腰帶，在木板窗外的狹廊坐下。外面傳來小孩的嬉鬧聲。

「喂，」今西忽然想到什麼事似的，向妻子問：「那邊的公寓，有人在搬家嗎？」

「噢，你看到了？」

「我看到搬家公司的卡車停在那裡。」

妻子走到他的身邊。「是啊，聽附近的鄰居說，這次搬來的是一個女演員。」

「噢，這回來了大人物？」

「是啊，不記得是誰傳開的，但鄰居都在談論這件事。」

「不過，搬到這種廉價公寓，八成不是什麼有名的演員吧？」今西抬手捶著肩膀。

「聽說不是電影明星，而是話劇演員，收入應該不會很高。」

「演話劇的都很窮呢。」今西多少還了解這些情況。

吃完飯，今西榮太郎突然想到什麼似地問妻子：「今天是幾月幾日？」

「六月十四日。」

「果眞是十四日？」

「有什麼事嗎？」

「每逢四日，巢鴨的拔刺地藏廟都會舉行廟會，好久沒去了，要不要去？」

「好啊。」

自從蒲田調度場凶殺案發生以來，今西從沒早回家過。妻子一聽丈夫要去看廟會，馬上整裝準備外出。

「到夜市該不會又要買盆景了吧？」興沖沖做好外出準備的妻子問。

「我也沒把握。」

「庭院裡沒地方擺了，別再買啦。」

「好吧。」其實，今西看到中意的盆景還是會買。今天起，他想暫時忘掉這件未偵破的刑案。

他們坐電車在巢鴨下車，穿過車站前的大馬路，走進狹窄的商店街。拔刺地藏廟廟會狹窄的入口處，擺滿夜市的攤位。時間很晚了，許多人準備回家，但還是人潮擁擠。撈金魚、賣棉花糖、賣袋子、魔術道具、賣藥的攤位，在強力電燈泡的照耀下，吸引著大批人群圍觀。

今西夫婦沿著巷道來到地藏廟參拜，然後神情悠哉地逛著夜市。今西十分想念夜市裡電石瓦斯的氣味。最近夜市多用電燈，很少用電石瓦斯。從前在鄉下時，每逢秋祭就會有這樣的攤子。當年那些令人懷念的往事都潛藏在刺鼻的電石瓦斯氣味中。看到擺著精美皮夾、鋪著草蓆賣海七鰓鰻魚、穿著白大褂賣膏藥的地攤時，總會勾起今西童年的回憶。

今西緩緩走著，偶爾停下來，從人群中探看著地攤。逛夜市確實別有一番樂趣，但妻子似乎沒什麼興致，總是站在路旁等今西從人群中走回來。

前面有三、四處賣植栽的攤子，各式各樣的盆景在電燈的照耀下顯得綠意盎然。今西來到攤位前，即使妻子頻頻拉著他的衣袖，喜歡盆景的他就是不肯離開。他蹲在盆景前仔細端詳。眼前擺著各式誘人的盆景，他看中兩、三盆，但由於事先答應過妻子，他只買了一株連根帶土用舊報紙包著根部的花株，而非盆栽。他把那株花提在手上，妻子只能無奈地笑。

「院子裡沒地方擺了。」回程途中，妻子抱怨道：「不搬到有大院子的房子，根本擺不下。」

「唉，妳別嘮叨了。」

他們尾隨人群，回到往巢鴨站前的大馬路。雖然只逛了一個小時，今西心情舒暢不少。

這時，大馬路上圍著一群人。巢鴨車站前有條電車道，路旁許多人在好奇圍觀，顯然是發生車禍。一輛自用車衝上人行道，後車廂嚴重毀損，車後約莫五、六公尺處停著一輛計程車。五、六名警察在勘驗現場。

在路燈的映照下，撞車的情景給人慘烈的感覺。一名警察拿手電筒照著地上，另一名警察以白粉筆在路旁畫上幾個圓圈。

「又發生車禍了。」今西不由得感嘆。

「唉，好危險。」妻子面帶憂慮。他們夫婦站在路旁觀望片刻。

「車禍似乎剛發生。」今西朝衝上人行道的自用車內窺望，已空無一人。接著，他望向那輛計程車，乘客和司機都不在了。

「他們大概是被送到醫院。」今西喃喃自語：「看樣子撞得不輕啊。」

「但願車上的人還活著。」妻子皺著眉頭說道。

今西將手上的花交給妻子，發現站在一旁的警察是舊識，便走向前。「辛苦你們了。」幾名警察回頭，認出是今西後也向他點頭致意。

之前，巢鴨署爲追查凶殺案成立搜查總部時，今西曾被派去支援，因此員警中有人認識他。

「撞得好慘。」

「是啊。」

掏出記事本正在會勘的交通警察，指著肇事車輛說：「你看，撞成這個樣子。」

「到底怎麼回事？」

「速度飆得太快，而且跟在後面的計程車司機可能看著別處，沒發現前面的自用車停下，就直接撞上去了。」

「傷患怎麼處理？」

「計程車司機和乘客很快送往醫院，自用車裡的人只受了點輕傷。」

「那計程車裡的人傷得如何？」

「司機的頭部撞到擋風玻璃，臉部受重傷。」

「乘客呢？」

「那乘客是二十五、六歲的年輕人，車禍的瞬間，胸部猛然撞上前方的椅背，一時失去知覺，但送到醫院就醒了。」

「眞是幸運。」今西得知沒人喪命，鬆一口氣。「那乘客是做什麼的？」

「聽說是個音樂家。」警察回答。

早晨，今西榮太郎悠然醒來。在搜查總部工作，有時天亮就得出門，有時忙到三更半夜才能回家，現在只要準時到警視廳上班即可。

從一件繁難的工作中解放出來，儘管結果未能如意，總是值得慶幸。他抬起手表一看，已是七點，即使八點起床，上班也來得及。

「拿報紙給我。」今西躺在床上，朝在廚房發出聲響的妻子說。

妻子擦著手，遞過報紙。

今西仰躺著攤開報紙。頭版登的是政界的動態，標題十分醒目，整個版面顯得生氣勃發。他在睡意猶存的慵懶中翻閱著報紙，雙手攤舉著的動作，像在擋陽光。

在一個標題下，彙集著各界人士的意見，每個對談者的上方放著小張照片。今西隨意瀏覽的同時，突然「嗯」了一聲，他在文末看見「關川重雄」的名字。

今西並不在乎關川重雄的觀點如何，他感興趣的是圓圈中的那張照片。其他十二、三個人大都年事已高，唯獨關川的照片最爲年輕。

今西想起，關川就是在秋田縣的羽後亀田車站看見的幾名年輕人之一。雖然沒有把握，但看到這張照片時，他直覺就是這個人。據同行的吉村說，他是新思潮派的成員之一，年紀輕輕便躋身名士之林，難怪引起輿論界的關注。關川尙未三十歲，便獲得此般社會地位，今西不由得再度讚嘆。

今西翻開下個版面，但他對體育新聞不感興趣。近來，許多年輕刑警熱中看體育新聞，他就是無法理解，有時候心裡還嘀咕：職棒那麼有趣嗎？在電車上看到乘客捧讀體育報時，他發現標題做得特大，比賽過程被形容得像戰爭般聳動，用語都極度誇張。今西實在沒興趣，馬上翻到社會版。這時候，一則占三段版面的標題映入他的眼簾。

昨晚計程車意外追撞，作曲家和賀英良受傷！

上面登著人物照片，是一張年輕人的臉孔。今西心想，這個人也是他在羽後亀田車站看到的其中一人。

今西急忙讀著報導，正是昨晚他回家時在巢鴨車站前目睹的那起追撞車禍。他仔細端詳那張照片，覺得事情發生得眞是巧合。

他叫來妻子：「妳快看看這個！」

今西將報紙遞給妻子過目。「昨晚發生的車禍報導出來了。」

「啊，是嗎？」妻子昨晚也目擊到那起車禍，對這則報導很感興趣。

「幸好沒人死亡。」

「似乎是如此。這個年輕人也被送進醫院，不過傷勢並不嚴重。」

「眞幸運。」妻子拿過報紙，粗略地看了這則報導。

「雖然沒人死亡，但乘客是知名人士，標題才做得這麼醒目。」

「妳認識他嗎？」今西俯臥著抽菸。

「嗯，只曉得他的名字。平常翻閱的婦女雜誌，偶爾會刊載他的照片。」

「噢。」今西這才感到自己的粗心。最近，他幾乎不翻閱雜誌，對藝文方面的報導更是生疏。上次去東北出差，同行的吉村還告訴他許多常識。

「這個人和一名女雕刻家訂婚了。」妻子興趣盎然地看著照片說道。

「雜誌上也登這種消息嗎？」

「嗯，好像還有他們的全彩合照。那雕刻家長得很漂亮，父親是前任大臣。」

「這樣啊。」今西落寞地答道，總感覺自己好像被時代淘汰了。

「我看過這個人。」今西告訴妻子，彷彿要挽回劣勢。

「眞的？跟這起案件有關嗎？」妻子驚訝地睜圓眼。

「不是啦。前不久我不是去秋田縣出差嗎？在車站的時候，剛好遇上這個人。我並不認識他，是吉村君告訴我的。」

「是嗎？他爲什麼會去那裡？」

「我們去的地方叫岩城町，那裡設有T大的火箭研究所，聽說他們一行人參觀結束正要回去。當地的新聞記者得到消息都趕來採訪。這個人也是其中之一。」今西翻著報紙，將印有關川重雄照片的版面遞給妻子看。

「這些年輕人眞不簡單，到了鄉下地方，還受到那麼熱烈的歡迎。」

「那當然嘍。這些年輕人成立了新團體，而且正走紅，他們的大名經常登上雜誌。」

「是嗎？」

今西繼續抽著剩下的半截香菸，妻子去準備早飯了。他看著手表，該起床了。他雙手枕在腦後，腦海浮現那個年輕團體的事。

3

和賀英良住進K醫院的特等病房。枕畔擺滿鮮花，牆角堆著水果禮盒和糕餅，走進病房的瞬間，就會被琳瑯滿目的顏色吸引。病房裡有電視機，設備非常豪華。若沒有擺上病床，會讓人誤以爲這是一間高級公寓。

和賀英良穿著睡衣坐在病床上接受新聞記者的採訪，一名攝影師從不同的角度爲他拍照。

「這次你意外受傷，短時間內可能無法工作吧？」新聞記者發問。

「進到這裡來，剛好休養一下。我打算休息一陣子。」

「聽說你撞到胸部，痛不痛？」

「還有點悶痛，但不是很嚴重。」和賀英良微笑回答，臉色有些蒼白。

「沒什麼大礙就好。」新聞記者說道：「這樣的話，在休養期間就能妥善安排接下來的工作了。」

「不，我還沒想那麼多，至少想趁這段期間好好放鬆心情。」

「話說回來，和賀先生的音樂是憑直覺的、抽象派的藝術，躺在病床上，反而會湧生更新穎的創意吧？」

「嗯，」和賀英良瞇起眼望向遠方，五官顯得端莊清秀。「這並非不可能。晚上房裡只有我一個人，躺在床上翻來覆去，或許會有什麼靈感閃現。」

「如果能在這裡完成新作品，這次車禍住院就不算白費了。」

「是啊，但我能否做得出新作品還是未知數。」和賀溫和地笑了笑。

新聞記者看著擺飾在枕邊的花束。「噢，很多人送花給你。」

「嗯，是啊。」和賀露出不以爲意的表情。

「大都是音樂界的相關人士送來的，好像女性支持者也不在少數。」

「多半是熱情的樂迷。」

「對了，今天……」新聞記者故意環顧周遭，「田所佐知子小姐沒來嗎？」

記者打趣地詢問和賀的未婚妻是否前來探病，不過對方絲毫不爲所動。

「剛才聯絡過，等一下就會來。」

「糟糕，那我得趕快離開才行。和賀先生，最後我們能以這些花束爲前景，幫你拍張照片嗎？」

「沒問題，你儘管拍吧。」

攝影師熟練地隱身在花束中瞄準鏡頭。

新聞記者離開不久，傳來敲門聲。一個戴貝雷帽、身材高大的男子走進來。

「嗨，」他手持花束，在頭上揮舞著：「你怎麼了？」

他是畫家片澤睦郎，平常習慣穿黑色襯衫。

「眞是遇上無妄之災啊。」片澤坐在病床旁的椅子上，蹺起一雙修長的腿。

「謝謝你專程來看我。」和賀英良向友人致謝。

「我看到報紙還爲你的傷勢擔心不已，不過現在瞧你這副樣子，總算可以安心了。你的病房實在高級。」年輕畫家環視著設備豪華的病房。

「這裡不像是病房，費用很昂貴吧？」他湊近和賀。

「不算貴啦，但正確金額我也不清楚。」

「我明白了。」年輕畫家拍手叫道：「住院費不是你出的，而是佐知子的父親代付的吧？」

「不全然是。」和賀微微皺起眉頭。「我也有志氣，所以沒讓他全額負擔。」

說著，他抿嘴一笑。

「唉，幹麼賭氣，讓有錢人付嘛。」片澤拿起菸絲塞進菸斗，問和賀：「可以抽菸嗎？」

「沒關係，我又不是病人。」

「話說回來，你眞是幸運兒，未婚妻的父親是資產階級。不是我挖苦你，我實在羨慕佐知子小姐，尤其她那麼欣賞你的才華。」片澤說到這裡，稍微側著腦袋。「當然，佐知子小姐不僅賞識你的音樂藝術，還包括其他方面吧。」

「喂……」

「我是實話實說。我認爲田所佐知子是以做爲新進雕刻家的人格，來肯定作曲家和賀英良的才華。除此之外，你的個人魅力也起了很大作用。」

「我才不指望那些資產階級，誰也無法預料他們將來會變成什麼樣子。總之，如果把希望寄託在他們身上，我們這些年輕藝術家要如何前進？」

「你的志氣令人佩服。不過，我常感到欲振乏力。沒錯，藝評家對我的畫作評價不差，可是，沒錢的藝評家評價再高，我的畫作還是一幅也賣不出去。我覺得畢卡索畫得並不好，他的畫卻能賣到高價，實在令人羨慕。我眞希望能早點像他那樣。」

「這種說法倒有你的風格。」和賀英良苦笑，主動關切道：「最近，大家在做什麼呢？」

「自從上次聚會以來就沒碰過面。大家都各自努力著，即使見了面，也都假裝若無其事。對了，你有沒有聽說武邊要去法國？」片澤睦郎提起那名年輕的劇作家。

「他要去法國？」和賀驚訝地問。

「不久前決定的，好像要從法國往北而行，他向來主張得重新認識北歐的戲劇，有必要再研究史特林堡（註一）和易卜生（註二），藉此建構將來的戲劇。他的論點是，現代戲劇偏離了近代戲劇的本質，若能將近代戲劇的自然主義轉換爲抽象觀念，就能爲日本的戲劇找到出路。從這層意義來說，他算是夙願以償。」

「你不也是這樣嗎？」和賀英良反問，「你不是嚮往北歐畫家？有個畫家說，要將現代的抽象觀念導回北歐的現實主義，重新追求新的理念，再藉以揚棄、提升。我想起來了，范・戴克（註三）和布勒哲爾（**註四**），這兩位畫家不正是你推崇的對象？」

「別看我到處抱怨，其實我是不會到外國去的，反倒是你比較適合。」

「等一下，」和賀英良揮揮手，「你不要動不動就抬出田所的名號。其實是否要出國，我還沒決定，所以沒對外宣布。最近有人跟我接洽，今年秋天我或許會去美國。美國的樂評家很重視我的新音樂，邀我務必前往演奏。」

「噢，」畫家睜大眼睛，「眞的啊？」

「剛才我說過，事情還不確定，並未對外公布。要是消息走漏，媒體就會糾纏不休。」

「你眞是走運，」畫家拍了拍患者的肩膀，「你的田所佐知子也會跟著去美國嗎？」

「還不一定。我剛才說過，事情還不確定。」

「別那麼謹小愼微嘛。你都說出來了，想必是去得成。眞好，或許這趟美國之行可當成你們的蜜月旅行。不過，不論是你或是武邊，到外國吸取新的藝術養分，將來肯定有很大的發展，總覺得我們新思潮派改革日本藝術的理想快實現了。」

「不要高興得太早。」和賀英良制止他，接著壓低聲音：「我們只在這裡談談，關川他們若知道我要去美國，不曉得會有什麼想法。喂，關川那傢伙最近在做什麼？」

註一—史特林堡（August Strindberg，一八四九～一九一二），瑞典第一位國際知名的劇作家，也是近代戲劇界的大師之一。其作品多描述男女間關係的角力。後世尊奉他為開創表現主義戲劇的先河。

註二—易卜生（Henrik Ibsen，一八二八～一九〇六），挪威最重要的劇作家，作品基本主題爲人與社會間的衝突與妥協。有「現代戲劇之父」的稱號。

註三—范·戴克（Van Dyck，一五九九～一六四一），法蘭德斯畫家。

註四—布勒哲爾（Pieter Bruegel，一五二五～一五六九），荷蘭文藝復興時期的重要畫家。

「關川嗎？他挺有本事，目前在爲兩大報撰寫文章。」

「啊，我讀過了。」和賀英良語氣平淡，「的確像他的論調。」

「最近颳起一陣關川旋風，他在各雜誌上發表長篇大論，十足成了媒體寵兒。」

「所以，許多人對我們團體頗有微詞，」和賀英良忿忿不平：「我們向來看不起媒體，關川偏偏擅長用媒體包裝自己，口頭上說得義正辭嚴，卻利用媒體造勢。我們團體會遭人惡意批評，都是關川引起的。」

年輕畫家從和賀的表情彷彿看出什麼玄機，深有同感地點頭。

「是啊，他有些自以爲是，尤其最近發表政治時評，更是洋洋自得。」

「沒錯，他上次發表那份宣言時，儼然是我們團體的代表，還蒐集大家的簽名，不知送到哪裡。這是他慣用的伎倆之一，顯然是想讓自己的名字登上媒體版面。」

「其他人也有同感。」畫家片澤睦郎附和：「在那次會議上，有些人不同意他的看法而中途退席了。」

「是啊。」和賀英良點頭。

「他總覺得自己是新思潮派的代表。」

說到這裡，和賀英良終於不掩慍色。就在畫家朋友要回答的時候，外面傳來敲門聲。門緩緩推開，一名年輕女子朝房內窺望。

「哎呀，你有客人？」胸前捧著花束的女子問。

「沒關係，請進。」和賀見新訪客到來，旋即下床招呼。

「不好意思。」女子穿著粉紅色夏季洋裝，圓臉上浮現可愛的酒渦。她就是和賀英良的未婚妻——新銳雕刻家田所佐知子。

片澤睦郎趕緊從椅子上站起，用外國禮儀向她致意：「打擾了。」

「幸會。」田所佐知子露出整齊潔白的牙齒對畫家微笑，代替未婚夫致意：「感謝你專程前來探望。」

「和賀很幸運，只受了輕傷，這樣我就安心了。」片澤原本想說點恭維的話，和賀隨即從旁打岔：「他這麼晚才來看我，用不著對他客氣。」

田所佐知子笑了笑，將胸前的花束遞給和賀。

「哇，多麼美的花。」和賀湊近花束聞道：「這花束眞香，謝謝。」

和賀正想把花束放在枕邊，片澤睦郎馬上主動接過。他想裝飾起來，但空間被另一束花占滿，於是他撥開那束花，把佐知子送的鮮花擺在正中央。

「這些花好漂亮。」佐知子並不是讚賞自己帶來的花，而是看著被粗暴推到一旁的花，詢問：「是誰送來的？」

和賀英良露出冷笑。「村上順子。剛才她不請自來，硬是把花留在這裡。前陣子她希望我幫忙作曲，糾纏著我不放，這次大概也是爲此而來。她未免太天眞，我哪可能爲這種三流的歌手作曲。」

佐知子強忍住笑。

「不僅是村上順子而已，」片澤睦郎不假思索地說：「這些沒有自知之明的傢伙，只想利用我們。社會上多的是這種不入流的庸俗藝人，整個腦袋淨是在算計別人。」

「是嗎？」佐知子微微歪著頭。

「當然。這些人爲了提高自己的聲望，只會利用別人，妳最好也要提防一下。」

「哎呀，我才沒有利用價値。」

「哪裡的話，」片澤睦郎誇張地揮手：「田所小姐若不小心，早晚會吃虧上當。畢竟令尊身分特殊，妳的藝術觀點又新穎……」

「你的意思是，像我這樣出身名門嗎……」田所佐知子雙眉皺了一下，隨後露出聰慧的微笑。

片澤睦郎見狀，連忙解釋：「不，我不是這個意思，想必妳也沒有這種想法。不過，世人不知道情況，反而會更加當眞，可怕的正是這一點。像我非常了解妳，才完全不在意妳的出身背景。」

「以前我也爲這一點感到苦惱。像我這樣的藝術家，總覺得身後頂著誰的光環，非常痛苦。不過，現在情況改變了。和賀很瞧不起家父，也多虧他輕蔑家父的事業，反而讓我得救，我彷彿從中醒悟過來。」

「有道理。」新銳畫家攤開雙手，表示贊同。「和賀說得很好，我們就是要打破既定的觀念。從這層意義上來看，就是徹底否定現代的秩序和制度。」片澤睦郎的語氣突然激昂起來。

這時候，外面又傳來敲門聲。負責照料這病房的護士手持名片，引領著一名紳士進來。

依名片上所示，對方是雜誌社的編輯。

「和賀先生，這次眞是受了無妄之災啊。」頭髮稀少的編輯恭敬致意，手上還提著水果籃。

「謝謝你。」和賀英良答禮。

片澤睦郎退到一旁，佐知子趕緊搬出椅子讓患者和新訪客面對面而坐。

「我是爲了上次約定的事情而來，只需訪談十幾、二十分鐘，還請見諒。住院期間叨擾，實在不好意思，但截稿時間在即，只好冒昧上門。」

「是嗎？」

由於這件事情早已約定，和賀英良只得勉爲其難接受訪談。訪談的主題是「關於新藝術」。那名編輯逐一記下重點，時而心領神會地點頭，最後向和賀恭敬致意。

「謝謝你接受訪談。依照慣例，專欄都會附上受訪者的簡歷，再請賜教。我們會在文末以小號字體標示，簡單幾句也無妨。」

「這樣啊。」和賀點點頭，「那我就簡單講講。」

「可以的，請說。」

「我原籍大阪市浪速區惠比須町二一一二〇號，目前住在東京都大田區田園調布六一八七六號。一九二三年十月二日生，就讀京都府立××高中期間來到東京，接受藝大烏丸孝篤教授的指導……這樣可以嗎？」

「沒問題。恕我冒昧，是什麼機緣讓您進入京都的高中就讀？」

「嗯，」和賀含笑答道，「我上高中前生了一場病，由於家父經商，在京都有個朋友，我便暫時到京都靜養，後來就留在京都，並進入高中就讀。」

「原來如此，我明白了。」雜誌社編輯點頭。

片澤睦郎坐在椅子上看書，但雙方的對話他全聽進耳裡。他突然抬頭望向和賀他們。

「眞的很感謝你。」編輯向和賀與田所佐知了致意後站了起來，尤其對佐知子更是恭敬有加。

「我也該告辭了。」畫家片澤睦郎跟著起身。

「咦，再坐一會嘛。」田所佐知子出聲挽留。

「不，我跟人有約，時間差不多了。」

「原來這傢伙是約會時間未到，來消磨時間。」和賀英良坐在病床邊說道。

「片澤先生，眞是這樣嗎？」佐知子話聲爽朗，朝畫家微笑。

「不是啦，是畫家朋友間的聚會。」

「不必隱瞞，跟女友約會我們反而替你高興。」

「哎呀，實在是天大的誤會……」年輕畫家連忙揮手解釋。走到門口時，他回頭對患者說：「和賀，我先走一步，你多保重。」

「謝謝！」和賀也對畫家揚手致意。

佐知子送片澤來到走廊，沒多久便折回來，把門緊緊關上。

他們交換了眼神，對視幾秒，佐知子便熱切地投入和賀的懷抱。和賀將佐知子摟在懷裡，吻著佐知子的額頭。分開後，佐知子趕緊從手提包拿出手帕擦擦男人的嘴唇，一種愉悅感使她禁不住發出嘆息。

「今天訪客很多嗎？」佐知子目光迷離。

「嗯，來了很多人。在片澤之前，有報社的記者來採訪拍照，接著就是片澤、妳，及雜誌社編輯。」

「欸，我哪是訪客？」佐知子抗議：「不能把我算在他們裡面，我可是每天定時報到。」

「啊，是嗎……總之，待在這裡沒辦法好好靜養。」

「盡量謝絕不必要的訪客嘛。你有病在身，比較方便推辭。與其跟那些無趣的人打交道，讓自己神經緊繃，不如躺在床上尋思作曲來得好。」

「也對，看來不能心軟。若爲這些瑣事把自己搞得更累，就太不值得了。」

「沒關係，到時候我幫你處理。」

「萬事拜託了。」

「你同時具有憨傻和都市人的氣質，而這兩種特質又很不協調地結合在一起，形成獨特的性格。」

「憨傻？」

「是啊，你有點樸拙，卻充滿著都市氣息。」

「這麼說，我很複雜嘍？」

「沒錯。不過，這正是你的迷人之處。」

「謝謝妳的解說，我還以為是什麼糟糕的事。」兩人笑了起來。

這時，桌上的電話響起。佐知子想接聽，和賀卻快速拿起話筒，說道：「沒關係，我接就好……你好，我是和賀。嗯，有點……」

田所佐知子看著其他地方，傾聽和賀講話。牆上掛著一幅花卉的油畫。

「是啊，我目前是這種狀態……」和賀英良對著話筒說：「看來是趕不上預定的日期，不過我會趕在公演前完成，你們依照進度安排就好。如果那邊有人，請馬上跟他商量，再打電話通知我。明白嗎？好的，就這樣，再見。」

和賀英良放下話筒，轉向佐知子。

「是工作上的事嗎？」田所佐知子微笑著問。

「是的。前衛劇團委託我作曲，主要是為戲配樂。這是我受傷前答應的，不好意思拒絕，對方剛好打電話來催。簡單說，這是武邊居中介紹的，基於朋友情義我便答應下來了。」

「那麼，有腹案了嗎？」

「嗯，有點概念，就是沒什麼進展，害我傷透腦筋。」

「若是武邊先生，不是更好拒絕嗎？」

「不，恰恰相反。正因是朋友所託，更難回絕。」

「是嗎……話說回來，為劇團配樂，得考慮到觀眾的感受，勢必做某種程度的妥協吧？」

「是啊，武邊要我不必顧忌太多，盡量放手發揮，但作曲可沒這麼簡單。而且劇團很窮，我是免費替他們寫曲。」

「我認爲你還是回絕得好。不久後你就要前往美國表演，推掉多餘的工作比較能集中精力準備。」

「有道理，美國方面十分推崇我的作品，又邀請我去演奏，這是千載難逢的機會，我該全力以赴。今後，我的音樂不能再以歐洲馬首是瞻。」

「既然你有這樣的想法，就得將心力投注在這方面才對。對了，前往美國的事進行得順利嗎？」

「嗯，不久前聯絡過，大體上還算順利。」

「那就好。我告訴父親，他非常高興，說要負擔你去美國的全部費用。」

和賀的雙眸露出亮光。「是嗎？眞是太感謝了。請代我問候令尊。我相信美國方面會很欣賞我的作品。」

「什麼時候起程呢？」

「嗯，我打算在十一月左右出發。」

4

片澤睦郎走出K醫院來到停車場，一輛計程車原本要開進醫院的大門，突然在他身旁停了下來。片澤睦郎驚訝地抬眼一看，坐在計程車裡的劇作家武邊豐一郎，從車窗內向他揮手打招呼。

「你好。」

片澤睦郎也微笑著揮手。武邊的身旁坐著一個陌生男子。

「你剛探望完和賀要回去嗎？」武邊探出頭問。

「嗯，你要去看他嗎？」

「是啊，我正想去探望他。」

「算啦，別去了。」

「爲什麼？」

「田所佐知子小姐在裡面。她是在我跟和賀閒聊的時候來的，我不好意思剝奪他們相處的時間，只好先行告退。你待會再去吧，我陪你喝杯咖啡。」

「噢，是嗎？」年輕劇作家吐吐舌頭。

「嗯，下車吧。」武邊打開車門走下來，隨行的男子也跟著下車。片澤沒見過這名男子。對方身材瘦高，戴貝雷帽，約莫三十歲左右。他向片澤點頭致意。

「我來介紹一下。」武邊說道，「這位朋友是前衛劇團的演員，叫宮田邦郎。」

「你好，請多指教。」話劇演員向片澤致意。

「敝姓片澤，是畫畫的。」

「久仰大名，我時常聽武邊先生及和賀先生提起你。」

「噢，你認識和賀？」

「是我介紹他們認識的。那時候，關川也在場。」武邊接過話。

片澤聽到這裡，才知道宮田邦郎跟著武邊來探望和賀的原因。

「站在這邊不好說話，我們到那邊喝杯咖啡吧。」

武邊環顧四周，看到正對面有家咖啡館，三人便朝裡面走去。白天店內生意冷清，只有兩、三名客人，好像也是來醫院探病的。

「和賀是怎麼被撞的？」武邊拿濕手巾擦臉問道。

「發生車禍時，和賀的胸部猛然撞上前座椅背，不過沒什麼大礙，精神看來不錯。」

「是嗎……這段時間他在做什麼？」

「訪客不停上門，他說不久後將前往美國，看來充滿幹勁。」

戴貝雷帽的話劇演員宮田邦郎，始終拘謹地坐在兩人旁邊。

「不過，和賀坐計程車出門挺稀奇的。」武邊含著咖啡說：「他有輛自用車，經常開出門，爲什麼還要搭計程車呢？」

「也是。」片澤沉吟一下，輕聲應道：「該不會是車子故障？」

「很有可能。但也可能是違反交通規則，暫時被查扣駕照，那傢伙常開快車。」武邊突然想到什麼似地問：「他是在哪裡發生車禍？」

「巢鴨車站前。」

「噢，他怎麼會經過那裡？」武邊略感納悶。

「這他倒沒提起。或許是有什麼事得經過那裡吧？」

「計程車上只有和賀一個人嗎？」

「好像是，如果田所佐知子同乘就有趣了。」

「笨蛋，田所佐知子跟他同車是理所當然，換成跟其他女人同車問題就大嘍。」

「是嗎？」

「要是同車的女人也受了傷，和賀那傢伙就不得不跟田所佐知子解除婚約，這樣多有趣啊。可惜，只有和賀在車上。」

兩人相視而笑。片澤望向坐在旁邊的話劇演員，只見他若有所思，表情黯然地皺著眉頭，一察覺片澤的目光，便禮貌地微笑，但看得出他有些無聊。

武邊對著話劇演員說：「你最好小心點。哪天大意跟女人同車出遊，不小心遇上車禍，恐怕會有人大吐苦水。你這個人挺受歡迎的。」

「別取笑我啦。」宮田邦郎苦笑。

宮田皮膚略黑，但五官輪廓分明，具備演員的脫俗氣質。

「不，就算和賀跟其他女人同車出遊的事曝光，田所佐知子也不會解除婚約，反而會提早結婚。」片澤拉回正題。

「爲什麼？」劇作家反問。

「佐知子比較愛和賀嘛，她沒和賀可活不下去。」

「噢，眞的嗎？」

「只要碰到情敵出現，女人就會更熱情狂放。雖然得知男友跟其他女人來往，大爲光火或心生嫉妒，但她不會甩頭就走。那些因爲男友在外面偷腥，直嚷要分手的，通常是缺乏愛情熱度的女人。爲愛癡狂的女人，反倒會表現得益發激情。」

聽片澤這麼一解釋，武邊不禁笑了起來。「哦，田所佐知子對和賀那麼癡情嗎？和賀眞幸運！總歸一句，佐知子背後有個前任大臣田所重喜，這樣有錢有勢的岳父當靠山，難怪和賀能爲所欲爲。」

「可是，和賀並不認同佐知子的父親。佐知子也說，和賀瞧不起她的父親，她非常高興。」

「田所佐知子太天眞了。和賀這小子也眞是的，只會說漂亮話，其實他還是很依賴田所重喜的。」

戴貝雷帽的男子始終安靜聽著。他們又繼續聊一會。

「我們該走了。」武邊豐一郎看著手表說道。

「嗯，我們在這裡閒聊了半天，現在去看和賀應該不會妨礙他們了吧？」兩人相視而笑。

「那我失陪了。」

「慢走。」

「打擾了。」戴貝雷帽的演員緩緩站起，與畫家道別。

「再見。」片澤睦郎向他點頭致意。

三人來到灑滿陽光的路上。片澤走回停車場，朝停放自用轎車的地方走去。

劇作家和年輕演員沒有私家轎車。他們走過宛如公園般的K醫院的庭院，往病房前進。穿過走廊，來到特別病房前，房號就在門板上，劇作家武邊確認無誤後，敲了敲門。沒人應聲，武邊再次敲門，依舊沒有回應。武邊和宮田邦郎面面相覷，就在這時候，門緩緩打開。

「請進。」探出頭的是田所佐知子。看到來者是武邊後，她笑著說：「哎呀，歡迎。」

佐知子臉上猶帶朵朵紅暈，嘴唇上的口紅稍有褪落。

5 CHAPTER 第五章

撒紙片的女人

1

蒲田調度場凶殺案出現新的轉機。該案發生後匆匆過了兩個月，搜查總部也已解散一個多月。這時，突然傳出被害人的身分已查出。不是搜查當局自行查出的，而是有民眾報案。

某天，一名男子前往警視廳報案。他向員警遞出名片，上面寫著「岡山縣江見町××街，雜貨商三木彰吉」。據他陳述，其父自三個月前到伊勢神宮參拜後失蹤，極有可能是蒲田調度場凶殺案的遇害者。

雖說搜查總部在搜查進度陷入膠著狀態後已宣告解散，但得知有民眾主動報案，搜查一課決定立刻傳見三木彰吉問明情況。依照先前的辦案情況，決定由當時擔當搜查總部主任的股長和今西榮太郎負責訊問。

三木彰吉是年約二十五、六歲，個性篤實的鄉下青年。

「到底是什麼情況？請詳細說明。」股長首先問道。

「家父名叫三木謙一，現年五十一歲。」年輕的雜貨商接著說：「看過我的名片就知道，我在岡山縣的江見鎮經營雜貨店。事實上，我並不是謙一的親生兒子，而是他的養子。謙一的妻室很早去世，膝下沒有兒子。我原本是他們家的店員，後來受他器重收爲養子，現在娶了當地的女孩爲妻。」

「這麼說來，你當了養子，又娶了太太，是嗎？」聽木納寡言的彰吉自我介紹後，今西榮太郎問道。

「是的。約莫三個月前，家父說活了這麼大把年紀，從未參拜過伊勢神宮，有生之年想去參拜一次。他打算先去伊勢，再到奈良、京都短暫旅遊。我們夫婦都很贊成，鼓勵他去旅行。」

「這樣啊。」

「二十二、三年前，家父在江見鎮開了雜貨店，歷經各種艱辛，才成爲鎮上規模最大的雜貨店。我身爲養子，最能了解家父的辛苦，所以極力鼓勵他出遊。他在出發前並沒有特定的計畫，只說想悠閒旅遊一番。我以爲家父只在伊勢、京都、奈良等地旅遊。不，其實他已參拜過。因爲他每到一個地方便會寄明信片回來。」

「從那之後，就沒有消息嗎？」

「是的。他原本就想悠閒地到處旅遊，長時間沒有回家，我們並不覺得奇怪。不過，三個月後仍不見他回來，便有些擔心。因此，到當地警署報案，請他們協尋。」

雜貨商三木彰吉接著說：「報案後，他們馬上將相關資料給我們看。那是警視廳轉發的蒲田凶殺案的文件。我看到死者畫像大吃一驚，覺得與家父很像，便趕了過來，請求貴廳幫忙查證被害人的身分。」

今西刑警拿出死者的衣物給三木彰吉過目。

三木彰吉看到那些遺物，整張臉皺成一團，不由得發出呻吟。「這確實是家父的東西。他是鄉下人，習慣穿這種老式而粗糙的西裝。」他嚇得臉色大變，連聲音都有點顫抖。

「是嗎……眞是太不幸了。」

今西安慰著受害者家屬，內心卻也感到高興。他們費了好大一番工夫調查被害人的身分，都沒有得到任何線索，如今身分判明，離破案之路應該不遠了。

「愼重起見，請再看看這張照片。很不幸的，令尊的遺體已火化，不過本人的特徵都記錄了下來。」

今西出示鑑識人員從不同角度拍攝的臉部特寫。被害人的臉被砸得稀爛，三木彰吉只看一眼，便被悽慘的死狀嚇得險些不敢呼吸，最終認出是父親時，不由得低下頭。

被害人的身分終於確認，搜查一課的士氣一振。不久前，因爲搜查進度停滯解散搜查總部時，承辦員警猶如守靈般情緒低迷，現在露出破案的曙光，對三木彰吉的訊問也溫和許多。

「令尊去參拜伊勢神宮的時候，身上帶了多少錢？」

「我聽家父提過旅費的事，但金額不大，大概是到伊勢神宮和近畿旅遊的費用而已。他說要隨性地遊山玩水，包括一個月的住宿費在內，大概是七、八萬圓吧。」養子回答。

「令尊預計到伊勢神宮後要往奈良旅行，卻在東京遇害，而且是在離品川不遠的蒲田。他有什麼事情要去哪裡嗎？」今西問道。

「這點我也想不通。家父明明要往伊勢、大阪等地旅行，爲什麼會跑到東京？實在令人費解。」

「令尊說過要去東京嗎？」

「完全沒有提起。若有預定行程，他一定會事先告訴我們夫婦。」

「不過，令尊是在蒲田車站附近遇害，那裡有他的朋友嗎？」

「我不太清楚。」

「令尊三木謙一是當地人嗎？」

「是的，他是岡山縣江見鎭人。」三木彰吉回答。

「這麼說，他都待在那裡嗎？」

「是的。」

「你剛才談及，令尊在二十二、三年前開始經營雜貨店，之前做過什麼工作？」

「家父是後來才收我爲養子，他之前的經歷我所知不多，養母也已不在人世。家父曾告訴我，他經營雜貨店之前當過警察。」

「他在哪裡當警察？也是在岡山縣嗎？」

「大概吧。我沒問得很詳細，不是很清楚。」

「這麼說，令尊辭掉警察的工作後，馬上經營雜貨店是嗎？」股長微笑著問。約莫是死者生前當過警察讓他產生親切感。

「目前你們的生意興隆嗎？」

「還不錯。江見是鄉下小鎮，又位在深山，人口不多，不過從家父那一代起，生意做得還算順利。」

「令尊有沒有與人結怨？」

三木彰吉突然激動地搖頭解釋：「絕對不可能！家父深受地方人士的敬重，收我爲養子就是善行之一。他時常幫助別人，還硬被拱爲鎮民大會的代表。我敢保證，再也沒有像家父那麼善良的人。他平常急公好義，大家都把他當大善人！」

「像令尊這麼樂善好施的人居然在東京遇害，實在令人惋惜。我們絕對會將凶手繩之以法。」股長安慰三木彰吉，「不好意思，我想再確認一下。令尊說要去伊勢、京都和奈良旅行的時候，完全沒提到東京嗎？」

「是的，完全沒提起。」

「之前令尊到過東京嗎？」

「據我所知，應該沒有。我從未聽家父談及住過東京，或到那裡旅行過。」

今西刑警坐在一旁聽著他們的對話，得到股長的允許後，他問道：「你們那裡有沒有叫亀田的地方？」

「亀田？沒有這個地名。」三木彰吉轉向今西，清晰地回答。

「那令尊有沒有姓亀田的朋友？」

「不，應該沒有。」

「三木先生，這件事關係重大，請你再仔細回憶一下。眞的沒有姓亀田的人嗎？」

今西這麼一說，三木沉思片刻，反問：「我眞的沒有印象。他到底是怎樣的人呢？」

今西和股長交換眼色。雖然涉及搜查上的祕密，但股長同意今西吐露實情。

「事情是這樣的，令尊曾跟凶手在命案現場附近的廉價酒吧喝酒。據目擊者指出，他們在交談時，令尊和凶手都提到『亀田』這個字眼。亀田到底是地名或是人名，目前不得而知，但應該是他們都認識的名字。因此，當時我們就從亀田這條線索著手調查。」

「是嗎？」

不過，年輕的雜貨店老闆沉吟片刻，仍舊回答：「我不清楚。」

見沒有進展，今西改變詢問的方向。

「三木先生，令尊操東北口音嗎？」

「咦？」三木彰吉驚訝地看著今西。

「不，沒聽過家父操東北口音。」

這個回答讓今西榮太郎大感意外。「你確定嗎？」

「是的，我確定。剛才說過，我是從店員成爲養子，卻從未聽聞家父住過東北。他是岡山縣江見鎮人，不可能操東北口音。」三木彰吉語氣肯定。

這次，換今西榮太郎和股長面面相覷。

在此之前，搜查總部始終將「被害人操東北口音」視爲破案關鍵，今西更依此一線索，專程到秋田縣出差查訪。三木彰吉的回答，徹底推翻了這個關鍵線索。

「再請教一下，」今西追問：「令尊的父母，也就是你的祖父母，有沒有東北人的血緣？」

三木彰吉旋即回答：「沒有。家父的雙親是兵庫縣人，跟東北沒有任何關係。」

今西陷入沉思：難道是那間酒吧的目擊者聽錯，誤當成東北口音？不，絕不可能！因爲聽到的不止一、兩個人，當時酒吧裡的客人和女服務生都親口證實，被害人確實操著東北口音。這讓今西感到納悶不解。

「以後我們可能還會跟你聯絡，到時候請大力協助。」股長從旁對三木彰吉說道。

「那麼，我可以將骨灰領回去嗎？」

「沒問題。這次突逢變故，請節哀順變。」股長和今西向家屬表示哀悼之意。

「感謝。」被害人的養子又問：「目前尚未找到殺害家父的凶手嗎？」

「現在還沒有線索。」股長親切回答：「不過，既然查出被害人是令尊，並且已知情況不同，往後的搜查工作會比較容易推展，也會更有著力點，相信不久後便能將凶手逮捕歸案。」

性情溫和的養子再次低頭致意。「可是，家父爲什麼會到東京來呢？」

這是承辦的刑警想詢問的，但似乎對養子來說也是難解的謎團。

「是啊，若知道原因，搜查上會更順利些。不過，這個問題我們會解決的。」股長安慰道。

三木彰吉頻頻向他們行禮，朝警視廳的玄關走去。今西送三木彰吉到大門口。今西回來的時候，股長還待在原處。

「事情變得棘手了。」股長看到今西立刻說道。

「是更棘手了。」今西也不禁苦笑。

「這線索完全推翻我們先前的設想。查出被害人的身分固然令人高興，但又得從頭調查了。」

「是啊。」不過，今西和股長並未氣餒，被害人的身分查明，他們難得露出開朗的表情。

「案情發展至此，遇上瓶頸的失分總算討回來。」

今西和股長商談後，打算回到自己的辦公室，但又不想立刻走進那狹窄擁擠的刑警辦公室。他繞到警視廳大樓的後方，來到枝葉繁茂的銀杏樹下。天空飄著夏日耀眼的雲朵。他抬頭望著銀杏樹梢，怔愣地站在那裡。他依然無法忘懷「亀田」和「東北口音」這兩條線索。

回家前，今西榮太郎打了通電話給吉村。吉村還在負責偵辦那起凶殺案的轄區警署值勤，馬上接起電話。

「吉村君嗎？我是今西。」「上次承蒙您招待，謝謝。」

上回和今西到渋谷喝酒後，吉村還到今西家做客一次。

「吉村君，我們費盡苦心追查的調度場凶殺案，終於查出被害人的身分。」

「聽說是這樣。」吉村已知道這件事。「剛才，署長告訴我，是貴廳的股長打電話來通知的。」

「是嗎，你聽說了？」

「死者是岡山縣人？」

「是啊。」

「跟我們的推測完全不同。」打從吉村和今西搭檔查案起，今西就認爲死者可能是東北人。

「我們的推測錯了。」今西頹然應道，「不過，能查出被害人的身分也令人欣慰。以後或許得前往貴署支援，到時候還需要你的協助。」

「眞是好消息啊！」吉村對著話筒發出歡聲，「請您務必來敝署支援，跟您搭檔辦案，是我學習的良機。」

「別這麼說，我不行了。剛著手搜查這案子時，我不就推斷錯誤嗎？」今西自嘲。

「話雖如此，還是能從頭開始嘛。」吉村安慰道。

「總之，明天先跟你碰面。反正上司肯定會交辦我一些事。」
「明白了，我等您。」
不一會，今西走出警視廳。回到家時，天色還很亮。一方面是這時節日照變長，一方面也是今西比平常早回家。
「要不要先泡個澡？」妻子問。
「好啊，我帶兒子泡澡去。」
十歲的獨生子太郎知道父親難得提早回來，要帶他一起泡澡，高興得活蹦亂跳。
他們父子在附近的公共澡堂泡完澡回到家，晚餐已準備好。外面天色猶亮，屋內的燈光顯得暗淡。
今西外出洗澡時，妹妹來了。他妹妹住在川口，妹婿是鑄鐵工廠的工人，兩人小有積蓄，買了幢小公寓。
「哥哥，晚安。」妹妹在另一個房間換上向今西妻子借的便服，出來打招呼。
「妳來了。」
「嗯，我剛到。」
今西面有難色，妹妹時常把夫妻吵架的情緒帶過來。
「哥哥，好熱喔。」妹妹到哥哥今西榮太郎的身旁，拿起團扇猛搧。
「嗯。」今西悄悄觀察妹妹的臉色。從她的臉色可得知他們夫婦是否吵架，見她心情不錯，今西才安心下來。
「怎麼，你們夫妻又吵架了？」今西看出他們夫妻沒有吵架，故意問道。若知道他們夫妻吵架，他便會佯裝不知。

「沒有啦，今天沒吵架。」妹妹有點難為情。

「今天丈夫上夜班，我大清早就幫忙搬家，累得筋骨痠痛，來你這裡休息一下。」

「什麼，妳去幫人搬家？」

「我家的公寓有一戶出租。」

「是日照不良的那一戶嗎？」

妹妹時常叨念那一戶租不出去，今天終於有人租下，難怪她喜上眉梢。

「恭喜啊。所以妳才免費幫忙搬家嗎？」

「也不全然如此，這次的房客是單身的女人。」

「咦，單身女人？」

「嗯，大約二十四、五歲。沒人幫忙搬家，我看怪可憐的，便主動幫忙。」

「是嗎？來的是單身女人，不會是人家的情婦吧？」

「才不是，應該是在娛樂場所上班。」

「哦，是餐館的女服務生嗎？」

「不是，聽說是銀座的酒吧女郎。」

「噢……」今西沒再問下去。

連日來，天氣悶熱難當。尤其是這棟房屋四周被其他房子擋住，完全沒有一絲風吹進來。

「她會搬到位於川口的那種偏僻公寓，想必不是高級酒吧的陪酒女郎。」

「不見得。」妹妹見哥哥盡挑毛病，有點不悅地反駁：「赤坂或新宿固然離銀座比較近，可是她住得遠，自從在酒店走紅後，酒客經常藉故要送她回家。」

「噢，她是為此搬到川口？之前她住在哪裡？」

「聽說是在麻布一帶。」
「她是美女嗎？」今西問道。
「嗯，長得很漂亮。哥哥，你要不要去看看？」
這時候，今西的妻子端著切好的西瓜走進來，妹妹不由得吐了吐舌頭。
「來，大家趁冰涼吃。太郎，你也進屋吧！」妻子呼喚在庭院玩耍的太郎。她放下盤子，對著今西說：「阿雪的公寓租出去了。」
「嗯，小妹剛告訴我。」

2

年輕評論家關川重雄和惠美子坐上計程車，在街上奔馳著。
將近午夜十二點，中仙道兩旁的住家幾乎都關上大門，只有汽車的燈光在路上來回穿梭。
「好累喔。今天晚上原本想請假休息，但跟你有約在先，所以勉強去上班了。」惠美子緊握著關川的手。
「妳有請朋友幫忙嗎？」關川看著前方問道。
「沒有。搬家公司只負責將家具和雜物搬到屋裡，但整理可麻煩了，多虧房東太太來幫忙。」惠美子靠向關川。
「這種時候，你若能來幫忙該有多好。」她發出嬌嗔。
「那怎麼行呢。」
「我當然知道不行。可是，那眞是無聊極了。」

關川默不作聲。計程車沿著緩坡行駛。

「滿遠的嘛。」關川看著路況說。

「是啊，但坐電車意外地快。」

「要多久時間？」

「到銀座四十分鐘。」

「挺快的，比之前的住所好多了。時間差不多，環境又清靜。」

「才不清靜！位置偏僻，附近又多是鐵工廠，沒你想像中理想。」

「哎，忍耐點。」關川安撫道：「以後有好地方，可以再搬。」

「什麼，還要搬？」惠美子瞅著男子的側臉，「我們不時常搬家不行嗎？」

「話不是這樣說……」

「搬來後才知道以前公寓的好，買東西又近，到市中心也很方便。現在這裡十足鄉下地方，讓人心煩。這次是你堅持，我才勉強搬來。」

「沒辦法，還不是妳造成的。」

「你竟然說這種話！」惠美子捏了一下關川的手。「才不是我的錯，還不是你怕被人看見，所以……」

「別說了！」關川以下巴示意前方。

計程車司機猛然加速。中仙道在車燈的照耀下往後飛逝。他們沉默片刻，車子逐漸駛向閃著亮光的橋梁。駛過長橋，關川要司機停車。

「要在這裡下車嗎？」司機發現前方有暗色綿長的土堤，帶著笑問。

惠美子隨關川下車。關川默默沿著土堤走，映入眼簾的是荒川昏暗寬廣的河面。

土堤下面似乎是工業用地，黑暗中依稀可見林立的廠房。耀眼的路燈閃爍著，關川朝河灘走去。這裡到處長著茂盛的野草。

「好恐怖，你不要走太遠。」惠美子緊緊挽住關川的手，但關川依然故我地朝有水的地方前進。

「你要去哪裡？」

河灘上碎石很多，穿高跟鞋的惠美子小心翼翼地緊挨著關川。河岸的遠處霓虹燈閃爍，天空繁星點點。

「喂，妳怎麼總講些沒建設性的話？」關川停下腳步。

關川這句話十分突然，惠美子不明所以地問：「咦，什麼事？」

「剛才妳在計程車上講的那些，不知計程車司機聽了多少。雖然背對著我們，但他聽得可仔細了。」

「是嗎？」惠美子坦率地說：「抱歉，是我不對。」

「我不是告訴過妳嗎？不要動不動就說那些無聊的話，像是我被人看見、運氣不好之類的。」

「對不起，可是……」

「可是什麼？」

「可是你也想太多了，我覺得對面那學生根本沒認出你是誰。」

關川從口袋裡掏出香菸，用手圍著點了火。火光霎時照亮他的半邊臉，他還是非常不高興。

「那是妳自圓其說，我才不相信。」關川吐了口煙，冷漠應道。「以前住在妳對面的學生，不是向妳問過我的事嗎？」

「他又不曉得你是誰，只不過是有點好奇，問我那天晚上來的是什麼人。我認爲他沒有特別的意思。」

「妳看，」關川說：「他那樣問，豈不證明和我在走廊上相遇的那個學生，跟他說了些什麼？那學生回頭看我的眼神，好像認識我。」

「不過，住在對面的學生問我的時候，我沒有那種感覺。」

「我經常在報上寫文章，又登有照片。」關川望著黑暗的河面，「對方是學生，應該會看到我的文章，或多或少記得我的長相。」

黑漆漆的河面微泛亮光，遠處電車從鐵橋上駛過，投映在水上的車燈迤邐而去。

「眞可悲啊。」惠美子說。

「什麼事？」關川用力地吸著香菸，暗紅菸頭閃滅得又急又快。

「你凡事都太過操慮，像我這樣的女人，都快成爲你的累贅了。」

漆黑的對岸隱約傳來口哨聲，似乎有年輕人在漫步。

「妳還不了解我的心情嗎？」關川搭著惠美子的肩膀，「現在是我的關鍵時期，我們之間的關係若張揚出去，肯定有人會把我罵得狗血淋頭。平常我寫文章批判各方人馬，得罪不少人，一旦這些宿敵知道我的私生活，八成會罵我是僞君子……」

「因爲我是陪酒女郎吧，如果我像和賀先生的未婚妻一樣出身豪門，你就不會在乎他們的想法了吧？」

「我跟和賀不同！」關川倏然發怒，「那傢伙只想盡早出人頭地。我不像他滿嘴新穎的理論，骨子裡卻保守至極。至於妳是不是陪酒女郎，我不介意。」

「既然如此，你爲何……那麼在乎別人的目光？我多想正大光明地跟你走在一起。」

「眞笨，」關川咂咂嘴，「妳應該明白我的處境呀！」

「我自然是明白的。你的職業與眾不同，我非常尊敬你。所以，能擁有你的愛，我覺得很幸福，有時高興得想向朋友炫耀。當然，我不會告訴任何人，但這是我眞實的心情。我理解你的處境，可是也會因此感到悲傷。就拿這件事來說……你只是不巧被那名學生看了一眼，就急著要我立刻搬家。我好像是你見不得人的妾室。」

「惠美子，」關川喊道：「我懂妳的心情。我解釋過許多次，妳要體諒我的立場啊。在某個時期裡，我不得不讓妳做些犧牲。我正處於快出人頭地的非常時期，若傳出對我不利的謠言，引來風風雨，至今爲止的努力豈不是全化爲泡影？我不想輸給那些夥伴。或許妳打心底瞧不起我的謹小愼微，但幹我們這行的就是這樣，稍有絲毫的醜聞，就足夠讓我身敗名裂，所以請妳多忍耐。」說著，關川將惠美子摟在懷裡。

3

一名男子在銀座後街漫步，他是某報社的藝文記者。

街上往來的行人很多。他剛離開酒吧，朝窗飾繽紛的街上走去，在人行道上與一名女子擦肩而過。櫥窗裡的燈光斜照出女子的側臉，藝文記者不由得歪著頭思忖：我似乎在哪裡見過她。女子快步走著，倏然消失在人群中。他努力回想是哪家酒吧的陪酒女郎，但就是想不起來。他朝銀座四丁目前進，那裡的書店應該還沒打烊。

走進書店，他瀏覽著架上的新書，一時找不到想買的書籍，於是隨意瀏覽，往裡面逛。

有本題爲《如何快樂出遊》的書映入他的眼簾。這是一本近年來多次再版的旅遊書。看到這本書的同時，他突然想起一件事：剛才與我擦身而過的女子確實眼熟……她不是酒吧的陪酒女郎，而是旅行途中與我共乘同一列車的女子。

那是從信州大町的回程。二等車廂（尚未改稱一等車廂）裡乘客不多，不到二十人。那女子從甲府上車，與他隔著通道坐在對面靠窗的座位。她長得非常漂亮，身上的服裝算不上高級，但搭配得宜，很有品味。

沒錯，就是那女子！

那是很久以前的事，當時他去大町採訪興建中的黑部峽谷水壩，所以應該是五月十八或十九日吧。那天，他乘坐夜間火車，車內並沒有熱得必須開窗讓風吹進來。然而，一過甲府，那女子便將車窗打開一半。如果只是這樣，倒不會讓他留下什麼印象，因爲她後來的舉動太出人意外……漫想至此，身後有人按住他的肩膀。

「村山君。」有人叫喚藝文記者的名字。

回頭一看，原來是大學教授川野，他也常寫評論文章。教授戴著貝雷帽，顯然是爲了遮掩稀疏的頭髮。

「你在發什麼呆？站在書架前，表情卻異常嚴肅。」戴著深度近視眼鏡的川野，堆著笑容問。

「原來是教授，」藝文記者村山連忙致意，「好久沒問候您。」

「哪裡、哪裡，久違了。」

「您也在散步嗎？」

「怎麼樣，好久不見，要不要到附近喝杯咖啡？」不會喝酒的教授邀約道。

「剛才你在書店裡思考什麼嚴肅的問題？」坐在明亮的咖啡館裡，啜飲著咖啡，川野教授仍十分好奇。

「不，沒在思考什麼，只是偶然想起一件往事。」村山笑答。

「是嗎？你表情那麼嚴肅，我還以爲是什麼吸引了你，近前探看，原來是一本旅遊書。」

「是的。我突然想起旅行時的經歷。幾分鐘前，我與旅途中遇到的女子擦肩而過。原本想不起來，看到那本書才勾起回憶。」

「噢，那我倒要聽聽。」教授接著說：「是不是在車內發生風流情史？」

「才不是，只不過是微不足道的小事。」

「我現在閒著無聊，微不足道的小事也沒關係，說來聽聽。」有些暴牙的教授催促道。

「好吧，反正閒來無事，我就說給您聽吧。」村山回答。

說來眞是悠閒，那時漫長的火車之旅讓村山感到百般無聊，於是他格外留意從甲府上車的年輕女子。那女子帶著手提包和小提箱——有點像女空服員用的那種雅緻的藍色小提箱。

火車經過甲府，駛進荒涼的山區。剛開始，她在閱讀文庫本之類的書，當火車經過鹽山一帶，她打開車窗。村山記得天氣並不熱，冷風不斷從對面車窗灌進來。

那女子倚著車窗，望向外面的一片黑暗。夜色深沉，什麼也看不見，唯有遠處民家稀落的燈火飛逝而去，和連綿不斷的漆黑山影。儘管如此，女子仍忘情地眺望窗外。

村山心想，那女子大概很少搭乘這條路線的火車，又是從甲府上車，很可能是當地人要去東京遊玩。話說回來，她穿得十分素雅，雖然是普通的黑色套裝，卻不俗氣，只有生活在東京的人才會有這種穿著。她相貌清秀，身材苗條。

村山的視線回到書上。可是，看不到一頁又被女子的動作吸引。只見她打開放在膝上的小提箱，抓起一把東西往窗外丟撒。那是有點天眞的舉動，村山十分詫異，便悄悄瞥了一眼，在心中暗忖：她到底在拋扔什麼？從小提箱抓出的好像是白色的東西。

火車疾駛而過，揚起一陣風。那女子順勢把手伸出窗外，往外拋扔著。那剛好是火車行經鹽山一帶到下一站勝沼之間的事。

村山起初以爲她是在拋扔不用的碎紙。後來，她又捧起書看了一會，但在初鹿野到笹子之間，她放下書，再度從小提箱裡抓出什麼東西往窗外扔。

女子的舉動引起村山的好奇，於是他佯裝要上洗手間，走到車廂盡頭。他若無其事地望著窗外，只見白色小紙片像雪花般在黑暗中隨風飄舞。雖然只有五、六片，用「雪花飄落」來形容有點誇大，但對村山來說確實是那種感覺。

村山莞爾一笑。這孩童般天眞無邪的舉動，讓他不禁露出笑容。想不到那女子以這種方式排遣長途旅程的煩悶。

村山回到座位，又讀起書，但坐在隔著走道斜對面的女子，總是引起他的好奇與納悶。

火車快到大月車站時，她又把手伸進小提箱，撒起如雪的紙片。乍看之下，她約莫二十五、六歲，頗有教養，因而這個有點惡作劇的舉動更引人側目。

不久，火車駛進大月車站。這時，二等車廂裡又來了新乘客。其中，有個年約五十歲、身材肥胖的紳士環視車內，最後在那女子面前的座位坐了下來。他穿著淺咖啡色的高級西裝，戴同色的鴨舌帽。

紳士從口袋裡拿出對折的週刊讀了起來。女子看到斜前方坐著一名新乘客，不由得有些拘謹。儘管如此，她仍舊沒把車窗關上。列車持續行進。過了大月車站，又經過幾個小站時，她又抓著白色小紙片往黑暗的空中揚撒。由於寒風吹來，紳士皺了皺眉頭，只朝女子瞥一眼，並未表示不滿。

村山沉浸在書的世界裡。過了一會，他發現女子已把車窗關上。那紳士沒有發牢騷，看來是她自發性地關上車窗。她拿著一本小書耽讀著，黑色裙子底下露出細長的雙腳。

又過一會，列車經過淺川（現今的高尾），駛近八王子。村山心想，終於要抵達東京，不禁抬起眼，只見紳士伸出粗短的脖子，不斷跟女子攀談，態度極爲殷勤。

紳士和那女子交談著。不過，講話的主要是紳士，女子只是簡短應和。不知不覺間，紳士移膝湊近女子，探出身子，愈講愈興奮，女子相當不自在。不用說，他們並不認識。紳士是上車後湊巧坐在她的前面，爲排遣旅途無聊找她攀談。不過，在村山看來，他似乎不是單純的閒聊。

紳士表現得十分熱情。他掏出香菸給女子，但遭到拒絕。接著，他拿出口香糖遞到女子面前，女子也沒有接受。

紳士見女子如此客氣，略帶強迫性地勸說，她才勉爲其難地接下，但沒有撕開包裝紙。後來，紳士的態度愈來愈奇怪，他竟然毫不在乎地移膝到女子的雙腳之間，嚇得女子趕緊往後縮。不過，紳士仍依然故我，大剌剌地伸出雙腿，繼續攀談著。

村山以前聽過年輕女性遭中年男子花言巧語欺騙的故事。若是長途旅程則另當別論，不過是從大月到東京之間的路程，紳士就迫不及待展開獵女行動，村山憤慨難平。假如那紳士再對女子糾纏不休，他就會挺身而出。所以，他根本無法專心看書，不時觀察著斜對面座位上的動靜。

女子終於露出不悅的表情，紳士也不敢再做出露骨的動作。不過，他仍舊持續向女子搭訕。

火車經過立川後，東京的繁華燈火逐漸映入眼簾。車內有些乘客從行李架取下東西。不過，那厚臉皮的男子仍口沫橫飛地講個不停。通過荻窪車站，到了中野一帶，仍不見那男子起身。女子除了手上的小提箱之外，沒有其他行李。然而，當中野一帶的街燈往後流逝時，女子突然鼓起勇氣向紳士打聲招呼，站了起來。

這時候，紳士跟著站起，隨即走近女子，迅速低語幾句。女子臉色脹紅，疾步往車門口走去。

紳士完全不把一旁的村山放在眼裡，馬上尾隨女子。於是村山闔上書站了起來。

列車駛進新宿車站的月台。來到車門口，紳士緊貼著女子身後，又低聲幾句，顯然是要邀她去什麼地方。倘若紳士繼續糾纏，村山打算充當騎士來個英雄救美。

列車終於停靠在終點站。

「由於發生過這段插曲，我才會想起那名女子。」村山告訴川野教授。

「真有趣。」教授笑著說：「最近這種人愈來愈多。儘管年紀一大把，行動力卻完全不輸給年輕人。」

「我看了不禁大吃一驚。這種事我以前聽別人提過，但還是頭一次遇上。」

「不過，那名小姐……不，她是不是小姐不得而知，那名年輕女子從窗內往外拋撒紙片，確實很有意思。你說這舉動天真爛漫，我倒覺得充滿詩意。」

「是啊。」村山附和，「只是，後來看到那男子低俗的行徑，著實令人氣憤。」

「對方……也就是那名年輕女子，打一開始就沒注意到你嗎？」

「大概沒有。否則我們擦肩而過的時候，她應該會以眼神致意。」

「原來如此，你在銀座的夜晚與那女子相遇竟沒立刻想起，而是在書店看到旅遊書才恍悟，未免太有趣。」教授感到興味盎然。

「村山君，」他喚道：「有家雜誌社恰巧找我寫篇隨筆，我正苦於沒資料可用，就拿你的故事做文章吧。」

「您要寫成文章嗎？」

「稍加潤色加工，應該能寫個兩千字。」教授取出筆記本。「我再問你一次，那是什麼時候的事情？」

「唔，大概是五月十八日或十九日吧。」

「嗯，很好。你說那時候還沒熱到得打開窗戶嘛。」教授將日期寫在筆記本上。

「教授，」村山有點擔心地問：「文章中不會提到我的名字吧？」

「放心。提到你的名字也沒什麼用。這文章以他人轉述的角度來寫，就會失去張力，我打算寫成自己的見聞。」

「也是，這樣寫讀者才會買帳。教授，您改爲對那女子抱有情意如何？」

「你的嘴巴眞不饒人。」教授笑著說：「雖然我快到能加入老年俱樂部的年齡，還不至於變成付諸行動的好色派，你大可放心。不過，村山君，若跟那女子單獨在一起，你八成也會想製造近水樓台的機會吧？」

「不，我絕沒有那個意思。」村山露出羞澀的表情。

「她是美女嗎？」教授突然確認道。

「嗯，她長得很漂亮。有點瘦、身材苗條，臉蛋十分可愛。」

「這樣啊。」教授心滿意足地在筆記本上振筆疾書。

4

今西榮太郎聽到妹妹要回家，決定送她到車站。

「阿雪，妳不住下來嗎？」今西的妻子出聲挽留，但小姑惦記著家裡的事情，正準備回家。

「妳看，小妹嘴上說丈夫上夜班，閒來無聊到我們家串門子，還是掛心著家裡。女人終究是放不下家庭啊。」今西說道。

「是啊，太沒出息了。」妹妹笑著說：「平常的日子我不能在外面留宿，除非我們夫妻吵架，否則沒機會在外過夜。」

今西夫婦送妹妹走出家門，由於夜色已深，民宅多半關上門窗，狹小的巷弄變得更暗，只有幾家較晚打烊的商家映出亮光。

路上行人稀少。沒多久，他們經過一棟新建公寓。或許是出於職業上的習慣，妹妹不禁站在公寓前觀望。「若能擁有那棟公寓的一半該有多好。」妹妹感嘆道。

「那妳得趁現在把房租省下來當資金。」今西笑答。

「沒辦法，生活費愈來愈高，很難趕得上飛漲的物價。」

三人往前走著。這時，對面出現一名穿洋裝的女子，店裡的燈光湊巧映照出她的側臉。她是個身材苗條的年輕女子，像是怕被人看見似地疾步通過今西他們身旁。

拉開五、六步的距離後，妻子向今西低語：「我說的就是她。」

今西對妻子這番話感到納悶。

「就是住在那棟公寓的小姐。之前我不是提過，她是劇團的演員嗎？其實弄錯了，她是劇團的職員。」

今西回頭一看，那女子的身影已消失在公寓裡。

「因為她在劇團工作，大家就謠傳是演員。」

「是嗎？」今西又邁開腳步。

「你們在說什麼？」妹妹插嘴問道。

「沒什麼。前幾天，那棟公寓搬來一個劇團的人。由於對方長得可愛，大家誤以為是演員。」

「是哪個劇團？」今西的妹妹喜歡電影和戲劇，才好奇地問起劇團的名稱。

「我不太清楚。」

「那間公寓租多少錢？」妹妹關心的焦點移回公寓上。

「聽說是月租六千圓，押金另計。」今西的妻子回答。

「對劇團的女職員來說，六千圓是不小的開銷，背後肯定有人資助吧。」

車站的通明燈火映入眼簾了。

前衛劇團的女職員成瀨里繪子的租屋在二樓盡頭，她從口袋裡取出鑰匙打開大門，回到自己的寓所。眼前一片漆黑，但畢竟是自己住處的氣息。由於剛搬來不久，屋裡的氣息跟外面的空氣明顯不同，光是聞到這股氣味，就足以讓她放鬆心情。

雖然只有三坪大，但由於剛裝潢好，各種設備都很方便。里繪子打開收音機的開關，怕吵到鄰居，便將聲音轉到最小。收音機傳出微小的音樂。獨自待在住處的時候，收音機的音樂多少可驅走寂寞。她進屋前查看過信箱，連張明信片也沒有。

她覺得餓了，烤了片土司，一股撲鼻的香味頓時使得屋內溫暖起來，充滿溫馨生活的味道。她啜飲著紅茶，吃完土司就坐著發呆。她並不喜歡收音機播放的音樂，但睡前關掉唯一的聲音，難免感到寂寞。

里繪子坐在桌前，取出筆記本。她常用筆記本寫日記。打開檯燈，她托腮沉思，並沒有馬上動筆。以爲整理好情緒，旋即又告失敗，遲遲無法下筆，她就這樣想了許久。

走廊傳來腳步聲，到她的門口停下，她不由得抬起頭。有人在外面敲門，她應了一聲，微微拉開一條門縫。

「成瀨小姐，妳的電話。」原來是管理公寓的老婦。

里繪子心想，這麼晚還來電話？她皺了皺眉頭，但仍對管理員的好意回以笑臉。「不好意思啊。」

她隨老婦穿過著走廊，電話在樓下的管理員室。走廊上，每一戶的門都緊閉，拖鞋擺得井然有序，不少已熄燈。

「麻煩您了。」她向管理員致謝。

打開門，穿著汗衫的管理員丈夫在看報紙。里繪子向他點頭致意。話筒早已擱在電話機旁。

「你好，我是成瀨。」里繪子握著話筒小聲開口。「咦，請問你是哪一位？」

得知對方是誰，她只「哎呀」一聲，並沒有露出不愉快的表情。

「有什麼事嗎？」她凝神聽著對方的回應，答道：「不行，這樣我很爲難。」

由於管理員在旁邊，里繪子有些畏縮和顧忌。

跟成瀨里繪子通話的是個男人，雖然管理員沒有刻意偷聽，但就在旁邊，自然聽得見她的話聲。

「我很爲難。」成瀨里繪子一直面有難色。管理員不知道話筒那端的男子說些什麼，但從她講電話的樣子來看，似乎在婉拒對方的某些請託。

顧慮到有旁人在場，不能明講，所以話自然少。里繪子頻頻回答「不行」或「我很爲難」，講了三分鐘左右對方才終於死心，掛斷電話。

「謝謝。」向管理員致謝後，里繪子走出管理員室。她的表情憂鬱，住在同棟公寓的年輕男子與她擦身而過時，也好奇地瞅著她。或許是謠傳這棟公寓住著劇團女演員，難免引來側目。

她回到住處，落寞地呆立著。窗上映著夜景，遠處的霓虹燈多半已熄滅，那一帶就是新宿。

里繪子若有所思地望向窗外，遠處的燈火將天空染得通紅。這是一個星輝寥落的夜晚。她關上窗戶，回到桌前坐下。她攤開筆記本，拿起筆來，並沒有立刻動筆，只是托腮思索。一會筆動了起來，寫了一行，隨即又劃掉。最後，她這麼寫道：

難道愛情注定是孤獨的嗎？三年來，我們彼此相愛，卻沒留下任何東西，往後也不會有什麼結果吧？他說，我們要永遠相愛。但這甜蜜的諾言，讓我感到無限空虛，猶如細砂般從我的指縫間流逝。那絕望的感覺，每晚都鞭笞著我的心靈。不過，我必須鼓起勇氣相信他，必須永遠守住這份孤獨的情感。我必須守住這樣的孤寂，並從中感到喜悅。我必須緊緊抓住自己築起的夢幻，堅強地活下去。若愛情要求我做出犧牲，我也必須爲此感到殉教式的歡愉。他說，我們要永遠相愛。在我有生之年，他會實現這個諾言嗎？

寫到這裡，窗外傳來口哨聲，她不禁抬起頭。口哨聲有節奏地在窗外回響。她站了起來，沒往窗外看便關掉電燈。

今西榮太郎送妹妹到車站後，打算回家。從車站沿著斜坡往上，剛好有夜市。這裡也是每天早上工人聚集的地方，附近設有公共職業介紹所。由於時間很晚，不少攤位都已打烊，今西看到賣盆栽的攤位，便停下來。

「別買了，院子裡沒地方擺。」妻子在一旁勸阻著，但今西不可能默不吭聲地走過去。

「我只是看看，不會買啦。」今西站在賣盆栽的攤位前安撫著妻子。

由於顧客大都走光，老闆表示要打烊，以便宜大拍賣的噱頭誘使今西購買。

今西看了一會兒盆栽，幸虧沒有中意的。腳下散亂著樹葉和舊報紙，今西又走回人行道上。他覺得肚子餓了，見壽司店還在營業，便對妻子說：「要不要吃點壽司？」

妻子從門縫窺探了一下，不悅地說：「算了，花這種錢太不值得，還不如明天做幾樣好吃的。」

問題是今西肚子正餓著，等不及妻子明天烹煮佳肴。他並不是不明白妻子的心情，所以沒多說，只略顯不滿地沿著巷弄往回走。他想像著鮪魚片的美味，只能暗自強忍。

巷子裡，大部分的商店都已關門，只有路燈還亮著。在路燈的照耀下，有個男子吹著口哨在附近閒逛。他似乎吹著什麼曲子，帶著旋律節拍，恰巧是在最近新建的那棟公寓前。透過路燈的映照，可看出他戴著貝雷帽。雖然是夏日時節，他卻穿著全黑襯衫，可能是追求時髦。

那男子徘徊許久，大概是看到今西夫婦走來，不再吹口哨，像是怕被別人發現，若無其事地朝暗處走去。

今西不由得注視著那名男子，並不是他行跡可疑的緣故，而是出於職業習慣。

「要是你肚子餓，回家吃點茶泡飯吧。」捨不得花錢吃壽司的妻子說道。

「嗯。」今西很不高興，沒多說什麼。

星光稀微，他們就這樣走過那條巷弄。

今西夫婦離去後，戴貝雷帽的男子走回來，對著剛才熄燈的窗口又吹起口哨。黑暗的窗口裡窗簾緊閉。公寓旁邊的小巷，林立著占坪很小的民房。從屋頂望去，可看見新宿附近的通明燈火，像拂曉前的晨光閃耀著。

不知從什麼地方傳來嬰兒的啼哭。男子故意發出聲響來回踱步，公寓的窗戶仍沒有打開。又過了二十分鐘，男子頻頻抬頭望向公寓的窗口，但對方都沒有反應，最後他才放棄，戀戀不捨地離開小巷，走向大街。邁步之際，還不時回望那棟公寓。

他神情沮喪地往車站走去。爲了攔下空計程車，他左右張望，幾輛載客的計程車從眼前奔馳而過。他的目光移向對街的壽司店，從半敞的門口望去，坐著兩、三個客人。他穿過人行道，踏進那家店裡。

三個客人正在吃壽司，其中一人見男子進來，不禁露出驚訝的眼神。男子點了份壽司。一名女客望著男子的側臉，對著同伴耳語一番後，一起抬眼看著他。

戴貝雷帽的男子吃起壽司，他清秀的臉龐輪廓有致。這時，那名女客拿出口袋裡的筆記本，帶著笑容來到男子身旁。

「請問……」女客態度恭謹地說：「如果我沒記錯，你是前衛劇團的宮田邦郎先生吧？」

戴貝雷帽的男子嚥下口中的壽司，頓時不知所措。他瞅了女客一眼，勉爲其難地點點頭。「嗯，是我本人……」

「果然沒錯。」女客回頭對著兩個男伴微笑道：「不好意思，你能爲我簽個名嗎？」

女客遞上皺巴巴的筆記本。男子拿出鋼筆，熟練地簽下名字。

這男子就是之前和賀英良負傷住院的時候，跟劇作家武邊豐一郎一同去醫院探望的話劇演員。

6 CHAPTER — 第六章

方言分布

1

今西榮太郎至今仍念念不忘蒲田調度場凶殺案中，被害人操的東北口音和亀田這兩條線索。被害人的身分已查明，不是他原先推斷的東北人，而是岡山縣人。今西也曾質疑會不會是目擊者誤判東北口音，但他認爲可能性不大，始終相信與東北口音關係密切。

他買來岡山縣地圖。被害人三木謙一是岡山縣江見鎮人，今西以這小鎮爲中心，在地圖上搜尋著亀田的相關地名。他首先在地圖上找尋發音爲「亀」（kame）的地名，嘴裡叨念著「亀、亀」，眼睛不斷搜索著。這時，「亀甲」兩個字突然闖入視野，他大吃一驚。

亀甲位於岡山至津山的津山線上，靠近津山，讀音爲「kamenokou」。今西心想，「亀田」和「亀甲」字形非常相似，只有「田」與「甲」之分。然而，蒲田廉價酒吧的目擊者只是湊巧聽到，未看到地名，但「kameda」和「kamenokou」在語感上差距很大。

當然，被害人和對方也可能把「亀田」錯念成「亀甲」，但這種可能性不大。今西認爲他們與亀田有著密切的淵源。若是外鄉人則另當別論，要說他們將「亀甲」念成「亀田」是無從想像的。

今西繼續檢視地圖，但找遍了整個岡山縣，就是沒有以「kame」爲讀音的地名。「亀甲」這地名偶然出現，彷彿在嘲笑今西的茫然。他感到有些沮喪。

他摺起地圖走出家門，該上班了。早晨的陽光灑落小巷，讓人頓覺神清氣爽。

今西經過那棟新建的公寓前，驀然想起昨晚吹著口哨在附近徘徊、戴貝雷帽的男子。不過，這影像掠過腦際便消失。

國營電車上擁擠不堪。今西被身後的乘客推擠上車，夾在人群中，稍不留神便無法站穩腳跟。擁擠的乘客擋住視線，令人看不到窗外的景色。他隨意瀏覽吊在車內的廣告。風從窗外吹進來，那廣告便隨之飄動。

那是一張廣告雜誌的海報，上面的「旅行設計」幾個字引人注目。今西心想，旅行也需要設計嗎？最近的廣告淨用些奇特的標題，內容卻空洞無物。

今西在新宿車站下車轉乘地下鐵，這裡也掛著同樣的廣告。這時，今西腦中突然閃過一個跟廣告毫不相關的念頭。

抵達警視廳，他立刻往宣傳課走去。宣傳課長是他以前的頂頭上司。設置宣傳課，主要是爲了向民眾推廣警務的相關活動，也就是警視廳的文宣機構。因此，有時會發行小冊子，並蒐集各種書籍當參考資料。

「噢，眞是稀客，想不到你居然會在這裡出現。」宣傳課長朝向他行禮的今西微笑，接著開玩笑地說：「你是來找俳句的相關書籍嗎？」

課長知道他當搜查股長時的部下今西喜歡創作俳句。

「不，我有事想請教您。」今西略顯拘謹地回答。

課長請今西坐在旁邊的椅子上，拿出香菸遞給今西，自己也叼了一支。早晨清新的空氣中，飄升兩縷淡淡的輕煙。

「什麼事？」課長望著今西問。

「沒什麼重要的事情，只是想到課長見聞廣博，所以特地來請益。」

「我哪裡見聞廣博呢。」課長含笑表示：「凡是我知道的，也許可以奉告。」

「是有關東北方言的問題。」今西開門見山地說。

「咦，東北方言？」課長搔著頭，「很不巧，我是九州出身，對東北方言不大了解。」

「不，不是那個意思，我想問的是，除了東北地區之外，日本哪些地區也講東北方言？」

「這個嘛……」課長歪著腦袋說，「你的意思是，不是指特定的個人，而是某個地區。簡單講，不是指東北出身的人到其他地區講東北方言，而是指那個地區都講東北方言嗎？」

「是的。」

「有這樣的地方嗎？我想想……」課長叼著香菸，臉上露出否定的神色，「這很難回答呀。」他尋思了一下，最後說道：「東北方言是那個地區特有的語言，除了福島、山形、秋田、青森、岩手、宮崎六個縣之外，大概沒人使用。當然，群馬縣和茨城縣偏北的地區，由於靠近福島縣，多少會受到影響。」

「這麼說來，除了那些地區之外，其他地方不可能使用東北方言嘍？」

「這一點很難推斷。」見聞廣博的課長眨著眼解釋：「方言的分布是固定的。從北面說起，我認爲大致可分爲東北、關東、關西、中國、四國、九州等地區。所以，你提問的東北方言，照理不可能在四國或九州等地區使用。」

宣傳課長的回答令今西有些沮喪。不過，他同意課長的說法。這時，課長發現什麼似地冒出一句：「我這裡有不錯的資料。」接著他站了起來，從後面的書架上抱來一本厚重的書。那是百科全書的其中一冊。課長費力地放在桌上翻查，每查到想看的地方，便先瀏覽一遍。

「來，你讀讀這段。」課長將書遞給今西。

今西讀了起來，書頁上全是密密麻麻的文字：

明治時代以後，大島正健從發音的角度將日本分爲內日本、東日本、西日本，這三種分法引起學界的注目。後來，又根據文部省（教育部）編纂的《語法調查報告》，展開大規模的調查，以語法爲基礎，提出具有劃時代意義的「東日本、西日本、九州」三分學説。現在以東条操綜合上述論點的學説最具權威性。他的《國語方言區劃》問世後，幾經修訂，最新出版的是《日本方言學》，當中這樣劃分日本各地的方言：

東部方言──北海道方言、東北方言（加上越後北部）、關東方言（含山梨縣郡內地區）、東海東山方言（加上越後南部）、八丈島方言。

西部方言──北陸方言、近畿方言（加上若狹地區）、中國方言（但馬・丹後地區）、雲伯方言、四國方言。

九州方言──豐日方言、肥筑方言、薩隅方言。

後來，都竹通年雄和奧村三雄提出不同的觀點，同樣引起學界的注目。都竹主張日本方言大體可分爲東日本、西日本和九州三個地區，這個論點與東条一致，但他認爲東部方言應包含東海東山中的靜岡、山梨、長野三縣，而愛知、岐阜則應歸入西日本。另外，在東部方言中，東北方言又分爲北奧羽方言和南奧羽方言；北海道方言屬於北奧羽方言，栃木、茨城方言必須從關東方言劃出，歸入東北方言；越後方言則屬於東部方言之一。有關西部方言的劃分，他的論點大致與東条無異，但主張十津川、熊野方言，得從近畿方言獨立出去。

奧村首先主張西部方言和九州方言應合而爲一，亦即將日本的語言分布，看成東日本和西日本兩個部分。他劃分的東部方言與東条的一致，但又細分出「奧羽、關東北部（茨城・栃木）、越後東北部方言」和「關東大部、東海東山方言」，在這種劃分下，八丈島方言屬於後者。接著，他將西日本方言分成九州方言和關西方言，九州東北部方言（福岡東部・大分）被歸入後者。

……關西方言又區分爲「近畿、四國、北陸各方言」，和「中國、丹後、但馬及四國西南部、九州東北部方言」。

這些觀點中，哪一方最爲準確，仍有待日後的研究成果方能證實。目前，方言研究的各個領域裡，以音調研究取得的成果最大。在服部四郎和平山輝男等學者的熱心研究下，幾乎已釐清全國各市町村音調的大體特徵，及相互的親緣關係。全國方言分爲「東京語型」和「京都、大阪語型」，但有些音調很難劃分（例如分布於九州西南部的語型），其分布情況頗爲複雜。

今西榮太郎讀到這裡，抬起頭。這本百科全書的記述，對他沒有什麼幫助，只不過是將他籠統的想法加以學術權威化罷了。今西大失所望，毫無斬獲。

「怎麼樣？」宣傳課長打量著失望的今西問道。

「嗯，我明白了。」今西低著頭回答。

「你看起來無精打采，是不滿意這樣的解答嗎？」

「倒也不是，只是想透過方言來證實我設想的線索沒錯。」

「你要的答案是，其他地區也使用東北方言吧？」

「我正是這個意思。」今西點頭。「不過，我知道光查閱這種資料，幫助終究是有限的。」

「等一下，」宣傳課長突然想起似地說：「這本百科全書只是概略介紹，查找更專門的著作也許能解答你的疑問。」

「我看得懂那種專門著作嗎？」

今西還沒讀起那些艱澀難懂的語言學專著，已感到渾身無力。只是概略介紹的百科全書就如此難懂，專門書籍豈不更深奧費解？

「這方面的書籍很多，很難做挑選，希望有本淺顯易懂的……」宣傳課長的指頭敲著桌面，「對了，我大學時代有個同學，目前在文部省擔任技正，專攻國語研究，請教他或許對你有幫助。我現在就打電話給他。」

宣傳課長知道今西熱心追查案情，不忍見他毫無所獲，便代爲引見。課長和對方通完話，轉向今西說：「他請你直接過去，當面比較好說明。我已幫你引見，怎麼樣？去不去？」

「好啊，我去。」今西旋即回答。

今西榮太郎搭乘都營電車在一橋站下車。夏日炎炎，他沿著護城河畔走去。眼前出現一棟老舊、規模不大的白色建築物，門口掛著「國立國語研究所」的招牌。

他把名片遞給服務台後，一名年約四十歲的男子走下樓。

「我剛才接到電話，」他看著今西的名片，「聽說你是爲了方言的問題而來？」

文部省技正桑原，是宣傳課長的大學同學。他體格瘦削，戴著眼鏡。

「你想知道什麼？」桑原技正把今西帶到一間不像會客室又不似會議室的屋裡問道。

今西重複一次剛才向宣傳課長請教的問題。

「你想問除了東北地區之外，是否還有其他地區使用東北方言嗎？」桑原技正的眼鏡映出半斜的藍天。

「是的，我就是爲這件事登門請教。」

「嗯……」國語專家歪著腦袋，溫和地解釋：「據我所知，這樣的地方很罕見。不過，東北出身的人移往其他地方，使用東北方言的情形倒是不少。比如，有整個村落移住到北海道的屯墾區，至今還使用東北方言。但在日本內地，這種地方就少之又少了。」

「這樣啊。」今西最後的希望斷絕了。

「你到底在調查什麼？是不是跟某個案件有關？」桑原技正問道。

「是的。其實，這涉及到某個案件，所以專程來請教……」

今西向桑原技正說明案件的來龍去脈，及蒲田廉價酒吧的目擊者聽到的東北方言。

技正沉吟了一下，又問：「你確定對方講的是東北口音嗎？」

「據目擊者——也就是在旁邊聽到他們對話的酒客指出，似乎是東北口音。因爲他們的對話很短，很難確定，不過五個證人都異口同聲說像是東北口音。」

「是嗎？會不會是兩個東北人，恰巧在那間酒吧聊天？」技正提出理所當然的質疑。

「有段時間我這樣設想過，但經過多方調查，總覺得他們不是來自東北。實際上，被害人的身分已查出，他不是東北人，而是地理位置相反的岡山縣人。」

「什麼？岡山縣？岡山縣沒有類似東北口音的語言啊。」技正兀自嘟囔著，思索片刻，站起身。「等我一下。」

桑原技正往書架走去，抽出一本書。他站著讀了一會，回到今西的面前時，露出喜悅的表情。

「這本書寫的是日本的中國地區方言。」技正將厚厚的書遞給今西。

「裡面並未提到你說的岡山縣，不過有段文字滿有趣的，請讀讀看。」

今西從技正的表情中，察覺他似乎有新發現，萬分期待地讀起來。

所謂的中國方言，是指山陽、山陰兩道中，岡山、廣島、山口、鳥取、島根五縣方言的總稱。這方言又分爲兩個區域。一是出雲、隱岐和伯耆（日本舊時國名）三國的方言，稱爲雲伯方言，其他地方使用的方言，稱爲中國本部方言。因幡（日本舊時國名）方言和山陽諸道的方言有所不同，但爲求方便起見，有學者主張將岡山、廣島、山口諸縣，和石見、因幡兩國的方言總括起來。

若將出雲一國做細分，終究沒有止境。如飯石郡南部完全是中國系統，而不是出雲方言；石見的安濃郡（一九五四年郡名取消，即現今的大田市附近）卻是出雲系統。在伯耆，東伯郡反而靠近因幡，而西伯、日野兩郡大致屬於出雲系統。

出雲的音韻與東北方言相似，自古有名。例如，「ハ」（ha）行（註）唇音的存在，「イエ」（ie）、「シス」（shisu）、「チツ」（chitsu）的音含混不清；「クゥ」（kuu）音的存在，「シエ」（shie）音比較占優勢等等。有學者因無法具體說明這兩個地方音韻類似的現象，提出種種假設。例如，日本沿海一帶尚保有相同的音韻狀態，但受到京都方言的滲透而出現斷層，即是其中一說……

今西讀到這裡，心情不由得激動起來。原來其他地方也使用東北方言，而且是在與東北地區完全相反的中國地區北部。

「還有這本……」桑原技正拿出另一本書，書名為《出雲國腹地方言之研究》。

出雲與越後及東北地區相同，都操滋滋腔。人們稱為「出雲方言」或「滋滋腔」，由於發音含混受到輕蔑。有關滋滋腔形成的原因，有以下各種說法。

一、滋滋腔乃是日本古音：相傳日本古代的音韻就是滋滋腔，即通行於古代日本全國的腔調。隨著城市輕快語音的發展擴大，使用滋滋腔的地區逐漸減少，僅剩下出雲、越後和奧羽等偏僻地區。

二、受地形或氣候影響：出雲地區處於偏僻地帶，幾乎都是近親聯姻，加上傳統習性，即村落間僅使用彼此相通的語言，不需明講也可聽懂。由於該地區多雨少晴，村民缺乏活力，尤其冬季西風強烈，講話不願開口，便是滋滋腔形成的因素。

註—日語的五十音行。

今西將這段文字仔細地重讀了兩次。出雲的腹地也使用與東北相同的方言——他把重點牢牢記在腦海中。

桑原技正不知什麼時候又找出一本書。那是東条操編著的《日本方言地圖》。

「你看看這個，就可清楚明瞭。」技正指著說道。

那是一幅分別用紅、藍、黃、紫、綠等顏色，標示日本各地方言分布的地圖。東北地區爲黃色，中國地區爲藍色，不過在中國地區裡，只有出雲與東北同爲黃色。換句話說，只有出雲孤伶伶地與東北顏色相同，猶如在一片藍色中落了個黃點。

除此之外，再沒有一處地方與東北同爲黃色。

「眞奇妙！想不到，出雲這地方居然跟東北一樣操滋滋腔。」今西驚嘆，按捺不住心中的喜悅。

「是啊，坦白說，我也是第一次得知。你的提問讓我多上了一課。」技正笑道。

「太感謝你了。」今西恭敬地向技正致謝後，站了起來。

「對這個案件有幫助嗎？」

「非常有參考價值，謝謝你的指導，打擾了。」

今西在技正的目送下走出國語研究所。他心想，沒白跑一趟，竟得到意想不到的收穫。

眼下，今西的心情激動不已。被害人三木謙一是岡山縣人，而岡山就鄰接出雲地區。

今西搭上電車以前，先到附近的書店買島根縣地圖。他等不及回警視廳，便衝到書店旁的咖啡館，勉強叫了份冰淇淋。他在桌上攤開地圖，這次要從出雲找「亀」字開頭的地名。

地圖上全是密密麻麻的小字，今西逐字讀起來，有點老花眼的他備感吃力。他靠近窗邊，仔細盯著每個小字。由右往左依序搜尋，他忽然屏住呼吸——這不是「亀嵩」嗎？應該讀成「kamedaka」

吧？

頓時，今西愣住了。期待中的地名竟如此迅速地出現在眼前。從島根縣的米子往西，有個叫「宍道」的車站。這裡有條支線鐵路，也就是木次線，直通南面的中國山脈，「亀嵩」就是從宍道站算起的第十個小站。

亀嵩位於出雲的腹地，也就是剛才在國語研究所看到的資料中，使用滋滋腔的主要地區。從地圖上來看，亀嵩背靠著中國山脈，東西兩邊被山地包圍，唯獨宍道方向有片狹窄的平地。亀嵩讀成kamedaka。亀田讀做kameda，而kameda和kamedaka的讀音非常相似，可能最後的「ka」音語尾模糊，沒有傳進目擊者的耳裡。

出雲腔調和kamedaka的地名已找出，而且就在被害人三木謙一居住的岡山縣的鄰縣，這幾個條件都備齊了。

今西不由得又想起被害人養子的話：「聽說家父曾是巡查。」

今西心想，三木謙一會不會在島根縣當過警察？他按捺不住內心的激動，這次的情報絕對錯不了！此刻，他感到全身充滿活力。

返回警視廳的電車裡，這些新發現的事證塡滿今西的腦海。狹窄的車廂裡人群擁擠，但周圍的談話聲都沒能傳他的耳裡。

回到警視廳後，今西立刻向股長報到。他把地圖遞到股長的面前，邊看筆記本裡的資料邊詳細說明。

「你的發現眞有價値。」股長的眼裡閃現亮光，「我認爲你的推論很有道理，接下來該怎麼做？」

「依我看來……」今西極力平撫激動的情緒，「被害人的養子說，死者三木謙一在岡山縣江見鎭經營雜貨店之前，當過巡查。據我研判，被害人很可能在島根縣的分駐所執勤過，也可能在亀嵩待過一段時間。而和三木謙一在廉價酒吧交談的那名男子，或許就是那時期認識的朋友。換句話說，那名男子曾居住在亀嵩。」

「嗯，很有可能。」股長深深吸了口氣，「好，我們先去函島根縣警署，詢問三木謙一是否擔任過巡查，這可是先決條件。」

「那就勞煩您了。」今西低下頭，誠懇說道。

「都經過這麼久了……」股長嘟囔著，「被害人當警察已是二十年前的事，當時種下的因緣會跟這起案件有關嗎？」

「實際情況如何，目前不得而知，但也許可從他當警察的期間，找到這起案件的關鍵線索。」

「好，就這麼辦吧。事隔這麼久，縣警方面調查起來也頗費時日。這次不是以電話知會，而是正式行文，我馬上請去課長那裡請他發文。」

2

三天後，島根縣警署回覆的公文送來。這天早晨，今西剛踏進警視廳，股長便迫不及待地拿給他看。

「瞧，好消息來了！」股長拍著今西的肩膀。

今西拿著公文急忙讀了起來。

警搜一字第六二六號　茲就貴廳查詢事項回覆如下：

據本署調查得知，三木謙一在昭和五年至十四年之間，奉職於島根縣警察部巡查，配屬於松江署。六年六月轉調大原郡木次署，十年一月升任巡查部長；同年三月配屬於仁多郡仁多町三成署，派駐該町亀嵩巡查分駐所。十三年升任警部補，擔任三成署警備股長，十四年十二月一日依願退休。

調查結果如上，謹此報告。

今西榮太郎看完這份覆文，不由得嘆了口氣。

「是不是如你推測的那樣？」股長從旁問道，「被害人果眞長期在出雲的腹地當巡查。」

「是啊。」

今西彷佛置身在夢境裡。這次絕對錯不了，他猶如從黑暗的迷宮中走出來，眼前豁然開朗。他連忙從口袋裡取出地圖。不論是木次署或三成署，都在亀嵩附近，同樣位於出雲的腹地。也就是說，都是使用類似東北方言的出雲方言地區。三木謙一曾在這地方當過十年的巡查，學會這種腔調極其自然，毫不奇怪。

另外，公文上特別注明亀嵩的讀音不是kamedaka，而是kamedake。換句話說，目擊者聽到的kameda（亀田）的讀音，其實是指kamedake。在國語研究所看到的文獻資料也指出，這地方居民的語尾發音不清。

今西榮太郎打電話給吉村，歡快地說：「我有事找你，今晚下班後碰個面吧？」

「好呀，約在哪裡碰面？」

「之前去的五香串菜店如何？」

「沒問題。是不是有好消息要告訴我？」

「嗯，」今西在電話中不禁笑了起來，「等見面後再告訴你吧。」

晚上六點半，他們在渋谷車站見面。

「到底是什麼事？」吉村劈頭便問。

「我慢慢說給你聽。」今西喜不自勝。

今西當然想把這新發現告訴同甘共苦的吉村，他努力克制著興奮之情，最後還是不由自主地露出笑容。

「什麼事讓您這麼高興？」吉村拿著酒杯問。

「是這樣的，被害人和東北方言的關係終於解開，不僅如此，kameda也找到了。」

「噢，眞的？」吉村睜大眼睛問：「快告訴我吧！」

今西將在國語研究所看到的文獻資料中，東北腔調方言的分布做了說明，並攤開專程帶來的地圖。

「你仔細看，亀嵩就在這裡。」他指著地圖上的圓圈，斬釘截鐵地說：「這個地區如今還在使用東北的滋滋腔。我們弄錯方向了。那兩個在廉價酒吧喝酒的男子，就是這裡的人。」

「目擊者八成是將他們的口音聽成了東北口音。而且，死者三木謙一曾在島根縣當警察。」今西加強語氣：「他在亀嵩那一帶擔任巡查長達十年。」

吉村直瞪著那雙朝氣勃發的眼睛，專注聽著今西的說明。他不由自主地握著刑警前輩的手。

「太好了。」吉村喊道，「太好了，今西先生！」

「你也這樣認爲嗎？」今西放下酒杯，回握吉村的手。

「我要跑一趟那裡。其實我想帶你同行，但這次是實地調查，不是搜捕嫌犯，所以……」

「我也想去，但規定就是規定。我等今西先生帶回好消息。話說回來，這次調查得挺順利。」吉村高興地說道。

「嗯，不過困難的還在後頭。」今西深深吸了口氣。

3

今西榮太郎搭乘晚間十點三十分，由東京南下的「出雲號」快車。往常到外地出勤務，他都是搭檔成行，這次是隻身之旅。此次並非去圍捕或押解凶手，心情上輕鬆不少。或許正因如此，妻子也來車站送行。

「幾點會到那裡？」妻子芳子走在月台上問道。

「明天晚上八點左右吧。」

「哎呀，要坐二十幾個小時，好遠。」

「是啊，很遠的地方。」

「那可不好受。要坐那麼久的火車，眞辛苦。」妻子同情道。

這時，有人在背後呼喚：「今西先生。」

今西回頭一看，原來是認識的S報社的年輕記者。

「你要去哪裡？」新聞記者知道刑警今西要坐長途火車，露出意有所指的眼神。

「啊，我要去大阪。」今西若無其事地回答。

「到大阪？去做什麼呢？」新聞記者神色緊張地問。

「親戚家辦喜事，不參加不行。你看，太太都來車站送我。」

新聞記者認出今西的妻子，連忙向她點頭致意，也相信了今西的說詞。

「我還以爲你是去圍捕犯人。」新聞記者笑著說。

「你們看到刑警坐火車，直覺就那樣猜想。人嘛，難免會有私事要辦。」

「也是，祝你一路順風。」新聞記者向今西夫婦揮揮手，沿著月台離去。

「眞是疏忽不得。」芳子說道。

「今晚只有我一人坐車還好，如果像上次那樣，是跟吉村同行，麻煩就大了。」今西面露難色。

上次今西去秋田調查的時候，曾在上野車站巧遇這名新聞記者。

火車駛離月台時，妻子不停揮手，今西也探出窗口揮手道別。這次不同以往，完全是外出旅行的心情。

車廂裡乘客不多。今西取出妻子爲他買的小瓶威士忌，喝了兩、三杯。前面一個帶著小孩的中年婦女，困倦地靠著椅背睡著了。今西翻看一下報紙，不知不覺睡意襲來。

由於旁邊沒人，他雙手抱胸躺在座位上，枕著肘睡了一會，卻覺得後腦勺愈來愈痛，換了個姿勢還是不舒服。國營鐵路二等車廂的設備，本來就無法讓乘客舒舒服服地睡覺。儘管如此，他仍逐漸進入夢鄉。

睡夢中，依稀聽到名古屋站名的廣播聲，他感到身體疼痛，再次換了個姿勢。

早晨七點半醒來，列車已經過米原。往窗外望去，晨光灑在廣闊的田野上。田野的盡頭波光閃爍，時隱時現，那是琵琶湖。

今西心想，好久沒來這裡了。之前他曾到大阪押解犯人，這趟旅行讓他想起諸多陳年往事。當時，有個搶劫殺人犯逃到大阪，他千里迢迢前來押解。那個殺人犯只有二十二、三歲，長著一張娃娃臉。

列車停靠在京都時，今西買了便當當早餐。或許是昨晚睡姿不良，導致脖頸痠痛，他時而捏捏脖子，時而捶著肩膀。

接下來便是漫長旅程的開始。過了京都到福知山之前，列車將穿越山區，無聊又乏味。下午一點十一分，今西在豐岡吃過午飯。兩點五十二分抵達鳥取，四點三十六分到米子。透過左邊的窗戶，可望見雄偉的大山（註）。四點五十一分到安來，五點十一分抵達松江。

今西榮太郎在松江站下車。從松江到亀嵩需要三個多小時，屆時警署承辦人員大概早已下班回家，縱使今天趕到也無法辦事。

今西初次造訪松江。他來到車站前的旅館，選了便宜的客房投宿。刑警的差旅費很少，絲毫鋪張不得。

吃過晚飯，他來到街上。眼前有座長橋，廣漠的宍道湖躺臥在夜色中。湖岸四周閃著稀落的燈光，一艘點著燈火的小船從橋底下盪了出來。在這陌生的地方，驀然眺望著夜幕中的湖光水色，陣陣旅愁不由得湧上心頭。

今西感到非常疲憊，昨晚沒有睡好，加上白天坐在長途列車裡，全身痠痛不已。回到旅館後，他旋即叫來按摩師。雖然靠刑警有限的差旅費，請人按摩有點奢侈，但今西決定花錢舒緩一下。

年輕的時候，再怎麼勞累，總不至於如此，看來他已上了年紀。按摩師是年約三十歲的男子，今西先付了按摩費。

「在按摩的時候，我很可能會睡著，你看情況先回去也沒關係。」

今西趴在棉被上，鬆展手腳讓按摩師按摩。他果真打起瞌睡，按摩師跟他閒聊，他隨意附和著，漸漸覺得自己的聲音模糊起來，就這樣進入夢鄉。

註——山名，標高一七二九公尺。

凌晨四點左右，他第一次醒來，床頭的檯燈還亮著。他趴在棉被上抽菸，然後拿出筆記本構思俳句，接著又睡著了。

隔天，今西榮太郎在宍道轉乘木次線火車。原先以爲跑這條線的是落伍的老式火車，其實是柴油客車，格外令人耳目一新。眼前的景色正如今西猜想，山多地少，河流時隱時現。

搭乘柴油客車的乘客大都是當地人。今西仔細聽著他們的談話，腔調的確不同。語尾的聲調明顯上揚，但不是他期待的語尾模糊的滋滋腔調。

夏日的驕陽將山上的樹林照得耀眼奪目。途中經過幾個小站，這裡的居民全聚居在車站附近。轉眼間，柴油客車又駛進山區。

今西在出雲三成站下車。此處是仁多郡仁多町，而龜嵩屬於三成警署的轄區，那裡只設一個派出所，所以得先到三成警署。

車站不大。不過，仁多町似乎是此地的中心，沿著車站前的緩坡走下去，有一條商店街。門可羅雀的店鋪裡，陳列著電器用品、雜貨、和服布匹等等。掛著「八千代名酒」的招牌最爲醒目，大概是當地釀造的名酒。

今西走過一座橋。兩旁林立著民宅，有的屋頂上覆蓋瓦片，不過大半的屋頂是用柏樹皮葺上去的。他經過郵局，穿過一所小學，來到三成警署前面。這棟建築物相當氣派，不像是在偏僻的農村，規模有東京的武藏野警署或立川警署那麼大。

在這棟白色建築物後面，果然緊鄰著群山。

今西走進警署，裡面只坐著五、六名員警。他把名片遞給執勤台的制服員警，坐在較深處、穿著開襟襯衫、體型肥胖的男子主動站了起來。

「你是警視廳派來的吧？」男子微笑著招呼道：「我是署長，請這邊坐。」

今西被請到最裡面的署長辦公室。今西和年約四十的胖署長寒暄幾句，他也對遠道而來的今西表達慰問之意。

「大致的情況我聽縣警方面提過，」署長從抽屜裡拿出文件，「你是爲了調查三木謙一的案子而來的吧？」

「是的。署長大概已得知三木謙一在東京遇害的消息。我們承辦這起案件，在調查過程中發現三木曾在三成警署任職，因此敝廳專程派我來調查當時的情況。」今西點頭致意。

員警端了茶水出來。

「這是很久以前的事。」署長說道：「時隔二十多年，署裡已沒人認識三木謙一，不過我們會盡全力協助。」

「百忙中叨擾，實在不好意思。」今西榮太郎低頭致意。

「詳細情形我不大了解，不過正如我剛才強調的，這已是陳年舊事。不知道這消息對你的調查是否有幫助，但我姑且說說吧。昭和六年六月，三木謙一調到木次警署，十年三月調到三成警署，在亀嵩分駐所服勤。那時候，他已升任爲巡查部長，十三年升爲警部補，在本署擔任警備股長，十四年申請退休。」

三木謙一在警界任職的履歷，在今西離開東京以前，透過島根縣警的覆文已得知。

「署長，」今西問道：「從上述的履歷來看，我覺得三木謙一似乎晉升得特別快……」

「沒錯，這種情形很少見。」署長同意今西的看法，「三木對工作非常熱心，道德操守又好，尤其做了許多善行。」

「噢……」

「比方，他來三成警署任職後，兩度受到表揚。從我手頭上的資料來看，」署長的視線落在資料上，「第一次是因爲本地常發生水災。每當颱風來襲，便導致河水暴漲氾濫……對了，就是你來的路上看見的那條斐伊川。」

今西想起流經橋梁下的那條河。

「那條河川暴漲氾濫，加上土石崩塌，造成不少死傷。當時，三木積極投入救災工作，救活三個人。他救起一個被大水沖走的小孩，又挺身衝入被巨崖壓垮的屋裡，成功救出一個老人和一個小孩。」

今西將重點記錄下來。

「另外，這附近發生火災時，三木曾冒著危險衝入熊熊大火的民宅裡，救出一個嬰兒。當時嬰兒的母親衝出火海，才想到孩子沒抱出來，剛要返身，三木及時擋下她，奮不顧身地代她進入火場搶救嬰兒。爲此，縣警的部長還特地致贈感謝狀。」

「原來如此。」今西又把這項功勳記下來。

「大家對他的評價很高，舉凡認識他的人無不稱讚，都說天底下找不到像他那麼好的人……今西先生，我是接到貴廳的公文才得知事情經過，但那樣善良的人竟然在東京遇害，實在匪夷所思。」

今西想從三木謙一擔任警察期間追查他遇害的原因，所以期待會聽到他比較負面的過去，現在署長回溯著三木的功績，與當初設想的多少有點落差。

「愈了解三木謙一的爲人，」署長說，「愈覺得他非常了不起。這麼好的人曾在本署服務，我們都引以爲榮。如今他遭逢不幸，實在令人難過。」

「是啊。」今西榮太郎想起三木謙一養子的那句話——家父是個樂善好施的人。

「不過，光是我的說法恐怕不足以參考。」署長補充：「幸好你想對他進行更深入的調查，我剛好有個恰當的人選，不過不住在此地，而是住在三木謙一任職過的亀嵩。我已和對方聯絡過，他可能正在家裡等你。」

「噢，他是怎樣的人？」

「你也許知道，亀嵩以生產算盤著稱。」署長解釋：「在亀嵩製作的高級算盤，也就是『出雲算盤』享譽全國。對方叫桐原小十郎，是老字號的算盤製造商。桐原以前跟三木是要好的朋友。既然你遠從東京來，與其聽我轉述，倒不如當面問他比較清楚。」

「是啊，就麻煩署長安排了。」

「從這裡到亀嵩有段路程，其實也可搭公車，但班次不多，你就坐署裡的吉普車去吧。」

「太感謝了。」今西向署長致謝，「有件事想請教，可能有些奇怪。」

「噢，什麼事？」

「聽署長說話，似乎跟東京標準語沒什麼不同。聽說您是當地出生的，爲什麼聽不出本地的腔調？」

「這個啊，」署長笑了笑，「因爲我有意識地避免帶上本地的口音，現在的年輕人都不講鄉下口音了。」

「爲什麼？」

「這地方的人使用鄉下方言會覺得害羞，所以跟外地人交談，會盡量使用近似的標準話。而且，當地人坐柴油客車去宍道的時候，愈接近鎮上，就盡量不用鄉下口音講話。說起來，這是自卑感作祟，另一方面，也是交通便利的關係。雖然這地方的人以前總帶著濃重的滋滋腔，不過除了住在深山的老人之外，現下已不用這種腔調講話。」

「亀嵩的情形呢？」

「亀嵩比這裡使用的要多一些，我向你介紹的桐原老先生，他的口音比我們的重多了。不過，你專程來訪，他不會全用鄉下口音跟你講話。」

話雖如此，其實今西榮太郎很想聽聽所謂的出雲方言。

4

今西榮太郎坐上署長特意安排的吉普車前往亀嵩。道路始終沿著鐵路線延伸，兩邊盡是起伏的山巒，幾乎看不見像樣的田地，或許是這個原因，觸目所及的稀落村莊顯得窮困寒傖。

從三成車站直走四公里就是亀嵩車站。負責駕駛的員警說，道路在那裡一分為二，沿著鐵路的那條路通向橫田。

吉普車沿著河道駛進山谷。這條河川分出兩條支流，至此稱為亀嵩川。從亀嵩車站到亀嵩村尚有四公里，沿途看不到像樣的房舍。

進入亀嵩村，比今西想像中更大，街道寬廣而古老。附近的房屋多半是柏樹皮葺的屋頂，也有像北方房舍般壓著石板的。署長介紹過，這裡是算盤的著名產地，走在街上，果然看到許多家庭都在從事算盤組件的代工。

吉普車穿過村落的大街，停在一座闊綽的宅第前。用這裡的話來說，是一座富豪的宅第，即署長介紹的算盤老字號——桐原小十郎的家。

開車的員警引領今西走進大門，一旁是雅緻的庭園。他十分訝異於眼前風雅的布局。

大門敞開後，一名穿羅紗和服外套、年約六十歲的老人，彷彿等候已久似地走了出來。

「這位就是桐原小十郎先生。」員警為今西做了介紹。

「這麼熱的天氣，真是辛苦了。」桐原小十郎恭敬地寒暄道。他滿頭白髮，長臉細目，身材清瘦。

「來，請往這邊。」

「打擾您了。」

今西跟在屋主身後，順著擦得光亮的走廊走去。走廊緊貼著屋簷下，可眺望假山泉水的美麗庭園。屋主引領今西來到茶室。鄉下地方居然有如此傳統、氣氛謐靜的茶室，今西再次感到意外。因爲他坐吉普車來此的路上，看到的盡是生活窮困的農家。

屋主請今西坐在上座，爲他奉茶。雖說天氣有些悶熱，但飲下似甘略苦的抹茶後，疲勞頓時消除不少。屋主非常講究茶具，連對茶道不甚研究的今西也稱讚不已。

「哎呀，過獎了。」桐原小十郎謙虛地說：「這種鄉下地方沒什麼好招待的，而且自古以來，我們這裡就有飲茶的習慣。多虧當時出雲的藩主松平不昧的關係，才得以保留下來。」

今西點點頭。他終於明白這裡的庭園不做鄉間的布局，而帶有京都風格的原因。

「我們這種窮地方，實在讓你們東京人見笑了。」桐原小十郎似乎意識到什麼，探看著今西的表情。「不好意思，把話題扯遠了。對了，署長告訴我，關於三木的事情，我想到什麼就說什麼……」

今西榮太郎仔細聽著桐原小十郎說話，老人家的口音確實很重。他的口音和東北腔稍有不同，但確實頗像滋滋腔。

「也許署長已向您提過，」今西接著說：「三木謙一最近在東京不幸被殺了。」

「他怎會遇害？」老人慈祥的臉上頓時流露黯然的神色。「像他那麼善良的好人，從未與人結仇，怎會遭到殺害？我實在不敢相信。你們掌握到有關凶手的線索了嗎？」

「遺憾的是，目前尚無線索。他當過警察，身爲同仁，我們絕對要把凶手逮捕歸案。所以，這次我專程來向您請教三木謙一過去的經歷。」

桐原小十郎恍然大悟地點頭。

「務必要幫他討回公道，殺害這種好人的傢伙，實在太可恨！」

「聽說，桐原先生和三木謙一以前私交甚好……」

「是的。這附近有個分駐所，三木在那裡服務過三年，像他那麼稱職的警察非常少見。退休後，他在作州的津山附近開了間雜貨店，我們有很長時間的書信往來，只是近四、五年來疏遠多了。這次聽到他慘遭殺害，簡直是晴天霹靂。我以爲三木生意做得蒸蒸日上。」

「其實，」今西不加掩飾地說：「我們一直以爲三木並非遭搶遇害，而是被人挾怨報復。三木離家前，曾告訴家人要前往伊勢神宮參拜，後來到了東京，卻遭到不幸。依他的養子說，他現在居住的地方找不到引起仇殺的原因。他的養子跟您一樣，說他是個大好人，頗受村民尊敬，不可能被人挾怨報復。」

今西對著專注聆聽的老人繼續道：「不過，我們仍堅持這起凶殺案是出於仇殺。依我們推測，倘若在三木目前居住的江見鎮找不到近因，也許可在他擔任警察的地方找到遠因。您可能會認爲這是二十年前的往事，機率渺小，但尚未出現具體線索前，只得往這條線索追探下去。」

「辛苦了。」桐原小十郎輕輕低頭致意，「是啊，剛才你提到三木，但我只能給你同樣的回答。」

「不，我不是請您只談某方面，而是就您所知，有關三木謙一的情況都盡量如實以告。」今西央求道。

「這樣的話，要談的事情可多了。」

桐原小十郎露出開朗的神色。他穿著黑色羅紗和服外套，屈膝正坐。

「三木來分駐所服勤的時候還很年輕，由於我們年紀差不多，很快成爲朋友。我喜歡寫俳句，三木也跟著寫俳句。」

今西榮太郎聽到這裡，不由得兩眼生輝。

「噢，我倒是頭一次聽說，他會作俳句嗎？」

「這地方歷來盛行詠作俳句。每年松江、米子及濱田一帶的俳句詩人，都特地趕來聚會。很早以前，有個承襲松尾芭蕉（註）流派、名叫子琴的俳句家來過出雲，在我祖上輩的家裡住過好長一段時間。基於這樣的因緣，加上松江藩的文化遺風，龜嵩也以俳句聞名。」

「噢，原來如此。」

今西忽然覺得興味盎然，他也熱中於俳句創作。不過，他希望待會再談這個話題，先談要事。問題是，老人似乎捨不得打住，繼續道：

「子琴在這裡長住的時候，中國地區的俳句詩人都聚集到偏僻的龜嵩。那時候用過的詩題箱，現今我們仍視爲寶箱收藏著。這個箱子是由木匠師傅村上吉五郎，巧手精工做成，不知其中奧妙的人還打不開呢。眾所周知，龜嵩是雲州算盤的出產地，吉五郎就是製作算盤的祖師爺。不好意思，話題又扯遠了。」桐原老人兀自苦笑，「老年人說話總囉哩囉嗦沒個完，這個寶物箱，待會再請你過目。由於三木常爲寫俳句而來，跟我的交情特別深。我的家人也非常了解三木的爲人，再也沒有像他那樣的好人了。」

「三木謙一派任到分駐所的時候，他太太還在世嗎？」

「是的，她叫阿文。遺憾的是，三木轉調到三成警署時她便不幸去世了。他太太也是個好人，他

註—松尾芭蕉（一六四四～一六九四），日本江戶時代俳句詩人，作品被日本近代文學家推崇爲俳諧典範，亦被日本人奉爲「俳聖」。

們夫婦簡直像菩薩般慈悲。大家說到巡查，便會露出厭惡的表情，唯獨三木受到民眾的敬重。事實上，像他那樣熱心助人的善人非常少見。」

老人閉上眼，彷彿在遙想當年。這時，池塘的鯉魚似乎在躍動，傳來水波聲。

「三木十分謙卑。現在的警察跟以前大不相同。當時，尤其在這分駐所，確實有些警察囂張跋扈，三木卻不一樣，樂意照顧他人。想必你已看過，龜嵩的田地很少，老百姓非常困苦。要謀生計大都靠燒木炭、種植香菇或上山砍柴等等，要不就是到算盤作坊打零工，生活都很拮据。」

強烈的陽光照在庭園的綠樹上，沒有半點風吹來。

「一旦患病，也沒錢請醫生，而且大都是夫妻外出工作，家裡孩子又多的家庭。三木看到這種情況，立刻向朋友募捐，在寺院裡辦起托兒所。現在地方政府有社會課，當時可沒這種制度。其實，三木並不富裕，但仍如此照顧老百姓的生活，許多人都受到他莫大的幫助。」

今西將這些事項逐條記下。

「巡查的薪水很有限。三木時常以微薄的薪俸爲沒錢看病的人代墊醫藥費。他沒有孩子，唯一的樂趣就是晚飯時喝幾杯，有時也會把錢省下幫助別人。」

「原來他是這麼了不起的人。」

「是的，像他那樣的大好人簡直少之又少！不是身爲朋友我才稱讚他，他眞的是個大善人。我記得，某天村子裡來了個患痲瘋病的叫化子。」

「什麼是叫化子？」

「就是乞丐，這裡的人都這樣說。那乞丐帶著一個孩子來到村裡。三木發現以後，立刻將乞丐隔離，把孩子送到寺院的托兒所。他就是這麼細心的人。其他像是衝入火場搶救嬰兒、發生水災時救出溺水者等等，署長大概都跟你提過，三木調到龜嵩分駐所後，也發生過類似的善行事蹟。某次，有個樵夫到深山砍柴，突然急病發作，倒地不起。由於山路崎嶇難行，無法請醫生來，三木便揹著病患越過陡峭的山嶺，送往醫院。村裡若有糾紛，只要三木出面就能圓滿解決，有時家庭糾紛也找三木商量。他做人就是如此成功，沒有一個巡查像他那樣受到村民的愛戴。所以，三木要調到三成警署時，村民都依依不捨地挽留他。三木待在這分駐所三年之久，很大原因是村民挽留的結果。」

桐原小十郎的漫長回溯終於結束。從他的話來看，三木謙一是個品格高尚的人。不過，這樣反而讓今西感到失望。他認爲三木謙一遇害，肯定跟任職警察期間有某種關聯，從桐原老人的談話中，卻幾乎找不到蛛絲馬跡。

從三木謙一的身上，找不到任何可能惹來殺機的線索。豈止沒有與人結怨，愈聽桐原老人回憶當年，愈覺得他是個了不起的善人。聽到在深山裡這樣的好警察，身爲同行的今西不由得感到光榮。爲此欣慰的同時，又感到無限空虛，連自己也無法解釋這種矛盾的心情。

「眞的很感謝您。」今西向老人致謝，卻露出落寞的神情。

「不好意思，沒幫上什麼忙。」桐原小十郎鄭重致意，「你專程從警視廳跑來這個鄉下地方，眞是辛苦了。話說回來，要說三木與人結怨，或者有雙重人格，是絕對不可能的。他毋庸置疑是個好人。凡是了解他的人，不論問誰，都會給予相同的回答。」

「我明白了。身爲警察同仁，得知三木謙一深受民愛戴也十分欣慰。」今西回答：「也許是我推斷錯誤。」

「這麼熱的天氣，有勞你了。」老人體恤地看著今西。

「最後想請教一下，」今西說：「龜嵩這地方的人，有沒有目前住在東京的？」

老人歪著腦袋，沉思片刻後回答：「這村落到外地謀生的人相當多，去東京的應該不少吧。鄉下人到外地謀生，通常都會跟父母、兄弟朋友寫信聯絡，若彼此有通信，自然會知道誰在東京。不過，目前爲止，我還沒聽到這方面的消息。」

「三十歲左右的年輕人，有沒有在東京的？」

「沒聽說過。桐原家幾代都住在本地，又經營老字號店鋪，一般事情都會傳進我的耳裡。」

「是嗎……眞是打擾了。」今西向老人致謝後，準備起身。

「你千里迢迢過來，再悠閒地坐一會嘛。有關三木的經歷，大概都講完了，我讓你看看剛才提到的俳句命題箱吧。今西先生，你方才提到很喜歡寫俳句吧？」

「嗯，不能說沒有興趣……」

「那你更應該瞧瞧，我現在就拿來。這是個極其難得的箱子，不愧是出自古代名人之手，當今的木匠根本無法仿造。你大老遠跑來，至少帶個旅途見聞回去吧。」

桐原老人拍手，示意傭人將箱子搬出來。

今西榮太郎在桐原老人家裡度過兩個多小時。臨走前，他欣賞著桐原家收藏的俳句命題箱，及古代俳句詩人留下的詩箋。

今西對俳句談不上研究，卻很喜歡，看到這些難得的佳作，自然而然忘了時間的流逝。不過，他總覺得心情沉重。如果是俳句之旅，肯定相當愉快，但這次的主要目的並沒有達成。

雖然得知三木謙一是個品格高尚的人有點失望——這種說法有些奇怪，但從搜查結果來看，被害人的確沒有留下任何線索，他的人格未免太完美了。

今西心想，在這村子裡可能找不到像桐原老人一樣，對三木謙一知之甚詳的人了。他向老人鄭重道謝後，離開桐原宅第。

他再度坐上吉普車。車子駛過街角，便可看見分駐所。他在那裡下車，往分駐所裡窺探了一下，有個年輕警察伏在桌上寫著什麼。用來遮擋臥室的藍色布簾隨風搖曳。這就是三木謙一任職過的分駐所。從建築物本身來看，似乎與當時沒有多大的改變。

今西覺得自己彷彿在緬懷某件紀念品，愈深入了解三木謙一的品德，這種感觸益發深刻。

吉普車駛回原路。離開亀嵩的村莊後，車子往河邊的小路開去。上次，今西去秋田縣的亀田查訪，尚有點線索可言，這次來到亀嵩卻無功而返。

這時，今西想起在亀田聽到可疑男子。那男子到底是什麼來歷？是否與這起案件有關？

吉普車沿著沒有農田的山谷往回走。今西心想，三木謙一確實是個了不起的人，但令人納悶的是，爲什麼那樣的好人會淪落到被毀容滅屍的悲慘地步？難不成凶手對三木謙一恨之入骨？難道這般品格高尚的人，另有招人怨恨的隱情嗎？

採取那樣的手法，凶手身上想必濺上大量鮮血，他如何處理？將血衣藏在家裡嗎？依照今西以往經辦的案例，要不是藏在天花板上，就是埋在地板下。這次又是何種情況？

今西之前曾告訴吉村，凶手是開車逃走，並未直接回家，途中必有藏匿處，讓他得以脫下血衣，換上家居服。現在他仍相信此一推論。

他的藏匿處在哪裡？果眞如最初的推測，是在蒲田附近嗎？那個藏匿處會是凶手情婦的家嗎？

亀嵩車站映入眼簾時，道路就更接近鐵路沿線，今西甚至已看見吊著警鐘的瞭望塔。

7

CHAPTER

第七章

血跡

1

今西榮太郎空虛地回到了東京。

沒有比「空虛」二字更能貼切地形容他目前的心境。期望愈高，失望愈大。先前他確信只要到出雲腹地，從三木謙一的過往經歷中必能找出被殺害的原因，如今卻毫無所獲，僅得知三木謙一是個品德高尚的人。

依常理來說，聽到這些消息應該感到高興才對，他之所以覺得事情沒這麼單純，也許是出於刑警的職業習慣使然。

回到警視廳後，今西旋即向股長和課長報告出差狀況。他顯得無精打采，反而受到上司的安慰。他爲太過執著於亀田和東北腔調這兩條線索深刻反省，總覺得自己彷彿被這兩條線索牽著走。以後在搜查工作上，勢必得更冷靜客觀些。在這次辦案中，他似乎不知不覺陷入先入爲主的觀念，導致偏離了方向。

今西每天悶悶不樂。新的刑案接踵而至，他想轉換心情，於是把精力投注在新的搜查工作上。不過，那深沉的空虛感是不易塡補的。其實，今西的某些觀點不錯，無奈與事實不符。他設想的情境都沒能得到證明。

今西回來後，在電話中將這次查訪之行的結果告訴吉村。吉村見他無功而返，適時地安慰：「大老遠跑到外地調查，眞是辛苦了。不過，我認爲今西先生的想法沒錯，不久後，肯定會有線索。」

「肯定會有線索……」今西只能當成是年輕同事的體貼話語。

今西爲利用有限的搜查費，分別到東北和出雲查訪卻無助於辦案，自責不已，每天都在鬱鬱寡歡中度過。那件凶殺案發生後，匆匆過了三個月。雖說早晚有些初秋的涼意，白天仍暑氣逼人。

某天，今西從警視廳返家途中，買了份週刊，在電車裡翻閱。他無意中看到這樣一篇連載的隨筆：

旅途中，人們常會碰到許多古怪的遭遇。今年五月，我有事到信州，回程搭乘夜間火車。我依稀記得，在甲府附近的車站，有個妙齡女子上來，坐在我斜對面的座位。那女子長得非常漂亮。

如果僅僅是這樣，頂多是給我美女的印象而已，但令我印象深刻的是，她在窗旁的座位坐定後，朝窗外丟撒著什麼東西。

我覺得訝異，定睛一看，只見她將細碎的紙片往窗外丟撒，而且不止一次。過了大月車站，她還丟撒了幾次。那女子從手提包裡拿出紙片，一把把地往外丟。紙片隨風一吹，宛如雪花飄舞。

我莞爾一笑，現在的年輕女孩眞是淘氣，而且充滿浪漫氣息。這情景不禁讓我聯想到芥川龍之介的短篇小說〈橘子〉……

今西榮太郎回到家裡。近來沒有發生重大刑案，所以沒有成立搜查總部。平靜的生活對市民來說是值得高興的，然而，今西總覺得有些遺憾，或許是出於刑警的職業性格使然吧。

他一進家門，立刻帶著太郎去公共澡堂。由於時間尙早，浴池並不擁擠。太郎遇到附近的小孩，高興地跟他們玩了起來。小孩們拿木桶放在水龍頭下面，相互潑水打水仗。今西泡在浴池裡，忽然想起今天回家途中在電車裡看到的那篇隨筆。

那篇隨筆寫得實在有趣。眞有那麼調皮惡作劇的女孩嗎？從文章的敘述來看，那女孩是從甲府獨自去東京旅行，也許是爲了排遣旅途的煩悶，才做出那樣的舉動。

今西沒有讀過隨筆中提及的芥川龍之介的作品，但似乎可以理解那女子的心情。他的腦海中浮現出這樣的情景：那女子坐在夜行火車上，朝黑暗的窗外拋撒紙片，紙片隨風飛舞，緩緩飄落在鐵軌上。

今西隨意洗把臉，走到沖洗處搓揉著身體，接著把太郎拉了起來，幫他搓澡。由於不想馬上泡回浴池，便在旁邊休息，感覺全身舒暢快活。

那撒紙片的女子依然浮現在今西的腦海中。

約莫過了十分鐘，今西再次踏進浴池，就在池水沒至肩膀的時候，有個念頭掠過腦際。他暗吃一驚，動也不動地看著前方，原先悠閒的表情變得緊張起來。他三兩下擦乾身體，催促與其他孩童玩得興起的兒子，回到家裡。

「喂，」今西對著妻子喊道：「我今天買的週刊放在哪裡？」

「哎呀，我正在看。」妻子從廚房回答。

今西從在燉煮東西的妻子手中搶過那本週刊，急忙確認目錄，翻到隨筆欄。那篇隨筆的標題爲〈撒紙片的女子〉，作者是川野英造。今西認得這個名字，執筆者是大學教授，時常在雜誌上發表各種文章。

今西看了看手表，已七點多，照理說，雜誌社應該還有人。他衝出家門，到附近的紅色公用電話亭，撥打電話到雜誌社。

編輯部的編輯還沒下班。針對今西的詢問，對方十分客氣地回答。今西很快就知道川野英造教授住在世田谷區豪德寺。

隔天早晨，今西榮太郎到豪德寺拜訪川野英造教授，時間是昨晚教授在電話中指定的。

川野教授略帶意外地迎接著來自警視廳的刑警。不愧是學者的會客室，三面牆壁全是擠滿書籍的書架。教授穿著家居服，隨即詢問今西的來意。

「教授，我在週刊上拜讀了你的隨筆，記得標題應該是〈撒紙片的女子〉……」

「啊，那篇文章……」教授難為情地笑道，眼神仍充滿疑惑。那篇隨筆到底跟警視廳有什麼關係？

「其實，我是為了打聽你在火車上看見的那名女子而來。」

「你是說，我在隨筆中提到的那名女子嗎？」

「是的。那女子可能跟某個案件有關，所以我特地來了解她的長相和服裝等情況。」

今西說到這裡，川野教授的臉上掠過慌張的神色。

「眞是意想不到。」教授搔著頭，「這種事情警視廳也要調查嗎？」

「是的，剛才我說過，這牽涉到某個案件。」

「唉，這就為難了。」教授尷尬地笑：「坦白講，我根本沒遇到那名女子。」

這回換成今西露出驚訝的神色。

「那麼，你的隨筆……」

「哎，眞是不好意思，」教授揮揮手，「這下露出馬腳了。其實，這是我從朋友那裡聽來的。原封不動抄錄別人的話，毫無樂趣可言，我便寫成親身經歷。想不到裡面另有玄機，實在丟臉啊。」說完，教授扶住額頭。

「是嗎？」今西不禁苦笑。

「我明白事情的來龍去脈了，教授。」今西恢復認眞的表情。「那位朋友說的，應該是眞有其事吧？」

「應該是眞的。那個人從來不說假話，不像我這樣喜歡道聽塗說。」

「教授能介紹那位朋友和我認識嗎?我很想查清那件事情。」

「是嗎?這麼說來,我也要負部分責任,我來爲你引介吧。我那位朋友姓村山,是××報的藝文記者。」

「謝謝。」今西向教授道謝後結束拜訪。

這天午後,今西榮太郎打電話到××報社藝文組給村山記者,在電話中約好在報社附近的咖啡館見面,今西在那裡等他。

村山記者是個頭髮蓬亂、體格清瘦的男子。

「你要問那名女子的事嗎?」村山聽今西說明來意後,不由得笑了起來。「這件事情正如我向川野教授敘述的那樣。有天,我在書店與川野教授不期而遇,便告訴他這段經歷。教授聽完很感興趣,說要寫成隨筆登在雜誌,還答應領到稿費後請我大吃一頓,想不到竟然牽扯上警視廳。」

「不,我們碰到棘手難辦的案件時,常會從奇怪的地方尋求解決之策。你若沒將這件逸聞告訴川野教授,也就沒有這篇隨筆,連帶地我便沒機會得知這條線索。多虧你將這件事告訴川野教授啊。」

「這麼一說,我倒不好意思了。」村山搔著頭,「那件事如同川野教授的文章。那女子從甲府站上來,到鹽山一帶的時候,便開始朝窗外丟撒白色紙片。」

「她的長相如何?」今西問。

「她大概二十五、六歲,身材瘦小,容貌可愛。臉上略施淡妝,穿著也挺樸素。」

「她穿什麼服裝?」

「我對女性的衣服沒有研究,只知道她穿普通的黑色套裝,外罩白色短上衣。」

「原來如此。」

「那套裝算不上是高級貨,但搭配得宜,看起來很得體。除了黑色手提包外,她還拎著一個藍色帆布手提箱。她個子不高，十分有氣質。」

「哇，太好了，你觀察得好仔細。」今西非常滿意，「請再具體描述她的外表。」

村山半閉著眼睛思索，「她的眼睛略大，嘴型端莊……要形容女人的容貌實在有些困難。若以電影明星來說，她有點像岡田茉莉子。」

今西不知道那名女明星，打算之後找張照片來看。

「你看到那女子撒紙片的地方，跟川野教授那篇隨筆所寫的地點一致嗎？」

「是的，錯不了。我覺得奇怪，看得特別仔細。」

「那是什麼時候？」

「是我從信州回來的那天，記得是五月十九日。」

2

今西榮太郎坐上中央線的電車，目的地是鹽山。去程途中，他打開右邊窗戶，像孩子般探出窗外。過了相模湖，他便凝視著鐵路沿線。山谷裡夏草茂盛，田裡稻葉青青。

儘管今西屏氣凝神盯著，但火車速度太快，終究無法從車窗看到想鎖定的目標。

這班電車大清早就從新宿車站開出，他打算坐中央線電車當日往返。去程坐的是快車，回程他決定坐每站停靠的慢車。不過，期間他得換乘好幾趟火車。

新聞記者看到那名女子朝車窗外丟撒紙片，大致是以下的地點：鹽山—勝沼，初鹿野—笹子，初狩—大月，猿橋—鳥澤，上野原—相模湖之間。

這是一件艱難費力的工作，而且希望渺茫。距離那女子丟撒紙片已過了三個月，據村山的說法，她丟撒的是碎紙片，不知是否還留在原地。唯一的希望是沿著鐵路兩旁找尋，或許會在草叢中找到紙片。

話說回來，從那之後已過了一百天，那碎紙片可能早被風吹得不知去向，加上多次下雨，也可能被雨水沖走。

今西在鹽山下車，與站長見面，請站長允許他沿著鐵路步行。當他說是爲搜查案件而來，站長旋即答應：「眞是辛苦了。不過，列車往來頻繁，請多加注意安全。」

從鹽山到勝沼，今西幾乎都是沿著山坡走。

天氣炎熱，今西雙眼盯著地面，順著鐵路旁的小路緩慢前行，不論是枕木間的小石子或斜坡上的草叢，都沒有放過。

今西也想過這是件艱難的工作，實際付諸行動之後，才明白自己的目的幾乎是不可能達成。若要徹底找出那些碎紙片，非得請工人將鐵路兩旁的雜草割除不可。即使如此，要在這麼大的範圍找尋細碎的紙片，簡直像大海撈針般困難。唯一的指望是，那些紙片全是白色，掉在草叢裡會特別醒目。

然而，今西實際走過才知道，鐵路兩旁散落著許多東西，有碎紙片、空瓶、破布、便當盒等等，不到五百公尺便意興闌珊。他心想，好不容易來一趟，豈能爲這點挫折輕言放棄，空手而返？無論如何都要找到，哪怕是一小片也好。

有條背色鮮豔的蜥蜴從今西的面前爬過。他繼續往前走，可說是備嘗艱辛。烈日高掛空中，鐵軌十分燙人，晒得盯著地面搜尋的今西快要頭昏眼花。

從鹽山到勝沼之間的這段路，沒有任何發現。到達勝沼車站後，今西馬上找水喝。他休息了一下，又往前走。勝沼到初鹿野之間的路很長，但沒多久，他已穿過初鹿野。

鐵路兩旁的土堤上，依舊是茂盛的野草。土堤下面有條小溝，綠油油的稻田展現在眼前。今西揮著汗水前進。他瞪大眼睛盯著地面，唯恐看漏，畢竟要找的是細小的碎片。

這段時間，幾班上行和下行列車駛過，每次都颳起陣陣涼風，但過後仍是炙人般的悶熱。路基斜坡的野草叢中散落著許多雜物，連帶影響到今西的視線。他感到十分疲憊，尤其是眼睛。儘管如此，他仍自我鼓勵，振作起精神，繼續向前。

距離鐵路線稍遠的地方，便是甲府的街道。來往的卡車一經過就捲起陣陣砂塵。

今西無精打采地走著，無論怎麼尋覓，就是找不到目標的東西，心中有點絕望。這也難怪，時間經過這麼久，能找到簡直是奇蹟。

鐵路沿著山坡延伸。前面有個隧道入口，那就是「笹子隧道」。鐵路兩側都是陡峭的崖坡，是用來防止土石坍塌的混凝土，在陽光照耀下顯得異常慘白。

今西沒辦法進入隧道搜尋，今天又沒帶手電筒。他來到隧道入口旁，正想折返，目光卻突然投向草叢。只見草叢裡散落著兩、三張沾染著污斑的茶色小紙片。

今西彎下身，以指尖小心翼翼地夾起紙片。拿近細瞧時，他的心跳加遽。

（找到了！）

其實，那是三公分左右的布，儘管已變色，顯然是棉布襯衫的碎片。經過數天的風吹雨淋，那碎片泛黑，但仍可看出上面的茶褐色斑痕。

今西又撿起一片碎布，這片的茶褐色部分更大，幾乎占了一半。他接連拾起六片，每片都已泛黑，茶褐色斑痕大小不一。他小心翼翼地放入菸盒，闔上蓋子。

「找到了、找到了，我找到了！」今西彷彿置身夢中，喃喃自語。先前的辛苦與鬱悶終於一掃而空。

這些碎布顯然是用剪刀裁剪。看得出布料是高級品，好像是棉布和合成纖維混紡。今西想起出現在蒲田酒吧的那名穿淺灰色運動衫的男子。儘管布料髒污泛黑，仍可看出底色是淺灰色。

這個重大發現讓今西精神一振。他在初鹿野站等待下一班車，過了隧道在笹子站下車，又沿著鐵路搜尋。由於剛才找到的東西有明顯的特徵，這次找起來目標比較明確。

今西向前走著。這一帶群山疊嶂，與狹小的農田交相錯落。他繼續以草叢爲主，仔細搜尋。從剛才發現的碎布來看，落在草叢裡的可能性比較大。因爲碎布顯然會被列車捲起的風颳到草叢裡。

今西每走三、五百公尺就得稍稍休息，若不這樣很快就會頭昏眼花。綠油油的稻田那一頭，是低緩的山巒，山谷間有火車奔馳而過，那是開往富士山麓的鐵道。他再次邁開腳步，還是很有幹勁。他恢復希望和勇氣了。

休息過幾次，走了一千公尺左右時，今西在草叢的一個便當盒旁，又發現深植腦海中的碎布。這兩、三片布散落在草叢深處，稍不注意便看不出來。

今西順著斜坡往下，小心翼翼地撿起。這次的碎布有點發白，但與裝在菸盒裡的碎布是相同的。之後，今西花了一個小時在附近進行重點搜索，或許是碎布散落在更茂密的草叢裡，要不就是被風吹走了，沒有任何發現。

那名藝文記者提供的訊息果眞屬實。對方說的沒錯，雪花般的「紙片」確實存在。最後，今西終於走到大月車站。

熱鬧的街道多了起來，鐵路和平交道錯縱。今西走進車站前的餐廳，以冷水沖頭，讓自己平靜下來，否則可能會中暑倒下。

往前走就來到猿橋和鳥澤之間，沒必要坐火車。與其等著搭火車，徒步反而比較快。

今西從左邊眺望著歌川廣重（註）描繪過的「猿橋之橋」，邊越過鐵橋，再度走在暑氣逼人的鐵路旁。

炎熱的驕陽終於漸漸西斜，不過暑氣絲毫不減，熱氣從地面朝今西的眼、鼻直撲而來。儘管如此，今西仍繼續前行。

（找到了、找到了，我終於找到了！）

前方彎曲的鐵軌映著夕陽，閃閃發亮。走過漫長搜查之路的今西，如今才覺得搜查工作上了軌道。

今西回到警視廳。他從中央線的鹽山車站至相模湖之間採集到的碎布總共十三片，而且都是質料相同的衣服上裁剪下來的。

儘管是費力又艱辛的工作，但三個月後的今天還能找到這些碎布，不能不算幸運。畢竟這些碎布很可能不知被風吹往何處。

今西的推論沒錯。由藝文記者描述的女子丟撒雪花般的紙片聯想到「布片」，跟他在公共澡堂浴池裡泡澡時，推想凶手的衣服可能濺上死者的鮮血有關。

凶手有各種方法處理血衣，比如藏在自家隱密處，或放火燒掉、埋在地底、丟入河海等等。不過，從凶手的立場來看，最理想的方式是徹底銷毀證物。無論是埋在地底或丟入海中，總有一天會被人發現。

用火把血衣燒成灰最爲妥當，問題是放火燒衣很容易引起旁人的側目，並且會散發血腥味。經驗老到的今西非常了解凶手的心理，他們在處理行凶證物上往往是超乎常人的謹愼。

今西曾推論凶手殺死被害人時身上肯定濺滿鮮血，他並沒有直接回家，而是在途中換下身上的血衣，勢必會請幫手處理。今西把這名幫手設定爲女性，所以聽到有個女子往車窗外丟撒紙片時，便直

註—歌川廣重（一七九七～一八五八），日本浮世繪畫家。

覺認爲那不是紙片，搞不好是白色布片，因爲這是一種湮滅證據的方法。

基於這個推論，今西頂著烈日搜索一整天，幸好努力與辛苦沒有白費。

這十三片碎布是三個月前丟在現場的，都有淋過雨的痕跡。淺藍色的碎布已變黑，更重要的是，其中有七片染上茶褐色的血跡。

儘管如此，布片上的血跡是否就是人血，仍須送鑑識課化驗才能分曉。

今西來到鑑識課，將布片交由負責檢驗的吉田技師。

「沒錯，這是血跡。」吉田技師看著手中的布片說：「檢驗血液有兩種方法，一種是用聯苯胺，一種是魯米諾爾。這次用魯米諾爾試劑吧。」

吉田技師拿著今西送來的布片進入暗室。

今西看過好幾次聯笨胺的試驗，先用棉花浸上血跡，滴上聯苯胺後，白色棉花會呈現出像「和平牌」香菸外盒般的深藍色。

如果案件發生在夜間，就會使用魯米諾爾試劑在黑暗中進行測驗。噴上魯米諾爾試劑會發出螢光，用來鑑識血跡。今西搜集到的布片經過試驗，旋即在暗室中發出微微螢光。

「的確是血跡。」吉田技師對今西說道。

試驗證實是血跡，但到底是人血或動物的血，必須進一步測驗。要將生理食鹽水裝入試管，然後把布片浸在裡面，因爲生理食鹽水是無色透明的。

吉田技師當著今西的面進行測驗。「要等一個晝夜才會有結果，你明天晚上再來吧。」

對眼下的今西來說，一個晝夜是何等漫長啊。今西有點迫不及待，但別無辦法。不過，他終於能確信那是血跡。

浸著布片的生理食鹽水經過一個晝夜，會因化學作用滲出液體。在這種液體中，加入抗人血色素的血清，出現白色圈圈，即證明是人血。

今西焦急難耐地等了一個晚上。隔天入夜，他迪忙跑來鑑識課。

「果然是人血。」

吉田技師微笑著領今西走進實驗室，從並排的試管中拿出一支，遞給今西。

透過明亮的光線細看，試管中的液體呈蛋清般的圓形透明體，這就是人血的特徵。

「果眞沒錯。」今西盯著試管，情不自禁地歡呼。之前他雖然有把握，但仍不敢完全放心。

「接下來，得檢驗這是什麼血型。」吉田技師說道。

「請務必要快，我等不及了。」

「想到你付出的努力，我們當然會盡快驗出結果。」

這次化驗分爲三個階段：一、查出是不是血跡；二、如果是血跡，是否爲人血；三、倘若是人血，是什麼血型。第一階段是魯米諾爾和聯苯胺試驗，第二階段是化驗人血的反映，接著是檢驗血型的最後階段。

要用抗A、抗B、各種血清，對浸泡出來的液體做A、B、O式凝結吸附試驗。另外，有時也用M、N或Q式等血清，做凝結吸附試驗。

吉田技師仔細做著試驗。首先放進A型，凝結了。接著放進人B型和A型，也是一樣。依序經過試驗，證明爲O型。

「今西先生，」技師告知結果：「沾附在布片上的血液是O型。」

今西的筆記本上記錄著被害人三木謙一的血型是OM—Q。這是從A、B、AB和O血型鑑定出來後，進一步用其他方法鑑別出來的。

倘若布片上血液的血型，與死者的血型OM—Q相同，自然是最爲理想，但吉田技師又說：「僅止於此，再也驗不出來了。血跡泛舊，而且布片上的血量很少，無法做更精密的化驗。」

然而，能化驗出死者的血型爲O型，今西已心滿意足。總算沒枉費他頂著酷熱的天氣，沿著灼熱燙人的鐵道艱苦步行三十六公里。

今西將這件事向股長和搜查一課課長報告，獲得上司的鼓勵。這麼一來，依照今西的推論，五月十九日晚上從列車窗戶丟撒紙片的女子，應該就是凶手的幫手。

今西爲此喜不自禁，接下來務必要把那女子找出來不可。據目擊者××報藝文記者村山說，那女子穿黑色套裝、眼睛圓大、長得十分標緻，有點像電影明星岡田茉莉子。

今西查訪過五月十九日新宿車站的驗票員，但新宿車站乘客流量很大，而且時隔多日，對方當然是印象模糊。這時，他又想到女子是從甲府站上車，便請甲府警署代爲詢問站務員，不過，如同今西悲觀的預想，都說是沒有印象。

好不容易得到這些證據，卻沒能找出那名女子，今西懊惱不已。儘管如此，他告訴自己要像沿著鐵道搜尋沾染血跡的布片一樣，無論如何都要把女子找出來。

3

要找出那名朝車窗外丟撒紙片的女子，簡直是不可能的任務。現下只知道，她是三個月前搭乘中央線的夜間上行火車。若要從容貌和服裝來找，東京像她那樣的年輕女子何止幾十萬人。

今西推論，凶手在蒲田殺死三木謙一後，逃到附近脫去身上的血衣。那女子受凶手之託，將血衣剪成碎片，然後於五月十九日搭乘火車，趁機將那些碎片丟到窗外。命案是在五月十一日深夜發生，相隔一個星期，這段期間血衣都寄放在女子那裡。

不過，目前只發現凶手當時穿的運動衫。難道只有那件襯衫沾到血跡？這未免不合常理。一般而言，凶手的褲子也會濺到血跡。沾染血跡的襯衫已剪成碎片，褲子又是怎麼處理？依他們銷毀證據的方式，應該會把染血褲子的碎片一起丟向車窗外，實際上卻沒有這樣做。由此看來，那件染血的褲子不是藏在某處，就是被銷毀了。

不管怎麼說，丟撒紙片的女子，就是凶手的情婦！

今西榮太郎推估出案情的輪廓，深知要找出那名女子猶如大海撈針。搜查總部根據最初的推斷，再次以蒲田車站爲中心，下令刑警往目蒲線和池上線沿線展開調查。有的依女子的長相查找住家或公寓，卻都沒有線索。此外，有的從女子可能出身酒吧或是夜總會的陪酒女郎，著手進行調查，也毫無斬獲。新聞記者村山描述，搭乘夜間火車的女子，穿著不算高級的套裝，但搭配得宜，很有品味。從她協助湮滅證物來看，絕不是普通人。

在搜查線上找不到犯人的情況下，警方的唯一目標就是找出這名女子，不過目前仍沒有掌握到任何消息。

於是，今西榮太郎比以前更鬱鬱寡歡。他自忖搜查好不容易步上軌道，轉眼間又化爲泡影，彷彿他先前的付出只是惹來訕笑的徒勞。

鬱悶度日的某天早晨，今西榮太郎吃完早餐，距離上班前還有些時間。他喝著熱茶，出去買香菸的妻子慌慌張張地跑回來。

「出事了。」

聽到妻子慌張的口氣，今西不由得放下茶杯。

「什麼事？」

「那棟公寓有人自殺，轄區的員警正在調查。」

今西對自殺案件不大關注，只見妻子驚訝地說：「以前我們跟她碰過面，就是住在對面公寓的劇團女職員。」

「咦，」今西大吃一驚，反問：「是那個女孩嗎？」

今西的腦海浮現在巷弄裡擦身而過的，那個面貌姣好的女子窈窕的身影。「眞不敢相信。」

「你也這麼覺得吧？我聽了嚇一跳，想不到她會自尋短見。」

「是什麼時候？」

「今天早晨七點，同公寓的房客在她住處發現的。據說她吞了兩百多顆安眠藥，現在公寓前聚集著圍觀的群眾。」

「噢……」今西回想起在昏暗路燈下，那年輕女子的面容。「她爲什麼會自殺？」

「我也不清楚。不過，她是年輕小姐，或許是爲情所困吧？」妻子說出身爲女性的觀點。

「是嗎？唉，年紀輕輕就尋短，實在令人感慨。」今西脫下和服，換穿西裝。就在他穿上襯衫、扣上第一顆鈕扣的時候，腦海掠過一個念頭。

「喂，」今西喚來妻子，「妳清楚看過她的長相嗎？」

「嗯。」

「她長什麼樣子？」

「臉蛋嬌小、眼睛很大，長得相當漂亮。」

「是不是像岡田茉莉子？」

「是啊。」妻子仰頭沉思，「這麼一提，她的確有點像岡田茉莉子。沒錯，她整體給人的感覺就是那樣。」

今西的臉色一沉，急忙穿好上衣。「我走了。」

「路上小心。」妻子目送著今西去上班。

今西榮太郎大步走向那棟公寓。十四、五個鄰居從外面朝公寓內窺望。轄區的警車停在公寓入口。

今西踏進公寓，順著樓梯往上。自殺者住在二樓的五號室，門前站著一名轄區員警，他認識今西，向今西點頭致意。

「辛苦了。」

今西走進死者的住處，裡面已有兩、三名警察，法醫蹲著檢驗屍體。

「各位辛苦了。」員警都是今西認識的。

由於不是今西的責任範圍，他先向在場人員打聲招呼：「請讓我看看屍體。」

今西語畢，員警立刻帶他到屍體旁邊。屍體躺在棉被上，頭髮梳得非常整齊，臉上化著濃妝。看來，自殺者很在乎別人看到她死後的容顏，身上穿的也是外出服，屋裡收拾得井然有序。

今西凝視著死者美麗的面容，的確是他在小巷裡不期而遇的女子。清秀的面容，可愛的嘴唇微張，眼睛閉著，但從眼窩的深度看來，睜開後應該是明眸大眼。法醫要叫助手將檢驗結果記錄下來。今西一直等到驗屍工作結束。

「聽說她吞了安眠藥？」今西小聲向其中一名員警問。

「是的，吞了兩百顆左右。今天早上被人發現，推估死亡時間是在昨晚十一點。」員警回答。

「有沒有遺書？」

「沒有。不過，有留下手記。」

「她叫什麼名字？」

「成瀨里繪子，現年二十五歲，是前衛劇團的女職員。」員警看著記事本回答。

今西環視屋內，收拾得非常整潔，像在迎接什麼人到來。他把目光投向角落的小衣櫃。

「有件事我想確認一下……」今西對著員警說：「我可以打開那座衣櫃嗎？」

「沒關係，請便。」員警當下應允。

這不是凶殺案件，而是自殺尋短，所以沒有嚴格規定不准碰觸死者衣物。今西來到衣櫃前，輕輕打開。衣櫃裡的橫桿上掛著四、五件洋裝，他看著其中一件黑色套裝。

今西凝視那件黑色套裝良久，才默默關上櫃門。他掃視屋內，桌子和小書櫃之間，有個藍色帆布手提箱。那是女空服員時常攜帶的小型手提箱。

今西拿出筆記本，記下手提箱的特徵。這時驗屍工作終於結束，今西跟站起身的法醫打了個照面。這位法醫過去對今西辦案時幫助甚多。

「辛苦了。」今西低頭致意。

「噢，是你，怎麼跑來這裡？」法醫疑惑地問。因爲這不是警視廳刑警承辦的業務。

「我住在附近，所以過來看個究竟。」

「哦，你住在附近？」

「我跟死者在路上碰過幾次，算是有數面之緣。」

「你的好意值得敬佩，請爲她祈禱一下。」法醫讓出位子。

今西跪著向死者合掌默禱。窗外的陽光灑在成瀨里繪子的側臉上，顯得明淨亮麗。

今西轉身問法醫：「確定是自殺嗎？」

「沒錯。她吞了兩百顆安眠藥，空瓶子還留在枕邊。」

「不需要解剖嗎？」

「沒必要，死因很明確。」

今西站了起來，這回走到轄區員警的面前。「剛才你說死者沒有留下遺書，但有類似日記的東西，能否讓我過目？」

「請跟我來。」員警走到桌旁。桌面收拾得十分整潔，員警打開抽屜。

「就是這個。」

像是大學生的筆記本，翻開沒闔上。

「她似乎常寫些感想之類的。」

今西默默點頭，盯著上頭的文字，字跡非常娟秀。

難道愛情注定是孤獨的嗎？三年來，我們彼此相愛，卻沒留下任何東西，往後也不會有什麼結果吧。他說，我們要永遠相愛，但這甜蜜的諾言，讓我感到無限空虛，猶如細砂般從我的指縫間流逝。那絕望的感覺，每晚都鞭笞著我的心靈……

今西逐頁翻著手記。不論哪一頁都沒有寫出具體的事項，全是抽象的感想，而且是只有本人看得懂、爲別人守密的寫法。

今西再次徵得員警同意，拿起剛才看到的藍色帆布手提箱。他打開手提箱的扣環，箱內空無一物，似乎整理過。他徹底找了一遍，並未發現期待中的碎布。

「這個小姐是情場失意自殺的，」轄區員警對今西榮太郎說：「從手記的內容就可知道。這種年齡的女孩最愛鑽牛角尖了。」

今西同意這名員警的看法。不過，今西又抱持不同的觀點。表面上，這名年輕女子是爲情自殺，但原因果眞如此單純嗎？該不會背負什麼罪責，而被逼上絕路吧？

今西的腦海浮現出那女子坐在夜間火車上，朝窗外丟撒染血的運動衫碎片隨風飛舞的情景。

今西悄悄離開，走下樓。管理員老婦嚇得臉色蒼白，突如其來的變故使她表情僵硬。管理員老婦也認識今西。

「居然發生這種慘事。」今西同情道。

「眞令人想像不到啊……」老婦顫怯地說。

「我跟她不是很熟，但這樣的好女孩，碰到這種遭遇實在教人同情。她平常都落落寡歡嗎？」

「看來倒也不像，只是她剛搬來不久，平常很少講話。我對她了解不多，不過她是個嫻靜文雅的女孩。」

「聽說她是劇團的職員？」

「是的。」

「有沒有男性朋友常來找她？」

「不，」老婦搖頭，「一次也沒有。她搬來兩個半月，沒人來找過她。」

「噢，」今西沉吟了一下，「就算沒進屋，有沒有看見她跟其他年輕男子在附近出現過？」

「這個嘛……」老婦歪著腦袋，「好像沒有。」

「沒看過她跟戴貝雷帽的男子，在某個地方交談嗎？」

「戴貝雷帽？」

「就是那種像日本財神巾的帽子。」

「這麼一說，我似乎看過。」

在今西的印象中，某天夜晚曾看到戴貝雷帽的年輕男子，在那女子住處下方徘徊，還用口哨吹著什麼歌曲。

「伯母，妳沒看到有個吹口哨的男子在附近逗留嗎？像是對那女孩打暗號，要約她出來。」

「這個嘛……」老婦再度否定：「我沒有印象。」

今西心想，難道男子只在那夜吹口哨？若是每天晚上吹口哨，老婦肯定會有印象。

今西榮太郎走了出去。這一切彷彿夢境，原來他費盡苦心要找尋的女子，居然是住在附近公寓裡的劇團職員，眞是「丈八燈台照遠不照近」啊。如今這女子自殺了，更讓今西驚愕萬分。

今西清楚記得那高個子、戴著貝雷帽的男子，在女子窗下來回徘徊的情景。當時，他並未多注意，其實應該近看男子的面孔，但為時已晚，他後悔莫及。而且，當時夜已深，這一帶的居民都早早入睡，根本不可能找到目擊者。

公寓管理員老婦說，女子經常獨自在家，從來沒人上門找過她，所以戴貝雷帽的男子在外面吹口哨，可能是要約她出去。這時，今西突然想起之前去秋田縣的亀田查訪，當地員警描述的那個行跡可疑的男子。當然，這純粹是他的猜測，不能斷定戴貝雷帽的男子和亀田的怪客是同一人。

他邊走邊思索，難道沒有什麼辦法找出那名男子嗎？自殺的女子既然是劇團的職員，那名男子必然與劇團有關，會不會是演員？印象中，演員經常戴貝雷帽外出走動。他決定去拜訪前衛劇團，調查自殺的成瀨里繪子的生活情況與交友關係，暗中找出那名戴貝雷帽的男子。

今西走出小巷，來到略微寬闊的大街上，往左拐就是電車道。走出小巷的時候，他的視線投向正面的壽司店。

壽司店正準備開門做生意，一個年輕人在門外掛著印有店號的布簾。今西思忖著，那天晚上十一點以後，說不定那男子曾到壽司店裡吃壽司？他這樣推想，便往壽司店走去。

「早安。」掛布簾的青年回頭看到今西，隨即點頭致意。這壽司店的人都認識今西，因為今西偶爾會請他們外送壽司。「不好意思，還沒準備好……」

「不，我不是來吃壽司的。」今西微笑道：「我有事情想請教一下，老闆在嗎？」

「在，他正在裡面洗魚。」

今西說聲「打擾了」便走進店內。老闆看到今西走進來，放下手中切生魚片的長刀。

「請坐。」

「早安。」今西在擦拭乾淨的椅子落坐，「在你們正忙碌的時候來打擾，實在對不起。我有點事想請教。」

「噢，什麼事？」老闆拿下紮在額頭的毛巾。

「這件事有些時日了，不知道你是否還有印象。上個月底的夜晚時分，有沒有身材高大、戴貝雷帽的男子來吃壽司？」

「戴貝雷帽的……」壽司店老闆思索著。

「他的身材十分高大。」

「什麼長相呢？」

「我不清楚他的長相，但很像演員。」

「演員？」

「不是電影明星，而是劇團演員，總之是演戲的。」

「啊……」聽到這裡，老闆彷彿頓悟似地猛點頭。「來過、來過。確實有個戴貝雷帽的演員來過我們店裡。」

「他真的來過？」今西不由得窺探老闆的表情。

「不過，那是很久以前的事，記得是七月底左右吧。」

「嗯，他吃過壽司嗎？」

「嗯，那天大約是晚間十一點左右，他一個人走了進來，店內剛好有三個年輕客人。沒多久，其中一個年輕女子毫不顧忌地走到那男子面前，冷不防地拿出簽名簿……」

「那個演員叫什麼名字？」

「他叫宮田邦郎，聽說是前衛劇團的英俊小生，很受歡迎。」

「他不是英俊小生！」年輕店員插嘴：「他是性格演員，什麼角色都能演。」

「噢，他叫宮田邦郎。」今西把這名字寫在筆記本。「他常來這裡嗎？」

「不，只來過那麼一次。」

4

今西榮太郎在青山四丁目下了電車。從車站步行到前衛劇團的樓房只需兩分鐘的路程，劇團果眞是在電車道旁。

由於劇場的建築物兼具表演之用，看上去比一般房屋大得多。門口掛著上演劇目的招牌，正面是觀眾的入口處，旁邊有個售票處。今西在那裡問到劇團事務所的位置。

從建築物正面繞過去，旁邊就是事務所。外觀和一般事務所一樣，也是玻璃拉門，上面寫著「前衛劇團事務所」的金色大字。

今西推開玻璃拉門走了進去，裡頭很小，只有五張辦公桌，地板上堆滿各種雜物，牆上貼著印有劇團劇目的精美海報。裡面有三名職員，兩男一女。

「對不起，請問一下……」今西隔著櫃檯出聲，有個女職員立刻從椅子上站起來。她大約十七、八歲，穿著寬鬆的長褲。

「這裡有沒有一位宮田邦郎先生？」今西問道。

「是演員嗎？」

「是的。」

「宮田先生來了嗎？」女職員回頭問男職員。

「啊，剛剛我才看到他，應該在排練場吧。」

「在。請問您是哪一位？」

「請跟他說，有個姓今西的想找他。」

「請稍等一下。」女職員走出事務所，打開與排練場相通的玻璃門，消失在門後。今西心想，今天運氣眞好，居然在這裡逮著宮田邦郎。他掏出香菸，吞雲吐霧起來。

另外兩名男職員完全不理會今西，時而撥打算盤，時而翻看帳簿。今西看著廣告上「最底層的人們」的字樣邊等候。

沒多久，玻璃門打開，女職員後頭跟著一個身材高大的男子。今西注視著走過來的男子，他大約二十七、八歲，蓄長髮，穿短袖花襯衫和長褲。

「我是宮田。」演員向今西致意道。從態度看來，他似乎已習慣陌生人造訪。

「百忙中打擾，眞對不起。」今西說：「敝姓今西。有事想請教一下，可以勞駕你到外面講話嗎？」

宮田露出不悅的眼神，今西悄悄出示警察證後，他的臉色一變。宮田的皮膚黝黑，卻眉清目秀、鼻梁高挺，看起來就是有演員的風度。

「我只是想打聽一件事情，在這裡不方便談話……」今西環視著事務所說道。

儘管宮田略顯不安，還是順從地點點頭，隨今西走到外面。

今西和宮田一起走進附近的咖啡廳。上午時分，裡面沒什麼客人，服務生擦著玻璃窗。他們坐在最後面的座位。從窗外灑進來的光線，映照著宮田邦郎惶惶不安的面孔。

今西覺得有些奇怪。刑警上門查訪，任誰都沒有好心情，尤其被帶到外面不知會被問什麼，難免忐忑不安。不過，宮田邦郎未免太惶恐了。

今西試圖舒緩對方的緊張情緒，打算先從閒聊開始。

「我對話劇是門外漢，」今西微笑著說：「小時候，我們家附近有『築地小劇場』，叫友田恭助的演員主演過《最底層的人們》這齣戲，我只看過一次。現在還是這樣演嗎？」

「是的，大概就是那樣吧。」年輕演員回答得很簡短。在他看來，對一個三十年前只看過一次《最底層的人們》的男子介紹當今話劇的現狀，無疑是浪費口舌。

「聽說你們演得很精采，你一定是主角吧？」

「不，我是新手。」

「哦，演戲好像滿不容易的。」

今西請宮田吸菸。他們啜飲著端上來的咖啡。

「宮田先生，百忙中找你出來，實在不好意思。你不是正在排練嗎？」

「不，我現在剛好有空。」

「恕我冒昧，請問一下，你認識貴劇場的職員成瀨里繪子小姐嗎？」

今西話音剛落，宮田邦郎的臉部肌肉頓時抽動起來。今西剛才到劇團事務所時就想過，劇團的職員，包括宮田在內，似乎還不知道成瀨里繪子自殺身亡。而宮田邦郎臉部肌肉抽動，八成另有原因。

「宮田先生。」

「嗯……」

「成瀨小姐自殺了。」

「什麼？」

宮田邦郎睜大眼睛，彷彿要跳起來。他久久凝視著刑警，臉色驚慌，結結巴巴地問：「眞、眞的嗎？」

「是在昨天晚上。今天早上我去過驗屍現場，千眞萬確。警方還沒通知劇團嗎？」

「我完全不知情……只聽說劇團主任慌慌張張地跑出去，難道是爲了這件事？」

「很有可能。你跟成瀨小姐交情匪淺嗎？」

玻璃窗上有隻蒼蠅在爬行。宮田邦郎低著頭，始終沒有回答。

「怎麼樣？」

「嗯，我跟她是很熟的朋友。」

「這樣啊。我之所以來找你，其實是想問你是否知道成瀨小姐自殺的原因？」

演員表情痛苦，托著下巴。今西目不轉睛地注視著他。

「宮田先生，成瀨小姐死於自殺。這起案件不是他殺，用不著刑警出面偵辦。雖然這樣做可能給死者帶來困擾，但我們眞的很想知道成瀨小姐自殺的背後原因。這牽涉到另一件案子，恕我不能詳細說明，我就是爲此特地登門請教。」

「可是，我……」宮田邦郎低聲回答，「眞的不知道成瀨小姐自殺的原因。」

「事實上，成瀨小姐曾留下像遺書之類的手記，我不知道是否可當成遺書。從內容來看，都是些對愛情失望及悲觀的文字。」

「是嗎？有沒有寫出對方的名字？」宮田抬起頭，睜大眼睛看著今西。

「沒有。應該是成瀨小姐不想在死後造成對方的困擾吧。」

「是嗎？果眞是這樣啊。」

「什麼？果眞是這樣？這麼說，你知道其中的原因？」今西直盯著對方。

宮田沒有說話。他又低下頭，緊抿嘴唇，而且嘴唇微微顫抖著。

「宮田先生，我認爲除了你之外，沒人知道成瀨小姐自殺的原因。」

「你說什麼？」演員又驚愕地抬起頭。

「你外出的時候都戴著貝雷帽嗎？」今西看著宮田的長髮問。

「嗯，我會戴貝雷帽。」

「很久以前的一天晚上，你去過成瀨小姐住處附近的壽司店嗎？」

演員的臉上再度掠過慌張的神色。

「你在壽司店幫支持者簽過名吧？而且，你還在成瀨小姐的公寓附近吹口哨，要約她出來是嗎？」

演員的臉色頓時刷白。「不，不是我。我從未約過成瀨小姐。」

「可是，你在她的公寓下方吹口哨，這是約她出來的暗號。那天晚上我經過那裡，恰巧看到你的身影和吹口哨的動作。」

今西表明曾在公寓附近看到他時，宮田邦郎倏地臉色發青。

他沉默了一會，露出痛苦的表情。

「怎麼樣，宮田先生？」今西催促道，「我希望你能坦承相告。我不會對你做出不利的舉動，因爲成瀨里繪子小姐是自殺。若不是他殺，警視廳就不會有所行動。不過，基於某種因素，我們在調查成瀨小姐。」

演員露出驚惶錯愕的表情，還是不發一語。

「我們把成瀨小姐列爲重要關係人，想不到在緊要關頭她卻自殺了，著實讓我們不知所措。」今西觀察對方的表情，繼續道：「我個人的看法是，成瀨小姐的死，說不定跟我們追查的案件有關。宮田先生，你覺得呢？你能告訴我眞相嗎？成瀨小姐爲什麼要自殺？」

宮田的臉孔歪曲，仍默不吭聲。今西的手肘放在桌上，十指交合。

「你應該知道內情，畢竟你跟成瀨小姐過從甚密。當然，我並不是說你們有什麼特別的曖昧關係，只是希望就你所知的，提供成瀨小姐可能自殺的原因。」

今西繼續凝視著宮田。今西平常很少這樣看人，眼神顯得格外銳利，彷彿能看透人心。在他的銳眼逼視下，加害者非得招供不可！

宮田邦郎顯得扭捏不安，今西始終觀察著他的表情變化。

「宮田先生，怎麼樣？你願意幫我們的忙嗎？」今西發動最後攻勢。

「啊……」宮田掏出手帕，擦著額上的汗珠。深深吸了口氣，在今西面前他招架不住了。「我說吧。」

「噢，你願意說出內情嗎？眞是太感謝了！」

「請等一下，刑警先生。」宮田語帶顫抖。

「爲什麼要等一下呢？」

「不，我會將事情的一切告訴你，可是現在說不出來。」

「爲什麼呢？」

「我的情緒還沒有整理妥當……刑警先生，你說的沒錯，我大概知道成瀨小姐自殺的原因。不，不僅如此，我還會告訴你許多事情。不過……我現在就是說不出口。」

宮田的呼吸顯得益發困難。

8 CHAPTER

第八章

變卦

1

今西直視宮田，點點頭。

今西能理解宮田的心情。從宮田的表情來看，他對成瀨里繪子的情況不但知之甚詳，甚至掌握到不爲人知的祕密。據今西的觀察，宮田對成瀨里繪子懷有特殊的情感，難怪痛苦得說不出話。所以，今西並不急著逼他說。事實上，再逼也問不出所以然，他現在痛苦難當。

不過，他的確想向今西傳達什麼，並沒有虛應故事的樣子。

「我明白了，那你什麼時候方便告訴我？」今西點頭問道。

「請再等兩、三天。」宮田呼吸困難似地回答。

「兩、三天嗎？能不能快一點呢？」

「……」

「我不該催你，但我們想盡早知道事情的來龍去脈。剛才我說過，由於承辦的某個案件遇到瓶頸，亟需掌握成瀨小姐的情況。」

「刑警先生，」宮田說：「成瀨跟那起案件有關嗎？」

「不，目前還不清楚，但我們想從成瀨小姐身上找到破案的一絲希望。」

宮田邦郎再次凝視著今西，眼神充滿驚懼。「我明白了，刑警先生。」他下定決心似地說：「聽你這麼一說，我也想盡一己之力。我多少能體會你要說的意思。」

「噢，你也這樣覺得嗎？」

這時候，今西認爲宮田肯定掌握著這起案件的關鍵線索。

「是的。」宮田說：「我的看法跟刑警先生應該是一致的……那麼，我們明天見吧。明天我會把成瀨的所有事情告訴你。」

今西聽到宮田這樣表態，很是感激。「明天在哪裡碰面呢？」

宮田沉吟了片刻，悲切地說：「明天晚上八點，我在銀座的S堂咖啡廳等你。在這之前，我得把要說的話整理一下。」

隔天晚間八點，今西榮太郎準時走進銀座的S堂咖啡廳。

他推開門，站在門口環視店內，客人很多，卻沒有演員宮田的身影。他挑了靠牆的座位，面向入口處坐了下來。這樣他既能很快看到宮田邦郎的身影，對方亦能馬上發現他。

今西點了杯咖啡，從口袋裡拿出一本週刊翻閱，旋轉門每轉動一次，他便抬起頭，宛如站崗的哨兵般緊盯著進進出出的客人。

他盡量拖長時間喝著咖啡，但一杯喝完，還是不見演員來。八點二十分，今西有些焦急。

今西心想，昨天宮田主動邀他出來講話，不可能失信。做演員這行業，難免要對台詞或排練，時間上很難拿捏，所以才無法準時前來，說不定還會遲個二十分鐘。

今西注意著門口，一面翻閱週刊。不巧，這時客人又多，許多客人進來看到沒有空位便又走了出去。女服務生看到今西喝完咖啡卻賴著不走，向他投以逐客的眼神。儘管如此，既然他已跟宮田約在這裡，便哪裡也不能去。今西無奈地點了杯紅茶，這次更慢悠悠地啜飲著。

八點四十分！宮田還是沒有出現。今西益發焦慮起來。難道他在說謊嗎？不，絕不可能。昨天他的態度是那麼認真，難不成是突然改變心意？有可能！從他昨天苦惱的表情來看，有可能事後反悔而爽約，但這可能性不大。宮田清楚今西已知道他在前衛劇團工作，即使他今晚沒來赴約，也會打電話通知。

今西認為宮田也許會打電話來，於是等候著。電話響起，有找店內客人的，卻不是今西。紅茶又喝完了，這時偏偏客人又接踵而來。

今西點了份水果冰，但吃不到一半，肚子已撐不下去。

一個鐘頭過去。不過，今西還是沒有放棄。他很想聽宮田說出事情的內幕，只有宮田最了解那個幫助凶手，將血衣剪成碎片朝車窗外丟撒的女人的祕密。

今西依舊耐心等待著。

2

今西榮太郎在早晨六點醒來。或許是年歲的關係，最近他不管前天晚上多晚睡覺，或辦案在外面奔波勞累，清晨六點必定自動醒來。

這天早上，他也是在這時刻睜開了眼。妻子和太郎還在睡夢中。

今西想著昨晚的事，益發覺得自己很愚蠢。他走出S堂咖啡廳以後，還怕對方稍晚會來，又在門外等了一陣子。他總覺得一離開，宮田隨後就會趕來，依戀不捨地等著，卻是白等一場。

為什麼宮田邦郎會爽約？也許工作上臨時有事走不開，可是明知和刑警約在S堂咖啡廳，至少應該打電話通知一聲，他卻沒任何聯絡。今西原本想打電話去劇團，但劇團那邊似乎已下班，沒人接聽。

不過，今西並未感到氣憤。他經常碰到類似的情形，而做刑警這行需要的是毅力和耐性。

今西打算在上班以前，趕到前衛劇場看個究竟。前天情急之下，忘記問明宮田的住處，他想問過劇團後，再去他家。

總之，宮田肯定知道成瀨里繪子的某些情況，而且是對她「不利的事情」，其中包括她跟凶手的關係。

今西在棉被裡抽完一根菸，離開床鋪爬到玄關。今天的報紙塞在格子門縫裡。他拿出報紙，又回到床鋪上。

今西攤開報紙。睡醒以後，在床鋪上吸菸邊看報紙是他的生活樂趣之一。出於職業習慣，他會先翻開社會版新聞。近來，警視廳沒碰到重大刑案，報導略顯低調。正因如此，即使消息微不足道，標題也登得特別醒目。

突然，今西的目光停在一則消息上。這個兩欄大的標題，頓時把他殘存的睡意驅趕得一乾二淨。

〈話劇演員排練後回家途中，因心臟麻痺猝死路旁！〉

今西凝視著標題旁的照片，那細長的臉上帶著笑容，正是前天遇見的宮田邦郎。照片下方還寫著他的名字。今西迫不及待地讀起這則報導：

八月三十一日深夜十一點左右，某公司董事杉村伊作（四十二歲）開車回家途中，行經世田谷區粕谷町××號附近，在前燈映照下，發現一具屍體，立即向管轄的成城警署報案。經查驗隨身物品後，得知死者爲前衛劇團的演員宮田邦郎（三十歲），死因判定爲心臟麻痺，今天將在東京都監察醫務院進行解剖。

據前衛劇團的杉浦秋子表示，宮田邦郎是當天傍晚六點多，做完排練後離開劇團。宮田在劇團的新進演員中頗具發展潛力，近來十分獲得戲迷支持，大家無不期待他日後有更傑出的表現，不料他竟英年早逝，令人惋惜。

今西宛如挨了一記悶棍。宮田邦郎死了！今西半晌說不出話。雖然光從新聞報導無法了解整個情況，但宮田的死因被判定爲心臟麻痺。怎會這麼湊巧？今西當下湧起一個疑問，宮田果眞死於心臟麻痺嗎？難怪昨夜他苦等宮田也不來，說不定那時候他早就喪命。

宮田邦郎的死，在時間點上未免太過巧合，這純粹是偶然嗎？

今西踢開棉被站了起來，催促著妻子做早飯，沒兩三下就吃完。

「發生什麼事了嗎？」妻子納悶地問。

「沒什麼。」

今西像奔赴火場的警消人員般迅速穿好衣服，八點半便離開家門。他心想，宮田的屍體已不在成城署，位於大塚的東京都監察醫務院預定九點進行解剖，直接趕去比較快。

他趕到從大塚車站步行約十分鐘路程的監察醫務院已九點多。醫務院前面，有個擺設優雅的庭院，院裡卻有些陰暗。會客室裡有兩名男性的死者家屬心神不寧地坐著。今西逕自朝醫務課長的辦公室走去。

「好久不見！」

醫務課長聽到今西的寒暄後抬起頭。他爲人和藹可親，說話時總是面帶笑容。

「不好意思，請問昨晚放在成城署的那具屍體，移送到這裡了嗎？」

「嗯，昨夜很晚送來的。」

「請問幾點會進行解剖？」

「現在還在忙，安排在下午。」

「不曉得能盡快進行解剖嗎？」

「噢，他是病死的。愼重起見，我只做行政解剖。難不成有什麼疑點？」

「我突然有個奇怪的想法。」

「這麼說，你認爲他不是自然死亡，而有他殺嫌疑？」法醫很了解今西的辦案手法。

在今西的請託下，法醫同意優先解剖這具屍體。當醫務人員進行準備的時候，今西翻閱著成城署檢具的各項文件。文件上的內容與新聞報導的經過大致相同，他一邊思索一邊等候著。

一名年輕醫務員來喚今西，於是他順著狹窄的通道走下階梯。來到解剖室前，兩人套上鞋套。進去就是會客室，隔著玻璃窗可看見解剖室，有五、六名穿白袍的醫務人員到場。

解剖台在水泥地面的中央，上面仰躺著一具赤裸的男屍，全身蒼白，沒有血色。想不到，今西居然在這種地方與宮田邦郎會面！宮田的長髮蓬亂地垂落，眼睛半睜，嘴巴微張，表情痛苦。

就是這張嘴，倘若他慢點死去，一切就會從這張嘴說出來。可是，在這緊要時刻，宮田邦郎爲什麼會突然死去？

今西朝屍體合十默禱。

醫務人員圍著屍體各就各位。負責解剖的法醫陳述屍體的外部徵象，隨從的助手快筆記錄下來。陳述結束，法醫拿起手術刀朝屍體的胸部劃去，沿著中心線劃開一個Y字型，一口氣切開，血液滲了出來。接下來的情況，都與今西以前現場觀摩所見的完全相同。

首先檢查腹腔的臟器，用手術刀逐一切除腸、胃、肝，仔細檢視，長繩般的腸子放在水槽內清洗著。這段時間裡，助手拿粗大的剪刀剪開肋骨。進行的過程中，法醫繼續述說著他的解剖所見。肋骨發出被剪斷的聲響，胸腔打開，可看見肺和心臟，醫生用另一把剪刀剪下心膜。

法醫取出心臟，仔細檢視。拳頭般大小的心臟呈灰紅褐色，他又將它切開。

今西目不轉睛地看著解剖的全部經過，雖然有異臭，但他習以爲常。一名助手將胃取出，剖開檢查胃內的殘留物。另一名助手切開茶褐色的肝臟，耗去很長的時間。

最後鋸開頭部，打開頭蓋骨。宮田邦郎的長髮披散在仰躺著的臉上。從圓形的腦殼中可看到有著美麗淺粉紅色的球狀體，被包在薄紙似的膜裡，那就是腦髓。

今西總覺得彷彿看到玻璃紙包著的南洋高級水果，不禁為人類的腦髓之美發出讚嘆。

法醫仍持續檢查，今西從解剖室走出來，額頭滲著汗珠。他回到走廊，眺望窗外。微風吹動樹枝上的綠葉，陽光燦爛，空氣非常清新。

今西重新體會著生命的喜悅。就在今西倚窗眺望的時候，有人從背後拍了拍他的肩膀。原來是脫下白袍的法醫。

「醫生，辛苦了。」今西低頭致意。

「謝謝，請到這邊來。」

法醫帶今西來到一個房間，周圍的牆壁沾有污痕。

「今西先生，辜負你的一番苦心了。」法醫微笑著說：「的確是心臟麻痺。」

「噢，果眞是那樣嗎？」今西凝視著法醫問。

「沒錯，因爲你提出盡快解剖的要求，我們特別詳細地查驗。」法醫接著說：「屍體上沒有任何外傷，也沒有遭外力攻擊的傷痕。我們檢查了胃部，並沒有毒物反應。」

「是嗎……」

「腹腔的臟器也無異狀。心臟有點肥大，這個人可能患有輕微的瓣膜症。在檢查過所有臟器後，排除異狀，我的結論是心臟麻痺。事實上，其他臟器都有瘀血現象，剛好足以佐證。」

「這是什麼原因？」

「心臟突然停止跳動，血液循環便停止，各臟器就會出現明顯的瘀血現象。」

「這麼說，果眞是心臟麻痺導致的自然死亡嗎？」

「就檢查結果來看，是這樣沒錯。我找不出其他死因，不用提，也沒有遭受外力致死的跡象。」

「是嗎？」今西思索著，顯得有些沮喪。

「今西先生，難道你發現什麼疑點？」法醫反問。

被法醫這麼一問，今西霎時不知如何回答。他不能透露宮田邦郎是在提供重要證詞前暴斃，死因可疑，只能質疑：「聽說宮田不是在自家死亡，屍體是在路旁被人發現的。」

「是的。我們接到成城署的通知後，直接派救護車趕到現場。這有什麼可疑的嗎？」

「不，我只是偶然想到，如果他本人在家裡發病死亡，倒不會引起懷疑，但突然死在路旁，總令人覺得不尋常。」

「不，今西先生，這種例子滿多的，尤其是患有急性心臟麻痺的人，是無法選擇地點的。」法醫說得這麼肯定，今西根本無法反駁。因爲他已用科學解剖，證明宮田邦郎的確是心臟病突發致死。

「看來，我們這行的人出於職業習性，都懷疑成癖了，眞是傷腦筋。」今西對法醫說道。

「這是理所當然的。我們的態度也是如此，當屍體運抵這裡的時候，我們一律都當成他殺處理，查驗起來自然非常嚴格。」

今西非常認同法醫的態度。他向法醫致過謝，離開醫務院。

之後，今西又來到成城署。他向轄區員警問明發現宮田邦郎屍體時的情況，結果與報紙報導的大致相同。據說，宮田邦郎被發現時，是趴伏在路旁，附近的住戶很少。

推定死亡時間是晚上八點至九點，這點跟監察醫務院的解剖結果相同。晚上八點，正是宮田邦郎與今西約在S堂咖啡廳見面的時刻。不過，他又有什麼事情必須到世田谷一帶？

今西至今仍認爲，宮田並沒有爽約的意思。既然如此，他之所以去世田谷，有無可能是出於非自願的原因？

這又是爲什麼？

比方，他因爲造訪別處，耽誤了時間，而地點就在世田谷附近。

今西決定先到宮田邦郎倒伏的地點勘查。從成城署到現場並不遠，他坐公車抵達。果然，附近的住宅很少，放眼望去大都是空曠的田園。他按著成城署員警畫的簡圖來到演員躺倒的地點，也就是距離公車行駛的國道約莫一公尺的田園。

對面的雜樹林下，芒草吐出白色的芒穗。

今西待了一會，往來的汽車很多，卻沒什麼行人，晚上想必非常荒涼。宮田邦郎會不坐計程車而步行到這裡嗎？不，太不合情理。尤其考慮到與今西有約，非得搭計程車不可。

當然，還有其他假設。比方，拜訪的地點就在附近，於是宮田在這裡等空計程車經過，這樣現場不自然的情況就會減少些。問題是，宮田來世田谷到底是要找誰？而且，竟然緊急到必須耽誤約定的時間？

今西認爲，宮田在跟他見面之前急著見對方，該不會是想向對方確認某些事情吧？

今西造訪前衛劇團，表示想了解宮田邦郎的事情，事務所的職員馬上帶他到杉浦秋子那裡。

時常在報章雜誌上出現的杉浦秋子，親切地接待今西。這位前衛劇團的負責人兼名演員，吸著香菸，一面說道：「那天傍晚六點半以前，宮田都在劇團排練新戲。當時他並沒有身體不適的模樣，所以他的猝死讓我們大感意外。」

「平常沒聽說他患有心臟方面的疾病嗎？」

「說起來，他似乎不是很健朗。公演前幾天有時會徹夜排練，他好像特別容易疲倦。」

「六點半排練結束，他沒說要去哪裡嗎？」

「這我不大清楚。」

說到這裡，這位名演員按鈴喚來一個年輕演員，他似乎與宮田邦郎頗有交情。

「他姓山形。」她介紹道。「我問你，宮田昨晚離開的時候，有沒有說要去什麼地方？」

年輕演員雙手抱胸回答：「嗯，他說八點在銀座與人有約。」

「八點在銀座？」今西不禁插嘴：「他眞的這樣說嗎？」

「我確實聽他這樣說過。」山形看著今西應道：「本來我約他到外面走走，但他說有約在先，拒絕了我的邀請。」

照山形的說法，宮田邦郎果眞想履行與今西見面的約定。

「他去銀座赴約之前，有沒有說要先去什麼地方？」今西愼重其事地問。

「沒有。我們在劇團大門前道別的時候，他也沒提起。」

「宮田先生的家在哪裡？」

「他住在駒込的公寓。」

「駒込？」

那裡剛好與宮田邦郎死亡的地點反方向，看來他眞的有事必須到世田谷附近。

「那時，宮田先生的神情如何？」

「沒什麼特別，跟平常一樣。對了，他倒是不經意地說了一句，今天晚上必須到銀座赴約，不知該怎麼辦好。」

看來，宮田邦郎直到最後仍掙扎著，是否要將成瀨里繪子的情況告訴今西。

「抱歉，我想打聽一下，」今西轉向杉浦秋子，「這裡有沒有一個叫成瀨里繪子的女職員？」

「有。」杉浦秋子點點頭，「她是個文靜的好女孩，卻突然自殺，令人惋惜。」

「妳是否略知她自殺的原因？」

「不，我也感到納悶。我跟成瀨小姐很少接觸，對她的情況了解有限，本以爲事務所的職員與她較熟，一問之下，他們也不知道。」

「會是失戀自殺嗎？」

「這個嘛，」杉浦秋子微笑道：「我也說不上來。她至少應該留封遺書給我們才是……」

「恕我冒昧，請問一下，」今西說：「成瀨里繪子小姐和宮田邦郎先生，是不是交往密切？」

「應該不會吧……你聽說過這種事嗎？」杉浦秋子回頭問身旁的山形。

「不，我聽過這個傳聞。」山形露出冷笑。

「什麼？」杉浦秋子目光一亮。

「不，並不是說他們感情密切，」一時說溜嘴的山形趕緊解釋：「成瀨對宮田沒什麼意思，宮田卻對她一往情深，我們都看得出來。」

「噢，眞想不到。」杉浦秋子皺起眉頭。

聽完這些說明，今西終於明白箇中道理。在此之前，他曾目睹宮田邦郎在成瀨里繪子公寓附近徘徊吹口哨，可見宮田邦郎對成瀨里繪子非常傾心。

成瀨里繪子顯然是留下失戀的傷心手記後自殺，而她的對象並不是宮田邦郎。那麼，足以讓成瀨里繪子以死明志的到底是誰？今西想到這裡，忍不住問起成瀨里繪子是否另有心上人？

「可能沒有吧，我們從來沒聽說過。」山形回答：「成瀨是個循規蹈矩的女孩，客觀的說法是，她不大理睬剛才提到的宮田，如果是失戀自殺，對方肯定是我們不認識的人。」

「是啊，成瀨小姐不是演員而是事務所的職員，我對她了解不深，但實在看不出她有情人的跡象。」杉浦秋子插嘴。

今西認爲，劇團人員不認識的成瀨里繪子的情人，正是浦田調度場凶殺案的凶手！

3

座談會於晚間八點半結束，評論家關川重雄從會場的高級餐館走了出來，一輛高級房車在門燈前的暗處等著。

「關川先生，」雜誌社的編輯問：「你直接回府上嗎？」

「不，」關川微笑，「我還要到其他地方去。」

「那麼，送你到什麼地方好呢？」

「麻煩送我到池袋就好。」

「恰巧跟吉岡老師同方向，那就請一起上車吧。」

身材嬌小的作家吉岡靜枝，旋即坐在關川身旁的座位上。

「那就讓我送你半程吧。」

吉岡四十多歲了，或許是單身未嫁的關係，看起來比實際年齡還年輕。不知爲何，這位女作家外出時喜歡穿中國式旗袍，可能是認爲很適合自己吧。在主辦單位人員的陪送下，高級房車從會場所在的赤坂，朝國會議事堂旁的坡路爬升而上。

「關川先生，」吉岡嬌嗔道：「今晚初次見面，實在榮幸，我久仰大名了。」

關川板起臉孔，兀自抽著香菸。

「前幾天拜讀你的評論，我非常佩服。說眞的，近來我在寫作方面迷失了方向，不知如何是好，在拜讀大作後，總覺得找到了出路。」

「是這樣嗎？」

「當然是眞的。我經常閱讀你的文章，前幾天的那一篇讓我受益良多。」

流逝而過的燦爛街燈，把吉岡身上的旗袍照得閃閃發亮。

「今晚你在座談會上發表的見解實在非常精采，能恭逢盛會眞是令我太高興了。」吉岡繼續道：「其實我討厭參加座談會，平常也不會出席，今天聽到關川先生要來，我才一口答應。我有預感一股新時代文學的氣息即將掀起。」

吉岡饒舌地說：「這次能見到關川先生，我覺得自己今後也能寫出好作品。」

四十幾歲的女作家目光帶著敬意，又將身子靠向二十七歲的評論家。

「很不錯嘛。」關川略帶嘲諷地冷笑。

之後，吉岡依然喋喋不休，什麼自己也應該多關注文學啦，必須加強理論的建構啦、承蒙關川多方關照等等，直到抵達她住處的番町之前嘴巴似乎沒有停過。

女作家中途下車後，關川露出一絲冷笑。高級房車來到池袋附近時，司機詢問關川要在哪裡下車，他回答「車站前」。

關川在車站前換搭計程車，要司機開往志村。電車的路軌在車頭燈的照耀下流逝而過。關川默不吭聲地抽著菸。

過了一會，車子逐漸爬上斜坡。來到都營電車站，關川在「志村坡上」的紅色標誌處下車。電車道鋪在較高的台地上，斜坡下閃爍著民家燈火。關川順著電車道的彎路往下走。一名年輕女子站在陰暗處，認出關川的身影，立刻疾步趨前。

「是你嗎？」

關川默默點著頭。

「你終於來了，我好高興。」女子靠近關川的身旁。
「妳等很久了嗎？」
「嗯，等了一個小時。」
「在座談會上耽誤了一下。」
「我就猜大概是這樣，還以爲你不來了。」
關川沒有回答。女子拉起關川的手，往自己的腰上一摟。
「今晚妳沒去上班嗎？」關川低聲問。
「是啊，我很想跟你見面。晚上的工作眞不自由。」
「這次租的公寓怎麼樣？」
「挺不錯，樓下的大嬸很親切，比以前好得多。」
「是嗎……」
他們靜靜走著。沿途燈火愈來愈稀少。
「我好高興。」女子說道：「只要見到你，我就覺得非常幸福，也只有這時候最感到心滿意足。」
關川沉默不語。
「也許你沒有這種感覺。」
「……」
「不，我的直覺非常靈敏。總覺得除了我之外，你另有喜歡的女人。」
「妳不要胡思亂想。」
「是嗎？我時常這麼想。難道是我太多疑？」

「是啊，妳太多疑了。」
「不，我的直覺很準。只是每當浮現這種念頭，我都盡量不理會，但終究揮之不去。」
「妳那麼不信任我嗎？」
「不，我信任你。就算我的猜疑成眞也沒關係，我可以不是你唯一的女人，你也可以另有情人。只希望你永遠不要拋棄我，不要拋棄我！」
他們看見了前面旅館的燈火。
兩人走出旅館後。惠美子挽著關川的手，走在陰暗的路上。黑漆漆的遠處，傳來電車駛過的淒涼聲響。
「噢，這種時間還有車班。」惠美子的臉頰依偎在關川的肩膀上。
「大概是末班車吧？」關川吐掉嘴上的菸蒂，微紅的火星在地面閃爍了一下。惠美子抬頭仰望天空，繁星點點。
「這時獵戶座已升起來了。」關川說道。
「哪一個是獵戶座？」
「就是那個嘛。」關川指著天空，「有三顆亮的，像桅燈似地排成一直線，旁邊有四顆星星圍著。」
「啊，是那個嗎……？」
「秋天一到，就能看到獵戶座。」
他們停下片刻，又緩緩邁開腳步。
「到了冬天，因爲空氣清新，那個星座特別明亮。當它出現的時候，就會讓人聯想到秋天來了。」

「你也研究星座嗎？」

「沒有啦。小時候，有一個人——他已死去，教導我許多知識，星座就是他教我的。我的故鄉被群山環繞，觸目所及的天空不大。」關川說：「晚上，我們登上附近的山頂，他教我如何辨別星座。想不到登上山巓，之前看到的狹窄天空竟然變得無限遼闊，我高興極了。」

「你的故鄉在那麼偏僻的山裡嗎？」

「嗯，在山裡。三面都被群山包圍，只有一方可仰望天空。」

「那是在什麼地方？」

關川沉默半晌，「說了妳也不知道。」

「是哪裡呢？對了，記得你在哪本書提過，好像是秋田縣。」

「秋田縣？就算是吧。」

「奇怪，怎麼說『就算是』呢。」

「不論怎麼說都對，總之，妳也知道，做我們這行的，得有廣博的知識。」關川藉機轉換話題：「明天晚上又有人找我參加音樂會，要我寫文章。」

「你好忙喔，是哪裡的音樂會？」

「是和賀的音樂會。報社委託我寫稿，我隨口答應，但覺得負擔很大。」

「和賀先生的音樂相當新潮吧，聽說叫什麼前衛音樂……」

「是啊，也叫電子合成音樂。很早以前就有音樂人做過，後來和賀才投入。反正，那傢伙只會搞那些玩意，完全沒有獨創性，只懂得抄襲前人的作品，卻自以爲前衛，再簡單不過了。」

4

舞台上掛著緋紅色的布幔。說到裝飾，只有一座形狀奇特的雪白雕像置於舞台中央，與布幔的色調恰巧形成強烈的對照。

要恰如其分地說明那雕像的形狀十分困難。說像洞窟又不是，也不像宇宙的表徵，更不像倒臥在荒野的巨樹根部。總之，可以說沒有具體的形象。在前衛的雕像中，是不講求形象概念的。這座充滿前衛性質的雕像，是新思潮派成員之一的雕刻家，特別爲盟友和賀英良今晚的獨奏音樂會布置的「舞台」。

若按一般人對音樂會的理解，根本不會把這當成演奏會，因爲台下的人看不到演奏者，而且聲音是從放著雕像的布幔後面傳出來的。

演奏的樂音不只從舞台中央傳出，還從觀眾的頭上、腳下及四面八方傳來。爲了到達立體的音效，在各個位置安裝揚聲器。這種音樂透過奇怪的音響，在這座××會館的觀眾頭上交叉流動著。不，這種說法並不恰當，因爲樂音還由下方冒上來。

聽眾閱讀著說明書，希望理解作曲家的意圖，及耳畔流瀉的音樂。聽眾很多，幾乎都是年輕人。在這裡，看不到低頭閉目聆聽的嚴肅臉孔，畢竟不是在欣賞古典名曲，用不著看曲譜來鑑賞，現場聆聽的是前衛音樂。

此刻播放的是〈寂滅〉，描述釋迦牟尼佛圓寂時，天地萬物生靈齊聲慟哭的神話。這是和賀今天晚上獨奏會的壓軸曲目。

那樂音時強時弱，或呻吟，或顫抖，或吶喊，或猶豫。那金屬聲或人們的哄笑聲，時而分裂，時而匯合，時而緊迫，時而弛緩，時而停止，時而高潮迭起，不一而足。

不能說在場聽眾都心領神會，但每個人皆皺著眉頭、挺直身軀，試圖理解這種前衛音樂。聽起來很難理解，卻又給人些許新潮感，讓聽眾猶如站在一幅抽象畫前，顯示出困惑茫然與爽快的表情。

簡單講，這是一場充滿知性與沉悶的音樂會，比聽力測驗更讓人腦筋疲勞。問題是，在場聽眾不便表現出聽不懂的樣子，在音樂面前都感到些許自卑。

音樂結束，旋即響起熱烈的掌聲。不過，舞台中央沒有盛大的樂團，聽眾不知給予誰掌聲，沒多久，接受掌聲的人從舞台右側走出來，他就是穿黑色西裝的和賀英良。

關川重雄朝後台走去。剛進門，便發現不大的空間被賓客擠得水洩不通。後台中間擺著三張桌子，上面放有啤酒和各式冷盤。大家圍桌站立著，擁擠到幾乎無法轉身。室內瀰漫著煙霧和喧鬧的談話聲。

「喲，關川！」有人從旁拍他的肩膀，原來是建築家淀川龍太。「你這麼晚才來？」

關川點點頭，側身從人潮中走上前。

穿黑色西裝的和賀英良謝幕後，依舊笑容滿面地留在舞台中央，旁邊是一身純白禮服的田所佐知子。她細白的脖子上掛著三層珍珠項鍊，搭配精心設計的禮服，一站上舞台更是光彩奪目。

關川擠開人群，來到和賀面前。

「恭喜你。」他對著今晚的主角微笑道。

和賀舉起酒杯致意。接著，關川把視線投向和賀身旁的女雕刻家。「佐知子小姐，恭喜妳。」

「謝謝。」佐知子是和賀的未婚妻，由她答禮也不足為怪。

「關川先生，你覺得怎樣？」佐知子打量似地望著關川，眼裡盡是笑意。「哎呀，可是我又害怕你發表什麼高論呢。」

「妳最好不要讓這個辛辣的評論家在這裡發表高論。」和賀半開玩笑道，「不管怎麼說，還是要感謝你的祝賀，我誠心接受就是了。依照我的理解，你恭賀的是幸虧有這麼多聽眾捧場。」

「這樣說也很好。」關川回答：「畢竟現在的獨奏會不可能邀到這麼多聽眾來。」

「眞是太精采了。關川先生，你說是不是？這樂曲編寫得精采絕倫，才吸引那麼多聽眾到場吧？」女歌手村上順子從關川身後走出來。她一如往常穿著緋紅色套裝，打扮得光鮮亮麗，充滿自信，笑起來有些狂放。她站在舞台上，在燈光的襯托下，顯得格外美艷。

「或許吧。」關川以笑聲回應。

「來，舉起你的酒杯。」女歌手幫關川斟酒，關川故做誇張地將酒杯高高舉起，注視著和賀與佐知子。「祝這次音樂會成功！」

佐知子大聲笑著說：「關川先生，你眞有紳士風度。」

「我本來就是紳士。」關川坦然接受佐知子的讚美。

他們在後台只是簡單地乾杯，但仍像慶祝會般氣氛熱烈。總之，賓客圍著和賀英良，彷彿要把他團團包圍，人潮不斷湧進來，擁擠到幾乎關不上大門。

「這小子滿有人氣的嘛！」建築家淀川龍太在關川的耳畔低語：「還是當音樂家吃香。即使幫別人設計多少高樓大廈，也沒人會幫我舉辦這麼隆重的宴會。」

建築家會心生羨慕不無道理。不只音樂愛好者，連與音樂全然無關的人也包圍著和賀，而且以上了年紀的老者居多。

「那些人啊，」淀川小聲說：「都是跟田所佐知子的老爸有關係的人。不過，當女婿的也不簡單哪。」

「別羨慕了，」關川背著和賀走開，「其實他的壓力也很大。」

「不，和賀的神情可不是那樣。」淀川繼續道：「他挺志得意滿的。」

「不，那是爲了自己的音樂藝術，受到那麼多人肯定而感到高興吧。」

「眞會挖苦人。你說，今晚到底有多少人聽懂和賀的電子合成音樂？」

「喂，說話可要謹愼點。」關川語帶責怪。

「不，我不像你那麼能言善道，只是實話實說而已。」建築家臉色略紅。

「你說話眞奇怪。」

「我說的是實話，因爲我聽不懂他的音樂。」

「連前衛建築師的你也聽不懂嗎？」

「在你面前，我不怕丟臉。」

「群眾，」評論家關川重雄提出看法，「尤其對晦澀難懂的前衛藝術，大都沒什麼意見，但久而久之就會習以爲常，這些適應的態度會把他們帶入理解當中。」

「你的意思是，所有的藝術欣賞都適用於和賀的情況嗎？」

「我不談個人的問題。」關川轉移話題，「總之，在這裡講的是禮節，我想表達的看法，日後請看報紙的評論吧。」

「那代表你的眞心話嗎？」

「大概吧。總之，不管我們怎麼議論，和賀是了不起的，因爲他能實現自己的夢想。」

「可是，這要歸功於他有優裕的環境吧。任何人若擁有同樣的優渥條件，當然可以志得意滿，何況他向來都是一帆風順。光憑他是田所大臣將來的乘龍快婿這一點，新聞媒體自然會對他另眼相待。」

「關川先生，」一個高個子的報社媒體人，輕碰著關川的手臂說：「明天的早報要登你的大作，請務必在傍晚五點交稿。」

親聆和賀英良新作發表會的聽眾，大都帶著困惑難解的表情，這也不足爲怪。因爲舞台上沒有演奏者，也沒擺放任何樂器，只有燈光和形體抽象的雕塑。樂聲透過揚聲器，從頭上、背後及四面八方湧進聽眾的耳朵裡。所謂『具體音樂』，跟弦樂器和管樂器完全沒有關聯，其組織和結構是透過眞空管的振音製造音階，借助磁帶對節奏、強弱、起伏等進行人工性的調合。作曲家的創作精神，結合了電子工學這種物質的生產手段，藉由這方法來探求傳統管弦樂器無法表達的音色。問題是，這種音樂創作理念，能否落實在豐富素材的表現上？聽眾們似乎都表現出這樣的疑惑。前衛作曲家動輒喜歡高唱理論，但音樂的所有要素中，組織變奏的作曲思想，跟作曲家的理論和構想不盡相同。諷刺的是，這種前衛性的音樂表現手法，使得作曲家自身的觀念沒有存在的必要，至少讓人感受到這種危險性。在聽過和賀英良的新作發表會後，難道只有我一個人預感到這種危機嗎？

在此，我不得不抒發以下感想：感覺的創新精神與所謂工學技法的分離，都將受到工業技術的制約。姑且不先預設電子音樂無法進行藝術性的呈現，在尚未純熟駕馭素材的純粹藝術性藝術之前，他們應該更認眞加以組織。簡單講，他們太急於操作理論，頗有爲理論作嫁之嫌。我必須指出，要將現實的內在感覺，歸納到這種新型的音樂法則並非易事，正因如此，人們才無法輕易接受現在的電子合成音樂。或許我的批評過於嚴苛，但這是對先驅者的讚美與肯定。和賀英良在這次演奏會上，試圖從佛教神話和古代民謠等東方式冥想或靈感中突顯其主題，儘管強調只是披著古老的外衣，在內涵上仍沒擺脱老生常談的通俗現象，而且音域的設定都太機械化，與內在的精神相去甚遠……

今西榮太郎勉強讀到這裡，便把報紙丟到一旁。這篇文章還剩三分之一，不過他不清楚作者要說什麼，實在讀不下去。他在飯桌前展讀這篇文章，起因於看到執筆者關川重雄的照片。此外，這位評論者批評的和賀英良，對今西來說也並非完全沒有關係。

上次他去東北出差，曾在羽後亀田車站看到這群年輕人。當時，是吉村刑警把這名字告訴他的。他們英姿煥發的身影至今仍浮現在眼前。沒錯，關川跟報紙上的照片完全相同。

今西暗自驚嘆，關川重雄年紀尚輕，卻如此聰慧，能寫出這般高深難懂的文章。他把剩下的飯菜塞入嘴裡，又往碗裡倒了茶水。

5

今西榮太郎搭乘都營電車，在吉祥寺町下了車。

依據他抄寫在筆記本上的地址，猝死的話劇演員宮田邦郎住在駒込××號，就在吉祥寺附近。單身未婚的宮田，住在老舊的公寓裡。

房東太太走了出來，得知來者是警視廳的刑警，立刻露出驚懼的表情。

「我是來打聽死去的宮田邦郎……」今西說道。

「請問他出了什麼事？」

今西沒有進到屋內，站在門邊與房東太太交談。

「不，並不是他出了什麼事啦。」今西用慣有的輕鬆語調，讓對方放鬆下來。「我是宮田先生的戲迷，他突然去世了，我非常驚愕。」

「眞的？」房東太太這樣答著，臉上仍有些許不安。

「他住在這裡多久了？」

「大概有三年。」

「通常演員離開舞台後，他們的生活跟我們的想像差距很大，宮田先生的情況如何？」

「嗯，他是個好人，性情溫和，做事很有規矩。」房東太太毫不掩飾地稱讚。

「他曾找朋友來公寓裡喧鬧嗎？」

「沒有。我只知道他心臟不好，很少喝酒，非常注重身體健康。以演員來說，這樣文靜的人還真罕見。」

「再請教一下，今年的五月，宮田曾去東北旅行嗎？」

「嗯，去過。」房東太太不假思索地答道。

「什麼？他去過東北？」今西的眼神乍亮，「是眞的嗎？」

「沒錯。他送了秋田的特產給我，糖漬款冬菜和小木偶人。」

「這麼說來，不會錯了。」今西壓抑內心的喜悅，繼續問：「果眞是五月中旬嗎？」

「是啊，就是那時候。稍等一下，我去看看日記。」

「噢，妳有寫日記的習慣啊，這樣日期應該不會錯。」今西喜不自禁。

房東太太走進屋裡，馬上又出來。「沒錯，五月二十二日宮田送我特產。」她似乎只記錄收下特產的日期。

「那是他回來的時間。這麼說，他到東北旅行幾天？」

「我記得是四天左右。」

「那時候，宮田有沒有說什麼？」

「他說這段時間沒演戲比較空閒，正好出去走走。回來以後，我才知道他是初次到秋田旅行。」

「他帶了什麼行李嗎？」

「我不太清楚，只知道他的旅行箱塞得挺滿，看起來鼓鼓的。」

今西走出公寓後，隨即到公共電話亭致電蒲田署找吉村刑警。他們約在渋谷碰面，剛好臨近午餐時間，便走進蕎麥麵店。

「看您的表情，莫非有什麼大斬獲？」吉村打量著今西問道。

「噢，連你也看得出來？」

「當然，您喜形於色嘛。」

「是嗎？」今西苦笑，「是這樣的，先前我們專程到東北查訪案情，今天終於有回報了。」

「眞的？」吉村驚訝得睜大眼，「是不是查出那名男子的身分？」

「查出來了。」

「太好了，您是從哪裡得到線索？」

吉村口中的那名男子，當然就是指那個在亀田鎮上行跡可疑的男子。

「其實所謂的線索，就是全憑我的直覺。這次我猜對了。」

「請說得詳細一點。」

竹籠涼麵送來，今西停頓了一下。「這幾天，有個話劇演員心臟麻痺死了。」

「嗯，這則新聞我在報紙上看過，好像叫宮田邦郎吧。」

「沒錯，你認識他嗎？」

「只知道名字。平常我很少觀賞話劇，只是看了那則報導，記住他的名字而已。報上說他是頗具潛力的新人。」

「就是他。」

「咦？」吉村刑警非常吃驚，手中的筷子險些掉落。
「宮田就是在亀田行跡鬼祟的男子。」
「您怎麼知道？」
「等一下我再慢慢告訴你。」
今西把麵條夾起浸在碗裡後，滋滋吸呑了起來。吉村也依樣吃起涼麵。沒多久，只聽見他倆吸呑麵條的聲響。
「吉村，」今西喝了口茶說：「今天早上我翻開報紙……之前去東北，回程時在亀田車站看到的那幾個年輕人叫新……什麼的？」
「您是指新思潮派嗎？」
「對，有個新思潮派的成員在報上出現。不，跟這個人沒有關係。聯想這玩意眞有趣，不知怎地，那名男子讓我聯想到宮田邦郎。其中原因等會再告訴你。總之，我關注的宮田邦郎居然在關鍵時刻死亡，雖然死於心臟麻痺不足爲奇，但今天早晨看報紙時，我突然聯想到宮田是演員。既然是演員，就會各種演技和喬裝打扮，尤其他是話劇演員。於是我靈光一閃，搞不好他就是去秋田的那名男子。」
「宮田邦郎確實去過秋田嗎？」吉村試著確認道。
「我找到他住的公寓，房東太太向我證實五月十八日左右，宮田邦郎曾到秋田四天。房東太太寫在日記裡，應該不會有誤。我們去秋田是五月底，依日期推算大致吻合。雖然現在死無對證，無從當面問清楚，但我想是不會錯的。」
今西把剩下的涼麵吃完。
「這樣啊，多虧您注意到宮田邦郎。」

「純粹是我的聯想啦。今天早晨，我讀了新思潮派成員寫的艱澀難懂的文章後，突發異想。之所以讀那篇文章，是在亀田車站看過作者的緣故。於是，我就把最近在調查的宮田邦郎，和到秋田查訪的事聯想在一起。」

「今西先生，您的直覺還眞準。」

「不，差得遠呢。問題是，宮田邦郎爲什麼會去亀田？」

「這倒也是。」

「他去秋田也沒做什麼事。不，或許在那裡無所事事，就是他的目的。他打扮成工人，在鎭上徘徊兜轉。宮田邦郎平常不是這樣的穿著，當地人也說，那名可疑男子總是低著頭，不讓人看清面孔。」

「原來如此。」

「然而，他的出現很快引來鄉下人的注目。旅館女侍也明確描述出他的長相特徵。」

今西和吉村對望一眼。

「我實在想不透，他爲什麼要喬裝打扮，在亀田兜來轉去？」吉村提出疑問。

「我也不知道。反正宮田什麼也沒做，只是在當地閒逛。」

「請等一下，」吉村將手貼在額頭上，「這該不會就是他的目的吧？換句話說，宮田邦郎原本就希望讓別人看見他這種姿態？」

「對，我也這樣想。」今西點頭回答：「宮田是特地打扮成那樣去亀田。若只是路過，很難讓大家留下深刻的印象，所以他才故意做出引起注目的行徑。」

「這是爲什麼？」

「我們被宮田邦郎的喬裝打扮矇騙了。」

今西沒有正面回答吉村的問題，「風聲之所以傳進當地警察的耳裡，當然是我們爲了蒲田凶殺案請求協助調查後，當地刑警在查訪的時候打聽到的。可是……」

聽到這裡，吉村的目光熠熠生輝。

9 CHAPTER — 第九章

摸索

1

今西和吉村在渋谷站坐上井之頭線的電車，途中又在下北澤站換乘小田急線，在第六站下了車。

他們穿過車站前短短的商店街，沿著公路前行。這一帶似乎是新興住宅區，映入眼簾的是散落在雜樹林間的房子及金色稻田。稻田的對面也有房舍，屋後是成片的樹林，緊接著是蓋滿住宅的山丘，真像郊外。

「就是這裡。」今西停下腳步。

吉村要求今西帶他到宮田邦郎的陳屍處。

「噢，是這裡嗎？」吉村看著今西所指的地方。

這裡距離國道約莫五公尺，剛好靠近一條小路。他們站在葳蕤的夏草之間。

「公車站在那裡。」就在他們眼前一公尺的地方，停著一輛公車，正在上下乘客。

「假設宮田邦郎曾在此等公車，應該說得過去吧。」

「嗯，這樣假設非常自然。啊，吉田君，」今西突然想起什麼似地說：「你幫我問問那個車掌，晚間八點左右經過此處的公車班次。」

吉村往前跑去，拖住正要上車的車掌詢問，並在公車出發的同時，疾步折返。

「我明白了。」吉村說：「晚間七點四十分有班公車開往成城，八點有車開往吉祥寺，十分鐘後又有一班開往成城。大約二十分鐘後，又有千歲烏山開往成城的公車經過。上下行路線都間隔二十分鐘，所以每隔十分鐘就有公車行經。」

「班次滿多的。」聽到吉村的解說，今西喃喃自語。「宮田邦郎的死亡時間，大約是在晚間八點左右。假設他在公車站附近等車，每隔十分鐘會有公車經過，當然，上下行路線的公車未必都能準時抵達，難免會有誤差。但不管怎麼說，他不可能等太久。倘若宮田是在等車時心臟病發身亡，運氣未免太壞。」

今西似乎是說給自己聽的，吉村並沒有聽到，他在路旁的田裡信步走著。

「今西先生……」吉村彎下腰喊道。

今西走近吉村。

「有東西掉在這裡。」吉村指著地上。草叢裡有張十公分見方的紙片，邊緣破裂不堪。

「這是什麼？」今西拾起紙片。紙片掉下去時剛好是反面，所以一片空白，翻過來一看，寫著一些數字。

「噢，是張表格。」吉村探頭一看。

表格羅列著以下數據：

失業保險金給付總額

昭和二十四年	——
二十五年	——
二十六年	——
二十七年	——
二十八年	二五、四〇——四

二十九年	三五、五二二
三十年	三〇、八三四
三十一年	二四、三六二
三十二年	二七、四三五
三十三年	二八、四三一
三十四年	二八、四三八

「這是失業保險的金額吧。」吉村說道。

這張紙片似乎只是撕成數片中的一部分。

「附近難道住著對統計數字有興趣的人嗎？」

「說不定是勞動部的官員。」

這張表格看來枯燥乏味，就掉落在離宮田邦郎身亡地點約十公尺的地方。

「不知是什麼時候掉在這裡的？」吉村問道。

「這是模造紙，還不怎麼髒。吉村君，最近哪天下過雨？」

「大概四、五天前，下過一場雨。」

「這張薄薄的紙片是下雨後掉落的，所以沒有淋濕的痕跡。若是淋過雨水，可能會更髒。」

「宮田邦郎正是三天前死的，是否就是那時候掉落的呢？」

「唔……」今西陷入沉思，「不過，跟宮田的死應該沒有關聯，因爲宮田根本不可能帶著這種東西。」

「慎重起見，我們還是到前衛劇場問個清楚，說不定是演戲所需的小道具或台詞摘要。」

「是啊，我們可以假設是被風吹來的，你也持這種看法吧？」

「嗯，可能性很大。」

「你是不是也猜測，這紙是別人帶來的？」

「沒錯。」吉村回答，「說不定宮田有個朋友對勞動情況感興趣，寫下這張統計表。」

「你的意思是，他跟宮田來到這裡？」

「或許吧。也可能是宮田將這張表格放在口袋裡，倒下時掉在地上，被風吹來。」

「兩者之間應該沒有關聯吧。宮田邦郎不會要這種毫無關係的東西，不過，若說有別人跟宮田來這裡，倒是令人玩味。」今西笑了笑，再次看著那張表格。

「這是什麼？」今西指著表格，「你看，這統計表是從昭和二十四年寫起。不過，在二十四、二十五、二十六、二十七年下面都畫著黑線，數據是空白的。」

「是那些數字沒必要塡寫，還是尙未查清楚？」

「姑且不論這個，你看，二十八年和二十九年之間畫著兩條黑線，另外，在二十九年和三十年之間也畫了三條黑線，但上面沒有標明類似前面那樣的年份。這些空白欄代表什麼？」

「是啊，」吉村歪著腦袋，看得十分仔細。「我也看不出端倪。說不定這之間還有其他數字，比如，投保的人數或受益者的人數等等……」

「這樣的話，上面應該會列出項目名稱，可是又沒有。很可能是塡寫者拿來備忘用的。」

「這字眞是拙劣。」

「嗯，確實寫得很差，簡直像是出自中學生之手。近年來，大學畢業生的字愈來愈糟。」

「這紙片要怎麼處理？」

「或許另有參考價値，我先收起來。」

今西將那紙片夾在筆記本裡，放進口袋。除此之外，並沒有在現場找到新事證。

「硬拉你到這裡來，實在過意不去。」今西對吉村說道。

「不，我本來就該親眼看看。能陪同今西先生我覺得很幸運。」

他們朝公車站走去。

今西回到警視廳，茫然無所事事。幸虧今天沒有其他的刑事案件要進行搜查，辦公室的同事有的玩將棋，有的在下圍棋，悠閒地消磨時間。這時，今西突然想到什麼，匆匆跑到宣傳課。

「噢，今天又來出什麼困難的課題？」宣傳課長看到今西，半開玩笑地問。

「我想了解有關『具體音樂』的常識。」今西表情嚴肅地說。

「那是什麼?」課長驚訝地看著今西。

「好像是一種音樂。」

「你似乎不適合搞音樂吧?」

「不是要搞音樂啦,我是來找這方面的資料。」

「眞是服了你,上次你想查明東北方言,今天又要查音樂的資料。」儘管課長這樣說著,仍從身後的書架抽出一本百科全書,翻找起來。

「來看看,也許裡面有你要的資料。」

今西翻開厚重的百科全書,仔細看著密密麻麻的文字。

「music concrete譯爲『具體音樂』,即不論是否爲音樂,均以現有的音響素材爲材料,用各種(電氣或機械的)方式進行加工,以錄音混成音響效果法來構成音樂,聽起來如同電子合成音樂,沒有演奏者,而是透過揚聲器傳達音樂。一九四八年法國技師皮爾・謝佛爾的音樂創作,帶給音樂界極大的震撼,並獲得部分前衛作曲家的支持和協助,逐漸傳播到世界各地,原名稱爲具體音樂(自然音、機械音、人聲等等),源由在此。

具體音樂這個名詞很容易遭到誤解。這些原材料音,其實跟音響本來的含意(發音的原因、目的等)毫無關係,每個都是獨立音,即所謂的『音響對象』爲作曲家使用。因此,『具體』一詞,並非指『具體的內容』或『描寫』的意思,這點必須格外注意。音響對象的思想,並非源自傳統的音樂,而是從超現實主義的基礎發展而來,可說具體音樂是站在與任何傳統音樂毫無關係的基礎上出發。若硬要從音樂史中回溯起源,一九二〇年代埃德加・巴雷斯的前衛性作品(離子化等),及較早的一九一〇年代,在這時期於義大利推行的未來派(馬里內蒂等人)的『騷音藝術』可做爲代表。

從未來派到『具體音樂』這一連串的騷音藝術，都是在本質上否定傳統音樂的表現方式。以否定做爲出發點，透過傳統音樂不看重的新音材料（騷音類），其強而有力、新穎旺盛的表現方式，展現開拓新音樂領域的決心……（諸井誠）」

今西闔上百科全書，內容寫得太艱深，短時間無法理解透徹。雖說部分原因是他不懂音樂，可是他並沒有從解釋中找到具體音樂的定義。他知道這音樂不易弄懂，而且有別於以往的音樂形式，問題是具體音樂到底爲何物，他實在毫無頭緒。

「謝謝。」今西將厚重的百科全書還給課長。

「弄懂了嗎？」課長回頭問道。

「不，還是沒弄懂，這內容對我來說太難了。」今西苦笑。

「是吧，我就說你跟音樂無緣，怎麼會產生興趣？」

「嗯，因爲我突然想到一件事。」今西適切地含糊其詞，走出宣傳課。

今西想了解具體音樂，是由於今天早晨在報上看到新思潮派的評論家關川，撰文批評其成員和賀的音樂風格。在此之前，今西對新思潮派並未多加注意，只是他和吉村從東北出差的回程途中，湊巧在羽後亀田站遇見他們一群人，多少對這個團體心生好奇。

當然，今西並不是認爲這個團體與宮田邦郎的「演出」有什麼關聯，只是想弄清楚具體音樂到底是什麼。剛好沒有案件待辦，又很空閒，就想去翻翻百科全書。

儘管如此，他仍感到疑惑，宮田邦郎到底爲何非得到那地方遊蕩？從世田谷回家的路上，他不斷跟吉村討論這個問題。

黃昏時分，吉村打來電話，歡快地說：「今西先生，剛才辛苦您了。宮田去亀田的理由，我總算有個推論。」
「噢，我倒想聽聽。」
「我重新翻閱蒲田凶殺案發生當時的報紙。案發後三、四天左右，報上出現不少有關亀田與東北方言的報導，提及凶手和被害人曾在車站前的廉價酒吧，疑似以東北方言交談，其間出現『亀田』這個名稱，因此警視廳特別看重這條線索。」
「噢，這又有什麼關係？」今西吞了吞口水問。
「我認爲，這些新聞報導是導致宮田去亀田的原因。換句話說，既然亀田和東北方言被搜查總部列入追查重點，在凶手看來，承辦當局遲早會鎖定東北的亀田。」
「有道理。」今西「嗯」了一聲，「之前我怎麼沒察覺到……」
「是啊，我也一樣。」吉村仍十分興奮，「凶手早就推測警視廳的注意力會轉向東北，並到亀田進行搜查。您不覺得，凶手試圖把我們引到那地方嗎？」
「你推論得眞好。」今西在電話中喊道：「沒錯，這種可能性很大。」
「所以，」吉村受到今西的稱讚，聲調抬高了許多：「他必須在亀田留點形跡才行。簡單講，就是將警方的目光引向那裡，而這非得做出假象不可，於是故意讓宮田裝扮成的『怪異男子』的消息傳到當地警方耳裡。這是凶手玩弄警方的把戲。」
今西同意吉村的推論。
「我沒有想到這一點。那麼，凶手會是哪裡人？」
「我認爲凶手不是東北人，而是其他地方的人。」
「這樣一來，宮田邦郎扮演什麼角色？」
「他大概是在不知情的情況下被凶手擺布，接受委託的。」

「這麼說來，凶手和宮田彼此認識？」

「沒錯。他受託扮演這個角色，他們肯定交情很好。」

「謝謝你。」今西不禁向吉村致謝，「眞是周密的推論啊。」

「不，別這麼講。」吉村在電話中難掩羞澀，「我只不過是偶然想到，不經思索就告訴您，說不定推論有誤。」

「不，這個推論對我幫助極大。」

「聽您這麼說，我非常高興，哪天我們找個時間慢慢談吧。」

今西掛掉電話，彎下腰從抽屜拿出剩半截的香菸，塞進泛舊的竹菸斗中點燃。這支菸斗是三年前他跟妻子去江之島時買的。

今西抽著菸思索剛才和吉村的對話，宮田邦郎去亀田的原因很可能如吉村所推論。他歸納凶手的心理狀態有三：第一、他非常注意蒲田凶殺案的搜查進展；第二、他能讓宮田扮演怪異男子，肯定是很熟的朋友（只是宮田邦郎並不知道受託扮演的內情）；第三、凶手不是東北人，而是其他地方的人。

一般來說，爲了隱藏眞相，往往會誘導旁人的目光看向他處。比方，凶手明明是外地人，卻故意誘使警方追查東北的亀田。

另外，有關宮田的死亡。宮田該不會直到最近才得知內情吧？他原想把內情告訴今西，但礙於事態嚴重，才向今西要求延後一天。

今西希望向宮田打聽出成瀨里繪子自殺的原因，但宮田可能是擔心道出成瀨里繪子自殺的內幕，會連帶扯出這件重大的事。

今西邊思考邊在紙上記下重點，然後依序分成四項。他按住額頭，注視著列出的重點，試圖進行更深入的推論。不過，最大的障礙是宮田的死。

宮田的死並非他殺案件。若是遭到他殺，倒可追查凶手的下落，他卻是病發身亡，最後甚至勞動法醫解剖釋疑。宮田果真是死於心臟痲痺，同事、朋友都知道他患有心臟疾病，經驗豐富的法醫解剖後也如此判斷。

最讓今西懷疑的是，這個演員的死在時間上未免過於巧合。雖說可能純屬偶然，如同法醫所言，心臟病發是無分時間和地點的。

另一個重點是第四項（凶手不是東北人）。今西的腦海中交雜著各種思緒，他想起與東北截然相反的島根縣仁多郡仁多町的亀嵩。這地方使用類似東北腔的方言。今年盛夏，他還專程坐長途列車前往查訪。不過，那裡有什麼呢？在當地，他並未查出可供破案的任何線索。

他又看了第二項，即有關成瀨里繪子的問題。她受凶手委託沿著中央線丟棄沾染血跡的運動衫碎片，可見與凶手關係匪淺，宮田邦郎甚至對此內情也有所了解。

宮田的死亡對今西而言是極大的衝擊，他為什麼在關鍵時刻死去？宮田確實是自然死亡，但從時間上來看，卻又像是順其自然的「他殺」！

2

今西回到家，發現住在川口的妹妹來了。她正和妻子談笑。

「哥哥，晚安。」

今西脫下西裝，穿上居家的和服。

「今天怎麼有空來？」今西坐在妹妹面前喝茶。

「有人送我日劇戲院（註一）的招待券，剛看完回來。」

「怪不得今天臉色這麼好，妳若是跟老公吵架，我馬上看得出來。」

「哎呀，不要挖苦我啦，我才沒跟他吵架。」妹妹笑著抬頭，望向今西。

「哥哥，你似乎很累。」

「是嗎？」

「勤務太繁重了嗎？」

「還好。」

「不過，他今天回來得挺早。」妻子插嘴。

「年紀大了，容易疲勞。」

「你得小心保重身體才行。」妹妹這樣說著，但因爲剛看完戲，顯得格外快活。

今西心情沉重，臉上掛著倦容，始終提不起勁加入妻子和妹妹的談笑。他走進隔壁三坪大的房間，裡面有張簡陋的書桌。書架上全是警務相關書籍，他很少閱讀小說。

今西從抽屜裡取出筆記本，上面寫著待查的事項。他重讀著不久前去亀嵩查訪時做的筆記。他之所以這樣做，是發現宮田邦郎特地到東北故作奇態的動機。正如吉村所說，假使那是凶手刻意的演出，正代表凶手不是東北人。

想到這裡，今西的腦海中又浮現島根縣山村的情景。無論如何，他都得到那地方，找出類似東北腔的方言和「亀田」這個地名，因爲被害人曾長期在那裡當巡查。

今西的目光落在筆記本上，上面寫著他在亀嵩查訪時聽聞的，三木謙一當巡查時的各種義行美德。三木謙一極受當地村民愛戴，爲人親切，樂善好施。妻子是在他調任三成署時去世，幾乎沒人說他的壞話，全是溢美之詞。

今西榮太郎重讀此事蹟，不由得聯想到宮澤賢治（註二）的某節詩作：

東邊如有生病的孩子
請你爲他看病
西邊若有勞累過度的母親
請幫她扛起稻束
南邊如有人瀕臨死亡
請告訴他不要害怕
北邊若有人吵架或訴訟
就勸他們握手言和
碰上乾旱時請流淚
在寒冷的夏天……

三木謙一不愧爲這首詩的代表人物。身爲山村的巡查，他卻比任何一名都市警察來得稱職。同爲警察的今西榮太郎，不禁對三木謙一抱持極高的敬意。他爲人光明磊落，完全沒有與人結怨而遭報復的誘因，究竟是誰殺死品德這麼高尚的警察？從筆記本上，今西榮太郎只看到三木謙一的種種善行。

今西榮太郎把筆記本放在身旁，雙手枕在頭下，躺在榻榻米上。天花板被煤煙燻得發黑，隔壁房

註一——劇場，一九五二年於東京有樂町開始營業，表演有品味的裸體節目和舞蹈，長期受到歡迎，一九八四年關閉。
註二——宮澤賢治（一八九六～一九三三），爲日本家喻戶曉的詩人、兒童文學作家、農藝改革者及宗教思想家。

間不時傳來妻子和妹妹的談笑聲。房間角落傳來公車經過時的震動聲。

今西躺在榻榻米上，突然想到什麼似地起身，走到隔壁房間。妻子和妹妹還在閒聊。

「哥哥，坐下來跟我們聊天嘛。」妹妹勸道。

「不，我還有事情要辦。」今西從吊在衣架上的西裝口袋裡，取出一張小紙條。由於買不起衣櫃，西裝只好掛在衣架上，並罩著塑膠袋。

他回到剛才的房間。

這是從宮田邦郎陳屍處的田野中，撿到的失業保險金一覽表。至於是否與宮田邦郎之死有關，尚不得而知，或許是誰偶然掉落在那裡。數字上沒什麼奇怪的。從這張表格可看出，日本失業保險金額逐年攀高，顯示出當年的不景氣。昭和二十七年正是韓戰結束的第二年，由於軍需出現的繁榮景氣結束，導致中小企業紛紛倒閉。這些數據顯示出失業者增加的原因，呈現出當時的日本經濟景況，卻與案件無關。

發現這張紙條的吉村認為，製作這張表格的人可能跟宮田邦郎在一起，也不能說沒有道理。紙條上沒有淋雨的痕跡，而宮田死前的兩、三天晚上，東京應該下過雨。然而，今西認為宮田前往的地方，必定與他要吐露的重大事實相關，不可能扯上寫出這種有關勞工和社會變遷統計數字的人。

總之，不管有沒有用，先保管起來。他摺起紙條，夾在寫著三木謙一經歷的筆記本中。

妻子告知晚飯已備妥。由於孩子睡得很早，只有他們夫婦和妹妹共進晚餐。

「吃過飯就走，眞不好意思。一大早便出來看戲，又拖到這個時間，我該回家了。」妹妹略帶不安地說。

「那我送妳到車站，順便到附近散步。」

「不用啦，我又不是什麼稀客。」

「沒關係，我也想到外面散散心。」

其實今西心情有點煩悶，很想上街走走，妻子也想出去，於是三人步行到附近的車站。途中經過一棟公寓，妻子向妹妹提起最近有年輕女子自殺。

「哎，房客鬧自殺最難處理了。」妹妹站在房東的立場說道。

「我們那個女房客，應該不會出問題吧？」妹妹兀自嘟囔著。

「最近搬來的那個小姐嗎？」妻子問。

「是啊，大嫂。」

「聽說是陪酒女郎？」

「嗯，每天很晚才回來，不過滿守規矩。」

「有沒有看過酒客送她回來？」

「這點我不大清楚。總之，進門的時候就她一個人。或許是她克制得宜，縱使喝醉也不會大聲嚷嚷。」

「眞是難得。」

「本來就該這樣，她是做那一行的，要是發生什麼問題，我就傷腦筋了。」

「這個人不會惹出什麼麻煩吧。」

「我也這麼想，但聽大嫂說有房客鬧自殺，我倒是有點擔心了。」

他們走過明亮的街燈下。

「不過，大嫂，那個陪酒女郎眞令人佩服。」妹妹說：「她看的全是艱深難懂的書。」

「都是些什麼書？」

「好像是理論性的書籍。前陣子，我有事進到她的住處，她剛好在剪貼報紙，仔細一看，原來是音樂評論的文章。」
「她對音樂評論有興趣嗎？」
「不，她毫無興趣。」
「既然如此，她爲什麼要剪報？」
「她說那文章寫得很有趣，可是我拿來一看，完全看不懂在寫什麼。」
妹妹這句話傳進今西的耳裡。
「喂，」今西叫住妹妹，「那篇文章是不是在批評所謂的具體音樂？」
「啊，對、對。哥哥，你滿了解的嘛。」妹妹吃了一驚。
「嗯，她說執筆者是個聰明、才華洋溢的年輕人。」
「是不是叫關川重雄？」
「好厲害喔，哥哥，你懂得滿多的。」
今西沒有答腔，心想：現在的年輕人那麼崇拜關川重雄嗎？
「她讀什麼艱深難懂的書？」
「我也弄不清楚。不過，她的書架上有兩、三本那個姓關川的著作。」
「她經常閱讀那麼難懂的書嗎？」
「倒不全是這樣，偶爾也看大眾雜誌。」
「她叫什麼名字？」
「三浦惠美子。」
「喂，」今西又喊道：「下次我去妳家作客的時候，妳得若無其事地安排我見見那個陪酒女郎。」

3

翌日，今西榮太郎便去造訪位於川口的妹妹家。

妹妹的公寓是兩年前蓋的，外牆塗著灰泥，加上二樓，建坪共五十坪，隔成八戶做爲出租公寓。一走進大門右側，就可看到通往二樓的樓梯，樓下中間有道走廊，住戶分列兩側。妹妹住在進門的最右側。

「哎呀，哥哥，你的動作眞快。」妹妹看到哥哥來訪，驚訝地說道。

「剛好有事到赤羽來……」

「昨晚打擾你們了。」

「阿庄去公司了？」今西問起妹婿來。

「嗯……我去泡茶。」

「我買來這個。」今西拿出裝著蛋糕的包裹。

「讓你破費了。」

「等一下。」

「怎麼？」

「昨晚，妳提到的那個陪酒女郎，待會若無其事地安排我見見她好嗎？」

「看你那麼積極，是不是跟某個案件有關？」

「嗯，其實也沒什麼，我只是想認識一下。妳該不會提過哥哥是警察吧？」

「我怎麼會說這種話？若透露哥哥是刑警，那些房客會怕得逃之夭夭。」

「哎呀，別這麼說，我可是個大好人。」

「話是沒錯，但不知內情的人一聽到你的職業，當然不會有什麼好印象。」

「好啦，反正妳趕快請對方過來。妳就說泡了茶要請她喝，她應該會來的。她還在家嗎？」

「嗯，才下午兩點，可能正在洗衣服之類的。她去銀座上班通常是傍晚五點左右。」

「快去吧，我幫妳燒開水。」

妹妹幾乎是被今西推出去。這段時間，今西有點坐立不安，連續換了兩次座位。沒多久，走廊那邊傳來兩個人的腳步聲。

「哥哥，我回來了。」

妹妹的身後跟著一名身穿乳白色毛衣的年輕女子。

「來，請裡面坐。」今西盡可能和顏悅色地招呼道。

「這是我哥哥，今天突然來訪，我剛好在泡茶……」

女子恭順地走進門，連聲說：「承蒙你們關照了。」

「來，請坐。我妹妹才受妳關照呢。」今西笑著問妹妹的房客。「妳的工作忙碌嗎？」

「不，不怎麼忙。」

女子長得很可愛，大約二十四、五歲，臉上還有些稚氣。

「看來滿辛苦的，待會就要去上班嗎？」

「是啊，準備一下就要出門。」

「很晚才能下班，很不方便吧？」

「嗯，不過我習慣了。」

「搬到這裡之前，妳住在哪裡？」

「呃……」惠美子頓時不知如何回答。她欲言又止，然後略帶慌張地說：「我住過許多地方。」

「這樣啊，果眞考量到是否方便去銀座上班。妳之前的住處去銀座方便嗎？」

「嗯……是在麻布那邊。」

「麻布啊，那裡很不錯，離銀座又近……」

「不過，我租的那棟公寓發生了點事情，房東賣掉了，所以我才搬到這裡。從這裡坐電車去銀座花不了多少時間，比我想像中方便。」

「就是嘛。」妹妹插嘴：「住東京的人都以爲川口很偏僻，其實比東京郊區方便，而且近多了，坐電車到市中心只需三十分鐘。」

「不過，」今西喝了口茶，繼續說：「也有趕不上末班車的日子吧？」

「很少。媽媽桑知道我的情況，總是讓我提早下班，好趕上末班電車。」

「是嗎？若遇上酒醉的客人糾纏，可能很難脫身吧？」

「嗯，偶爾會碰上，但同事都會主動幫我解圍。」

「這樣啊。最近酒店的客人都是些什麼人？」

「我們店裡的客人比較老實，少了很多事端。」

「我從未去過酒店，也沒錢去喝兩杯，不知道那裡是什麼樣子。」今西苦笑，「聽說最近的酒吧或夜總會，沒有假公濟私以公司交際費報帳的客人都不受歡迎，是嗎？」

「倒不全是如此。當然，若是以公司的交際費報帳，絕對收得到錢，老闆最歡迎這種客人。不過，一般客人多是賒帳，收款十分麻煩。這些都要由酒店小姐負責催收。」

「哦，想不到陪客人喝酒，談些有趣的話題，背後還有這麼多麻煩的事情。」今西改變口氣問道：「對了，妳喜歡音樂嗎？」

「音樂？」今西這麼一問，惠美子驚訝地應道：「不，談不上喜愛。我不懂這些東西，要說喜歡，頂多是爵士樂之類的吧。」

惠美子之所以感到驚訝，是因爲眼前的男子突然提起音樂。

「是嗎？我對音樂是門外漢。不過，最近聽說出現許多新潮的音樂。妳知道『具體音樂』嗎？」

「我聽過這個名稱。」惠美子立即回答，眼眸露出光芒。

「那是怎樣的音樂？」

「我也不清楚。」惠美子露出困惑的神情，「只知道這個名稱而已。」

「噢，我跟妳一樣。昨天偶爾看了報紙，第一次得知那個名詞。像我們這種年齡的人，看到一大串難懂的片假名時，眞的不知所措。那時候，我剛好比較空閒，不曉得具體音樂是什麼，便讀了一下。原來那是一篇評論，我實在看不懂，他寫得艱澀深奧，境界太高了。」

「啊，那是關川老師的文章。」惠美子幾乎是歡聲喊道：「我也讀過那篇文章。」

「咦，妳讀過？」今西露出意外的表情，「不簡單哪，妳竟然能理解那麼艱深的文章。」

「不，那篇文章太難，我也看不懂。只是，關川老師的文章，我都會先讀爲快。」

「是有私人交情嗎？」

惠美子有些難以回答，沉吟片刻，才說：「不，他偶爾會來我們店裡光顧，所以我才認識他。」

「是嗎……其實，我也認識關川先生。」

「咦，」惠美子十分驚訝，「你爲什麼認識他？」

「不過，跟我個人完全沒有關係。我沒和他說過話，他也不認識我。只是，有次我到秋田，湊巧在車站遇見他。當時，除了關川先生之外，還有隨行的一群朋友。總之，在旅途上偶然相遇，總覺得有種特別的親切感。」

「有這麼回事嗎？」惠美子流露善意的眼神。

「年輕眞好。」今西回憶當時的情景似地說：「那時有四、五個人在車站，好像是去參觀火箭回來，每個人都朝氣蓬勃。」

「是嗎？」惠美子眸光閃亮。

「關川先生就在那群人當中。我不認識他，是同行的朋友告訴我的。後來，報上時常刊登他的照片，每每看到便覺得格外親切。所以，儘管我看不懂那篇文章，還是讀了一遍。」

「眞有那回事嗎？」惠美子輕輕嘆了口氣。

「關川先生是怎樣的人？」

「他很老實，」惠美子陶醉似地說：「跟一般的客人不一樣。他很文靜，講話富有學問，讓我們受益不少。」

「這種好客人眞難得。」今西應道：「妳跟關川先生很熟嗎？」

「不，不是很熟。」惠美子的臉上掠過一絲慌張。

「我只當成來店裡的客人。」

「是嗎？一般人不大了解那些藝術家的日常生活，他們是不是每天都在看書或思考？」

「或許吧，從事那行業的人，做學問最重要了。」

「也是。我是門外漢，沒什麼知識，但要當評論家，不僅得懂音樂，還得熟悉許多領域吧？」

「要研究的可多了。尤其是關川老師，他原本就是以文藝批評起家，涉獵範圍很廣，舉凡文學、繪畫、音樂都有，也寫社會評論。該怎麼說，他是全能型的才子。」

「原來如此，年紀輕輕，學問就這麼淵博。」今西敬佩地說道。

「抱歉，家裡沒什麼好招待的。」妹妹端來剛上市的橘子。

「哎呀，不用了。」惠美子著急地看著手表說：「我該準備出門了。」
「來，吃一個嘛。」
「好吧。」惠美子在房東的勸誘下，拿了一個橘子。
「這橘子眞可口。」她吃著橘子稱讚道。
接著，他們繼續交談，但沒再提到關川。
「謝謝。」惠美子禮貌地道謝後站起。今西目送她的身影離去。
「喂，」今西喚來妹妹，「這女孩很不錯耶。」
「是吧。」妹妹坐在今西的旁邊說：「個性文靜，一點也不像是銀座的陪酒女郎。」
「是啊。不過，她對關川這個人頗有好感。」
「嗯，我也這麼覺得。」
「她說，關川只是偶爾到她們店裡，我看不止這樣。」
「噢，是嗎？」
「妳沒察覺到？」
「什麼？」
「那女孩懷孕了。」
「咦？」妹妹驚愕地看著今西。
「我看上去是如此，難道不是嗎？」
妹妹頓時說不出話，愣愣望著他，而後輕輕嘆氣：「你一個男人，居然這麼了解女人。」
「妳也看得出來吧？」
「雖然她本人沒提過，但我猜大概就是那麼回事吧。」

「是嗎？」

「哥哥，你怎麼看出來的？」

「我就是有這種感覺。剛才看到她的時候，她的表情很嚴肅，但我認爲平常應該更溫柔才對。再看橘子酸成那樣，我根本吃不了，她卻全吃光。」

「也是，那橘子還沒有甜味呢。」

「之前妳是不是察覺到了？」

「不能說沒有。她在屋裡吐過，我以爲是食物中毒，但後來看那樣子又有點奇怪。」

「是嗎？」

「哥哥，你猜是誰的孩子？她在當陪酒女郎，也許是客人的吧？」

「嗯……」今西邊抽菸邊思索。

「那個姓關川的是不是很可疑？」妹妹說道。

「我哪知道是不是他的呢！」哥哥略微斥責：「妳別胡說。」

「所以我才偷偷問你嘛。」

片刻後，傳來輕輕敲門聲。換上外出服的惠美子，跪坐在走廊向今西道別：「我上班去了，先失陪。」

「辛苦了。」今西端正坐姿應道。

「路上小心。」妹妹也出聲叮嚀。

妹妹目送惠美子離去後，回頭對著哥哥說：「也許是我們先入爲主的想法，但她看起來好像眞的懷孕了。」

4

和賀英良的家座落在田園調布，是戰前蓋的建築物，建坪不算大。這棟房子是他兩年前買的，內部按他的意思做過裝潢，外表有點老舊，跟附近占地寬闊的宅第比起來遜色許多。

穿乳白色套裝的田所佐知子按了按門鈴，一名五十出頭的女傭走出來。

「哎呀，歡迎。」女傭向佐知子低頭行禮。

「妳好。」佐知子輕輕點頭，問道：「英良在嗎？」

「在，請進。」

佐知子踏入老舊的大門，沿著走廊來到增建的另一棟房子。然而，這棟房子卻不過五坪，外面是水泥牆，窗戶開得很小。

女傭還沒到，門口的自動對講機已開啟。

「田所小姐來了。」

「請她進屋吧。」一個聲音回答。

走廊盡頭是另一棟房子的門。女傭輕輕敲門，打開後退到佐知子的旁邊，招呼道：「請進。」

佐知子走了進去。

這是和賀英良的工作室，設有桌子和書架，乍看十分普通，比較特別的是，機械類的器具幾乎占去大半空間，宛如廣播電台的控音室裡散亂著各式工具。和賀英良正背對機器播放錄音帶。

「啊，歡迎。」和賀英良關掉錄音機站了起來。那翻出毛衣領外的時髦方格襯衫，是前幾天佐知子送給他的。

「午安。」

三、四把造型時髦的椅子，擺在控音室的外面。那裡還放著一張簡單的桌子，有點像播音室裡的談話室。

「你在工作嗎？」

「不，沒關係。」

和賀走近佐知子，摟住她的肩膀。佐知子仰起臉，接受未婚夫的長吻。在這裡聽不到外面的任何聲響，因爲是和賀英良爲錄製音樂特別設計裝潢的，每道牆都裝上隔音設備。

「打擾你工作，眞不好意思。」長長的擁吻後，佐知子從手提包裡拿出手帕，擦掉男人唇上的口紅。

「不會啦，我正要告一段落，休息一下。來，請坐。」

椅子和桌子的造型都很新穎。房子外觀雖然有點老舊，室內的裝飾卻相當豪華。佐知子拿出香菸叼在嘴上，和賀隨即幫她點上火。

「如果你能抽出時間，要不要到外面走走？」

「好啊。有什麼事嗎？」

「父親在霽風園招待客人，說三十分鐘後要請我們吃飯。」

「眞是難得的機會。」和賀微笑，「有人請客我隨時奉陪。」

「哦，那太好了。」

「對了，現在幾點？」

「下午四點。你跟別人有約嗎？」

「不，我在想餐後該怎麼安排。好久沒去跳舞，要不要去展露身手？」

「眞的是好久沒去了。」

「妳等一下，我先把工作告一個段落。」和賀回到錄音機旁。

「你要做什麼？」

「我在播放編組的音樂，只有部分而已，妳想不想聽聽？」

「好啊，這次的音樂主題是什麼？」

「我想表現人的生命律動，所以蒐集了各種充滿生命力的聲音。比方，尖峰時段群眾爭相擠進國鐵時的喧鬧聲、強風的呼嘯等等。工廠的轟響並不是直接錄自機械本身，而是把麥克風埋在工廠下面，連同機器的震動聲也錄下，再加以分解或合成調整。不知成效如何，妳幫我鑑定看看。」

和賀播放錄音帶。響起一種異樣的聲音，像是金屬聲，又似低沉的腹鳴。作曲家和賀英良主張不使用管弦樂器等媒介，目的在於創造出新的音樂。單從聲音而論，一般人可能感受不到任何旋律和美感，只有各種嘈雜的聲響，隨著機械的操作發出時緩、時快、時強、時弱、時長、時短，各種變化的音波。在這裡，很難爲這種音樂陶醉，只有無秩序的晦澀音響，彷彿有意地刺激著聽眾的感官。

「怎麼樣？」和賀英良背對著那些像是擺放在工程師研究室裡的機器，望著佐知子問道。

佐知子聽得十分入迷，馬上稱讚：「太棒了，絕對會成爲傑作。」

和賀英良穿上合身的灰色西裝，和佐知子並肩走了出去。他肩寬高眺，穿起西裝特別英挺。佐知子的車子在外面等著。

「你先回去吧。」她對司機說：「我坐英良的車去。」

司機鞠躬後，車子從她面前駛離。和賀英良走到車庫，開出一輛中型轎車，停在佐知子前方。他客氣地打開後面的車門，說了聲：「請。」

「我要坐在你的旁邊。」

和賀英良趕緊打開副駕駛座的車門。街道從他們的視野往後飛逝。

「英良，下次我們一起去兜風好不好？」

「好啊，天氣這麼晴朗，我正想去呢。」和賀握著方向盤，看著前方應道。

「聽說奧多摩景色很美。可是，你工作挺忙的吧？」

「不，我可以安排。下次我挪出時間就邀妳去。」

「我好高興。」

車子花了一個多小時才抵達目的地。最近東京的交通狀態壅塞不堪，號誌燈又特別多，一個小小的十字路口，沒等上變換四次號誌是無法通行的。卡車、公車、摩托車、三輪車、計程車等車輛，將狹窄的街道擠得水洩不通。

和賀的車子終於駛進霽風園的大門。這是前公爵的宅第，現在成爲政府指定的迎賓館。占地寬敞，闢有幽靜的庭園，看不出座落在東京市中心。

車子在門口停下，大門旁立著好幾個「某某團體聯歡會」的牌子。桌上鋪著白色桌布，接待人員正襟危坐。佐知子一下車，在場男士不約而同把目光投向她。

「歡迎光臨。」領口繫著蝴蝶結的男侍走出來，恭敬地向和賀與佐知子行禮。

「家父在哪裡？」

「他在湘南亭。」

「好遠。」

「是的，不好意思，」男侍認得田所佐知子，「我爲您帶路吧。」

「不用了，我知道地方。」

「那就恕我怠慢了。」

穿過主館的中庭，經過幾處略微起伏的坡路，來到斜坡的高處。放眼望去，山丘、樹林、泉水和古老的五重塔等景物盡收眼底。

「英良……」佐知子挽著和賀的手臂。

兩人順著幽雅的小徑拾步而去。在園中散步的客人看到他們，都不由得回頭望向打扮高尚的佐知子。暮色慢慢籠罩四周。

湘南亭位於廣大庭園中的山坡路上，還有一段距離。沿途會經過池塘和古塔等景物，外國客人在園中漫步。由於天色已暗，銀白色的燈光亮了起來，將廣闊的草坪照得熠熠生輝。

湘南亭是茶室造型的建築。來到小門前，佐知子對和賀說：「你在這裡稍等，我先跟爸爸說一聲。」

佐知子進去沒多久，便折了回來。「客人剛走，爸爸正等著我們。」

「是嗎？」

和賀跟在佐知子身後，踏著庭石前行。在兩坪半的客廳裡，兩名女傭正陪著老紳士喝酒。他就是前大臣田所重喜，現在身兼兩家公司的社長和數家公司的董事。

田所重喜滿頭銀髮，端正的臉上戴著一副相稱的無框眼鏡。他的照片時常出現在報章雜誌上，本人看起來比照片上氣色更紅潤、更福態。

「爸爸，」佐知子站在門口喊道：「我們一起來了。」

田所重喜看向站在佐知子身後的和賀英良，「進來坐吧。」

和賀英良向他行禮：「叨擾您了。」

他們脫下鞋子，女傭立刻蹲下把鞋子擺好。

「請問要吃點什麼嗎？」女傭向田所重喜問道。

「你們要吃什麼？我吃飽了。」
「我餓壞了，吃什麼都行。英良，你呢？」
「我跟妳一樣。」
田所重喜笑著說：「你們想吃什麼就盡量點。」
「英良，吃烤肉怎麼樣？」
「好啊。」
「那就來點烤肉。至於飲料嘛，英良喜歡喝威士忌加冰塊，我來杯雞尾酒。」
「知道了。」女傭走了出去。
「很久沒來拜望您了。」和賀英良雙手伏在榻榻米上，向田所重喜低頭致意。
「哪裡、哪裡。」田所重喜瞇著眼睛說：「我也想見見你，但訪客太多，始終抽不出時間。今天剛好，來，這邊坐。」
田所重喜露出端詳女婿的神情。
「爸爸，今天都來了什麼客人？」
「今天嗎？來的都是些政治家。」
「又是政治家啊。搞政治最花錢了，眞無聊，還不如把錢省下來給我們買新房子。」佐知子直率地說，還撒嬌似地瞅著父親。
「酒菜準備好了。」女傭跪在拉門旁稟報。
「我們到那邊去吧。」田所重喜說道。
「爸爸，你不是吃飽了？」
「噢，我不用餐，只想跟你們愉快地喝上幾杯。妳可別從現在起就把我當成多餘的人。」

「哎呀，人家不是這個意思。」佐知子羞澀地望著和賀英良。

三人走出客廳。隔壁是寬廣的土間，中央設有地爐，燃燒的炭火上烤著成串的牛肉和豬肉。旁邊有兩名女傭服務，青煙不斷竄上天花板。

「烤肉看起很好吃呢。」

三人圍坐在地爐旁。

「和賀君。」

「是。」

「乾杯吧。」

三人同時舉起酒杯。田所重喜的杯中是日本酒，和賀英良的是威士忌加冰塊，佐知子的是雞尾酒。

「和賀君。」

「是。」

「你的工作進展如何？」

「還算順利。」

「爸爸，」佐知子插嘴：「英良非常上進，我邀他出來的時候，他還在埋頭工作。」

「沒有啦，我剛好在實驗一首新曲子。」

「我不懂電子音樂，有機會的話，讓我參觀你的工作室吧。」

「期待您的光臨。」

「爸爸是個音癡，找他聽音樂會從來都不去，即便聽了電子音樂，也一定覺得莫名其妙。」

「要說莫名其妙，最近報上登出那篇批評你音樂的文章，我看了一下，才眞是一頭霧水。」

「那是關川寫的文章。」佐知子補充道：「關川和英良成立了一個叫『新思潮派』的團體，他們那些年輕人在推動一種新的藝術運動。」

「哦，那篇文章到底是讚美，還是批評？」

「應該是批評吧。」和賀吃著烤肉串邊說：「關川是個文筆辛辣的年輕評論家，最近進步非常迅速。但在我看來，他帶有濃厚的表演性質。剛嶄露頭角的階段，就故意把前輩和一干人等的作品批評得體無完膚，藉此引起媒體矚目。這次批評的文章也是，純屬關川的個人秀。也就是說，他有意秀給外界的人看，他對朋友照樣毫不留情。」

田所重喜滿臉笑容地聽著，點點頭。「這樣啊，其實政界裡也有類似的情況。看來，各行各業都一樣。」

「畢竟都是人嘛，但我認爲，藝術家表現得比較露骨。」

「我不懂藝術家的情況，大概相差不遠吧。」前大臣故作寬容地說道。

「對了，和賀君，」田所重喜圓胖的臉轉向和賀英良，「前往美國演奏的事，大致談妥了嗎？」

「是的，已有眉目。」

「十一月可以啓程嗎？」

「應該不成問題。」

「你滿忙碌的嘛。」

「是啊，我還得做些準備。美國有個音樂人叫喬治・馬金雷，跟我一樣，經常和世界各國的前衛音樂家保持聯絡。從這層意義上來說，他在美國是核心人物。」

「原來如此。」

「我已聯絡上他。紐約是音樂家大顯身手的舞台，他決定讓我開個人演奏會，所以我至少得製作十首曲子才行。現在，我正全力衝刺。」

「在那邊受到肯定會怎樣呢？」

「當然，那邊的唱片公司會邀我錄製音樂。而且，若能在著名的劇場開獨奏會，自然會受到一流樂評家的重視。發展順利的話，還能贏得世界性的名聲。」

「唔，你好好幹吧。」田所重喜激勵未來的女婿，「我會盡力支援你。」

「父親大人，我也要拜託您。」佐知子懇求道。

「知道啦，我還得參加一個會。」田所重喜看看手表，「那麼，我先失陪了。」

「是嗎……」

兩個年輕人送老人到亭門口。

「您慢走。」

「你們待會要去哪裡？」

「嗯，我們想去的地方可多了。」

「哦，會很晚回來嗎？」田所重喜露出爲人父的眼神問道。

「不會啦，十點前就會回家。」

和賀英良與田所佐知子離開霽風園後，驅車直奔赤坂。

夜總會裡客人還不算太多，剛好有秀場表演，三名菲律賓歌手站在麥克風前，一邊唱歌一邊打拍子。表演結束，舞池明亮了起來，樂團開始演奏舞曲。

和賀拉著佐知子的纖纖小手走進舞池。曲子是快節奏的倫巴舞曲。他們手牽手，輕快地移動著舞步。佐知子幸福洋溢地望著和賀，當兩人的身體緊貼在一起時，佐知子朝和賀的耳畔輕聲說：「我好幸福喔。」

10 CHAPTER — 第十章

惠美子

1

那家咖啡館位在銀座後街的某個角落，營業到凌晨兩點。晚上十一點半過後，裡面便坐滿特殊行業的客人。在夜總會和酒店上班的小姐，下班後會來這裡稍稍歇息，喝杯咖啡或吃個甜點，在回家之前消除工作的疲累。

十一點半過後不久，銀座一帶便很難攔到計程車，因爲附近幾百間酒吧湧出的陪酒小姐和酒客都集中在這時段坐車。因此，最近這時段成了野雞車撈錢的好機會。有些人爲了避免爭車擁擠，乾脆在這家咖啡館熬到十二點再走，不乏和有曖昧關係的酒女偷偷來幽會的，所以這裡根本沒有普通的客人。

咖啡館布置得整潔雅緻。入口處放有自動點唱機，酒女投下十圓硬幣，就可欣賞音樂。店內座席分成好幾桌，一直延伸到裡面。酒女和幽會的客人幾乎都坐在最深處。

時序剛進入十月，小姐們都換上毛料套裝和連身衣裙。惠美子身著和服推門而入，朝店內環視一周，發現關川重雄背對著門，坐在後面的座位上。她怕被人看見似地低著頭，坐到關川面前。

「讓你久等了。」惠美子取下黑色蕾絲披肩，喜不自禁地向他投以微笑。「你等很久了吧？」

關川重雄瞥惠美子一眼，隨即別過臉。也許是燈光暗淡的關係，他的神情顯得有些憂鬱。「我等了二十分鐘。」桌上杯中的咖啡幾乎都喝完了。

「不好意思。」惠美子歉然賠罪：「我心裡也急，可是客人纏著我不放，始終脫不了身。對不起。」

女服務生走來問他們要點什麼。

「給我一杯檸檬茶。」女服務生離去後，惠美子過意不去地說：「找你出來，不會給你帶來困擾吧？」

「我忙得很。」關川冷漠地應道：「希望妳以後少找我出來。」

「對不起。」她再度道歉：「可是，有件事情非得告訴你不可。」

「什麼事？」

「不，待會再告訴你。」她沒有馬上說，不只是女服務生突然端紅茶過來的緣故。

「現在不能講嗎？」

「嗯，等一下……對了，還有一件事。」惠美子中午打電話約關川重雄出來時，並未表明要談什麼，看來她得下決心才能說出口。現在她盡說些無關緊要的閒話，醞釀情緒準備切入正題。

「一個月前，我遇見你在秋田縣碰過面的人……」對她來說，這並不是重大的話題。

「秋田縣？」關川旋即抬起頭，露出驚訝的眼神，惠美子感到有些意外。

「是怎樣的人？」

「之前，你跟和賀先生一行，共四、五個人去過秋田縣吧？」

「嗯，那次是去參觀T大的火箭研究所。」

「對，就是那時候。我不知道對方貴姓大名，他說在附近的車站看過你。」

「是我認識的人嗎？」關川急切地問。

「不，你不認識，因爲他跟你毫不相關。」

「妳怎麼會提起這個話題？」

「他說在報上讀過你的評論文章，又看過你的照片和名字，所以就想起那時候的事。」

「是妳店裡的客人嗎？」

「不是，聽說是房東太太的哥哥。」

關川停頓了一下，問道：「他爲什麼要跟妳講這些事情？」

「閒談中提到具體音樂，你不是寫文章批評和賀先生的音樂嗎？我只是順口說認識你，就這樣聊了起來。」

「妳跟他說認識我？」

「別擔心。」她繼續道：「我只說你是我們店裡的客人。」

「難不成……」關川的眼神變得嚴峻起來，「他知道我們之間的關係？」

「不會啦，」惠美子露出安撫的微笑：「他哪可能知道呢。」

「以後在任何場合都不要談論到我！」關川沒好氣地說道。

「好的，我已盡量謹言慎行……」她十分過意不去，「可是一談起你，我總是格外興奮，以後我會特別小心。」

「房東太太的哥哥到底是幹什麼的？」

自動點唱機裡傳來女人幽泣般的歌聲。

「我問過房東太太，可是……」惠美子回答關川，「她沒有說得很清楚。不過，房東太太的哥哥是個爲人親切的大叔。」

「這麼說，妳現在還不知道他做什麼行業嗎？」關川追問。

「不，我知道了。但我是無意間從其他房客那裡聽來的，讓我有點意外。」

「他是做什麼的？」

「聽說是警視廳的刑警。」

「刑警？」關川的神色突然變得複雜起來。

「是啊。可是一點也看不出來，他和藹可親，也很健談。現在的警察跟以前不一樣了。」惠美子繼續道：「我們店裡偶爾也有警察上門，但他們都很親切。」

對此關川沒有回應。他掏出香菸點了火，沉默地思考著。

咖啡店裡的客人進進出出，有的等同伴一到便相偕離去，沒多久，又有兩、三個人走進來。十二點過後的咖啡館，來客與入夜時分截然不同。

這時的客人都帶著疲倦的面容，說話也變得低沉起來，只有自動點唱機兀自低聲細氣地唱著。

「走吧。」關川說著，已拿起帳單。

「咦，」惠美子看著剩下一半的紅茶說：「你不多坐一會嗎？」

「有話我們到其他地方說吧。」

「是嗎……」惠美子溫順地應道。

「妳先出去叫計程車。」

惠美子點點頭，悄悄起身走出咖啡館。兩分鐘後關川才站起，怕被別桌客人看見似地低著頭，來到結帳櫃檯前。他走到外面時，惠美子攔下的計程車已在等候。

關川先上了車。兩人坐在奔馳的車上只是凝視前方，沒說半句話。惠美子偷偷握住關川的手指，但他沒有特別的反應。

「是不是我說出你的事，惹你不高興了？若是這樣，請原諒我。」她對著關川陰沉的側臉賠罪。

「妳……」關川停頓一下，「妳得搬出現在的公寓。」

惠美子不懂關川的意思，反問：「你說什麼？」

關川眺望著虎之門一帶的燈火，重複一次：「妳得搬出現在的公寓。」

「為什麼？」惠美子睜大眼睛，「又要搬家？我不是剛搬進去嗎？才兩個月耶！」她略顯鬱悶地問：「是我說了不該說的話，才又要我搬家嗎？」

關川重雄沒有回答，猛力吸著菸。

計程車駛過赤坂的街道，朝深夜燈火稀落的街道奔馳而去。

「那個刑警，」隔了一會，關川開口：「經常到你們公寓串門子嗎？」

「我搬過來後，那是第一次。」

「是妳主動找他攀談嗎？」

「不，不是。房東太太泡好茶，找我過去。我到那裡，她哥哥已坐在裡面。我們邊喝茶邊聊了起來。」

「這麼說來，是那個刑警設計讓妳去的。」

「不可能，那純粹是偶然。你爲什麼把事情想得這麼複雜？」惠美子大感意外。

「算了，不管怎樣，」關川打斷她的話，「總之，妳盡早搬出那間公寓，我會幫妳找房子。」

惠美子似乎明白關川的想法了。之前關川來公寓找她時，碰巧被同公寓的學生撞見，爲此關川極力要她搬出那裡。這次，則是房東太太的哥哥擔任刑警，閒聊中對方主動提到關川的名字，讓關川耿耿於懷。

總之，關川向來行事謹愼，生怕別人知道他跟惠美子的關係。雖然他原本就很神經質，但懷疑到這種地步未免太極端了。

「如果你不喜歡，我馬上就搬出那裡。」惠美子表示退讓。

突然間，惠美子爲自己對這男人如此百般聽從感到悲哀，而這男人的態度，又將她打算傾訴的事抹上一層陰影。

關川在車內的菸灰缸捺熄了菸。

「夜間有些涼意了。」惠美子言不由衷地說。

她看到自己的男人悶悶不樂時，便想方設法討他歡心。尤其是今天晚上，必須讓他感到開心。不過，關川依舊沉默不語。赤坂的霓虹燈流迎面而來，車子朝赤坂見附的方向駛去，右邊有棟新蓋的豪華飯店。

「哦，」惠美子看著窗外，突然碰了碰關川的膝蓋：「那不是和賀先生嗎？」

那飯店的隔壁有個夜總會，只有門口亮著燈光。門前停著許多高級轎車，或許是打烊時間已到，客人陸續從舞池走出來正要回家。外國人很多。一名打扮成西部片中的角色，穿著紅色制服的門衛，搖晃著手電筒為客人叫車。和賀英良的身影，就出現在那群客人當中。

「噢……」關川望著那幕景象。

「他和一位漂亮的小姐在一起。那就是他的未婚妻嗎？」

「嗯，她叫田所佐知子。」

和賀與佐知子正在等車。沒多久，隨著車子的快速移動，這幕情景漸漸從他們的視野中消失。

「他們好幸福。」惠美子感嘆道。

「是嗎？」關川露出一抹冷笑。

「他們快結婚了吧？看到他們婚前那般恩愛地出遊，眞教人羨慕。」惠美子對照著自己的心情，有感而發。

「妳不會懂的。」關川說道。

「為什麼？他們看起來那麼恩愛。」

「現在是很恩愛，但誰也料不準明天會發生什麼事。」

「你怎麼這麼說呢？他是你的朋友，你應該為他高興才對。」

「我當然替他高興。不過，像妳這樣只看重形式，根本是行不通的。正因是朋友，才省去那些體面話。」

「你們之間發生什麼事？」惠美子擔憂地望著關川的側臉。

「沒什麼啦。」關川不悅地回答：「我跟他沒什麼不愉快。和賀是個野心勃勃的人，他是否眞的深愛未婚妻令人存疑。其實，他看重的是田所重喜的勢力，拿他當靠山做爲飛黃騰達的踏板。妳認爲這樣對女人而言是幸福的嗎？」

「要是這種關係也能產生愛情，不是很好嗎？」

「是嗎？」關川不以爲然，「這種愛情若不出現裂縫，勉強算是幸福吧。」

「可是，我好羨慕他們。因爲他們正大光明地出遊，我們只能在背地裡偷偷見面。」

關川沒有回答，只是望著窗外青山大道上暗淡的車流。過了六本木的十字路口，這一帶特殊餐館很多，而且營業到凌晨三點左右。

這一帶的特殊風情是近年來才有的。由於附近到處是俄羅斯、義大利、匈牙利等異國風味的餐館，加上經營者不是日本人，有新聞記者戲稱爲「東京租界」。

關川重雄要司機在路旁一家亮著燈光的餐館前停下。他們踏著鋪紅地毯的階梯走上去，裡面是寬敞的客席。

「歡迎光臨。」服務生帶他們到裡面。

客席分爲兩個房間，最裡面的包廂坐著兩、三對年輕情侶。關川點了一杯威士忌蘇打。

「妳呢？」

「我不想喝酒，」惠美子回答：「給我一杯柳橙汁。」

點單後服務生便離開了。

「妳要跟我說什麼?」關川覷著惠美子。其他的情侶正悄聲談情說愛。時間已晚，不再播放音樂，店前的電車道也安靜無聲。這是深夜咖啡館獨有的靜謐氛圍。

關川一催促，惠美子頓時說不出話。她低著頭，顯得忸怩不安。

「妳大白天打電話給我，我以爲是重要的事情，便專程趕來了，妳快點說吧。」

「對不起。」惠美子爲白天打電話道歉，因爲關川老是數落她這一點。

惠美子又陷入沉默，只是津津有味地啜飲著服務生送來的柳橙汁。

「妳是不是酒喝多了?」關川望著惠美子問道。

「才不是呢。」惠美子輕輕搖頭。

「妳好像很口渴?」

「嗯。」

「肚子餓不餓?」

「不餓。」

關川喝著威士忌蘇打，服務生送來下酒菜——煙燻鮭魚切片，惠美子直盯著盤中物。

「妳若喜歡就嘗點吧!」關川看到惠美子的表情，把盤子遞過去。

「謝謝，我吃這個就好。」惠美子說著，拿牙籤插起放在盤子旁的檸檬片，往嘴裡塞，津津有味地吃了起來。

「妳喜歡吃那麼酸的東西嗎?」

關川重雄直盯著惠美子，沒多久，他旋即有所醒悟地露出震驚的表情，慌慌張張地移開椅子，坐在惠美子身旁，小聲問:「難道妳……?」

惠美子頓時羞紅臉，停止吃檸檬片。她愣愣坐著，身體綳得很緊。

「是嗎？」關川嚴肅地凝視惠美子。

惠美子默默點頭。關川沒再追問，忽地別過臉，緊握酒杯。他的嘴唇沾著杯子，卻看向別處動也不動。

沉默持續了很長一段時間。

「眞的？不會是弄錯嗎？」隔了許久，關川才勉強擠出這句話。

「是的。」惠美子低聲回答。

「多久了？」

惠美子猶豫一下，最後鼓起勇氣說：「快四個月。」

聽著，關川突然將酒杯握得更緊。

「妳眞是糊塗！」他轉過來看著惠美子，壓低聲音：「怎麼拖到現在才說？」

他直盯著惠美子髮絲披散的前額。

「我怕說出來，又會像以前那樣被你數落。」惠美子緊抿嘴唇。

關川再次拿起酒杯端至嘴邊。「那是當然！」接著，他喝了口酒，說道：「處理掉吧！」

「不！」女子猛然抬起頭，露出前所未有的堅定眼神。「之前我都聽你的話，現在感到很後悔。」

「後悔？」

「是的。你從來不傾聽我的感受，我後悔極了……不過，這次我要按自己的意思做。」

「我不准！」關川說道：「妳在胡扯些什麼？有點常識好不好？」

「……」

「上次妳也是聽我的話才順利度過難關，這樣鬧彆扭，到時候只會給我們帶來悲劇。」關川猛然嘆了口氣，繼續道：「妳不能爲一時的感傷而衝動行事，要理智一點。妳應該替未出世的孩子著想，那孩子將來會多麼不幸啊……」

「不！」惠美子堅決地拒絕：「無論如何，這次我都要依循自己的意志。」見惠美子心意已決，關川便沒再說什麼。

「拜託，這次請依我的心願好嗎？」

關川的表情凝重。

「這是第二次了。第一次我聽你的，可是我發現錯了。無論今後發生什麼事，由我負起責任。」

「負起責任？」關川不悅地瞪著惠美子，「妳在胡說些什麼？」

「我自己也有辦法養孩子。」

「眞搞不懂妳在想什麼！」關川語帶厭惡，「妳以爲憑著一時的衝動，就能順利過生活嗎？這只會給妳帶來不幸啊。」

「不，沒關係，我不怕不幸！只要擁有你給我的愛情，獨力扶養孩子就覺得無比幸福了。」

關川氣沖沖地別過臉，一口氣喝掉剩下的酒。杯中發出冰塊的碰撞聲。

惠美子神情悲傷地低著頭。

「總之，」關川口氣強硬：「我絕不贊成妳的想法，希望妳照我的意思去做。」

「……」

「妳現在只不過是感情用事，完全沒替將來設想。妳若執意這樣做，一定會後悔莫及。」

「不，絕對不會。」惠美子眼神堅定，「我已下定決心。」

「妳不要意氣用事好嗎？」關川語氣轉爲緩和，「唉，惠美子，妳的心情我能體會。可是，光靠愛情無法解決問題。要是任性妄爲，反而只會使自己走投無路。」

「你……」惠美子哀傷地說：「你對我還有情分嗎？」

「妳不信任我嗎？」

「既然如此……既然你對我還有情分，就不應該這樣說。」惠美子的呼吸急促起來，臉色也變得煞白。

「你應該會贊成我的作法才對啊。」惠美子顫聲低喃，眼眸裡蓄滿淚水。

「惠美子，」關川溫柔地輕拍她的肩膀，「走吧，我們再找個地方仔細商量。」

惠美子拿手帕擦拭著淚水。

2

深夜十二點過後，這一帶便人跡罕至，靜謐無聲。其實，這條街白天也很安靜，兩旁是大戶人家，有著長長的圍牆。陡峭的坡路鋪著石板，路燈清楚地映照出石板的刻痕。

關川重雄雙手插在大衣的口袋裡，惠美子緊緊依偎在他身旁，挽著他的手臂。他們的身影順著坡路往下走去。路過的計程車前燈偶爾照亮他們的身影疾馳而過。

「妳非這麼做不可嗎？」關川繼續剛才的話題，臉色依舊凝重。

惠美子的臉頰靠上關川的肩膀。「對不起。」雖然向關川賠不是，她的語氣仍相當堅定：「我已有所覺悟，這次絕不會改變心意。」

惠美子知道這番話勢必引起他的不快，於是再三強調：「我絕不會給你帶來麻煩。」她顯得誠惶誠恐，語氣充滿哀戚。

「麻煩？」關川目視前方走著，「這不僅會給我帶來麻煩，我也是爲妳著想。」
他們順著坡路往下走到低處，接著又往上走。這附近有外國大使館，到處是蓊鬱的樹林。
「妳眞的非這麼做不可嗎？」關川最後一次探問，知道她心意已決。
惠美子沉默不語。這種沉默無不是向他表明決意甚堅。她拖了四個月才表明，也是出於這種考量。
「是嗎……」關川在黑暗中嘆了口氣。
「對不起。」惠美子聲音微顫：「今後無論發生什麼事情，我都會自力更生，絕不會講出你的名字。」
「眞是沒辦法。」關川嘟囔著。
「咦？」惠美子驚訝地抬起頭。
「我說眞是沒辦法啊。」
「你是說……」
「看來，只好順著妳的意思。」關川如實說出自己的想法。
「那麼，你願意原諒我的任性？」惠美子呼吸急促起來，但仍壓抑著內心的喜悅。
「我輸了。」關川無奈地說：「拗不過妳的固執。」
聽到關川這麼說，惠美子緊握住關川的手臂，方才還神情哀戚的她頓時變得神采奕奕。
「我好高興！」惠美子興奮地搖晃著關川的手臂，「我太高興了！」
她激動得把整個身子依偎在關川的懷裡，纏得關川幾乎寸步難行。
惠美子的臉頰緊貼在關川的胸前，肩膀微微抽動。
「妳怎麼哭了？」關川抱住惠美子的腰身，語調也跟剛才不同。

事實上，惠美子是在啜泣。她感動得全身不停顫抖，一股誘人的香味從露出衣領外的細白脖頸散發出來。

「讓妳受委屈了。」關川溫柔地說：「既然妳決意這樣做，我也沒話說。我會盡最大的力量幫助妳。」

「眞的？」惠美子含淚問道。

「當然是眞的。我剛才的說法也許對妳太殘酷了。」

「不，」惠美子搖頭，「我可以體諒你的說法。你說得沒錯。只是這次我想守住自己的生命。不，與其說是我自己的生命，不如說是守住你的後代命脈……」

惠美子激動得說不出話，嘴唇不停顫抖。倏然，關川摟住惠美子的肩膀，親吻她的嘴唇，也沾上她臉上冰冷的淚水。一棵大樹茂盛的枝葉探出圍牆的路旁，他們就站在幽黑的樹蔭下久久擁抱著。

突然，一輛汽車的前燈掃過他們的身影後疾馳而去，兩人這才分開身軀向前走。

「不要擔心，我會盡力幫助妳。不過……」關川爲惠美子加油打氣。邊走邊說：「妳要照我的話去做，馬上把店裡的工作辭掉。」

關川這句話讓惠美子感到特別親切。

「不過，還沒關係啦。」惠美子羞怯地應道。

「不，現在才是最重要的時期，不能逞強，若是弄壞身體還得了？」

「好啦。」惠美子拿出手帕擦拭著淚水。

「妳明天就隨便編個理由，跟老闆娘說不做了，辭掉工作。」

「嗯，就這麼辦。」

「有關辭職的理由，今晚妳再仔細想想。」

「好的。」惠美子跟五分鐘前判若兩人，輕快地向前走。
「好了，既然已決定，今後妳就照我的話去做吧。」
這時，有輛計程車經過，司機直盯著這對在暗路上漫步的情侶。

3

今西榮太郎難得提早回家，剛踏進家門，便聽到屋內傳來妹妹的談話聲。上次到妹妹家後，不知不覺已過一個月。從聲調聽來，她今天並不是因爲夫妻吵架才來的。
「你回來了啊。」妻子到玄關迎接他，「阿雪來了。」
今西默默脫下鞋子，走進屋裡。
「哥哥，打擾你了。」妹妹抬起頭。
「嗯，上次我才打擾妳呢。」
妻子幫丈夫脫下西裝。
「今天我就是爲了那件事來的。」
「什麼？那件事？」
「跟你聊過天的那個陪酒女郎，突然搬走了。」
「咦？」今西停住正要解開領帶的手，眼神轉爲嚴肅。「搬了？什麼時候？」
「昨天下午。」
「昨天下午？這麼說，她已離開公寓？」
「是的，我嚇了一跳。昨天下午，她突然說要搬出去，沒看過這樣搬家的。」

「搬到哪裡？」

「她說要搬到千住那邊。」

「千住的什麼地方？」

「我不知道。」

「妳眞是糊塗，」今西不由得斥責妹妹，「這麼重要的事，怎麼拖到現在才說？爲什麼沒有馬上打電話到警視廳通知我？」

「那個女房客這麼重要嗎？」妹妹十分納悶。

「妳還聽不懂啊？若是搬家的時候告訴我，對我是莫大的幫助，妳偏偏拖到現在，而且又不曉得搬到哪裡，教我從何找起？」

「這樣的話，你應該提早交代我。」妹妹對哥哥的斥責不以爲然，「你又沒交代，我以爲過些時候再跟你講就行了……」

妹妹發牢騷也在情理中，連今西都沒料到她只住兩個月就搬走。

「貨運行在哪裡？」

「我不知道。」妹妹好像沒把這件事放在心上。

「眞是沒用！」今西繫緊剛才鬆開的領帶，「喂，拿上衣給我。」

「噢，你又要出門？」妻子驚愕地抬頭。

「我現在就要去阿雪家。」

「眞是的。」妻子和妹妹面面相覷。

「我正在做晚飯，阿雪又剛來，等會再走不行嗎？」

「喂，阿雪，快走。」今西催促著妹妹，「馬上回妳家，查出那女人搬到哪裡。」

「那女人做了什麼壞事嗎？」妹妹睜大眼問。

今西榮太郎來到妹妹的家裡。半路上，妹妹頻頻追問惠美子是否做了什麼壞事，因爲哥哥急切地要趕到她家。

「不，並不是她做了什麼壞事，而是我覺得有點不對勁，與其事後找人，不如趁現在追查，也許還可找到她搬往何處。她住哪一戶？」

妹妹把哥哥帶到二樓。二樓共有五戶，惠美子住在最裡面那戶。妹妹打開門，又開了電燈。房客剛搬走，屋裡顯得空蕩蕩。由於西晒的關係，夕陽把榻榻米照得泛紅，只有置放過家具的地方顏色略顯不同。

眼前空無一物，惠美子不用的東西都堆在壁櫥的角落，比如化妝品和香皀的空盒、成疊的報紙、過期雜誌等等。這些算是房客唯一留下的東西。

屋內明顯打掃過，雖然是昨天下午匆忙搬走，卻整理得有條不紊。

「她是文靜又懂事的女孩。」妹妹對哥哥說：「當初聽到她是陪酒小姐，以爲她生性懶散，但她比一般人還愛乾淨。」話裡有點捨不得她搬走的感覺。

今西把舊報紙和過期雜誌攤放在榻榻米上，並未發現異狀。那些過期雜誌都是知識分子常讀的綜合雜誌。他逐本翻閱，又打開目次看了看，不時點頭。

接著，他打開化妝品和香皀空盒查看，裝的全是摺疊整齊的包裝紙，可窺見惠美子一絲不苟的個性。翻著這些物品的同時，在盒子邊角找到一個火柴盒。那是酒店的火柴盒，他念著盒上的名稱——幸福俱樂部。

「這就是她上班的地方吧？」今西把那黑底黃字的火柴盒拿給妹妹看。

「也許吧，她從沒告訴過我。」

今西把空火柴盒揣進口袋，此外沒發現什麼，就沒再翻動。

「昨天下午搬家的時候，是哪間貨運行負責載走行李？」

「這個嘛……我沒注意。」

「可是，妳看到貨運行的人。」

「我是看到了。兩個男的進屋把行李搬到三輪貨車上。」

「這附近的貨運行在哪裡？」

「車站前有兩家。」

今西從二樓下來，走到玄關處穿上鞋子。

「哥哥，」妹妹吃驚地問：「你要回去了？」

「嗯。」今西繫著鞋帶回答。

「你專程來，喝杯茶再走嘛。」

「現在我沒心情喝茶，下次有空再來。」

「眞的那麼急？」

今西綁好鞋帶後站了起來。

「哥哥，三浦小姐她……」妹妹說出惠美子的姓氏，「你若是放心不下，下次她來我家的時候，我再仔細問問。」

「好吧。」今西神情索然，「她大概不會再來這裡。」

「眞的嗎？」

「那女人知道妳哥哥是警視廳的刑警，才急急忙忙搬走。」

「可是，我沒有把你的經歷告訴她。」

「妳沒告訴她，那應該是向你們的房客打聽到的。」

「這麼說，她果然做了什麼虧心事？」妹妹瞪大眼睛。

「目前還不確定。不過，如妳所說，要是她來找妳，記得代我問個明白。」

今西離開妹妹家，疾步走向車站。車站前有兩家貨運行，他首先拜訪山田貨運行。

「你好，我是……」今西亮出警察證，「請問昨天下午，貴店是否到過××町××號的岡田家搬運行李？委託的房客姓三浦……」

「我問問看。」值班的職員跑去問其他同事，沒多久，他折回來對今西說：「好像不是我們貨運行承辦的。若是我們處理的，因為是昨大的事，馬上就會知道。可能是前面的伊藤貨運行。」

「謝謝。」

今西走進距離不遠的另一家貨運行，問了相同的事情。

「你是說昨天嗎？沒有印象。」職員說著，旋即又表示：「慎重起見，我去問其他同事看看。」

那職員走出辦公室，到隔壁以玻璃門隔著的行李存放處。在電燈泡的照射下，三、四個年輕男子正從一輛小貨車上搬卸行李。不一會，他帶著一名年輕男子回來。

「我們沒接過這個客戶，但他經過那裡的時候，剛好看到有人在搬運行李。」

今西問年輕的搬貨員，「你在什麼地方看到有人搬家？」

「就是你所說的那個住址。」

「是請貨運行搬的嗎？」

「是的。我看見兩名搬貨員把衣櫃和鏡台抬上三輪貨車。」

「你知道是哪家貨運行嗎？」

「知道。因為三輪貨車旁寫著很大的店名，店址在大久保，叫做『山代貨運行』。」

「在大久保的哪邊？」
「就在車站前。出了車站西口，立刻就會看到招牌。」
「謝謝你。」今西走出了伊藤貨運行。
今西聽妹妹說，惠美子主動提及要搬往千住，但現在得知貨運行是來自完全反方向的大久保。他又想到惠美子在這個節骨眼突然搬家，更覺得其中必有蹊蹺。
今西坐電車回到新宿，轉乘中央線前往大久保。他走出西口，果眞如那名搬貨員所說，山代貨運行就在街上五、六間店前，掛著大大的招牌。夜色已晚，但近前探看，裡面仍有人影在燈光下走動。他猶豫著要不要向店家表明身分，但爲了工作方便，他還是出示證件。
原本在做帳的女職員起身接待今西，當下回答：「啊，你是說三浦小姐嗎？沒錯，她的行李是我們貨運行經辦的。」
「你知道行李送到什麼地方嗎？」
「我們並沒有直接送到她的住處。」
「這話怎麼說？」
「對方要求先把行李送到我們這裡寄存。」
「送到這裡？」今西環視著燈光暗淡的土間，沒有看到類似的物品。
「那些行李很快就被人取走。」
「這麼說，是行李先送到這裡，三浦小姐再取走嗎？」
「是的。」
「爲什麼要費兩趟工夫呢？」
「可不是嘛，我們也覺得費事。幸好行李很快就取走，沒想像中麻煩。」

「果真是三浦小姐前來取走行李的嗎？」

「不，不是小姐，而是一個約二十七、八歲的男子。」

「是用三輪貨車嗎？」

「是的。不過貨車不大，分兩次才載完。」

「那三輪貨車沒寫店名嗎？」

「沒有耶。車子不是貨運行的，是私人的。」

「妳說那男子大約二十七、八歲是嗎？」接著，今西又問長相。「他長什麼樣子？比如，體型是胖，還是瘦？留什麼髮型？」

「這個嘛……記得他長得很瘦。」女職員回想道。

「不，一點都不瘦。」另一個男職員插嘴，「我覺得他滿胖的。」

「是嗎？」女職員沒把握地回頭問：「是那樣嗎？」

「不，沒那麼胖。」坐在桌子正對面的男子說出自己的看法，「他的頭髮梳理整齊，皮膚白皙，戴著眼鏡。」

「他才沒戴眼鏡！」女職員反駁。

「不，他戴著眼鏡。」

「他沒戴眼鏡吧？」女職員轉向另一名男同事，試圖尋求支持。

「嗯，好像有戴，又像是沒戴。」

有關眼睛和嘴巴的特徵，三人的說法也各不相同。不過是昨天發生的事情，印象差異竟然如此之大。

「他穿什麼服裝？」

對此，三人仍各執已見，一個說穿夾克，一個說穿黑色毛衣，女職員說穿西裝。至於身材高大或矮小，則分成兩派。

那男子出現在店裡不到二十分鐘，加上貨運行的職員忙得不可開交，以致印象模糊。

「你剛才說，是分兩次取走行李嗎？」今西提出另一個問題。

「是的。」

「有沒有說要搬去哪裡？」

「沒聽他提起耶。」

「那麼，他第一次來取行李，和第二次來的時候，大概相隔多久時間？」

「大概是三小時吧。」

對此，三人的看法又不相同。

「謝謝你們。」最後，今西只好接受打聽到的結果。

今西從大久保車站坐電車前往銀座。在電車中，他思索著：正如惠美子急著搬出妹妹家那樣，她搬往新住處也不想讓別人知道，才如此刻意而爲。雖然貨運行的職員對開三輪貨車、分成兩次載走行李的男子長相說法不同，但對於年齡和載運時間的認定卻相當一致。

那男子肯定把行李載到很遠的地方。開三輪貨車往返尚需三個小時，即使加上卸貨的時間，那地方顯然也是路程遙遠。

4

晚上九點左右，今西榮太郎來到銀座後街。他口袋裡的火柴盒店號成爲指路明燈。這火柴盒是惠美子搬走後，留在屋裡的。

「幸福俱樂部」酒店位在一棟大樓裡，今西拾階而上。樓層裡有好多家酒吧，幸福俱樂部就在最裡面。

他推門而入，眼前煙霧瀰漫，使得原本不亮的燈光益發暗淡。

「歡迎光臨。」

今西在櫃檯前坐了下來。這酒店入口很小，室內卻很寬敞，雅座坐滿酒客，看來生意相當好。他點了杯威士忌蘇打，若無其事地回頭環視周遭。身穿套裝或和服的女侍大概有十個左右，她們時而坐著，時而站起，就是看不出哪個是惠美子。他因爲坐在櫃檯前，沒有女侍過來坐檯。

「喂，」今西問調酒師，「惠美子不在嗎？」

只見調酒師微微點頭，笑容可掬地說：「惠美子做到昨天。」

「什麼？只做到昨天？」今西驚訝地問。

「是的。」

「又是這麼倉促啊。」今西嘟囔著。

他原本抱著期望而來，想不到竟然撲了個空。原來，惠美子在搬家的同時，就辭掉店裡的工作了。

「是啊，我也嚇一跳。聽說她堅持要辭，老闆娘只好答應。」

「她有沒有提起，要跳槽到其他酒店？」

「沒有。她似乎要回故鄉住一段時間。」

「眞是那樣嗎？」

調酒師笑著回答：「怎麼說呢，這種事情我也不清楚。」

今西決定表明身分。他其實不想這樣做，但面對這些人，不這樣做是問不出結果的。

「老闆娘在嗎？」

「她在。」

「不好意思，能否請老闆娘來一下？」

調酒師的眼神頓時嚴肅起來。

「我是……」今西出示警察證，低聲說道。

調酒師向今西點點頭，隨即離開吧檯，朝雅座走去。沒多久，他帶著老闆娘過來。

老闆娘年約三十二、三歲，身材高䠷，眼睛大而明亮，頗有女人味。她穿著相當講究的和服。

「您好。」她嬌媚地向今西招呼道。

「對不起，冒昧請問一下，聽說惠美子小姐昨天就辭職了？」

「是的。」

「是發生什麼事，非辭不可嗎？」

「她說要回故鄉一段時間，我覺得十分突然，嚇了一跳。而且，她在店裡工作那麼久，又有許多捧場的客人，現在要辭掉工作我很爲難。可是她苦苦哀求，最後我只好無奈地答應……惠美子怎麼了嗎？」

「沒什麼，只是有些事情想請教她。老闆娘，妳知道她的住處嗎？」

「聽說是住在川口。」

「她昨天從那裡搬走了。」

「噢，我完全不知道。」老闆娘露出意外的表情。

「來給惠美子小姐捧場的，大多是怎樣的客人？」

「各式各樣的人都有。這女孩老實又純情，好像也以老實的客人居多。」
「客人當中，有沒有一個姓關川的？」
「關川？啊，你是說新思潮派的關川先生嗎？」
「沒錯，就是他。」
「很早之前，他來店裡都指名惠美子坐檯，最近卻不見他來。」
「很早之前，是指什麼時候？」
「大概有一年左右了吧。」
「之後就沒來過嗎？」
「倒不是完全不來，但幾乎很少看見他。約莫是兩個月一次，而且大多是跟朋友一起。」
「關川先生和惠美子小姐之間，有沒有特別的關係？」今西向老闆娘問道。
「我也不清楚。之前他來店裡總是指名惠美子坐檯，後來情況如何，我就不知道了。」
「不過，突然很少來這裡，豈不說明他們偷偷在交往？」
「也是，在這種地方上班的女孩，遇上喜歡的人，反而不希望他們到店裡。或許惠美子正是如此。」老闆娘說到這裡，反問今西：「關川先生眞的跟惠美子暗通款曲嗎？」
「這個嘛，我也不確定。」今西含糊其詞。
面對老闆娘的追問，今西不知怎麼回答，因爲這跟搜查工作沒有關係。
「關川跟那女孩發生什麼曖昧的關係嗎？」老闆娘繼續問。
「不，沒什麼，我不是說惠美子有問題。剛才提過，我只是有件事想請教她。」
事實上，關川和惠美子之間有任何特殊關係，都與他這個刑警的立場無關，終究只是多管閒事，純屬「個人」的興趣。

「難道關川先生和惠美子……」老闆娘半信半疑。

「不，這一點我不清楚，並未查證過。」今西怕老闆娘問個沒完，趕緊表示：「下次我可能還會來貴店叨擾，如果知道惠美子新的工作地點或住處，請通知我。」說到這裡，今西的立場變得很尷尬，只好藉口離開幸福俱樂部。

走在銀座的後街上，今西才發覺自己的矛盾。畢竟惠美子和關川都不是搜查對象，追查他們的關係可說是完全弄錯方向。

儘管如此，他仍爲惠美子倉促搬離妹妹的公寓納悶不已。她肯定是知道今西是刑警，才匆匆忙忙搬走。而且，她搬家的方式很奇怪，總覺得似乎有難言之隱。

但按照常理，儘管她的行徑異常，刑警也沒有理由追查。只是，今西有所預感，不幸的遭遇將降臨在惠美子的身上。身爲警察，案件未發生前不得發動搜查權。在預防犯罪上，警方完全無能爲力。換句話說，只有發生案件時，警察才能出動，光憑預感不能進行搜查。

今西以前就多次面臨這種矛盾的狀況。

11

CHAPTER — 第十一章

她的死

1

值班護士清楚記得是在晚間十一點十五分接到電話。那時候，她正準備回自己的寢室睡覺，打電話來的是個男的。

「請問是上杉醫院嗎？」

「是的。」

「是婦產科的上杉醫師那裡嗎？」

「是的，請問有什麼事……」

「有緊急病患，是否可以請醫生馬上過來？」

據護士事後表示，那男子的聲音還很年輕。

「請問貴姓大名？」

「不，我們是第一次求診。」

這句話表示，對方從未到上杉醫院看過病。

「到底發生什麼事？」

「有個孕婦突然跌倒，流了很多血，昏迷不醒。」

「這樣啊，但今天太晚了，能不能等到明天？」

「拖到明天早上，也許就沒救了。」男子的語氣似乎在威脅護士。

「請稍等一下，我去問問醫生。」

護士放下話筒，順著走廊走到最裡面。醫院後面是醫生住的正房。

「醫生，」護士站在走廊上隔著拉門喊著：「醫生！」

拉門內燈亮著，看來醫生還沒就寢。

「什麼事？」

「有急診病人打電話求診。」

「急診？哪裡打來的？」

「對方是初診，說有個孕婦昏倒，大量出血。」

「妳盡量回絕吧。」醫生懶得在這時候出診。

「可是對方說，情況非常嚴重，若拖到明早上，也許就沒救了。」

「是誰這樣說的？」

「是個男子，大概是患者的丈夫，他非常著急的樣子。」護士說出自己的想像。

「眞是沒辦法。」看來有「生命危險」這句話似乎對醫生發生了作用，「好吧，妳把住址問清楚。」

護士又拿起話筒，說道：「我們現在就去。」

「是嗎？太感謝了。」對方的聲音顯得寬心不少。

「請問府上在什麼地方？」

「從祖師谷大藏車站往北有條大馬路，順著大馬路往前，有座明神社，進到神社內再往左側走，有個圍著杉木柵欄的住家，門牌上寫著『久保田保雄』。」

「是久保田先生家嗎？」

「不是，我向久保田先生租了間偏房。請從住家後面的木門進來。」

「請問貴姓大名？」護士詢問對方的姓名。

「姓三浦，叫做三浦惠美子。惠美子是患者的名字。」

「知道了。」

「請問你們能馬上趕過來嗎？」

「是的，我們立刻就去。」

「拜託了。」

護士滿臉不高興，因爲她已準備就寢，卻又得陪醫生出診。護士把針筒放進煮沸器的時候，醫生從裡面走了出來。他五十幾歲，大概是得了感冒，不停咳著。

「喂，東西準備好了嗎？」

「是的，剛煮沸完畢。」

醫生走到藥房拿取出診用的注射藥劑。

「三號病房空著嗎？」醫生問走出來的護士。

「是的。」

「依情況需要，也許會把病人帶回來。妳到裡面告訴太太，請她打掃一下。」

醫生將用具裝進出診用的皮包裡。

醫生自行開車，護士坐在前座。

「在神社附近？」

「明神社的後面。」

醫生驅車在罕無人跡的路上奔馳。這一帶乍看是連綿的街道，途中卻有成片的田地，接著又是不很長的街道。沒多久，車子的前燈照出前方蓊鬱的樹林，有座鳥居矗立在那裡。

「大概就是這裡。」護士指著左側的小路說。

順著小路往前走，遇上一條岔路，醫生沿樹林旁的路駛去，然後放慢車速，尋找病患的住處。

「是不是那一家？」護士看見杉木柵欄說道。

車子向前駛近，刺眼的前燈一照，門牌上寫著「久保田保雄」。他們停車走下來。

「說是租在後面，旁邊有個木門可以進去。」

果然是這裡。醫生打開手電筒，輕輕一推，那扇木門就開了。他一眼就看到那幢偏房，是與主房相隔約五公尺的小屋。他拿手電筒一照，只見狹小的玄關旁貼有一張寫著「三浦」的紙代替門牌。

「有人在家嗎？」護士在格子門外喊道。格子門內透出暗淡的燈光。

「請問有人在嗎？」屋內依舊沒人出來。

「大概在裡面。不要緊，妳把門打開。」

門一下就打開，護士讓醫生先進去。玄關十分狹小。

「有人在嗎？」還是沒人應聲。

「眞奇怪，難不成是在照顧病人嗎？」醫生想像這是一對夫婦承租的房子，忍不住嘟囔著。

無論怎麼叫喊，就是沒人出來。

醫生有點生氣。三更半夜打電話把人找來，卻不應門！

「沒關係，妳進去看看！」醫生命令護士。

護士躊躇了一下，無奈地脫下鞋子，步上狹小的玄關。她打開拉門，正面是牆壁，左邊有道隔門連接起居室。

「有人在嗎？有人在嗎？」護士繼續喊著。

不過，還是沒人應聲，連腳步聲也聽不到。

「醫生，沒人出來耶。」

「好吧，我進去看看。」

醫生脫下鞋子走進去，心想既然起居室的燈亮著，不可能沒人。他拉開隔門，裡面亮著燈，但或許是爲病人設想，燈罩上遮著毛巾，使得房間十分昏暗。

這是個三坪大的房間，正中央鋪著床，有人蒙著棉被睡著，髮絲散落在枕旁。

剛開始，醫生以爲男主人去買冰塊而不在家，但總不能無謂地等下去，便伸手掀開棉被。一名女子面向牆壁躺著。

「小姐、小姐。」護士來到病人身旁低聲喊著，仍舊沒有回應。

「是不是睡得太沉？」護士回頭問醫生。

「如果睡著了，表示病情不怎麼嚴重。」

醫生拿著手電筒，繞到棉被旁邊，坐在病人面前。

「三浦小姐。」醫生窺探患者的臉色喚道。

然而，任憑醫生怎麼叫喊，病人依舊沒有反應。只見病人表情痛苦，皺著眉頭，嘴唇微開，露出牙齒。醫生觀察片刻，忽然發出嚇人的話聲：「喂，這家裡有沒有人啊？」

「什麼？」

「妳到那邊找找！」

護士從醫生的話聲察覺患者病情相當嚴重。她走到類似廚房的地方。

「有人在家嗎？」她連喊兩、三聲，仍是毫無回應。

「醫生，裡面沒人。」護士回到醫生的身後。

這時，醫生掀開棉被，把聽診器貼在病人胸口，仔細聆聽心音。護士一見醫生的神情，便知道病人情況不妙。

護士只好把房東找來。房東是一對五十歲左右的夫婦。
「發生什麼事了嗎？」房東太太站在門檻前探頭問道。
「我是醫生上杉……」
「啊，我見過你。」
「剛才有人打電話請我過來。我正在爲病人看診，這女人的丈夫不在嗎？」
「丈夫？」
「她沒有丈夫，是一個人搬到這裡的。」房東回答。
「一個人？可是剛才有人打電話來。」醫生看著護士。
「是啊，是個男人的聲音，他叫我們馬上趕來。」
「那通電話不是我們打的，而且我們也不知道她生病了。」
「醫生，到底發生什麼事？」房東太太滿臉驚懼地進屋，站在棉被旁窺望著病人。
「病況危急！」醫生應道。
「你說什麼？病況危急？」房東夫婦瞪大眼睛問。
「恐怕沒有希望了。心臟還微微跳動著，但可能救不活。」
「怎麼會這樣？」
「這女人是個孕婦。」
「孕婦？」
「總之，她懷有四個月的身孕，沒仔細診察還看不出來……或許是流產了！」
醫生遲疑了一下才說出「流產」兩個字，因爲他另有考量。然而，他還是選擇了這個比較妥貼的措辭。房東夫婦面面相覷。

「醫生，現在該怎麼辦?眞糟糕!」房東太太說道。

「通常是要住院，但目前這種情況，住院也救不活了。」

「怎麼會這樣呢?」房東的口氣裡，毫不隱藏房客病死將帶給他極度的困擾。

「她沒有親人嗎?」醫生問道。

「是啊，她一個親人也沒有。因爲今天才剛搬進來。」

「今天?這未免……」

儘管如此，醫生再次觀察患者的病容，並吩咐護士趕緊施打強心劑。

「還有意識嗎?」房東窺探著情況問道。

「不，看來已不醒人事。」

這話剛說完，病人的嘴唇突然動了一下。醫生吃驚地看著臉色蒼白的女人，只見她夢囈似地喊著：「你別這樣。啊，不要、不要。總會有辦法的。請住手，住手、住手……」

「今西先生，」年輕刑警握著話筒，對今西榮太郎喊道：「您的電話!」

今西在辦公桌上寫著「實況查證報告」，他承辦了一樁小案件。

「噢。」他拉開椅子站起來。

「是一個姓田中的人打來的。」

「田中?」

「是個女人。」

今西榮太郎沒有印象。他在承辦案件時，經常有些不認識的人打電話來。

「你好，敝姓今西……」他接起話筒說道。

「昨天眞是感謝。」傳來女人的聲音。

「感謝……」今西不清楚對方是誰，頓時有些疑惑。

「我報田中這個姓氏，您可能不認識。我是昨天那家『幸福俱樂部』的老闆娘。」

「啊，是妳。」今西點著頭，握著話筒笑了笑。「昨天謝謝妳的幫忙。」

今西立刻意識到老闆娘是要向他通報惠美子的消息。因爲昨晚他造訪了那家酒店，老闆娘專程打來，八成是想告知惠美子的去向。

「我是要向你通知惠美子的消息，想必你已知道了吧？」

今西榮太郎的猜測沒錯。「不，我還不知道。她現下住在哪裡？」

「惠美子死了。」

「死了？」今西驚愕萬分地問：「眞的嗎？」

「這麼說，你還不知道啊。事情是這樣的，昨晚你回去之後，惠美子的新房東打電話來。他說是看到惠美子行李中的火柴盒才打電話到我們店裡。惠美子突然死亡，他急著想跟惠美子的親人聯絡，於是找我想辦法。」

「噢，她到底是怎麼死的？」

今西尚未從驚愕中平復，便下意識地認爲惠美子是遭到他殺，但又心想，如果是他殺案件，偵辦刑案的搜查一課肯定會接獲通報，所以不大可能。

「聽說惠美子懷有身孕，好像是不愼跌倒或摔傷，不幸死亡。」

「……」

「我根本不知道惠美子懷孕，聽到這個消息，簡直不敢置信。」從對方講話的口氣聽來，與其說老闆娘爲惠美子的死感到意外，不如說惠美子懷有身孕更讓她驚訝。

「惠美子到底是在什麼地方身亡的？」

「是在賃租的住處，聽說才剛搬進去。」

「地址呢？」今西拿起鉛筆準備抄下。

「這是房東告訴我的，地址在世田谷區祖師谷××號，房東叫久保田保雄。惠美子向他分租了後院的別房。」

「謝謝妳的通知。」今西連忙致謝。

2

祖師谷的深處尚有大片農田。久保田家緊鄰著寬闊的田地，再往前走又是清冷寥落的住宅區。

今西見到的久保田保雄，是個五十幾歲，性格溫厚的人。

「我實在嚇呆了。」久保田回答刑警的詢問，「那天夜裡將近十二點，有個醫生突然在後院呼喚我們。他說剛搬來的女孩快死了，我嚇一跳，趕過去一看，她已奄奄一息。」

「這麼說，醫生不是你請來的？」

「是的，並不是我請來的，好像是有人打電話通知醫生。」

「再請問一下，是房客直接向你租房子嗎？」

「嗯，是她本人承租。我委託車站前的房屋仲介出租後院的偏房，她在那裡得知消息，直接找來。」

「原來如此。」

「萬萬沒想到，事情會變成這樣。當初，我以爲她是單身女子，不會惹來太多麻煩，而且人品也不錯，便高興地跟她簽了合約。」
「她有沒有透露在酒店當女侍？」
「沒有，當時並沒有提及，她只說白天想去學習裁縫，根本看不出是陪酒女郎。在她過世後，我從她的行李中找到火柴盒，昨晚才打電話給那家酒店。」
「她搬來行李的時候，是什麼情形？」
「我不太清楚，因爲行李是前天晚上搬來的。我們的住家環境你也知道，從後門可直接進出那幢偏房。我曾聽到三輪貨車和搬卸行李的動靜，但夜色已晚，我嫌麻煩，沒出去看。」
「行李總共搬了幾次？」
「我聽到三輪貨車來回兩次的聲響，應該是兩次吧。」
來回兩次，跟山代貨運行職員的說法吻合，時刻也大致相同。
「簽約當天她就搬過來了嗎？」
「是的。那女孩早上簽約，當天晚上就搬過來。」
「搬家的時候，有沒有人幫她？」
「如你所見，我們住的主屋和偏房之間隔著一個庭院，木板套窗關上，更聽不到後面的動靜。所以，很抱歉，除了貨運行的人之外，我不知道是否有別人幫她搬家。」
今西榮太郎要求房東帶他去看後院的偏房，屍體早已抬走。
「老實講，警方把屍體抬走，我才鬆一口氣。」在今西身旁帶路的房東說：「始終不見家屬認領屍體，若一直這樣放著，我眞不知道怎麼辦。」
今西審視著惠美子遺留在屋裡的物品——五斗櫃、衣櫥、梳妝台、桌子、皮箱，及尚未解繩的行李……

除了行李之外，他打開櫃子和抽屜，大致查看一遍，並無新的發現。搬進來才一個晚上，幾乎還沒有整理。

「棉被沾滿了鮮血，實在慘不忍睹，我拿草蓆包裹起來，塞在後院的儲藏室。眞想早點清理掉。」房東一副不勝其擾的神情。

「屍體解剖後，會怎麼處理？」房東問。

「如果沒人來認領，最後只好埋在公墓裡。」

「那她的行李呢？」

「到時候警方會有所指示，請耐心等候。」

今西穿上鞋子。

從久保田家到上杉婦產科步行大約二十分鐘。上杉醫院建在與這一帶門面相稱的宅院裡，好像是由普通房舍改建，門前兩側妝點著庭石和種滿花木的庭院。

「總之，我嚇壞了。」出來迎接的上杉醫生對今西說：「我進去一看就是那種狀態，簡直不知該如何是好。」

「她的死因是什麼？」

「跌倒嚴重撞擊腹部，導致緊急性的流產。胎兒是死了之後生下來的。直接的死因是大量出血。我檢查過她的腹部，有明顯內出血症狀，應該是跌倒時造成。」

「你做觸診的當下，她還有知覺嗎？」

「剛進屋的時候，她好像已沒有知覺，但在快斷氣的瞬間，又恢復意識，講了些奇怪的話。」

「什麼？奇怪的話？」

「她神智混亂，講了些夢囈般的話……比如，『你別這樣。啊，不要、不要。總會有辦法的。請住手，住手、住手』……」

「請等一下！」今西連忙拿出筆記本。「請你再說一次。」

上杉醫生重複一遍，今西仔細複誦著抄下來。

「『你別這樣。啊，不要、不要。總會有辦法的。請住手，住手、住手』……」

「沒錯，她是這樣說的。」

「你爲什麼會馬上向轄區警署報案？」

「因爲她不是我們醫院的病患，我沒辦法開立死亡證明。況且，事後發生問題會不好處理，所以我先知會警方，請求行政解剖。」

「你處置得很好。」今西稱讚道。

今西說得沒錯，那屍體若直接火化掉，就十分棘手了。

「醫生，聽說不是房東通知你來看診？」

「是的，我們是接到電話委託。那時候已是晚間十一點多，我正好放下酒杯要就寢，護士小姐接到電話後，問我要不要出診。」

「對方的聲音是男人，還是女人？」

「請等一下，我找護士小姐來。」

一個二十七、八歲左右，臉色憔悴的護士走過來。

「好像是年輕的男子。」在醫生的引導下，護士對今西回答：「起先我回絕了，但對方說有孕婦跌倒大量出血，已昏迷不醒，請我們馬上趕過去。」

「有沒有說是他的妻子？」

「沒有，他沒這樣說，但我認爲他就是患者的丈夫。我問能不能等明天早上再去，他說拖到明天或許就會死掉。」

或許就會死掉……今西聽著這句話若有所思。

「警方是昨天把屍體抬走的嗎？」今西問醫生。

「是的。患者心臟停止跳動是當天晚上零點二十三分，我簡單幫死者做完善後就回家了，天色一亮立刻知會警方。所以，屍體應該是昨天早上送到東京都的監察醫務院。」

「謝謝你的詳細說明。」今西向醫生低頭行禮後，走出醫院。

他從祖師谷大藏車站坐上開往新宿的電車，打算直接去大塚的監察醫務院。電車駛離車站，窗外的雜樹林風景往後流逝，途中經過大片農田。

今西眺望著雜樹林，突然想起一個月前來過這一帶。宮田邦郎的死亡現場，距離此處不遠。想到這裡，他趕緊拿出筆記本翻找。宮田邦郎死在世田谷區粕谷町××號，跟剛才去過的祖師谷頗近，難怪風景這麼相似。

「喲，你又來了。」監察醫務院的法醫看到今西榮太郎，笑著打招呼。他記得上個月初今西為了宮田邦郎的事來過。

「這次是為了什麼事？」法醫笑道。

「醫生，我這次是為了昨天早晨被送來做行政解剖的三浦惠美子，雖然這不是他殺案件。」

「啊，為她而來？」法醫感到很意外，「有什麼不對勁嗎？」

「不，沒牽扯到什麼案件，只是想打聽一下。請問她的屍體是哪位醫生解剖的？」

「是我。」法醫含笑應道。

「眞巧，解剖的結果如何？」

「果然還是大量出血致死。她是個孕婦。」法醫一派輕鬆。從他談話態度的輕重緩急，約略可看出案件的類型。

「這麼說，她是病死？」

「沒錯。說是病死，其實她懷有四個月的身孕，因爲跌倒嚴重受創，導致胎兒死亡而流產，也就是所謂的死產。」

「診斷不會有錯嗎？」

「我的診斷結果是這樣，你覺得可疑嗎？」

「我不說你可能不了解，中間發生許多奇怪的事情。」

今西簡單向醫生描述惠美子的情形，比如，她剛搬家隨即發生不幸的事故，打電話給醫生的是年輕男子，在惠美子死後他卻莫名地失去蹤影等等。

「是有些奇怪。」醫生收斂臉上的笑容，眼神變得嚴肅。「確定是一個男子打電話給醫生的嗎？」

「是的，而且在惠美子小姐死後，他完全不露面。」

「這樣啊……」醫生思索著，「看來，男子和這位女性有特殊的關係，搞不好他就是孩子的父親，這種例子司空見慣。因爲女人一死，很可能損及男子的名聲，於是丟下她不管。」

「我也這麼認爲。醫生，你說她的死因是死產導致，解剖結果相符嗎？」今西再次確認道。

「沒錯。她的腹部有內出血，但那是跌倒時撞到的。除此之外，沒有發現其他外力撞擊的痕跡。」

「也就是說，不是他殺？」

「嗯，是突然流產，引起大量出血致死。」

「孕婦跌倒致死的例子多不多？」今西問道。

「不能說沒有，不過她的運氣實在太壞了。」

「你說腹部因跌倒有皮下出血跡象，這確實是跌倒造成的嗎？」

「錯不了。」

「從傷勢上可看出她是在什麼地方跌倒嗎？」

「依我判斷，她撞到的應該是石頭，而且表皮沒有脫落，大概是撞到圓形石頭。」

「胎兒的情況呢？」

「我看到的時候，胎兒已在棉被上，於是把胎兒帶到這裡一起做了檢查。只不過，胎兒在母親的腹中就死了。」

「死了？」

「嗯，可視爲流產。至於到底是母親受到刺激而分娩，或胎兒死在腹中才流出來？做完檢查發現，孕婦遭遇雙重的不幸，也可能是胎兒死在母體中，流產之前又跌倒，才造成大量出血，約莫兩千西西。」

「再請教一下，」今西執拗地追問：「解剖時，沒發現內臟有什麼特別的變化嗎？」

「噢，今西先生，你懷疑孕婦是遭到殺害嗎？」

「是的。」

「依你的立場，當然需要進行確認。遺憾的是，檢查結果沒有發現服下毒物的跡象。」

「啊……」今西露出沮喪的表情。「胎兒的性別呢？」

「是個女嬰。」法醫回答的同時，臉上流露暗淡的神色。

今西的視野彷彿也掠過一道陰影。

「謝謝你不吝解說。」

「哪裡，有任何疑點儘管提出。」
「說不定下次還會來叨擾。」
「那個孕婦有什麼可疑之處嗎？」
「不，目前情況尚不明確，但前後還有許多不清楚的地方。」
「可是，就解剖結果看來，並沒有他殺的嫌疑。」
「知道了，感謝。」
「今西先生，解剖已結束，家屬什麼時候會領回遺體？」
「噢，轄區警署還沒通知嗎？」
「還沒，聽說向她的故鄉發出了。」
今西榮太郎又感到心情暗淡。他步出監察醫務院，法醫最後說的「胎兒是個女嬰」那句話，仍在腦中縈繞。
今西的眼前浮現即將爲人母的惠美子臉龐。他第一次在川口的妹妹家中見到她，絲毫不覺得她是酒店小姐，有著符合年齡的純眞，講話有禮貌，舉止又大方。連妹妹都稱讚她很懂規矩。
依照法醫的說法，她的死並無可疑之處，而是跌倒撞到腹部造成大量出血所致。
只是，惠美子和今西碰面一個月後，爲何會匆匆搬家？雖然妹妹做過辯解，今西仍認爲是惠美子得知他當刑警的緣故。而且她搬家的方式也不尋常，竟是先將行李寄放在貨運行，再由他人駕駛私人三輪貨車載走，似乎經過刻意安排。
看來，聯絡上杉醫院惠美子病況危急的，很可能就是開三輪貨車載走行李的男子。這男子的長相目前還不清楚，但可以確定是年輕人，大久保站前山代貨運行的職員和上杉醫院的護士都已證實。
惠美子病況危急之際，那男子肯定就在她身旁。可是，他爲什麼打電話聯絡醫院後便失去蹤影？

簡直像殺人犯！雖然解剖結果證明，惠美子不是死於他殺，這一點還是啓人疑竇。

再說，惠美子死亡地點的祖師谷，和宮田邦郎猝死的荒涼郊外，相距並不遠。這兩個地方直線距離還不到兩公里，實在是奇妙的巧合。

今西記得很清楚，宮田是在銀座的咖啡館會面之前突然喪生，他正期待從宮田口中打聽到重要消息，而惠美子則死在查找她的新居所期間。換句話說，兩人都是今西要找尋的人，這又是一個共通點。

況且，不管從地點或時機來看，他們的死亡方式都很類似——不是他殺，而是自然死亡。

今西坐在電車中思索著。都營電車緩緩從水道橋駛往神田，這是個絕佳的思考時機。他拿出筆記本，上面寫著上杉醫生在惠美子臨死前聽到的夢囈般的話語：「你別這樣。啊，不要、不要。總會有辦法的。請住手，住手、住手……」

這些話到底是向誰說的？她又爲什麼要喊「請住手」？

3

今西榮太郎的筆記本上，寫著這樣的資料：

關川重雄：昭和九年十月二十八日生。

原籍：東京目黑區柿木坂一〇二八號。

現址：目黑區中目黑二一〇三號。

父親：關川徹太郎。母親：茂子。

簡歷：碑文谷小學、目黑高中、R大學文學部畢業，主要從事文藝評論。

家屬：父親於昭和十年死亡，母親於十三年去世，沒有兄弟，未婚。

現居處是一九五三年搬入，房東爲岡田庄一，住在中目黑三一六號。未雇女傭，由家在附近的中村豐子（五十四歲）幫忙整理家務。

興趣：音樂、柔道二段，談不上嗜酒，但熱中於杯中物（喜歡洋酒勝過日本酒）。

性格：出於職業關係，表面上擅於交際應酬，其實性情孤僻，生活態度非常嚴謹。

交友關係：以同輩的文化人士居多。

三天後，今西榮太郎找上到關川家中幫傭的中村豐子。

中村豐子住在小巷裡的矮房，十年前丈夫去世，現在跟兒子夫婦生活在一起。由於尚未有孫子，便答應關川僅中午時分到他家整理家務。

今西榮太郎是晚間九點多造訪。中村豐子是個身材高瘦的女人。

「妳好，我是徵信社的調查員。」今西榮太郎向來玄關迎接的中村豐子自我介紹。「耽誤妳一點時間，我想打聽關川先生的事情……」

「是什麼事？」中村豐子聽到來者是徵信社人員，有點驚訝。

「聽說，妳每天都到關川家幫忙整理家務？」

「是的，我剛剛從關川家回來。」

「其實，我是爲了婚事而來……」

「咦，婚事？」中村豐子露出興趣濃厚的表情，「是關川先生的婚事吧，哪家提的啊？」

「對不起，我不便透露。客戶要求我們嚴守祕密。我想從妳這裡打聽關川先生的爲人處世。」

「這是件值得祝賀的好事，只要我知道，都可以奉告。」

「對不起，打擾了。」

從門口可看到起居室裡，坐著一對像她兒子夫婦的年輕人。

「在這裡不方便講話，我們能到外面吃點東西邊談談嗎？」

中村豐子子脫下圍裙，罩上披肩，隨同今西來到外面。在街上走過兩、三家店後，看見一家中華麵店。

「怎麼樣，要不要吃碗餛飩湯？」今西回頭問中村豐子。

「好啊。」中村豐子笑答。

兩人走進屋簷下掛有紅燈籠的玻璃門。店內熱氣氤氳，他們在角落的座位面對面坐下。

「老闆，來兩碗餛飩湯。」今西吩咐後，拿出香菸。「抽根菸吧。」

中村豐子似乎喜歡抽菸，微微點頭拿了一根，今西馬上劃火柴幫她點著。

「不過，話說回來，」今西接著道：「妳也眞辛苦，從早到晚都在關川家幫忙。」

中村豐子吐著煙圈應道：「不，還算輕鬆啦。關川是單身，家裡沒什麼需要整理的，而且我也不好待在家裡不做事，可趁機賺點外快。」

「妳身體硬朗，眞是好事。人也許該趁身體硬朗多動動筋骨，反而有益健康。」

「你說得對，自從到關川家幫忙後，我就沒生過病。」

今西與中村豐子閒聊著，一邊思索從哪裡問起較好。

沒多久，餛飩湯端上桌。

「來，請用吧。」

「那我就不客氣了。」中村豐子微笑著，用嘴巴掰開免洗筷子，津津有味地吃著餛飩湯。

「怎麼樣，關川是不是很孤僻的人？」今西切入正題。

「不，倒也不會。」中村豐子邊吃邊回答：「他沒有家人，所以我覺得挺好相處。」

「可是，聽說搖筆桿的人性情都很孤僻？」

「是啊，他寫稿的時候都悶在房間裡，絕對不准我叨擾。其實，這樣我反倒落得輕鬆。」

「他寫稿時都關上門嗎？」

「嗯，雖然沒有上鎖，但從裡面關得緊緊的。」

「時間很長嗎？不，我是指他悶在房裡的時間很長嗎？」

「每次的情況不同，他曾五、六個鐘頭都不出來。」

「他的書房是什麼樣子？」今西榮太郎問中村豐子。

「像是西式房間，約莫四坪大，桌子放在朝北的窗前，旁邊擺了張單人床，靠牆立著書架。」

今西眞想目睹關川的書房。不過，雖然他爲了調查方便假借徵信社的名義，但要用假身分進入他人的住處，職業道德上並不允許。換句話說，即使具有警察的身分，沒有屋主的允許，不得擅自闖入民宅，只有在持有搜索票的情況下，才能進入民宅搜索。

今西佯稱是徵信社的調查員，已感到良心不安。然而，這也是情有可原。若表明刑警的身分，中村豐子勢必會嚇得說不出話。

「那麼，窗戶是什麼樣子？」今西問道。

「北邊有兩個窗戶，南邊有三個，西邊還有兩個，東邊則是出入的門。」

「原來如此。」今西在腦海中描繪著大致的格局。

「可是……」中村豐子似乎突然起了疑心，吃著餛飩，一邊打量今西說：「調查結婚對象，需要知道這些事情嗎？」

中村這麼一問，今西顯得有點慌張，連忙虛應故事。「不，是這樣的，對方很想了解關川先生的生活狀況。」

「也是，站在嫁女兒的父母立場設想，當然了解得愈詳細愈好。」中村豐子輕易被今西說服。

「不過，這只是我個人的猜測。」她進一步說：「他是個作家，年紀輕輕就如此有名，平常相當忙碌。有一天，他笑著說，其實他的收入跟公司課長的薪水差不多。」

「噢，這麼多。」

「是啊，他的工作量滿大的。比如，參加雜誌社的座談會啦，到電台錄音啦，瑣碎的事情也不少。他寫的文章在我看來太難懂，可是聽我兒子說，他是非常有名的評論家。」

「好像是這樣。」

「以他的條件，新娘嫁過來，生活應該不成問題。」

「我知道了。若這麼告訴女方，他們應該會感到安心。對了，我還想請教一件事，好讓對方放心。關川先生有女友嗎？」

「這個嘛……」中村豐子大口喝著餛飩湯，「他那麼年輕，長得英俊瀟灑，收入多，名氣又大，不可能沒交女友。」

中村豐子喝下最後一口湯，拿手帕擦拭嘴角。

「這麼說，他有女友？」今西榮太郎傾身向前。

「我想應該是有的。」

「他不曾帶女友回家嗎？」

「嗯，一次也沒有。」

「那妳爲什麼知道他有女友呢？」

「常有電話打來。」
「妳接過那樣的電話嗎？」
「電話裝有分機，來電都會轉到他的房間。我偶爾接過對方打來的電話，似乎是年輕女孩，嗓音很甜美。」
「原來如此，對方叫什麼名字？」
「她從不報名字，只說轉給關川先生，他就會知道，所以應該不是普通朋友。」
「原來如此。那她最近來過電話嗎？」
「沒有，最近好像中斷了。原先她就很少打來，一個月頂多兩、三次吧。」
「這麼說，次數的確很少。妳聽過關川和那女孩講電話嗎？」
「沒有，關川先生都是在書房裡接電話。」
「不過，從他的表情看得出來吧？比如，是親密的對象，或只是普通的女性友人。」
「他們的關係算是密切，當然，這只是我的猜測，沒有求證過。」
「來電話的女孩只有一位嗎？」
「不，不只一位。」
「什麼？不只一位？」
「嗯，好多個呢。不過，大概都是跟關川先生有工作上的關係。在我面前，他從不避諱，只有那女孩打電話來時，他絕對要在書房接聽。當然，之前的情況我就不清楚了。」
「……」
「這些會影響到婚事嗎？」中村豐子略顯憂心地問。
「不會啦，我會適度地向對方說明。因爲他跟那女孩已沒有關係。」今西不愼說溜嘴。

「噢，你怎麼知道他們之間的關係？」中村豐子露出驚訝的表情。

「不，我只是隨便猜想。對了，再請教一件事，」今西喝一口茶，「這個月六日晚上，關川先生是在家，還是外出？」

「六日？那就是五天前，我想想……剛才提過，我在他家只幫忙到晚上八點，之後的情形就不知道了。」中村豐子回答：「不過，說到六日那天，他在我回家的兩小時前就外出了。」

「妳爲什麼記得是六日那天？」

「因爲親家來家裡坐客，兒子和媳婦要我早點回家，所以那天我特別有印象。」

「原來如此。這麼說，六日傍晚六點左右，關川先生確實離開了家門？」

「是的。需要調查得這麼詳細嗎？」中村豐子益發覺得可疑。

「不，只是有點掛心，隨口問問。不過，沒什麼啦。對了……」今西轉換話題，「剛才妳說只有那女孩打來，關川才會在書房裡接電話，之前的情況就不清楚了嗎？」

「是啊。」

「不，我的意思是，就妳所知，打這種電話的不光她一個人吧？」

「是的。」老婦沉吟了一下，「哎呀，原本是值得祝賀的喜事，我卻淨講些對關川先生不利的事，眞糟糕啊。」

「不，請不必顧慮，哪些話不宜告訴對方，我自然會拿捏分寸。」

「是嗎？你猜測得沒錯。」中村豐子坦白以告。「關川先生每次都得在書房裡接電話的，其實還有一個女孩。不過，最近那女孩幾乎沒來過電話。」

「她是什麼時候開始沒來電話的？」今西榮太郎盯著中村豐子的嘴角。

「差不多一個多月前。」

今西榮太郎大吃一驚，成瀨里繪子不正是在那個時候自殺嗎？不，得詳細問清楚才行。
「妳知道那女孩叫什麼名字嗎？」
「不知道，她只說要找關川先生。依我的推測，她可能是酒店小姐。」
「酒店小姐？」今西大失所望，因爲成瀨里繪子是劇團的職員。
中村豐子接著道：「她講話輕佻，近乎粗魯。」
奇怪，成瀨里繪子的講話方式是這樣的嗎？然而，時間上卻是吻合的。今西又想，或許成瀨里繪子在電話中給中村豐子這種感覺。
「那女孩確實一個月前就沒打來吧？」
「是的。剛才我也說過，最近只有那個聲音甜美的女孩打電話來而已。」
兩人之間陷入短暫的沉默。今西不停思索著，中村豐子則打量著他。
「關川經常帶朋友回家嗎？」今西再次開口。
「不，幾乎沒有。要怎麼說呢，他似乎不喜歡交際應酬，很少邀朋友到家裡玩。若有客人來訪，頂多是雜誌社的編輯。」
「原來如此。不過，他在外面玩得挺厲害，夜裡回來得很晚吧？」
「剛才提過，」中村豐子應道：「我只幫傭到晚間八點，之後的情況就不清楚了。不過，你猜得沒錯，他夜裡回來得很晚。據附近的鄰居說，時常在凌晨一點左右聽到停車聲。」
「畢竟是年輕人嘛。我想再打聽一下，妳知道關川的出生地嗎？」
「他不曾向我提起。」中村豐子略顯不滿地說：「這種事情，查看戶籍不就知道了嗎？」
「嗯，我看過戶籍影本，寫的是東京的目黑。」
「東京？」老婦沉吟了一下，「不太可能吧，怎麼看他都不像在東京出生。我是東京老社區出身，不懂得外縣市的情形，但聽他的口音根本不是東京人。」

「那麼，妳覺得像是哪裡人？」

「我說不上來，只是這樣覺得。噢，影本上寫的原籍眞的是東京嗎？」

「是。」

不過，今西知道關川重雄不是出生於東京。因爲他去目黑區公所查看關川的戶籍原本，原籍是從其他地方轉來的。

「謝謝妳詳細的說明。」今西刑警向中村豐子低頭致意。

「不客氣，謝謝你的招待。」

今西和中村豐子道別之後，登上通往都營電車的坡道，塵土隨風在腳下飛舞。今西縮著肩膀，低頭向前走。

4

從那以後，匆匆已過四天。今西從外面回到警視廳，發現桌上放著兩封信。一封是橫手市公所寄來的，另一封是橫手警署的覆函。

今西首先打開橫手市公所的來函。

有關貴廳查詢關川重雄原籍一事，茲回覆如下：

關川重雄於昭和三十二年已從本市字山內一三六一號，遷至東京都目黑區柿木坂一〇二八號。

這是今西在目黑區公所查到的遷移戶籍的紀錄，愼重起見，又去函遷出處查核。接著，他拆開橫手警署的來函。

前略。茲就貴廳搜一第二五〇九號之查詢，覆文如下：

有關橫手市字山內一三六一號之户籍，經調查，該產權目前爲農業機具商山田正太郎（現年五十一歲）所有，現在由他本人居住。

經向本人查詢，他對關川重雄、其父關川徹太郎，及其母茂子生前之情形毫無所悉。據本人表示，他於昭和十八年搬到該址，當時產權爲雜貨商櫻井秀雄所有，之前所有情況一概不知。

有關上述之櫻井秀雄，經調查已遷往關西方面，如需查詢本人，請直接與大阪市東成區住吉××號聯絡。

此外，關於關川一家的情況，經向相關民眾查詢，因無人知曉，只得結束調查。

今西榮太郎十分沮喪，關川重雄在秋田縣橫手市的線索就此中斷。儘管如此，他仍將付出最後的努力，尋找搬到大阪的櫻井，此人或許認識關川重雄的父親關川徹太郎。問題在於，不確定他是否仍住在那裡。不論如何，都要按這條線索追查下去。

今西打開抽屜拿出公家用的複寫信紙，以刻鋼板的鐵筆寫著公文。寫完後，裝入信封，註明收件人和地址。這時候，一個年輕刑警來到今西身旁。

「今西先生，有您的包裹。」

「謝謝。」

那是個細長的郵包，正面寫著「東京警視廳搜查一課今西榮太郎先生鈞啓」，後面寫著「島根縣仁多郡仁多町亀嵩算盤股份有限公司」，皆是印刷字體，旁邊則以毛筆寫著「桐原小十郎」。

今西榮太郎趕緊打開郵包，出現一個裝在盒子裡的算盤。盒子上印著「雲州特產亀嵩算盤」的字樣。

今西取出算盤，尺寸適中，邊框是黑檀木製，珠子滑溜穩重，整個算盤散發著黑色光澤。今西試著撥了幾下，眞的很好用。

桐原小十郎，就是夏天今西到亀嵩查訪出雲方言時認識的老人。其實，他早就忘記這位老先生，對方卻還記得今西。

桐原老先生爲什麼在這時候寄贈算盤，今西實在想不透。由於沒有附上信箋，不清楚老先生的用意，可能是隨興想起寄來的吧。

就在今西把算盤放回盒子的時候，一張對摺的信紙露了出來，看來是桐原老先生所寫。

今西打開信紙。

今西榮太郎先生鈞啓：

自從上次會面後，別來無恙？敝人依舊閒居雲州山間。此次，犬子經營之工廠推出新產品，比歷來規格略小，純爲方便辦公用途試製而成。犬子將試製品贈予敝人，今冒昧敬呈，若能勾起今夏來遊之憶，將不勝歡快之至。

算盤掌中握，山村秋風送涼意。

小十郎敬筆

鄉下人眞是親切。今西榮太郎眼前浮現亀嵩那座茶室建築的庭園，彷彿聽到端坐在那裡的枯瘦老人的談話聲。

最後這首俳句，很能呈現桐原老先生的風格。自江戶時代以來，他們家即是俳人聚首詠作的場所。今西平常也喜歡創作俳句，桐原老先生這封信讓他備感親切。

那時候，今西大老遠到雲州查訪，竟空手而返。不過，額外的收穫是認識桐原老先生。老人那難以分辨的「滋滋腔」，又在今西的耳畔響起來。

提到滋滋腔，讓今西繞了不少路。關川重雄以乎也是東北出生。

今西榮太郎慎重地把龜嵩算盤放在抽屜裡，在桌上托腮思索起來。

幼年時，關川重雄被住在目黑的高田富二郎收養。從學校的紀錄簿來看，高田富二郎是關川重雄的親戚，戶籍上卻不是這樣記載。

那麼，高田富二郎是不是也在東北出生？不，他的原籍寫的是東京，而且，跟關川重雄不一樣，他不是從外地遷來。既然如此，東京出生的高田富二郎，和秋田縣橫手出生的關川重雄，到底是以何種關係聯繫在一起？戶籍資料上，清楚記載他們不是親戚。

倘若橫手方面有人認識死去的關川徹太郎，或許有助於釐清他們的關係，但橫手警署的回函使得這個期望落空了。僅存的一絲曙光，是找到以前住過關川徹太郎舊居的櫻井秀雄。如今他已搬到大阪，從這方面著手追查或許還有點希望。然而，就以往的調查情況，可能又會徒勞無功，今西沮喪地思忖著。

12 CHAPTER — 第十二章

混迷

1

今西榮太郎針對關川重雄做了各種假設和分析：

一、發生蒲田兇殺案時，被害人的同伴（兇手）也帶有輕微的鄉音。

・關川重雄出生於秋田縣橫手。兇手住在離蒲田不遠處，選擇蒲田調度場爲犯案現場，是因爲熟悉那裡的地理環境。

・關川重雄住在目黑區中目黑二一〇三號。從蒲田、目黑均可搭乘目蒲線。

二、兇手殺死被害人三木謙一時，身上可能濺滿大量鮮血，所以犯案後不可能乘坐電車，已對計程車進行清查，尚未發現可疑人物。

儘管如此，不能完全排除兇手坐計程車的可能性，因爲他可設法不讓司機看到身上的血跡，尤其是在夜間，可輕易掩人耳目。另外，他也可能自行開車。

・關川重雄持有駕照。不過，他沒有自用轎車。

三、兇手處理血衣的方式：

・成瀨里繪子先把沾滿血跡的襯衫剪成碎片，再利用搭乘中央線的夜車時丟出窗外。總之，成瀨里繪子和兇手必有某種關係。

・成瀨里繪子和關川之間的關係尚未浮現。成瀨里繪子寫下失戀般的遺書後自殺，但她的自殺，並非是失戀受到打擊，很可能是協助兇手脫罪受到良心譴責。

問題是，關川重雄和成瀨里繪子之間的關係成謎。由於里繪子性情內向，不曾聽說交有男友，但也不能光憑這一點，就斷定她和關川之間沒有任何關係。他們可能掩人耳目，祕密交往。

成瀨里繪子是前衛劇團的女職員，離奇死亡的宮田邦郎是同劇團的演員。宮田和關川重雄因爲工作的緣故，曾有數面之緣。加上新思潮派非常支持前衛劇團，基於這層關係，關川重雄有機會認識成瀨里繪子。

四、成瀨里繪子顯然是自殺，從遺書的內容來看，也可能是失戀所致。

・關川重雄和三浦惠美子之間有關係。惠美子死的時候，懷有四個月身孕。

・將成瀨里繪子的失戀歸因於她得知惠美子的存在，也是合乎道理。宮田邦郎似乎暗戀著成瀨里繪子，會發現成瀨里繪子和關川重雄之間的關係也不奇怪。他想向今西榮太郎傾訴，但事關重大，所以他要求多考慮一天。而宮田猝死的地方，正是偏僻荒涼的世田谷區粕谷町××號。

・目黑與世田谷距離非常近。從關川重雄住處到宮田邦郎猝死的地方，坐計程車只需二十分鐘。現在已無法追查蒲田凶殺案當天，關川重雄到底身在何處，畢竟事隔五個多月，任何人都很難確切憶起當時的事。不過，惠美子死的時候，關川不在家裡。這一點在關川家幫傭的中村豐子已證實。

接下來，是關於惠美子本身。

她是傍晚時分才從川口的今西妹妹家搬離，約莫晚間八點左右，到達位於祖師谷、房東爲久保田夫婦的新住處。當然，這是房東依行李送達時的動靜所做的判斷。事實上，他並未目睹惠美子的身影。可能只是行李送來，她本人沒到。

醫生大概是晚間十一點左右接到奇怪男子的電話，那時，惠美子已處於垂死狀態。從這一點推測，晚間八點左右只是送來行李，她尚未到達久保田家。

那麼，離開川口的今西妹妹家、向酒店辭職後，惠美子到底去了哪裡？根據醫生的診斷，她是跌倒導致流產，大量出血致死，但她是在哪裡跌倒？顯然不是在久保田家。聽監察醫務院的法醫說，她是撞到圓形石頭之類的物體導致流產，而久保田家附近並沒有類似的東西。

於是，今西把這些假設依序做了整理：

惠美子請貨運行從川口搬出行李，暫時寄放在貨運行，再由一名年輕男子分兩次搬走。在從貨運行來回搬運行李至久保田家的三小時之間，惠美子並未立刻從銀座前往祖師谷，而是去其他地方。她的行李交由年輕男子搬走，也就是說，自她離開銀座的酒吧，到醫生趕至久保田家這段時間行蹤不明。若能釐清這些疑點，將有助於破解案情。然而，最關鍵的人物，是負責搬走行李的男子，及打電話給醫生的男子，說不定兩者是同一人？

今西愈想愈糊塗，突然發覺他竟繞著一樁非凶殺的一般醫病案件打轉。

今西以鉛筆敲著下巴，像要轉換心情似地撥打桌前的電話。

「吉村君嗎？」今西拿起話筒說道。

「是的。啊，是今西先生。」

他們很久沒通話了，雖然對方是後輩，但許久不見，仍有些想念。況且，現在正是絞盡腦汁不得其解的時候，不妨藉機找這個年輕刑警抒發心情。

「您好，好久沒問候您了。」吉村含笑著說。

「怎麼樣，好久不見了，要不要找個時間碰面？」

「好啊。」

「你很忙嗎？」

「不會。今西先生，您呢？」

「我這邊不忙。總之，見個面吧。」

「好的，那就約在老地方？」

「嗯。」今西掛上了電話。

警視廳下班時間一到，今西立刻前往渋谷，照樣是在天橋旁的五香串菜店。傍晚六點半，這一帶應該人潮洶湧，店裡卻冷冷清清。

「歡迎光臨。」老闆娘站在鍋子後面，含笑招呼道：「你很久沒來了。」

老闆娘認得今西經常帶同伴來小坐。吉村坐在角落，笑著朝今西招手：「我在這裡。」

今西和吉村並肩坐下。

「好久不見。」

「是啊。老闆娘，趕快上菜吧。」

「怎麼樣？」今西轉向吉村，壓低聲音問：「調度場那邊沒有進展嗎？」

今西不想在這種場合談論案情，但看到吉村又按捺不住。畢竟他滿腦子都在思考這件事。

吉村輕輕搖頭，「沒什麼進展，但我仍利用空檔繼續追查。」

搜查總部解散，進入任意搜查階段後，調查行動就呈半停滯狀態，若非遇上特別有幹勁的刑警，搜查工作很難持續下去。

「眞是難辦啊。」今西和吉村舉杯碰了一下。兩人沉默片刻，都沒說話。

「今西先生，您那邊的情況呢？」吉村問。

「逐步追查中。不過，跟你一樣，進展有限。」

今西很想說出自己的想法。他覺得閒談之間可能會激盪出什麼好點子，不過才剛喝起酒，還沒有那樣的興致。他甚至打算改天再告訴吉村。

今西心想，能跟意氣相投的年輕同事喝酒眞是快樂，沉重的心情變得輕鬆許多。

「自從上次和今西先生去東北查訪，已過五個月。」吉村開口。

「是啊，那是六月初……」

「那時候天氣眞熱，我以爲東北很冷，還多穿一件內衣。」

「時間過得好快。」今西喝了口酒，瞇著眼睛說道。

之後發生許多狀況，經過了好幾個月，卻感覺像是不久前的事。後來，今西還特地趕到偏僻的出雲，他認爲很有收穫。

這時候，有個男子輕拍吉村的肩膀。

「噢，」吉村回頭笑道：「好久不見。」

今西抬頭一看，是不認識的人，約莫與吉村同齡。

「過得好嗎？」吉村問。

「很好。」

「你在做什麼工作？」

「保險業務員，沒什麼出息啦。」

接著，吉村靠近今西的耳邊，悄聲解釋：「他是我小學時代的朋友。不好意思，給我五分鐘跟他談談。」

「啊，沒關係，你們慢慢談吧。」今西點頭。

吉村起身離開座位，只剩今西一個人。或許看他有點落寞，老闆娘便主動遞來晚報。

今西翻開晚報，沒什麼特別的消息。儘管如此，他百無聊賴地瀏覽內容。家庭版以秋季爲主題的報導占了很大篇幅，藝文版則以淺顯易懂的方式，介紹音樂和美術展覽的資訊。

「謝謝。」

今西的目光掃過各版的標題，突然，幾個熟悉的字眼映入視野，也就是「關川重雄」。這是關川重雄爲今年秋季的音樂界寫的短文。

今西放下杯子，急忙讀起這篇文章。

短文的標題爲〈和賀英良的音樂〉。今西連忙從口袋裡拿出眼鏡戴上。若只依靠電燈的光線，沒戴上眼鏡，他無法看清太小的文字。內容如下：

今年的音樂界，如同往年一樣，前衛音樂的理論依舊盛行。然而，爭辯理論對藝術本身並無意義。談到前衛音樂，就不能不提和賀英良等新銳作曲家。幾年前，樂評家好奇地聽著具體音樂和電子音樂時，僅把和賀英良的嘗試當成模仿外國音樂。面對這樣的批評，和賀英良也不反駁。

陸續發表獨特的作品後，和賀英良已脫離模仿階段，成爲眞正具有內涵的創作者。當然，他的作品仍存在著缺點，尚有値得改進之處。事實上，我曾嚴厲批評他的諸多作品。

話說回來，如今任何人似乎都不得不正視這種新音樂，不得不承認和賀英良的音樂。換句話說，和賀英良的音樂才華大幅躍進。

從外國引進各種思潮時，自然會把外國作品視爲模仿的範本，但並不影響和賀英良的名聲。十九世紀上半葉的繪畫，不都是對塞尚的模仿嗎？日本飛鳥時代（約五五二～六四五）中期的繪畫，不也是模仿中國的隋唐嗎？音樂的情形亦然，無法擺脫命定的原始模仿。問題在於，如何消化吸收，創造出獨特的意蘊。

和賀英良的音樂藝術，自他專心投入前衛音樂以來，不到兩年，但仔細回顧，我們不得不爲他的巨幅成長感到驚訝。當我們受他的音樂作品吸引的同時，他也隨著歲月的流逝，不知不覺間成長。他逐步擺脫西歐的影響，創造出獨特的風格。

持平而論，原本熱中這種新藝術的追隨者非常多，但幾乎沒人能臻至和賀英良的深厚境界。儘管和賀英良致力於前衛音樂的時間不長，但當成一段歷史進行考察時，都不禁爲他的成就刮目相看。在此，我期盼他今後繼續透過不懈的努力和卓越的才華，獲得更飛躍的成就。

今西讀到這裡，感嘆了一聲。他是音樂的門外漢，看不懂這種高深的音樂評論。不過，他覺得之前關川重雄對和賀英良的批評，和這篇短文的調性有所差異。雖然他是外行人，看不出其中的底蘊，但這篇顯然比上次那篇多了讚賞。

今西為了證實自己的看法，從頭讀起，此時吉村回到座位。

「不好意思……」吉村坐在今西的身旁說道。

「你看。」今西榮太郎把報紙遞給吉村。

「噢，是關川重雄。」吉村劈頭就看到這幾個字。

「來，你讀讀。」

吉村默默讀了起來，沒多久便讀完，說了句「原來如此」，然後把手肘支在桌子上。

「怎麼樣？這篇文章我看不大懂，是在稱讚和賀英良吧？」

「當然。」吉村立即應道：「而且將他捧得很高。」

「唔……」今西沉吟了一下，接著：「評論家在短時間內會有兩種不同的觀點嗎？」

「什麼意思？」

「之前，我讀過關川評論和賀英良音樂的文章，當時他並沒有這樣吹捧。」

「是嗎？」

「我記不得那些措辭，但好像頗不以為然。不過，讀這篇短文的時候，總覺得跟當初的印象截然不同，全是溢美之詞。」

「聽說評論家的觀點，」吉村繼續道：「有時會反覆無常。」

「噢，是嗎？」

「我也不大清楚。這是前陣子當新聞記者的朋友告訴我的，他還說了許多內幕。總之，評論家也是人，隨著情緒好壞，評論會有所不同。」

「這麼說，關川重雄寫那篇評論的時候，心情特別快活？」

「是啊。不過，這篇文章大致上是對和賀英良最近活動的總評，似乎盡量在爲他增添光采。」吉村看出其中的用意。

「是嗎？」今西露出疑惑的表情。

今西看不懂，是不熟悉這個文字世界的生態的緣故。話說回來，稱讚也不算是壞事。

今西和吉村喝著酒，終於想吐露查訪案情的心得。不過，他轉念一想，若要從關川重雄涉嫌重大這條線索說起，證據稍嫌不足，即使聽者是吉村，要和盤托出仍得愼重。現在，他在報上看到關川的名字，心情又起了變化。他打算隔些日子再說，反正還有時間，等整理過思緒再說也不遲。

「今西先生，我們該走了吧？」吉村先說道。他們已喝掉四、五瓶酒。

「是啊，喝得好暢快，走吧。」

儘管如此，今西依舊掛記著關川那篇文章。

「喂，結帳。」今西呼喚店員，吉村的手趕緊伸進口袋：「不，今天我來付，平常都是您請客。」

「這點錢應該由年長者來付。」今西制止道。

這時，老闆娘隨手拿起笨重的大算盤打了起來。看到那個算盤，今西馬上想起塞在大衣口袋裡的龜嵩算盤。

「吉村君，讓你看樣好東西。」

「噢，什麼東西？」

「喏，就是這個。」今西把身旁的大衣拉了過來，從口袋取出裝在盒裡的算盤。

「噢，是亀嵩算盤。」吉村看到上面的標籤說道。

「一共七百五十圓，謝謝光臨。」老闆娘報出結帳金額。

「老闆娘，妳看一下。」今西朝吉村拿在手上的算盤努努下巴。

那烏黑的小算盤珠子在電燈照耀下十分亮眼。吉村撥弄著珠子，「打起來眞順手。」

「當地的業者都誇說，亀嵩的算盤是日本第一，看過實物才知道不是誇大其詞。」

「這個算盤是哪裡製造的？」老闆娘探頭問道。

「出雲，也就是在島根縣最裡面的深山。」

「來，讓我瞧瞧。」老闆娘拿起算盤，像吉村那樣試著撥打珠子，然後轉身對今西說：「眞是好算盤。」

「今年夏天，我去了算盤的產地，認識一個朋友，是他寄給我的。」今西解釋。

「這樣啊。」

「噢，最近寄來的嗎？」一旁的吉村看著今西，緊接著問。

「嗯，今天剛收到。」

「是不是對方又想起什麼？」

「不，那位老先生說，這算盤是他兒子工廠的產品，所以送我一個。」

「啊，之前好像聽您提過。」吉村點頭，「還是鄉下人有人情味。」

「可不是嗎？我也有點意外。畢竟我只在夏天去過一次。」

今西付了錢。

「謝謝光臨。」老闆娘行禮致謝。

今西把算盤放進大衣口袋，和吉村一起走出五杏串菜店。

「眞有意思。」今西和吉村並肩走著，「就在我幾乎快把亀嵩忘得一乾二淨的時候，卻收到這樣的東西。」

「那時候，您滿懷著希望去出雲。」

「是啊，本來抱著很大的希望，正好是盛夏時節。不過，我也想過，這輩子可能不會再到那深山。幹我們這行的人，經常得去意想不到的地方。」

他們沿天橋旁走著。

「桐原老先生還在信上寫了一首俳句……『算盤掌中握，山村秋風送涼意』。」

「原來如此。雖然我不懂俳句的高深境界，卻能體會一二。提到俳句，好久沒看到今西先生的新作。」

「太忙了。」

吉村說得沒錯，最近今西用來抒寫俳句的簿子一片空白。這倒不全是忙著查辦刑事案件的緣故，提不起興致也是原因之一。

「今晚能跟你見面眞好。」今西有感而發。

「爲何這麼說？也沒聽您暢所欲言啊。」

「不，只要跟你碰面聊天，心情就舒坦多了。」

「今西先生，我知道您仍在追查那件案子，是不是碰到什麼瓶頸？」

「可以這麼說。」今西往臉上抹了一下。「很想跟你多談一些，但老實說，現在我的思緒十分混亂。」

「我能理解。」吉村刑警微笑，「不過，相信您終將理出頭緒，我熱切期待著。」

2

晚間十點左右，今西回到家。

「我想吃茶泡飯。」他對妻子芳子說：「剛才，我和吉村君喝了一杯。」

「吉村君還好嗎？」妻子幫今西脫下上衣，問道。

「嗯。」

「怎麼沒請他來坐坐？」

「他應該滿忙的。」

「要說忙，你也一樣吧。」

今西很少向家人提及工作上的事，妻子是看丈夫這兩、三天都晚歸而如此認爲。

「有人送我這個。」他從大衣口袋取出算盤。

「噢，」妻子接過盒子，取出算盤。「哇，這算盤眞不錯，是誰送的？」

「今年夏天，我去島根縣查案，認識一位製作算盤的老先生。」

「啊，是那一次。」妻子點點頭，當時她曾到東京車站目送丈夫上車。

「這算盤給妳用，」今西說：「減少家庭開銷，不要亂花錢。」

「我們家開銷這麼少，用這麼高級的算盤太不相稱了。」芳子嘴上這麼講，最後仍把算盤愼重收進櫃子。

今西把桐原小十郎的來信放在桌子上，尋思著如何回信，妻子喊道：「飯菜準備好了。」

今西放下鋼筆站了起來。飯桌上擺著燉蘿蔔和醃製沙丁魚乾。

「這蘿蔔燉得很入味喔。」芳子替今西倒茶邊說道。

「嗯。」今西津津有味地扒著茶泡飯。

「蒲田……」今西嘟囔著。

「咦，你說什麼？」芳子納悶地問。

「不，沒什麼。」今西咬著沙丁魚乾，搭配燉蘿蔔。

「蒲田」這個詞彙，是不經意說出來的。今西有個習慣，每次遇到困難，吃飯時會十分專注。他嘴裡嚼著飯菜，腦子邊思索，好似吃飯能賦予思考節奏感。他會前後不連貫地喃喃自語，藉此讓思考變得明確。剛才嚷著「蒲田」，代表他不斷思索著那個案件。

消夜吃完，今西回到桌子前，寫起感謝函。

久未問候，別來無恙？

此次承蒙寄贈佳品，感謝之至。由於實在意外，略感驚訝。您寄贈之算盤，我等雖是門外漢，但仍知其品之貴重，日後定將永久珍藏。遺憾的是，我等手拙智笨，沒能充分發揮作用。儘管如此，今後若有機會，我等將大大宣傳貴地精良算盤之美名。

如您所言，看到龜嵩算盤，我不禁憶起造訪貴地時之各種情景，再次對您的多方照顧表示感謝。此外，拜讀過您的俳句，我印象深刻，彷彿又看到貴地迎來秋天，群山環抱小鎮的種種美景……

寫到這裡，今西重讀一遍，思索著接下來該怎麼寫。其實這樣結尾也行，但做爲感謝函似乎過於簡單。

今西想仿效桐原老先生，寫首俳句回贈，卻想不出佳句。近來，他沒有創作俳句，顯然是腦筋變遲鈍了。

今西停下筆桿沉思，妻子端茶過來。

「在寫感謝函嗎？」她探頭看著。

今西藉機點了根香菸。

「我們是不是應該回禮？」芳子問。

「也是，回贈什麼好呢？」

「是啊，東京沒什麼特別的東西，不如送點淺草的紫菜吧。」

「明天妳到百貨公司買些寄去。不過，那不便宜吧。」

「是貴了些，頂多花個一千圓。」

「好吧，就這麼辦。」

今西打算在信末寫上「另寄微薄禮品，敬請笑納」這幾個字。

儘管菸灰缸裡的菸蒂愈堆愈高，今西依舊寫不出俳句，腦海盡浮現著桐原老先生的臉龐。

突然間，今西像觸電似地感到有個念頭閃過腦際。他動也不動，連菸灰掉落膝蓋都沒察覺，就這樣持續了十分鐘左右。不過，一回過神，他便又開始振筆疾書，而且所寫的文句與剛才構思的截然不同。

3

早上起床後，今西榮太郎又寫了一封信。昨晚爲了寫給桐原老先生的信，一直苦思到深夜。不過，他還必須寫信給另一個人。這是今天清晨他在被窩裡想到的。

今西醒得很早。他習慣在醒來後悠哉悠哉地抽根香菸，這時候總會浮現許多奇怪的念頭。尤其在睡意猶存、意識鬆弛的狀態下，突閃而過的想法，就像由下往上冒出的水泡。

在蒲田調度場遇害的三木謙一，到伊勢神宮參拜後，便立刻前往東京。這是他的養子三木彰吉在警視廳的證詞。

可以這樣簡單假設：三木謙一原本預定在伊勢神宮參拜後返家，途中改變主意到東京觀光。問題是，三木謙一爲什麼突然改變行程？這不能簡單歸因於一時興起。他突然變更旅行計畫，可能跟他後來被殺有所關聯。

今西在菸灰缸裡捻熄菸蒂，從被窩裡起來，洗把臉後，坐在桌子前。昨晚寫給桐原老先生的信還放在桌上。他又在信紙上寫了起來，這回是要寄給三木彰吉。

上次別後，是否安好？

我是警視廳搜查課的刑警，或許你已忘記，先前你爲令尊遇害來東京時，就是由我與你晤談。如你所知，那起案件至今仍未掌握到凶手的下落，實在對不起令尊的在天之靈。儘管搜查總部已解散，不代表放棄追捕凶手，我們會盡早將凶手逮捕歸案，告慰令尊在天之靈。身爲此案的承辦人員，我們無論如何都會把凶手繩之以法，讓眞相早日大白。

然而，目前搜查進度遇到瓶頸，要順利解決，亟需家屬的大力配合。在此，我們想確認的是，令尊自伊勢神宮出發，到在東京蒲田調度場遇害，期間去過哪些地方旅行？若是知曉，請詳細告知。比如，在什麼地方投宿、待了幾天等等。當時，我也曾提出詢問，你只說令尊曾在旅行途中寫明信片回家，還望告知後續情況。

之後，匆匆經過五天。這五天當中，今西榮太郎的生活沒有特別變化，只承辦兩、三起小案件，很快就解決。

那天晚上，今西回到家裡，看見桌上放著一封信。他翻到信封後面，工整的鋼筆字跡寫著「岡山縣江見町××街　三木彰吉」。他沒來得及脫下衣服，便連忙打開信封，這正是他企盼的來信。

貴函收悉，得知您爲亡父之事日夜奔波，實在惶恐之至。在此，我要藉此拙信，向您日夜不懈追緝凶手之努力表示感激。身爲遺族，本應盡力協助搜查，但我能力有限，未能提供幫忙，甚覺遺憾。有關亡父助人之事蹟，由我說出似乎有失恰當，但我仍要再三指出，亡父向來熱心公益，絕不可能與人結怨。他是個十足的大善人，竟然遭到殺害，實在人神共憤，我早晚上香，無不衷心祈禱早日將凶手逮捕歸案。針對您的詢問，回答如下。亡父從旅行途中寄回之明信片共有八張：

四月十日——岡山車站　大宮旅館
四月十二日——琴平町××　讚岐旅館
四月十八日——京都車站前　御所旅館
四月二十五日——比叡山
四月二十七日——奈良市油小路　山田旅館
五月一日——吉野
五月四日——名古屋車站前　松村旅館
五月九日——伊勢市××町　二見旅館

從上面的行程來看，大致可了解亡父四月七日自本市出發後，便隨意四處旅遊。比如，在岡山市停留一夜，是要到附近的後樂園和倉敷等地拜訪朋友。前往讚岐，當然是參拜金比羅宮後，從高松走訪屋島，因爲亡父平常十分掛念此事。

在京都停留時間較長，是想遊覽琵琶湖和比叡山，再到吉野參觀名勝古蹟，亡父向來對古蹟有濃厚興趣。在名古屋也旅遊了四天左右，然後到期待已久的伊勢神宮參拜。

雖說寄回來的都是明信片，但內容無不洋溢著旅途的歡快之情。結束伊勢神宮的參拜後，原本預定返回故鄉，他從名古屋寄來的明信片中提到「再過三天，即將返回鄉里」，前往東京一事，完全沒有提及。

隔天，今西榮太郎又收到一封信。那是島根縣的桐原小十郎寄來的。信是用毛筆寫的，字跡優美流暢，以高雅的日本紙當信箋，墨跡清晰醒目。

今西榮太郎讀著長達五張的信紙，內容是回答有關三木謙一的各種問題。他讀了好幾遍，因爲上面詳細寫著前巡查三木謙一的「善行」事蹟。

在這之前，有關三木謙一擔任巡查期間的善行，今西聽過許多次，桐原老先生這次來信，則是更具體的陳述。

今西愼重地把信收進抽屜裡，和昨天三木彰吉寄來的信放在一起。

今西榮太郎鎭日都在沉思，即使到警視廳上班，腦海中依舊縈繞著這些念頭。接著，他寫了封詢問函到某地。

傍晚時分，今西向股長請兩天假。

「眞難得，」股長看著今西笑說：「你從未連請兩天假。」

「是啊，」今西搔著頭，「因爲有點累了……」

「你要保重，請三、四天都沒關係。」

「不，兩天就夠了。」

「要去哪裡？」

「我想到伊豆附近的旅館，悠哉泡個溫泉。」

「這個主意眞好！總之，你太拚了，人沒適當休息，就會積勞成疾。不錯啊，你泡完溫泉，就找人來按摩，再安穩睡個覺。」

股長在今西的假單蓋上印章，呈送到課長那裡。

今西提早離開警視廳，匆匆回到家裡。「我要去旅行，待會就出發，馬上幫我準備行李。」

「是出差嗎？」見今西神情焦急，芳子問道。

「不是出差，而是休假。我想去關西兩天。」

「關西？噢，這麼突然？」

「沒什麼，只是想坐火車到遠方走走而已。」

「今晚的火車嗎？」

「嗯。既然興起這個念頭，就想早點成行。」

「一個人去？」

「嗯。」

「眞奇怪，有什麼事嗎？」

「沒什麼事，只是想到伊勢神宮參拜。」

芳子驚訝地笑說：「噢，這回又是颳起什麼風來了？」

4

隔天清晨，列車抵達名古屋車站。今西榮太郎穿過月台，換乘近鐵的參宮線電車兩小時後，便可到達伊勢市。

提到伊勢市，今西感覺有些無所適從。之前他習慣把這裡稱爲宇治山田市，比較有參拜伊勢神宮的氣氛。

大戰之前，今西來過一次，如今市內沒有多大的變化，他很容易便找到二見旅館。從車站步行只需五、六分鐘，他若無其事地從門前走過，剛好看見門口正鬧哄哄地送著團體客人離去。

現在才十點左右，不如等一下再去旅館報到。通常旅館下午生意比較清淡，想詢問什麼事也更合適。

今西榮太郎趁空去了伊勢神宮。特地來到此地，沒參拜實在是說不過去，畢竟他是大正初期出生的人。

伊勢神宮內與之前來時沒有太大的變化，參拜者絡繹不絕。只是，可能上次遭到颱風侵襲，寺內有樹木折斷乾枯。

今西有種奇妙的感覺，昨天只不過是突發異想，今天已來到伊勢神宮。他在神宮參拜約一小時，便回到二見旅館，只見門前恢復平靜，打掃也結束了。

今西榮太郎站在灑過水的旅館門口。原本得向當地警署遞上名片請求協助，但這次並不是正式搜查。他對來伊勢能有什麼成果沒多大把握。上次，他千里迢迢到東北和山陰查訪，徒勞而返，所以這次沒向股長表明去伊勢的目的。

有個穿著打掃服的年輕女傭從門口走出來，看到客人，連忙行禮：「歡迎光臨。」

今西被帶到二樓後面的客房。這棟新建築前面的大馬路直通車站，但從後面望去，全是參差不齊的屋頂，談不上什麼景觀。有架飛機緩緩飛入雲端。

另一名女侍端茶來。

「這位大姊，」今西遞出名片說：「我是做這行的人。如果老闆或老闆娘在，我想見見他們，方便幫忙通報嗎？」

拿到今西的名片，女侍露出驚慌的神色。因爲名片上印著「東京警視廳搜查一課」的頭銜。

「請稍等。」

今西榮太郎抽著菸，等待旅館老闆或老闆娘的到來。從窗外望去，全是民宅的屋頂，其中有片較大的屋頂，很像電影院。房內的壁龕掛著一幅臨摹伊勢神宮樹林的水墨畫，其餘牆上則掛裱著圓形畫框的二見浦夫婦岩（註）色紙畫。

今西依序欣賞著，不知不覺過了二十分鐘。

「打擾了。」拉門外傳來男子的聲音。

「請進。」今西坐著回答。只見一名五十歲左右，頭髮微禿的男子走進來。

「您好。」男子關上拉門，嚴肅地向今西打招呼。「我是這家旅館的老闆。遠道而來，辛苦您了。」

由於並非正式出差，今西有些難以啓齒，但爲了打聽案情，還是直接表明身分比較快速方便。

「來，請這邊坐。」今西勸老闆坐在他的面前。

「謝謝。」

從事服務業的人，大多對警方很有禮貌。這家旅館老闆對警察的態度，遠比對一般客人恭順。

「你是什麼時候來到這裡的？」老闆問。

「昨晚出發，今天早晨剛到。」今西盡量露出和藹的表情。

「想必很疲累吧？」

老闆每說完一句都微微點頭，看來他對這位特地從東京警視廳來的刑警，多少感到有些惶恐。旅館業常有各行各業的人來住宿，包括小偷、通緝犯等等。這些人離開後，時常給旅館帶來意料之外的麻煩。

「事情是這樣的，我是專程從東京來打聽消息。」今西溫和地說。

「噢，這樣啊……」老闆瞇著細眼，望著今西。

「不必擔心，不會替你們帶來麻煩，只是爲了參考，來打聽一下。」

「是。」

「我想了解一下，今年五月九日在貴館投宿的一名客人，不好意思，方便讓我看看旅客登記簿嗎？」

「好，沒問題。」

老闆拿起桌上的電話，請人把旅客登記簿拿來。

「話說回來，您也眞辛苦啊。」老闆似乎放下心防，慰勞似地說。

「嗯，沒辦法，畢竟是爲了工作。」

「不過，東京警視廳的刑警光臨敝店，這還是頭一次。您也知道，幹我們這一行的，三不五時會給當地警署帶來困擾。」

註—二見浦位於日本三重縣，東邊的海中有大小奇石狀似夫婦，便以繩結之，稱爲「夫婦岩」。

談話的同時，侍女走進來。老闆從侍女手中接過旅客登記簿。

「這是五月九日的資料嗎？」

「是的。」

老闆翻著訂在一起的傳票。

最近的旅客登記簿和以往不同，已改爲傳票形式。

「找到了，這些都是五月九日的。」老闆抬頭對今西說：「要找的客人大名是什麼？」

「他叫三木謙一。」今西回答。

「三木……啊，在這裡。」

老闆把旅客登記簿遞給今西，今西接過後凝目細看，只見上面字跡工整地寫著：

「現址：岡山縣江見町××街。職業：雜貨商。姓名：三木謙一。現年五十一歲。」

今西目不轉睛地盯著這些文字，這就是不幸遇害的三木謙一的筆跡！實在無法和蒲田調度場那具慘不忍睹的屍體聯想在一起。三木謙一在旅客登記簿上塡寫這些資料時，絕對想不到等待他的竟是悲慘的命運。從岡山縣的深山，到終生嚮往的四國，然後造訪近畿的名勝古蹟，終於來到憧憬已久的伊勢神宮參拜……也許是心理作用，當今西這樣聯想的同時，那些文字彷彿跟著雀躍起來。

旅客登記簿旁，寫著侍女「澄子」的名字。

「這個人只在九日住了一晚嗎？」

「是的。」老闆探頭看著登記簿應道。

「老闆，你不認識這位先生吧？」

「是的，我一直待在裡面，所以不清楚。」

「是澄子小姐負責接待嗎？」

「是的，若想問她，我把她叫來。」

「拜託了。」

老闆又拿起電話，喚那女侍過來。

澄子約莫二十二、三歲，身材嬌小，但看得出工作非常勤奮。她不太會打扮，面頰紅潤。

「澄子，這位先生想打聽妳負責接待的那個客人，妳若知道什麼，盡量告訴他。」老闆吩咐。

「妳是澄子小姐嗎？」今西微笑問道。

「是的。」

「記得那天接待這個客人的情形嗎？」今西把旅客登記簿遞到澄子的面前。

「是『萩之間』那一位。」澄子看了一下，自言自語。思索片刻後，她明確地說：「嗯，我還記得，確實是我接待的。」

聽侍女說還記得，今西榮太郎便催促她描述對方的面貌特徵。經過女侍的說明，果眞是三木謙一本人。

「他操什麼口音？」今西接著問。

「他的口音很特別，好像帶著『滋滋腔』，我猜可能是東北人。」

今西心想，這回絕對錯不了。

「他的口音很難聽懂嗎？」

「是啊，很難聽得清楚。看他在登記簿上寫的是岡山縣，我好奇地問他是不是東北人，他只笑著說：『我的口音常被人誤解。』」

「他的意思是，被人聽成東北口音嗎？」

「是的。他說常年住在村子裡，自然而然就操起這種口音。」

從侍女的話聽來，三木謙一似乎對她頗能敞開心房交談。

「那位客人投宿的期間，有沒有什麼怪異的舉止？」

「倒是沒有。他回到這裡，是白天參拜完神宮之後，只說明天就要回鄉。要說怪異，就是他本來要回鄉，隔天卻突然表示要去東京。」

「噢，隔天他就說要去東京嗎？」這就是關鍵之處。

「是的。」

經過女侍的說明，可清楚知道三木謙一是在投宿後的第二天變更回鄉的計畫。

「那位客人是幾點辦理住房？」

「傍晚，我記得是六點左右。」

「入住後，他沒再外出嗎？」

「不，他曾外出。」

今西榮太郎對他的「外出」非常在意。全國的民眾都會到伊勢神宮參拜，三木謙一外出的時候，可能在半路上遇到認識的朋友，而這樣偶然的邂逅，或許就是促使三木謙一決心去東京的原因。

「他只是去散步嗎？」今西問。

「不，他說是去看電影。」

「看電影？」

「他說有點無聊，想去看場電影，問我電影院在哪裡，我便告訴他位置。喏，從這扇窗戶就可望見，是那棟高大的建築物。」

侍女說的，就是剛才今西從窗戶望見的電影院。

「他幾點左右從電影院回來？」今西榮太郎問。

「大概是九點半。」
「也就是電影院散場的時候？」
「沒錯。」
今西榮太郎有點失望。若三木謙一去看電影的途中遇上認識的人，回到旅館的時間不是更早，就是更晚。如果是電影散場後回來，根本沒有時間遇上什麼人。
「客人回到旅館時的神情如何？事情隔這麼久，也許妳已記不清楚，請仔細回想一下。」
「好的。」女侍邊看著坐在旁邊的老闆，歪著頭沉思。
「這件事情關係重大，妳要想清楚，不可弄錯。」老闆幫腔道。
老闆這麼一說，女侍的表情變得嚴肅。今西不禁有點緊張。
「不，不必太嚴肅，隨意說出妳的想法就行。」
「好。」女侍終於開口：「他回來的時候，沒有什麼特別的變化，只說想延後隔天早飯的時間。」
「換句話說，隔天客人是隔天出發嗎？」
「是的。起初他說要回家鄉，要我八點左右準備早飯，因爲他想坐九點二十分的火車。」
「後來怎麼變更的？」
「他說早飯改爲十點，看情況也許要在旅館待到傍晚。」
「待到傍晚？」今西移膝向前，「他沒說是什麼原因嗎？」
「沒說，他好像在苦思。看他沒繼續講話，我便跟他道了聲『晚安』退下。」
「原來如此。那麼，隔天早上，妳準時送早飯了嗎？」
「是的。隔天早上十點，我準時把早飯送去。」

「後來直到傍晚，他都待在房裡嗎？」

「不，中午過後，他又去電影院。」

「什麼？去電影院？」今西吃驚地說：「他那麼喜歡看電影啊。」

「不，他是去同一家電影院，我有事順便陪他到半路，所以知道這些情況。」

「是昨晚剛看過的那部電影嗎？」

這回換今西陷入沉思。在旅途中連續看同一部電影兩次——既不是小孩，也不是年輕人，而是一個五十出頭的老人，那部電影引起了三木謙一的興趣嗎？

「換句話說，隔天他看完電影回來，當晚就離開旅館？」今西問。

「是的。」

「他坐幾點的火車？」

「我在櫃檯看過火車時刻表後告訴他的，所以我很確定。」老闆繼續道：「他從房裡打電話來問，我告訴他坐近鐵的電車，可接上二十二點二十分從名古屋出發的上行快車。」

「那班車是幾點到達東京車站？」

「隔天清晨五點抵達東京，許多房客都乘坐這班車，所以我記得非常清楚。」

「那位客人離開前，有沒有講到什麼特別的事？」今西又抬眼注視女侍。

「我沒留意，只問他昨晚說要回岡山縣，爲什麼突然改去東京？」

「噢，他怎麼回答？」

「他說是一直興起。」

「只有這樣說嗎？」

「是的，沒聽他說別的了。」

「原來如此。」今西沉吟了一下，「那位客人看了什麼電影？」

「我不太清楚。」

「沒關係，我去查查就知道。百忙中諸多打擾，再次感謝。」

「這樣就行了嗎？」老闆從旁問道。

「是的，這消息幫助很大。老闆，幫我結帳。」

「噢，您要出發了？」

「因為時間上還很充裕，我也想坐那班列車回東京。」

「是嗎？」

今西榮太郎付完房費，走出旅館。不過，他不是直接前往車站，而是去電影院。電影院座落在商店街中間，外面掛著色彩絢麗的廣告看板，是正在上映的兩部古裝片。

他向女性收票員表示想見老闆一面，遞出名片後，旋即被帶到裡面。繞過光線暗淡的電影院後方，出現一個緊閉著的房間。打開房門，室內很寬敞，畫海報的工人正在為下期放映的電影繪製宣傳看板。老闆背著雙手，站在那裡看著。他一瞥見今西的名片，立即笑容可掬地迎上來。

「恕我冒昧叨擾，請問五月九日上映的是哪一部電影？」今西急切地問。

「五月九日上映的電影嗎？」聽到來自東京的刑警突然這樣問起，老闆不禁有點驚訝。

「是的，我想知道那部電影的片名。」今西回答。

「噢，那部電影跟案件有關嗎？」

「不，我只是想做個參考。方便立刻查出來嗎？」

「要查倒是挺快。」

老闆帶著今西到放映室附近的辦公室。牆上貼滿花花綠綠的電影海報，桌面胡亂堆放著書。一名年輕男子看著帳簿，邊撥打算盤。

「喂，五月九日我們院裡放映的是哪部電影，你查一下。」

年輕男子抽出眼前的帳簿，翻了幾頁，一下就找到。

「一部是《利根風雲》，另一部是《莽漢大火拚》。」

「就是這兩部電影。」老闆對著旁邊的今西說：「一部是古裝片，另一部是現代片。」

「是哪個片廠的影片？」

「我們是南映專屬的電影院，所以全是南映的片子。」

「不好意思，請問有沒有電影的宣傳海報或是演員名單？」

「那片子下檔很久了，得找找，我們到那邊看看吧。」老闆命那名年輕男子幫忙尋找。

年輕男子在抽屜和角落的櫃架翻找著，最後從一大疊海報底下抽出一張。

「終於找到了。」老闆接過海報，馬上遞給今西。

「這就是演員名單。」

「謝謝。」

《利根風雲》和《莽漢大火拚》兩部電影，都由當今的紅牌演員主演，連扮演配角和跑龍套角色的演員名字都列了出來。比如，「女傭某某某」或「囉嘍某某某」等等，均榜上有名。

「這兩部電影在什麼地方上映？」今西把海報摺好愼重地放入口袋。

「兩部電影下檔很久了，說不定連專門播映二輪片的電影院也不播了。」

「這種情況下，影帶是不是就送還給公司？」

「是的，播映完畢通常都會送還公司，大概是放在公司的倉庫吧。」

「謝謝你。」今西點頭致謝。

「這樣就行了嗎？那部電影是不是扯上什麼案件？」

這時，今西已轉身走出辦公室。

13 CHAPTER — 第十三章

線索

1

今西榮太郎回到東京的首要工作，就是跟南映電影公司進行交涉。

他數次前往位於銀座的南映電影公司企劃部，情商他們放映《莽漢大火拚》和《利根風雲》兩部電影，及當時在伊勢加映的新聞影片。

電影公司當然沒有輕易答應。不是不能從倉庫裡取出備份影帶，而是要播映有些困難，因爲試映室經常滿檔。每週出產兩部新片，都要不斷請人來看試片，以公司的立場來說，花三個半小時單獨爲他播放兩部電影，的確有困難。

「那些電影眞能做爲辦案的參考嗎？」對方問。

「談不上可供參考，只是有些事情想確認。如果電影院還在上映，我可以到那裡看。不過，由於沒有地方在上映，只好向你們求助。雖然跟搜查沒有直接關係，仍希望你們能通融。」今西苦於不能說出原因。

今西認爲，警視廳方面不可能針對此事發正式公文給電影公司，所以他也不能向上司通報。換句話說，這是他的突發異想，只得盡可能以個人名義博取電影公司的好感。

「好吧，改天試片室若有空檔，我們會通知你。」對方回應。

儘管對方這樣允諾，今西依舊沒有接獲通知。他焦慮地等了三、四天，電影公司的承辦人員終於打電話來。

「今天下午試片室剛好有空，請馬上過來。」

今西立刻趕去。南映電影公司的試片室，在某劇場的地下室。

「感謝你們的通融。」今西向承辦人員致謝。

「好不容易才有這個空檔，請仔細觀賞。」

今西孤伶伶地坐在足以容納五、六十人的觀眾席正中央。這裡通常坐滿電影公司邀請的評論家和新聞記者等相關人士，今天卻專為他一個人放映，感覺有點過意不去。

電影開演了。跟一般電影院不同，銀幕只有一半大，但聲音、畫面都十分清晰。一開始是新聞影片，從頭條政治新聞到社會消息，從嚴重壅塞的交通現況到地方新建鐵路開通的情景，一幕幕播了出來，最後以體育新聞結束。接著放映的是古裝片《利根風雲》，主要描寫利根川兩岸的賭徒如何相互拚殺。飯岡助五郎一派和笹川繁藏一派，出手極為闊綽，其中以平手造酒這個角色最為突出。

今西目不轉睛地盯著畫面。他不是在觀看劇情，而是緊盯著每個出場人物。比如，卑賤的小混混、行人或捕吏，他全不放過。約莫一個半小時後，《利根風雲》播畢。銀幕上出現「劇終」二字，場內也明亮起來。

今西的眼睛極為疲勞，不由得嘆了口氣，因為他沒從這部電影中找到可供參考的線索。

休息五分鐘後，放映師來通知：「要放映下一部片子了。」

「勞煩你了。」今西榮太郎坐正，沒多久，燈光暗了下來，出現《莽漢大火拚》的字幕。

今西從演員表大致知道有哪些角色，但認不出演員的名字和長相。他平常極少看電影，很難一下認出哪個名字是哪個演員。年輕時他倒是經常往電影院跑，所以對老演員比較熟悉，但對年輕演員就陌生多了。

《莽漢大火拚》由當紅的年輕明星擔綱演出，是一部描寫流氓間動輒開槍拚殺的故事。今西像剛才看《利根風雲》那樣，緊盯著每個角色，連不起眼的行人、酒店的客人和小混混都不放過。

劇中情節完全沒進入腦海。他只模糊地知道演的是幾個流氓老大爭奪鬧區的地盤，身為男主角的青年爲此大幹一場的荒誕故事。不過，由於是現代片，時常出現東京的場景。比如，酒吧林立的銀座後街、人潮擁擠的有樂町、大廈的內景，及晴海碼頭的倉庫區等等，背景人物也很多。

今西最感興趣的不是那些主要演員，而是配角和臨時演員。很快地，一個半小時又結束了。場內亮起燈光時，今西仍怔愣地坐在座位上。在這部電影中，他也沒找到滿意的答案。

「全部播映完畢，怎麼樣？」承辦人員問道。

「謝謝，叨擾你們了。」今西站起來：「多虧你們的通融，我才能慢慢觀賞，這樣我心裡有數了。」

「是嗎？單獨爲特定的觀眾播映兩部片子，你還是第一位呢。」承辦人員笑道。

「眞不好意思。」

今西榮太郎走出地下室來到戶外，陽光熾烈得讓他頓時睜不開眼睛。他拖著無力的步伐前進，專程來看這兩部電影，卻毫無所獲，期待完全落空。

三木謙一不是小孩，之所以在伊勢連續看了兩次《利根風雲》和《莽漢大火拚》，電影中肯定有什麼場面非常吸引他。根據旅館女侍的敘述，三木謙一回到旅館後，又說想再重看電影。可是，今西看完兩部電影及新聞影片，並未發現需要讓三木謙一連看兩次的特殊場景。

2

今西榮太郎回到警視廳，看到自己的桌子上放著一個茶色信封，背面寫著「岡山縣兒島郡××村——慈光園」。

今西馬上拆開，這是他期盼已久的信。前幾天，他寄信給亀嵩的桐原老先生，請他代爲向慈光園詢問事情，這便是慈光園的回覆。

致東京警視廳搜查一課　第一股巡查部長今西榮太郎先生

有關台端查詢本浦千代吉一事，茲答覆如下：

本浦先生於昭和十三年經島根縣仁多郡仁多町公所介紹，轉來敝園療養，於三十二年逝世，已向原籍地寄出死亡通知（原籍地爲石川縣江沼郡××村××號）。

據悉，本浦先生於敝園療養期間，從未收到親友來信，亦無訪客到來。愼重起見，敝園特將户籍抄本抄錄如左：

父（氏名省略　死亡）

母（氏名省略　死亡）　長男

户主　本浦千代吉

明治三十八年十月二十一日生

昭和三十二年十月二十八日死亡

妻　阿政

明治四十三年三月三日生

昭和十年六月一日死亡

（阿政爲石川縣江沼郡山中町××號 山下忠太郎之次女，昭和四年四月十六日結婚）

長男　秀夫

昭和六年九月二十三日生

以上簡單回覆，敬請參考。

慈光園　庶務課長　印

今西直盯著這封來信。光是看這般簡單的記述，就讓他花掉抽一根菸的時間。當然，不是覆文難懂，而是戶籍抄本引起諸多聯想。從電影公司試片室回來後的疲累，也託這封信的福減輕了大半。

今西是個做事一板一眼的人。他連忙從抽屜取出信紙，寫起感謝函。不僅如此，寫完感謝函，又發了封詢問函，收件人爲石川縣山中警署。

唐突來函，有勞貴局代爲調查以下事項：

石川縣江沼郡山中町××號山下忠太郎若有親屬在世，請告知其住址、姓名。

今西寫完，重看一次，以鋼筆補寫「以上查詢之事萬分緊急，請多關照爲盼」。

今西回到家已是晚間八點多。大門關著，屋內昏暗無光，還從裡面上了鎖。妻子外出的時候，會把鑰匙放在丈夫知道的地方，於是今西從花盆底下取出鑰匙，打開大門後，扭開電燈，發現桌上有張妻子留的字條。

「阿雪來做客，我們去看電影。太郎在本鄉的奶奶家。我們會在九點以前回家，飯菜放在碗櫥裡，請自行取用。」

今西沒脫下西裝，直接打開碗櫥，裡面有在附近魚店買的生魚片和牛肉燉蘿蔔。他把菜肴端上桌。由於最近電鍋有保溫裝置，非常方便。時間這麼晚，打開電鍋依舊熱氣騰騰。火盆上放著一只鐵製水壺。

他把茶水淋在飯上，並放上燉蘿蔔，就這樣把冷蘿蔔和熱飯一起嚥下口。他獨自吃著晚餐，邊回想今天岡山縣慈光園的來信。他喜歡在吃飯時思考，妻子不在家，剛好不會受到干擾。

或許是吃完溫熱的飯，今西終於想換下衣服。他叼著牙籤，隨興翻看晚報。這時，大門有些動靜。

「哎呀，他回來了。」這是妻子的聲音，接著是兩人的談笑聲。

「我們回來了。」妻子有點過意不去地笑著走進來，跟在後面的是滿臉笑容的妹妹。

「抱歉，阿雪來了，我找她去看電影。」

「才不是呢，是我邀嫂子出去的。」

她們相互推讓著，今西繼續讀著報上的連載小說。兩人在隔壁房間換衣服，邊聊著電影。住在川口的妹妹喜歡看電影，不禁談起演員的演技。不久，妻子換上家居服走出來。

「你吃飯了嗎？」

「嗯，吃了。」

「我們原本預定在你返家之前趕回來……」

「哥哥，這個給你。」妹妹遞出糖炒栗子。

「欸，妳今天不回去？」今西看到妹妹已穿上妻子的家居服。

「是啊，我老公出差去了。」

「妳眞是的，你們夫妻吵架也來，丈夫出差也來，眞是麻煩的傢伙！怎麼樣，今天的電影好看嗎？」

「還不錯。」

妻子和妹妹坐在今西旁邊繼續談論電影，今西抬起頭說：「其實，我也去看電影了。」

「哎呀，哥哥，是眞的嗎？」妹妹十分驚訝，因爲哥哥甚少看電影。

「所以才這麼晚回來嗎？」妻子問。

「哪是呢，這是我的工作。」

「噢，刑警看電影也算是工作嗎？」

「要看情況。」

「你看了什麼電影？」

「《莽漢大火拚》和《利根風雲》。」

「哎呀，」妹妹笑了起來，「這是老片。」

「哦，妳怎麼知道？」

「我看過啊。大概是半年前看的，是很無趣的電影。」

「也是。」今西的目光又回到報紙上。

妻子在旁邊剝著糖炒栗子，剝好放在今西看的報紙上。新聞報導乏善可陳，但為了消磨時間，今西勉強瀏覽著。

〈超硬質合金鑽孔新革命——強力超音波的應用〉

遠東冶金技術有了新突破！原來被視為利用強力超音波、無法鑽穿硬質金屬的技術，終於獲得成功。這項新技術將取代傳統的切斷機，不僅可輕易鑽孔，甚至可鑽得深入。透過這項技術的應用，將來可做各種形態的鑽孔。該公司指出，由於這項技術的革新，原本遇到瓶頸的硬質合金加工，因而有飛躍的進展，從此可進行大量加工。擁有這項新技術，在各方面都將比傳統加工速度快十倍。

只要把各種形態的金屬工具壓在欲加工物上，以周波數一六—三〇千赫、振幅一〇—三〇微米，並供應金剛砂等砥粒混水，即可依工具形狀鑽孔。此鑽孔特色在於，不使工具旋轉，卻能任意鑽出各種孔洞。

眞是無趣的報導。今西漫不經心地盯著報紙上的文字，邊聽妹妹和妻子的對話。

「預告片有時比電影正片有趣。」妻子說道。

「是啊，預告片爲了招攬觀眾，都是剪輯比較精采的畫面。」妹妹應道：「今晚的預告片就很有意思。」

「是啊。」

今西扔下報紙，「喂，電影院一定會放預告片嗎？」

「你是問那時候放的預告片嗎？」

翌日，今西榮太郎前往電影公司，已認識的承辦人員這回沒面露難色，而是幫他翻找著檔案資料。

「啊，是下星期首映的新片預告和預報兩種。」

「『預報』是什麼？」

「就是指，有大片上映的話，一個月前就要大肆宣傳。至於所謂的新片預告，就是純粹的預告。」承辦人員解釋。

「當時的下週首映新片是哪部？」

「《遙遠的地平線》，是現代片。」

「預報呢？」

「是外國電影。」

「外國電影？」

那不成問題。

「這麼說，劇中不會出現日本人吧？」今西確認道。

「當然。這是部美國電影，裡面出現的自然是美國人……在東京舉行首映會的時候，報紙還曾大幅報導。總之，這是一部評價很高的大片，首映會那天皇室成員也到場觀賞。」

「所以，這些畫面才會在預告時放映出來嗎？」

「是的。」

「再三叨擾，眞是不好意思，方便讓我看那些影片嗎？」

「這個嘛……」承辦人員露出爲難的表情，「預告片不會一直放在倉庫，是否還有留存，得查查看才知道。」

「這麼說，經過一定時間，影帶就會作廢？」

「沒錯，否則倉庫會堆滿影帶。期限一到，就得處理掉。」

「怎麼處理呢？」

「比如，把影帶剪碎，賣給廢鐵、廢五金業者，我們稱這種作業爲jack。」

「那麼，能幫我查一下嗎？」

承辦人員表示，現在去倉庫未必能找到影帶，請今西一小時後再來。

今西榮太郎暫時離開。原先以爲電影院只放映劇情電影和新聞影片，想不到也放映新片預告，這點他倒是疏忽了。在外面閒逛一個小時左右，他回到電影公司。

「啊，找到了。」承辦人員看到今西，馬上站起來說：「當時的下週新片預告找到了，但很遺憾地，外國電影的預報果然已處理掉，三天前剛賣給廢五金業者。」

承辦人員讓今西看了當時的下週新片預告，但沒什麼發現。

《遙遠的地平線》的預告片，只是幾個場景的剪輯，加上導演和攝影師的身影，才三分鐘就結束。

「再三叨擾，眞不好意思。」今西向承辦人員致歉。打從昨天起，光是爲了今西，就放映了四部影片。

「預報的是外國片吧？」

「是的。」

不過，承辦人員解釋，預報影片的拷貝已剪斷，賣給廢五金業者。

「那部影片的片名是什麼？」

「《世紀之路》。」

「預報的內容除了電影的橋段之外，還有公開上映時的情景吧？」

「是的。」

「照理說，應該會有數卷拷貝，找出一卷不成問題吧？」

「這種可能性不大，若要處理就是全部。不過，我懂你的意思，要是找到拷貝，一定會通知你。」

「請多幫忙了。」

今西只能這樣回答，畢竟處理掉就不可能找得出來。不過，這也是沒辦法中的辦法了。

今西打電話給吉村：「上次眞對不起。」

「不，我才失禮。」吉村應道。

「吉村君，你喜歡看電影嗎？」

「咦，您怎會突然這麼問？我喜歡啊。」

「你看過《莽漢大火拚》嗎？」

吉村笑了起來，「我沒看過。」

「是嗎……」

今西有點悵然若失，但轉念一想，《世紀之路》的預告片應該不僅僅在《莽漢大火拚》上映時播放吧？

「你看過《世紀之路》這部外國片嗎？」

「嗯，看過。」

「預報都演些什麼？」

「您是指，很久以前就在宣傳的那種影片嗎？」

「是啊。」

「我想想……啊，有，我看過。」

「你確定？」

「嗯，就是公開放映時的鏡頭集錦。」

「沒錯。」今西不禁提高音調。實際上，他眞的是興奮地喊著：「我馬上去找你，想詳細了解一下。」

「要談電影嗎？」

「嗯，在我趕到之前，你盡量回想一下預報的內容。」

今西來到蒲田警署。待在辦公室的吉村看到今西，馬上跟著他到外頭。

「其實，在署裡邊喝茶邊聊也行，但那麼多人在場，總覺得沒辦法輕鬆講話。」

他們走進警署對面的小咖啡館。
「辛苦了。」吉村突然說道，因爲今西剛從伊勢回來。
「那邊的進展如何？」
「我正想告訴你。」今西詳細說明來龍去脈。「就是這樣，從外地回來之後，我始終忙個不停。問題在於，三木謙一到底看到什麼，才突然改變行程？我推測是看了外國電影的預告。遺憾的是，電影公司已處理掉這些影帶。所以，希望你就印象所及，說說那支預報的內容。」
「好的。」吉村雙手交抱胸前，「由於過了很久，幾乎都忘光……預報是以介紹電影內容爲主和剪輯精采片段。」
「應該有東京特別上映的畫面吧？」
「有。皇太子夫婦還相偕前來觀看，風風光光地上了鏡頭。」
「除此之外，還有什麼畫面？當然，不是指電影的內容……」
「其他……」吉村回憶似地低下頭。
「有沒有出現著名人士？比如，在哪個會場的鏡頭裡……」今西盡量給予提示。
「有、有！」吉村旋即抬起頭，「的確有那樣的鏡頭，但我不記得是誰……」
「有沒有新思潮派的成員？」
「等等，讓我回想一下。」吉村又低下頭沉思，「……有很多名流，包括小說家、導演、日本電影明星……」他喃喃自語般緩慢說著：「雖然沒有出現『新思潮派』這樣的字眼，但總覺得有類似的人物出現。好像頻頻出現過年輕藝術家，總之，那時候我沒多注意，印象有點模糊。」
「是嗎？」
吉村對此也印象模糊，看來只有檢查正版的影帶才能釋疑。問題是，那些影帶都已處理掉，再也不可能找出來。

然而，從吉村的回憶中，今西已有大致的預想。銀幕畫面中可能出現過新思潮派的成員，而三木謙一湊巧看到其中某個成員，才突然改變心意前往東京。關鍵在於，是哪個成員？

3

今西榮太郎的筆記本裡，寫著這樣的資料。

……………………

＊關川重雄

昭和九年十月二十八日生。

昭和三十二年，由原籍秋田縣橫手市遷往東京都目黑區柿木坂一〇二八號。

現住所：目黑區中目黑二一〇三號。

父親：關川徹太郎。母親：茂子。

家族：其父於昭和十年死亡，其母於昭和十二年死亡。沒有兄弟，單身。

……………………

＊×××

昭和八年十月二日生。

原籍：大阪市浪速區惠比須町二之一二〇。

現址：大田區田園調布六之八六七。

……………………

＊本浦千代吉
原籍：石川縣江沼郡××村××號。
明治三十八年十月二十一日生，昭和三十二年十月二十八日死亡。
妻子：阿政。
明治四十三年三月三日生，昭和十年六月一日死亡。
石川縣江沼郡山中町××號。
山下忠太郎次女，昭和四年四月十八日結婚。
長男：秀夫。
昭和六年九月二十三日生。

……………………

今西榮太郎增加了某個人的資料。爲什麼把這些資料寫在筆記本裡？因爲他對評論家關川重雄在報紙上發表的那篇文章有點在意。或許這根本不成問題，但幹刑警這一行的，凡事都得抱持懷疑的態度。

當然，今西榮太郎看不懂那些深奧的文章，而且最近讀起年輕評論家的文章，自卑感便油然而生。他實在讀不下那些充滿知性的嚴肅文章。儘管關川重雄盡量寫得淺顯易懂，他仍沒自信領會其中的含意。他總是試圖從字裡行間讀出這些評論家的玄奧之義，假如不能敏銳地體會其中深意，就會被取笑爲「看不懂國語的笨蛋」。

不管頭腦是好是壞，今西決定憑直覺行事。在新思潮派當中，今西關注的不僅限於關川重雄，還有其他的年輕藝術家，比如劇作家、音樂家、小說家、詩人、畫家等濟濟人士。

針對和賀英良，今西有兩份調查資料。一份是大阪市新川町的浪速區公所戶政課，寄來的戶籍抄本。

大阪市浪速區惠比須町二之一二〇

父親：英藏。

明治四十一年六月十七日生，昭和二十年三月十四日死亡。

母親：君子。

明治四十五年二月七日生，昭和二十年三月十四日死亡。

本人：昭和八年十月二日生。

母親君子原籍為仙台市東三之四十七號山本次郎之長女，昭和四年五月二十日與英藏登記結婚。

另一份是京都府立××高中的回覆，該文說明和賀英良於昭和二十三年中途退學。

今西的腦海浮現三個人的出生年月日：（A）昭和九年十月二十八日生。（B）昭和八年十月二日生。（C）昭和六年九月二十三日生。原籍各不相同，一人在東京，一人在大阪，另一人在石川縣。今西以鉛筆輕敲這三個名字，沉思許久。

他看了看日曆，發現下星期日和星期一正好連休。

「這星期六晚上，我要去北陸一趟。」今西回到家裡，對妻子芳子說道。

「又要出遠門？」妻子露出驚訝的表情，因為今西前幾天剛從伊勢回來。

「我不是去玩。」今西有點不悅，「我不能老是請假，這次恰巧有連休兩天的機會。」

「不能當出公差嗎？」

「不好意思開口，畢竟此行不確定能否有成果。總之，我要到石川縣一趟，有沒有旅費？」

「這點錢還是有的。」
「謝謝，趕緊給我。」
「要去石川縣的什麼地方？」
「山中溫泉的附近。」
「哇，是個好地方，記得買特產。」
今西從未帶妻子去溫泉區旅行。妻子這麼一說，宛如砸中今西的要害。「會買回來啦。不過，花掉妳辛苦存下的錢，眞不好意思。」
「沒辦法，畢竟是工作。」
今西決意要帶回成果，之前幾次外地查訪都沒什麼斬獲。
隔天，他打電話給吉村。
「明天晚上，我要去石川縣的山中。」
「山中？」吉村忍不住驚呼，接著問：「有山中、山代和粟津溫泉……是那個山中嗎？這次的目的是什麼？」
「還是爲了那起案件啦。」今西有點不好意思地回答。
「噢，看來這起案件的疑點滿多的。」
「嗯。」
「今西先生，假如有需要我出力的地方，請隨時吩咐。」吉村熱情地應道。
這起案件是在吉村的轄區發生的，即使搜查總部已解散，轄區警署仍繼續進行調查。由於已進入任意搜查階段，所以沒有設置專任調查員，但吉村始終抱持最大的熱忱。
「嗯。」今西沉吟了一下，「明天晚上，我坐九點四十分的火車，從東京出發。」

「二十一點四十分，知道了，我會到車站送行。」

星期六晚上，今西提著旅行箱來到東京車站的月台。吉村擠過送行的人潮走近。

「噢，你來了。」今西笑道。

「辛苦了。」吉村低頭致意，「這次不是出差嗎？」

「不好意思說要出差。幸好碰上連休，我就利用這機會順道旅行一下。多虧我太太拿私房錢出來贊助，不過她有點不高興。」

「夫人眞是通情達理。」

「唉，不談這些了。我有事情想拜託你。」今西環顧四周後，湊近吉村的耳畔低語。

吉村睜大眼睛應道：「我明白了。」

交頭接耳結束，吉村看著今西，大大點頭。

「在您回來之前，我會把事情辦好。」

「拜託了。」

距離發車尚有五分鐘，妻子芳子從人潮中走來。

「給你在火車上吃。」她遞出一個布包。

「是什麼？」

「到時候打開，你會很高興的。」

「不好意思，又讓妳花錢。」今西不由得客氣起來。

目送火車逐漸駛離月台，吉村對身旁的芳子說：「您眞是辛苦哪。不過，像今西先生這樣的人也很難得。」

「他就是拚命三郎，沒辦法。」芳子回答。

4

列車來到關之原附近時，天色已亮。今西從米原轉乘北陸線，晨曦照耀在余吳湖上，白雪覆蓋賤之嶽的山岳地帶。他在大聖寺下車，約莫是中午時分。

今西榮太郎坐上電車。小電車朝南邊的山腰直奔而去。過了山代，平原愈來愈小，來到即將撞上山壁的地方，就是終點站山中溫泉。

下電車的旅客多半是來泡溫泉，療養身體。這裡的人操關西方言的情形特別明顯。他拿出筆記本，在車站前問路。站前就是溫泉小鎮，不過，今西要去的地方在山的另一邊，離此地有點距離。

今西搭上計程車，沿鄉間道路奔馳。道路兩旁都是潺潺的流水，遠處民房聚集處，就是山中溫泉。

「先生，是初次來這裡？」中年司機背對著今西問道。

今西答了聲「是」後，司機又問：「您不是來泡溫泉嗎？」

「啊，這次來溫泉小鎮，順便要去拜訪認識的朋友。」今西抽著菸回答。

山上籠罩著寒冷的雲霧。

「很少有客人坐車上××村。」

「噢，那麼偏僻嗎？」

「那地方什麼都沒有。雖說有個村落，也不過五十戶人家，而且分散得很開。由於全是農民，鮮少坐計程車。」

「那麼荒涼嗎？」

「當然。別看山中和山代一帶有許多關西客人來尋歡作樂，離此處八公里的地方有很多人窮得三餐不繼。這世界眞是奇怪……」說到這裡，司機突然沉默。

「先生，您的親戚住在××村嗎？」

「不，沒有。我想去拜訪姓山下的人家。」

「山下先生嗎？那村子有一半的人都姓山下，他叫什麼名字？」

「山下忠太郎。」

「我們去問看看吧。」

正如司機所說，很少人上這村子來，所以他對村子的地形並不熟悉。道路由平地爬上山坡，狹窄的田地散落山間，路況愈來愈差。車子像浪尖上的小船顚簸著，好不容易越過第二座山嶺，司機說：「先生，那裡就是××村。現在併到山中町的轄區。瞧，一點也不像村落。」

司機指的地方，小而稀疏的屋頂上閃著亮光。司機主動要幫忙問清楚，今西連忙制止。他請司機停在民家附近，下了車。

在車子停下的地方，接連有五、六戶農家。說是「接連」，其實每幢房舍中間都隔著田地，分散各處。或許是多雪地帶的關係，民宅屋簷做得比較長。有個二十二、三歲左右的女子，背著幼兒站在一幢民宅前，從計程車停下時就冷眼盯著。

「請問……」今西上前行一禮，對方依舊板著臉孔。「山下忠太郎的家在哪裡？」

女子素著一張臉，或許是在外勞動的緣故，皮膚粗糙，臉上長滿雀斑。

「山下忠太郎先生嗎？」女子慢悠悠地說：「他住在山的另一邊。」

她抬起下巴示意的地方橫亙著山稜。

「謝謝。」今西向她致謝後便要離去。

「喂，等一下。」女子喊住今西，「山下忠太郎早就去世了。」

這一點今西也想過，他若還活著，想必是個垂垂老翁。

「這樣啊，他是什麼時候去世的？」今西停下腳步。

「大概是十二、三年前吧。」

「現在家裡還有什麼人？」

「現在嗎？他女兒阿妙和招贅的女婿。」

「原來如此。妳說他的女兒叫阿妙，女婿呢？」

「叫庄治。不過你現在去，他們可能不在家，應該到田裡工作了。」

「謝謝妳。」

今西榮太郎回到計程車上，要司機駛向山稜，司機馬上面露不悅。

「先生，山路難走啊。」

的確，那山路窄得能否讓車子通行還是個問題，而且路面比來時更崎嶇不平。儘管如此，今西仍非去不可。

「不好意思，請幫個忙，我會多付小費。」

「那倒是不必啦。」司機面有難色地答應。

車子像走在田埂般艱困跋涉。隨著斜坡的地形，零星的田地跟著往上堆壟。車子顛簸得非常厲害，繞過稜線之後，景色一變。如果比喻成大海，村落就像是座落在海灣。不過，那只是散落在山腳下的四、五戶人家。今西下了車，走在羊腸小徑上。這時，他看見一名老嫗在田間幹活，於是來到她的面前。

「請問，」今西客氣地開口：「山下忠太郎先生的家在哪裡？」

「忠太郎過世很久了。」老嫗拿著鋤頭的身子探向前。她的眼睛紅腫，彷彿罹患砂眼。

「聽說，現在是由他的入贅女婿庄治持家？」今西就剛才聽來的消息問道。

「庄治的家就在那裡。」老媼直起身，以滿是泥土的手指著。

那幢房子座落在五、六戶農家的最遠處。房子是沿著丘陵搭建的，稻草屋頂顯得頗高。

今西向老媼道謝後，正要離去，老媼又說：「你現在去找庄治也沒用。」

「噢，他不在家嗎？」

「庄治到外地工作了。」

「到外地工作？去了哪裡？」

「聽說是大阪。直到明年春天，這裡的男人都沒工作可做，所以都到外地工作了。」

「那麼，現下誰在家？」

「庄治的太太——其實就是招了女婿、繼承家業的阿妙。」

「阿妙女士嗎？謝謝。」

今西往前走。每戶農家看起來都很貧窮，房屋矮小又老舊骯髒，今西從門前經過的時候，便有老人目不轉睛地望著這個陌生人的身影。

今西沿著乾涸的田地走著，來到那幢房子前，看到老舊門柱上掛著「山下庄治」的髒污門牌。由於門窗緊閉，今西只好繞到旁邊，但那裡的套窗也都關著，彷彿屋內沒有半個人。

今西回到門前，敲了敲，無人應聲。不過，他輕輕一推，門就像沒關似地被推開。

「有人在家嗎？有人在家嗎？」今西朝黑暗的屋內喊著。

這時，屋內閃出一道人影，默不出聲地朝今西慢慢走近。來到亮處，才知道是個頭大清瘦的男孩，約莫十二、三歲，穿著骯髒的衣服。

「有人在嗎？」今西朝那男孩問道。

那男孩默默抬起頭，他的一隻眼睛全白，另一隻很小。今西看到這番景象，不由得嚇了一跳。

「沒有別人在嗎？」今西略微提高聲音的同時，屋內傳來聲響。

男孩不吭一聲地看著今西。那陰森而瞎掉的眼球令人有種厭惡感，明知對方是孩童卻引不起絲毫憐憫。那男孩臉色蒼白，像患了什麼病。屋內的暗處終於有人走出來。今西凝目細看，那是個五十五、六歲左右的女人，頭髮稀少、前額微禿，臉頰稍腫而且面色蒼白。

「請問這裡是山下庄治的家嗎？」今西行禮問道。

「啊，是的。」女人陰沉的眼神望著今西，約莫是獨眼男孩的母親。

今西直覺眼前的女人就是庄治的妻子阿妙。她點頭時的表情有點遲鈍。

「我是本浦千代吉的朋友。」今西打量著她的臉龐。那睏倦的雙眸動也不動。

「我和千代吉是在岡山縣認識，聽說他太太的娘家在這裡，我剛好到附近，順便來拜訪。」

「是嗎？請到這邊坐。」阿妙點點頭。這就是阿妙和今西的初次寒暄。

男孩翻著白眼在一旁看著。

「到旁邊去！」阿妙揮手趕走男孩，男孩默默往裡面走。

「請坐。」阿妙向目送男孩背影的今西說道。她在暗淡的地板框（註）上鋪著薄薄的坐墊。

「謝謝，」今西榮太郎坐下，對幫他泡茶的阿妙道謝：「別那麼客氣了。」

阿妙請今西飲用放在托盤上的茶水。雖然杯口有點髒污，今西仍喝了一口。

「聽說您丈夫庄治不在是嗎？」今西問。

「是的，他去大阪了。」阿妙在今西面前坐下。

註——日式建築內榻榻米四周的木框。

「我是在奇妙的因緣巧合下，與您的妹婿千代吉認識，他是善良的人。」

「感謝關照。」阿妙點頭致謝。

阿妙似乎把今西當成岡山慈光園的職員或醫務人員，她認爲今西是在那裡跟千代吉結識的。

「我時常聽他提起山中溫泉，心想哪天也要來看看，這次剛好有機會，便過來拜訪……」

「噢，是嗎？」

「聽說，令妹阿政是昭和十年去世的，那男孩現在怎麼了？就是千代吉和令妹生下的男孩。」

「秀夫嗎？」阿妙反問。

「沒錯，他叫秀夫，我常聽千代吉提起。他是進入慈光園前，與秀夫分開的是嗎？」

「是的……千代吉跟你說了什麼？」

「沒什麼，他只是常惦記著秀夫分別後過得如何？」

「這也難怪。我妹妹生下秀夫四年後就去世，沒來得及看到孩子長大成人。」

「這是怎麼回事？令妹跟千代吉分手後，不是回到娘家嗎？」

「您似乎都很了解，我就不隱瞞了。千代吉患上那種病，妹妹就跟他分手了。說來妹妹有點不近人情，畢竟生病也不是自找的。於是，千代吉便帶著秀夫到外頭去了。」

「那是幾年前的事？」

「昭和九年左右吧。」

「千代吉離開時，有沒有什麼目的地？」

「談不上什麼目的地，爲了治療那種病，很可能到各寺院求神問卜。」

「這麼說，就是走遍全國，像是周遊各地嗎？」

「大概吧。」

「千代吉是那時候把孩子帶走的……現在知道那孩子的行蹤嗎？」
「沒人知道千代吉的下落，他連自己的阿姨也沒聯絡。」阿妙低下頭，「我妹妹跟千代吉分手後，到大阪的餐館當女侍，可是過了一年便生病，沒多久就死了。」
阿妙給人的第一印象是表情遲鈍，但交談後，才曉得她是能幹的女人。
「意思是，令妹直到死前，都不知道千代吉和秀夫的下落？」
「是的，妹妹偶爾會捎信來，在信上說不知道他們父子的下落。」
「那麼，秀夫的現況呢？也就是妳的外甥，他今年三十歲了吧？」
「應該吧。」阿妙聽今西提起，不禁掐起手指算著。「他也到那個年齡了。」
「他完全沒有聯絡嗎？」
「沒有。那孩子是生是死，我都不清楚。」
「聽千代吉說，他是昭和十三年進入岡山縣的慈光園，他們父子是在島根縣的鄉下分開的。」
「是嗎？我都不知道。」
「千代吉不清楚秀夫後來過得如何，非常掛念。所以，妳也不知道秀夫的下落？」
「是啊，現在聽你說，我才知道他們父子是在島根縣的鄉下分開的。」
「其他地方的公所，沒來申請秀夫的流動戶籍，或要求戶籍謄本嗎？」
「沒有。我和村公所的人員很熟，常聽他們說，假設秀夫後來死在異地，只要查出身分，死亡證明就會寄到村公所。」
「是嗎？」
阿妙嘆了口氣，「總之，妹妹眞是不幸。她不曉得千代吉患有那種業障病就嫁過去，後來才發現，爲時已晚。千代吉捨不得丟下孩子，便帶著孩子流浪，妹妹非常擔心他會不會把病傳染給孩子。

她也是這樣勞心而死。」

「不好意思，最後再請教一個問題。」今西接著道：「有陌生的年輕男子到這裡閒逛嗎？」

今西意指的陌生男子，就是秀夫。換句話說，秀夫若知道母親的故鄉，想必會備覺懷念，裝作若無其事地來探訪。

「不，從沒有見過那樣的陌生人。」

今西榮太郎走出阿妙家。她送今西到門口後，一直目送今西步向計程車。今西半路上還兩次回頭向阿妙揮手。今西心想，不只阿妙的家如此，整個村子都死氣沉沉。

計程車發動時，路旁一個男孩仰臉望著今西，他就是山下家的獨眼男孩。今西有些於心不忍，男孩讓他聯想起同齡的兒子太郎。

不過，此行的目的總算達成。現在，今西最想知道的，是千代吉兒子秀夫的下落。從阿妙的談話中，約略可得知幾件事：

一、千代吉帶著秀夫到處流浪後便音訊全無。

二、秀夫生死不明，但死亡證明沒有寄到原籍所在的村公所。

三、疑似秀夫的年輕人從未到過這裡。

四、村子裡沒人知道秀夫的現況。

最後，今西榮太郎做了一件重要的事情，也就是讓阿妙看從報紙上剪下的照片。

「這個嘛……」阿妙歪著頭凝視照片良久，「分開時那孩子才四歲大，實在說不上像或不像。」

「可是，他沒有像令妹或千代吉的地方嗎？」

「看來不像他父親。這麼一提，眼睛倒有點像我妹妹，但我沒把握。」

然而，今西很滿意這個回答，打一開始他就沒預想能得到確認。

抵達山中的街道，今西榮太郎下了計程車。他有點餓，趕緊衝進眼前的小吃店。

「請給我一碗湯麵。」

今西吸吞著湯汁的同時，店裡的收音機播報著股市行情。

……現在播報股市行情，前場的東京股市，包括中材料各股買氣上升，獲利增加，整體趨勢穩定走高。接下來是一般各股行情，化學藥品、汽車機械股、金屬工業股、較晚出場的煤炭股、紙業等後勢均看好，強勢的電信股也走勢看俏。汽車、電機等積優股都有不錯的獲利，比較明顯的是……日石一五二圓，跌了一圓。昭和石油一二五圓，跌了兩圓。丸善石油一一六圓，漲了三圓。三菱石油一九二圓，跌了四圓。東亞燃料二八三圓，維持平盤。大協石油一二七圓，漲了一圓……橫濱橡膠一三四圓，跌了一圓。旭玻璃二七六圓，漲了四圓。板玻璃四四六圓，漲了六圓。日本水泥一四六圓，維持平盤。第一水泥沒有交易……

今西吃著麵條，腦海浮現曲線高低起伏的圖表。

……名古屋糖一八八圓，維持平盤。大阪糖，沒有交易。東洋糖，沒有交易。甜菜糖二〇五圓，維持平盤。橫濱糖三四〇圓，維持平盤。雪印一四八圓，維持平盤。麒麟啤酒五五〇圓，維持平盤。寶酒釀造一六三圓，維持平盤……

都是維持平盤啊……

今西覺得這些股市行情都在反映他的現況。換句話說，他四處奔波，成果總是有限，從整體來看，幾乎跟以前一樣沒什麼進展。他自掏腰包，千里迢迢到東北查訪，還是沒能打破僵局。眼前浮現股市行情走勢圖的同時，今西突然想起，曾在演員宮田邦郎猝死的地點附近撿到一張紙片，上面羅列著許多數字。

今西吃完湯麵後，又拿出筆記本看了起來。

昭和二十八年　二五、四〇四
二十九年　三五、五二二
三十年　三〇、八三四
三十一年　二四、三六二
三十二年　二七、四三五
三十三年　二八、四三一
三十四年　二八、四三八

從收音機聽到的股市行情數據，讓他聯想起這張失業保險金的給付金額。這些數字和宮田邦郎的死有所關聯嗎？是偶然掉落在那裡，還是和宮田邦郎的死亡有什麼牽扯？宮田邦郎大概對這些數字不感興趣，那麼，就是有人丟在那裡，不然就是無心掉落的。而那個人又和宮田邦郎有何關係？

今西榮太郎闔上筆記本。他打算坐今晚的火車回去，此行的目的已達成，沒必要過夜，也不能悠閒地泡溫泉取樂了。

他走出麵店，來到土產店林立的街上，走進其中一家。所謂的土產店，販售的大多是毛巾、羊羹、饅頭之類的紀念品。他想給太郎買個羊羹，突然看見貨架上擺著塗有輪島生漆的和服裝飾用帶釦。

他還在瀏覽的時候，女店員走過來。「您好，請問是幾歲的女士要用的？」

「三十七歲。」今西有點不好意思地回答。這是他妻子的年齡。

「那這些最適合她佩帶了。」女店員拿出五、六個上漆藝帶釦，擺在今西面前。

今西選中一個，請女店員包裝好。這是他到山中溫泉唯一給妻子選購的禮物。

14 CHAPTER

第十四章

無聲

1

今西榮太郎從北陸回來後，隔天便到警視廳上班。他從廳裡打電話給吉村。

「您回來了啊。」吉村爲今西的早歸感到驚訝。「這麼快就回來了？」

「因爲往返都坐夜間火車。」

「想必很累吧？」

「休息了一天，不怎麼累。吉村君，我有事想告訴你，今晚來我家吧。」

「沒關係嗎？您不累？」

「不要緊。對了，我請你吃火鍋。」

「那我就不客氣嘍。」

這幾天幸好沒有亟待處理的案子，今西六點半左右便回到家裡。

「喂，今天晚上吉村君要來。」他對妻子說：「趕快去準備吧，我答應請他吃火鍋。」

「也是，吉村好久沒來了。」

「是啊。」

「可是，你不是很累嗎？」

「吉村君也講同樣的話，休息一天，不累啦。他快到了，妳去準備吧。」

「知道了，」芳子正要去廚房，又折回來說：「給隔壁太太看你買給我的帶釦，連她都誇讚好漂亮。起初我還怕有點花俏，她卻說很合適。」

想不到小小的禮物，竟讓她如此高興。今西專程到外地查訪，妻子勸他悠閒地待一晚再回來，但他沒心情享受，雖然是自掏腰包，仍抱著出公差的心態。約莫經過一小時，吉村在門前喊了聲「晚安」。

「哎呀，歡迎。」門口傳來芳子和吉村的寒暄聲。

「客人來了。」

吉村跟在芳子後面，笑哈哈地走進來。

「你那麼忙碌，還把你找來，不好意思。」

「您才辛苦呢，往返都坐夜間火車，想必不輕鬆。」

「是啊，現在還覺得腰痠背痛。年輕的時候撐得住，但畢竟上了年紀。」

「不，年輕人也比不過您。我倒是爲您的精力旺盛感到欽佩。」

「別抬舉我啦。」

芳子端著牛肉火鍋過來，將托盤中的酒瓶和杯子放在旁邊。「不好意思，沒什麼好招待的。」

「抱歉，打擾你們聊天了。」芳子幫他們斟酒。

「來，先乾一杯，祝彼此身體健康。」

吉村高舉酒杯。今西榮太郎拿筷子在鍋子裡戳了戳，一下加水，一下加糖，調著味道。

「那邊的情況如何？」吉村喝了兩、三杯後，便談到主題。

「總之，該見的人總算都見到了。」今西把到山中溫泉附近村落查訪的經過，詳細說了一遍。

吉村不停應聲，專心聆聽。

「嗯，大致是這樣，沒什麼重大成果，但都依我的想法探詢過了。」

「不過，這也是有用的線索。」吉村似乎在腦中整理著今西的談話內容。

「來，盡量吃，肉都煮硬了。」

「好的，那我就不客氣了。」

「這是在附近的肉店買的，不算是頂級的肉……對了，吉村君，你那邊調查得如何？」

「您遠行之後，我馬上展開探訪。由於才一天，打聽到的消息有限，但我在那一帶得知有趣的消息。」

「噢，什麼有趣的消息？」這回換今西的眼睛一亮。

「那個人很少跟鄰居打交道，大家對他了解不多，不過觀感不至於太差。」

「原來如此。」

「那邊以大戶人家居多，鄰居比較少往來，加上他是藝術家，就更難與他打交道。」

「那種地方總是如此。對了，你說的有趣消息呢？」

「是這樣的。」吉村喝下酒，「那一帶的惡質推銷員很多，我要講的就是推銷員的事……」

「嗯。」

「有個推銷員到過他的家裡，雖然只待三十分鐘，出來的時候卻臉色蒼白。」

「推銷員臉色蒼白？可能是挨了一頓痛罵吧？」

「不，不是的。推銷員到他家門口，馬上攤開商品，大肆吹噓一番，出來應對的是他本人，但不知爲何，推銷員沒說什麼話，便慌張收起商品，一聲不吭地走掉。這是到他家幫傭的婦人告訴鄰居的。」

「哦？」

「平常都說得天花亂墜的推銷員，怎會主動打退堂鼓？實在奇怪。」

「是不是人家根本不想買東西？」

「不，不是的。他們那些人不逼目標對象買個一百圓的東西，絕不會輕易放棄。」

「那究竟是爲什麼？」

吉村繼續道：「我也不明白。總之，推銷員一聲不吭地離開，這是事實。不僅如此，兩、三天後，又有個推銷員到他家去推銷商品。有趣的是，那個推銷員沒來得及口沫橫飛，也急忙收拾商品走掉。」

「噢，這到底是怎麼回事？」

「不清楚，我覺得此事挺有趣，所以打算見面時說給您聽。」

今西默默往鍋裡加水。芳子又端著酒瓶過來。

「謝謝招待。」吉村低頭致謝。

「不，沒什麼好招待的。」

芳子離去後，今西放下酒杯抬起頭。

「你提到的推銷員的事，的確很有意思。那是何時發生的？」

「據說是十天前。」

「那兩個強行賣東西的推銷員，都是那樣走人的嗎？」

「是的。」

「有辦法找出那兩個推銷員嗎？」

「您是說，把推銷員找來嗎？」吉村拿筷子把含在嘴裡的牛肉夾開，「倒不是不能……」

「你想辦法找到他們，我想跟他們談談。」

「有什麼參考價值嗎？」

「得詳細問問才知道。」

「既然今西先生想和他們談話，我會盡力把人找來。他們通常不會單槍匹馬，而是有組織地活動，到那邊肯定會找到他們。」

「我有點急，有勞你了。」

「沒問題，明天我就著手行動，我認識從事這種生意的人。」

今西放下酒杯抽起香菸，彷彿在沉思。

「對了，您拜託我調查的預報影片……」

「噢，有什麼進展？」

「他們還在搜尋，發送到全國的片子幾乎都已回收，也許某處還有存檔。說是兩、三天後，就會明確答覆。」

「是嗎？謝謝你。」

「話說回來，調查的時間眞的夠久了，總覺得就快要破案。」

「你這樣認爲嗎？」

「是的。雖然還沒有明顯的跡象，不過依我的直覺，這案子就快偵破了。」

當初成立搜查總部，許多刑警都沒能擴大追查，搜查總部解散後，所有調查工作可說是陷入停擺。緊接著，刑警們又被其他案子追得喘不過氣，要在忙碌中撥空繼續追查此案，是孤獨又辛勞的差事。

2

兩天後的傍晚，今西在經常去的渋谷五香串菜店等候，吉村帶著一名男子走進來。

「讓您久等了。」

吉村身邊是一名年約三十歲，顴骨突出、眉毛稀少的男子。他穿著皮夾克，從髮型來看就知道是無業遊民。

「就是他，他叫田中。」

「您好。」被稱爲田中的男子，向今西鄭重點頭致意。他的舉止跟一般人不同，剛見面就十分有禮，有些交淺言深的親暱。

「辛苦了，這邊坐吧。」今西請那男子坐在他身邊，並要吉村坐在男子旁邊，彷佛包夾住男子。

「老闆娘，來壺酒。」今西吩咐道。

吉村轉向今西解釋：「田中君是淺草櫻田幫的成員，另外還有一個叫黑川的，聽說到其他地方去了，所以只請田中君來。其實，是轄區警署的同仁介紹的。」

「來，先乾一杯。」三個人的杯子都斟滿酒，今西率先舉杯。

「謝謝大哥，那我就不客氣了。」櫻田幫的田中舉起杯子，點頭致謝。

「不，辛苦了，百忙中把你找來，不好意思啊。」今西堆起笑臉說。

「哪裡，這是應該的。平日承蒙您們多方關照，若有需要小弟效力之處，請隨時吩咐。」田中低頭應道。

「大致情況我聽吉村君提過，你去推銷東西碰到怪事是嗎？」

「噢……」田中搔著小平頭，「好恐怖，您眞厲害，連這種芝麻小事都瞞不過您的耳朵。」

「因爲很有趣。是這樣的，我想請教一件事……對了，你到那一戶推銷商品的時候，有沒有碰到奇怪的狀況？」

「我說給大哥了解一下，最先去那一戶的不是我，而是阿常那傢伙。」

「阿常？」

「就是另一名姓黑川的人。」吉村解釋。

「啊，是嗎？阿常怎麼說？」

「阿常回來說，情況很離奇。」田中喝著酒，邊回答：「那天，阿常去田園調布附近做生意，到那一戶便拿出貨品推銷起來。這時候，走出一個像是屋主的年輕男子，靜靜聽著阿常說話。沒多久，阿常感到一陣頭暈，身體很不舒服。他覺得有些恐怖，便匆匆忙忙離開……」

「所以，你就代替阿常去？」吉村從旁問道。

「是的。我認爲阿常沒種，便自告奮勇去探個究竟。其實，我不是要替朋友討回一口氣，而是想要耍威風。」

「你是什麼時候去的？」

「是兩天以後，我帶著襪子去了那戶人家。」

「確定是阿常去的那一戶嗎？」

「沒錯，地址是阿常親口告訴我的。」

「後來呢？」

「起初是一名像是女傭的婦人應門，我一擺上貨品，她就到裡面請屋主出來。屋主是二十七、八歲左右的男子，穿著時髦的襯衫和褲子。想到他就是讓阿常夾著尾巴逃走的人，我不禁大聲起來，口沫橫飛說了一陣。通常，對方都會有所反應，但他不動聲色地聽著我嚷嚷。這時候……」田中搖搖頭，「不知怎麼搞的，我頭暈目眩，感覺不太對勁。後來，我愈來愈不舒服，就像坐電梯下樓，心臟突然下沉。總之，相當難受。」

「難受？具體而言，是什麼感覺？」

「噁心想吐，我知道自己臉色蒼白，心想這不是辦法，便急忙收拾貨品走了。這樣一來，我也沒臉取笑阿常了。」
「那時候，對方家裡有任何異狀嗎？」
「沒有，整個屋子安靜無聲。」
「也沒有任何聲響嗎？」
「什麼都沒有，那一帶原本就非常僻靜。」
「噢，眞是怪異。」今西放下酒杯。
「就是啊，我還是頭一次碰到這種怪事。」

三天後，一名巡查來警視廳拜訪今西榮太郎。
「噢，前幾天辛苦你了。」今西看到他，連忙招呼他到自己的桌旁，並低頭致謝。
「不必客氣。」這名巡查任職於東調布派出所，年約三十歲，體型肥胖。
「有關你的委託……」
「啊，是的……」今西探出身子。
「我造訪那一戶，以詢問是否遭到強行推銷爲藉口，見到了屋主。」
「辛苦你了。」
「我說『最近有人報案，這一帶常出現強迫推銷東西的惡漢，當事人坦承到過您府上，所以特別來查訪』，屋主表示，他沒買下東西或受到威脅詐騙。」
「嗯。」
「爲了多講些話，我盡量待在門口拖延時間。」
「待了多久？」

「足足有十五分鐘。剛開始只是閒話家常，後來才慢慢聊到那件事。」

「有沒有看出什麼異狀？」

「我很留神觀察，但沒看出任何異狀。」

「屋裡的情況呢？」

「沒有談話聲，靜悄悄的。對了，要說聲響，頂多是女傭在廚房洗碗盤的水聲而已。」

「你有沒有覺得身體不適？」

「完全沒有。聽你提過這一點，所以特別留意，但沒什麼不舒服的感覺。」

「原來如此。」今西的指頭輕敲桌面，像在沉思。

「所以，我沒有斬獲，待了十五分鐘就離開。」

「是嗎？」今西有點難以置信。

「再請教一下，屋裡有沒有哪裡不對勁？」今西不死心地問。

「沒有，只是普通的家庭，感覺很不錯。」

這名交通巡查，正是爲了向今西報告此事專程前來。

「謝謝。」今西點頭致謝。

「這樣就行了嗎？」

「是的。以後可能還會麻煩你，屆時請多關照。」

「沒問題，只要交通崗警的工作忙得過來，請隨時吩咐。」

今西榮太郎送交通巡查到警視廳門口，巡查頂著寒風朝電車道走去。今西折回辦公室時，一名年輕刑警握著話筒喊道：「今西先生，剛好有電話找您。」

今西接過話筒。

「今西刑警先生嗎？」是年輕男子的聲音，從這樣的稱呼就知道他不諳警界的位階。

「這裡是南映電影公司……」

「啊，你好。」今西榮太郎馬上聽出是南映電影公司的承辦人員，上次曾請對方代爲尋找《世紀之路》電影預報的影片。

「先前諸多叨擾了。」

「不必客氣。我總算找到一支《世紀之路》的預報影片。」

「噢，找到了？」今西興奮地說：「請務必讓我看看。」

「那支影片原本在東北地區的電影院巡映，好不容易才收回來。今天試片室有空，隨時都能過來觀賞。」

「謝謝，我立刻趕過去。」

「好的，我請人準備一下。」

今西急忙衝出警視廳。皇宮護城河裡的天鵝，彷彿畏冷似地縮著翅膀游來游去。風把林蔭道的樹梢吹得颯颯作響，黃葉緩緩飄落。期盼已久的預報影片終於找到，幸好還剩下那卷帶子沒處理掉，不然今西幾乎快放棄了。他心想，這回絕對能掌握到一些線索。

儘管如此，田園調布那一戶還是有點奇怪。兩名打算強行賣貨的推銷員造訪，卻都感到身體不舒服而倉促離開，這到底是怎麼回事？

今西抓著電車的皮製吊環一邊思索，不知不覺來到了三原橋站。

「您好。」

今西一踏進南映電影公司的大樓，上次那名承辦人員旋即笑臉相迎。

「刑警先生，請立刻到試片室，已準備就緒。」

今西再次獨自坐在試片室裡。場內一暗下來，他的心情便激動得厲害。這回到底能看到什麼場面？不，三木謙一從預報影片中發現了什麼？今西完全站在三木的角度，觀看著每一幕。

《世紀之路》是美國電影，堪稱是大片，以古代東方爲背景，場面壯觀，加上十分鐘的休息時間，上、下集播映共需三個多小時。預報影片先介紹製作構想，然後用新聞的方式報導在東京正式放映前，舉辦特映會時的精采畫面。影片中出現東京頂級劇場放映時的盛況，一位皇室成員進場後，態度謙恭地從列隊歡迎的相關人士面前走過。今西緊盯著每個畫面，歡迎皇室成員的電影相關人士一閃而過，沒看到足以吸引三木謙一關注的面孔。

下一個畫面，是介紹當天到場的社會名流。那些經常在報章雜誌出現的名人，在大廳各處進行交流。當中也有財經界人士，但大多是文化和演藝界人士，今西屏住呼吸般凝視著。畫面一幕幕過去，他眨也不敢眨上一眼。幾個社會名流圍聚著談笑風生，隨後便出現旁白。畫面每出現一人，就會報出名字。那些人物沒有一個是今西認識的，不，應該說沒有今西期待的臉孔。

畫面忽然中斷，接著是欣賞電影的鏡頭。許多觀眾坐在黑暗的座位上專注觀賞電影，但裡面沒有今西期盼看到的臉孔。接著又出現皇族的身影，旁邊有專人爲其解說。然後，再度出現社會名流觀影的鏡頭，不過沒什麼變化，僅停留三、四秒。突然間，銀幕出現彩色的《世紀之路》電影序幕。最後，以介紹劇情告終。

就在今西怔愣著的同時，場內的燈光亮起。

「怎麼樣？」承辦人員不知何時站在今西的旁邊。

今西揉了揉眼睛。

「抱歉，可以再播放一次嗎？」

預報影片的時間很短，只有四、五分鐘，稍不留神就可能看漏。今西想再確認一次，正如三木謙一在伊勢看了兩次同一部電影。

放映師又從頭播放一次，今西聚精會神看著，緊握的手心都出汗了，不過依然沒有新的發現。原以爲這次很有勝算，想不到最後的希望完全落空。

今西走出試片室。三木謙一在伊勢市的電影院裡，究竟看到什麼？在《世紀之路》的預報影片中並未找到任何相關的跡象。

今西相信自己的眼睛，因爲他始終目不轉睛地盯著每一幕，不可能遺漏，況且還連續看了兩遍。難道三木謙一在那兩部電影前，共播放四次的預報中，看見今西沒注意到的畫面嗎？

今西一直想從伊勢市上映的電影裡，找出三木謙一前往東京的動機，除此之外，沒有其他的設想。

凶手的身影只被第三者目睹過一次，是在蒲田調度場附近的廉價酒吧。他就是與死者在酒吧角落低聲談話的男子。遺憾的是，至今仍未抓到犯人。三木謙一從伊勢市到東京，在蒲田的廉價酒吧跟凶手見面，並沒有相隔很長的時間。五月九日，三木謙一住進伊勢市的二見旅館，晚上看了電影，十日中午又進入電影院，當天晚上就出發前往東京。他在二見旅館聽老闆說，名古屋車站有一班二十二點二十分的上行火車。倘若三木謙一搭乘這班火車，十一日清晨四點五十九分即可抵達東京車站。

三木的屍體被人在蒲田調度場發現是十二日凌晨三點多，但解剖結果顯示，死亡推定時間爲十一日深夜十二點至隔天一點之間。由此推估，十一日早晨，三木謙一抵達東京後，當天晚上就被殺害。換句話說，他只在東京待了十九個小時便離開人世。這段時間他去了哪裡當然是個問題，但今西仍沒掌握到確切的線索。可以確定的是，三木謙一在東京碰面的男子，就是殺害他的凶手！話說回來，凶手的手段實在太殘忍。勒斃死者後，不僅把屍體放在早班電車底下，還以石頭把他的臉孔砸得稀爛，可見對死者懷恨之深。

3

三木謙一兩度走進伊勢的那家電影院，想必自有原因。可做三種假設：

一、三木謙一對兩部電影中的某個畫面感到興趣，這就是他前往東京的動機。然而，今西和第三者都無從得知，也就是說，那場景只有三木謙一知道。

二、今西看漏了重要的畫面。

三、與影片無關的其他因素。

關於其中的第二項，今西相信自己的眼睛。他從頭到尾都非常專注盯著每個畫面，再細小的畫面都沒有遺漏。第一項則沒什麼把握，不過可能性似乎不大。最後，就是與影片無關的其他因素。

在今西看來，談到電影院，就會聯想到看過的電影，但這種判斷可靠嗎？他倒是覺得第三項最值得探究。或許三木謙一兩度走進電影院，是爲了證實影片以外的東西。那是什麼東西？是人嗎？絕不會是觀眾，畢竟觀眾只來一次。但今西確信，三木謙一前往東京，電影院絕對是重要的契機。莫非三木謙一有認識的朋友在電影院工作？這樣一來，就有點麻煩了。

今西回到警視廳。問題離不開伊勢市，關鍵就在那裡。他心想，可以寫信去問電影院的老闆，員工中是否有人認識三木謙一，或者三木謙一看完電影後，是否有員工辭職？順便約略了解電影院老闆的經歷。說不定，三木謙一見過電影院的老闆。這眞是個不錯的想法，本來就應該就這一點深入調查。不過，今西又暗忖，與其直接寫信給電影院老闆，不如去函當地警署來得妥當。

今西從抽屜拿出信箋，馬上致函伊勢警署搜查課長請求協助。坐在他旁邊的同事，正在下象棋。

「來，將你的軍。喔，你死定了！」同事興奮地說。

「哪有這麼簡單，你將不死的。」

今西榮太郎等待著伊勢警署的回覆。

公文應該一天就會寄到，接著展開調查，可是對方業務繁忙，可能遲個兩、三天，這樣一來，四、五天後才會有回音。今西引頸企盼，果眞第四天就收到覆文。

茲就貴廳查詢之事，回覆如下：

經查該電影院爲「旭館」，老闆爲田所市之助，現年四十九歲。田所曾詢問員工，均無人見過貴廳提及之人或與之交談。當天，確實上映過兩部電影、下週首映電影的預告和《世紀之路》的預報，除此之外，沒有播放短片或廣告。田所氏指出，當天並未見過三木氏。

田所氏一直居住在伊勢市，從一般電影從業員幹起，如今天擁有自己的電影院，是個苦幹上進的人物，現有一子一女。他出身福島縣二本松市附近的××村。不過，自青年時期便離鄉，定居在本市。

從這封覆文得知，三木謙一兩度進入電影院，並不是爲了見某個人。那麼，果眞是爲了看電影？不，可能性不大，應該有其他原因。三木謙一肯定看到了別的東西，否則不可能再度去電影院，甚至變更行程前往東京。到底是什麼原因，把他引到東京送命？

伊勢警署的覆文，仍未解開今西的疑慮，反倒加深困惑，他不禁沉思起來。這時候，旁邊的年輕刑警正在偵訊一名嫌犯。

「你住在哪裡？」

嫌犯約莫三十五、六歲，臉色蒼白，身材瘦削，始終垂著頭。

「深川方向的廉價旅社。」

「再說一次你的名字。」

「笹岡春夫。」

「原籍呢？」

「福岡縣宗像郡津屋崎町××號。」

「現在的戶籍還在那邊嗎？有沒有遷到這邊？」

「沒有。」

聽到「戶籍」二字，今西榮太郎瞥了旁邊一眼，年輕的嫌犯羞愧似地低著頭。

「你有沒有前科？」

此刻，今西榮太郎還惦記著兩名推銷員到那一戶遭遇的怪事。其實，他想去看個究竟，因為兩個推銷員在對方家門口便感到身體不舒服，前往探查的交通巡警卻安然無恙。儘管今西想親自探查一番，又覺得不妥，他不能隨意露面，吉村也一樣。一旦身分曝光，之後的調查工作會不易進行。

「你有兩次前科，這次又犯了竊盜罪。」年輕刑警敘述著嫌犯的罪行。「你是從哪裡入侵民宅？」

「後門。」

「後門不是鎖著嗎？」

「我先敲破玻璃門，然後慢慢取下玻璃碎片，反手打開內側的鎖。」

「你是從後門進去，從廚房出來嗎？」刑警看著簡圖問。

「是的。」

「然後呢？」
今西的腦海還惦記著兩件事，伊勢市電影院的疑點尚未解開，及三木謙一前往東京的動機。
「你拿菜刀想做什麼？」
「我看到廚房裡有菜刀，便順手拿起，心想要是撞見屋主，可以拿來嚇唬對方。」
「你上二樓了嗎？」
「是的。」
「沒在樓下偷到東西？」
「我以爲貴重物品都放在二樓。」
「接下來呢？」
今西想不出個所以然，於是站了起來。剛好下班時間已到，他收拾著桌上的雜物。
「我先走了。」他對著旁邊正在偵訊嫌犯的同事說道。
來到外頭，天色已暗下來。電車和汽車的前燈發出刺眼的亮光。今西沿著電車道行走，迎面走來五、六道人影，跟他打了聲招呼。他們都是警備課的同事。
「辛苦了。」今西說：「每天都很忙吧。」
「得再熬兩、三天吧。」對方笑道。
目前政局發生重大變化，內閣總辭，正在重新成立內閣。警備課的同事每天都在首相官邸戒備。
翌日清晨，今西躺在床上看報紙。頭版刊出新內閣名單，在此之前報上已討論多次，昨天深夜才確定下來。今西仔細讀著偌大字級的名單。
外務大臣　三井伍郎（山形縣選出・當選五屆・六十四歲）
大藏大臣　諸岡秀雄（千葉縣選出・當選三屆・六十八歲）

通產大臣　保田　武（大阪府選出・當選四屆・五十四歲）
農林大臣　田所重喜（福島縣選出・當選六屆・六十一歲）
厚生大臣　堀田光雄（島根縣選出・當選五屆・四十八歲）
文部大臣　濱田和夫（愛媛縣選出・當選四屆・五十二歲）

……………………………………………………

今西在這些大臣的名單中發現田所重喜的名字。

田所重喜以前當過大臣，是某保守黨的有力人士，以處事溫和著稱，這次又被拔擢爲大臣。從另一個角度來看，田所重喜在新聞界名聲響亮，他的女兒是新銳雕刻家，父女二人的照片時常刊登在雜誌上。

然而，從別的意義上來說，今西感興趣的是這位新大臣的選區。他現在才知道，田所重喜出身福島縣。原來田所是福島縣人！他再三確認報上的介紹。

「老公，」拉門外傳來妻子的呼喚：「再不起床，上班就來不及了。」

今西丟開報紙。無論是新內閣成立，或反對黨取得大勝，對今西這種基層公務員都沒什麼影響。他趕緊起床洗臉，刷牙的時候，傳來味噌湯的香味，其中摻雜著青蔥的味道。他走進客廳，坐在飯桌前。妻子一起吃著早飯，邊向他攀談，但他完全沒回應，只是板著臉孔聆聽。不，簡直分不清他是否在聽，他只是默不作聲吃著。

外務大臣是三井伍郎？農林大臣是田所重喜？今西有節奏地喃喃自語。

——原來田所重喜是福島縣人？

他放下湯碗，換手拿起茶杯，一股粗茶的香味撲鼻而來。

——福島縣……等一下！

今西歪著腦袋思索。

——有個地方跟福島縣有關。

「怎麼，是不是落枕了？」

看今西一直歪著頭，妻子擔心地問，他仍沒答話。

——啊，對了！

今西放下茶杯。

——伊勢市的電影院老闆，不就是福島縣人嗎？他是在二本松市附近的××村出生的。

4

新任農林大臣田所重喜的宅第，座落於麻布市兵衛町的高地上。

那天傍晚，田所重喜參加就職典禮回來，禮服未脫就接受滿門家眷的祝賀。他滿頭銀髮，相貌端正，臉色紅潤，總是掛著笑容。儘管他是二度接任大臣，仍掩不住喜悅之色。

賀客接連不斷上門，直到晚間九點左右，田所重喜才得以喘一口氣。他出現在妻子特別準備的小型家宴上，這裡聚集的全是自家人，都準備為他舉杯慶祝。田所佐知子原本和母親一起忙進忙出，但和賀英良到場後，便一直陪伴在他身旁。

「恭喜您。」和賀英良向未來的岳父行禮致賀。

「謝謝。」田所重喜高興得瞇起眼，神情快活。「來、來，大家坐下吧！」

田所重喜的弟弟、弟媳，夫人的外甥和佐知子的弟弟等，共七、八人圍著餐桌。

田所重喜坐在正面，夫人坐在他的旁邊，和賀英良與佐知子坐在這對新任大臣夫婦的對面。在座有老人，也有小孩。餐桌上皆是高級餐館大廚精心烹煮的佳肴。要說是外人的，只有祕書一人。

「各位，杯子斟滿酒了嗎？」夫人環視著全桌的客人，比任何人都興奮地說：「來，我們舉杯慶祝！」

「爸爸，恭喜您。」

「舅舅，恭喜官途亨通。」

依輩分順序，每個人都高舉酒杯向田所重喜祝賀。

「謝謝大家。」新任大臣笑得格外開懷。

「爸爸，您要多多加油喔。」看到大家喝了口酒後，佐知子起身大聲說道。

「沒問題。」

報上傳言，以田所重喜的資歷，並不滿足於農林大臣這個位子。這是各派系故意放出的消息，不過多數人還是寄予期待。總之，當事人非常高興，一場小型宴會就此熱鬧展開。

今晚，和賀英良穿著灰白色橫紋西裝、雪白的襯衫，胸前繫著洋紅與黑色花紋的領帶，非常瀟灑。他的身材原本就適合西裝，加上俊俏的五官，縱使身處衣著光鮮的男女賀客中，依然格外出眾。坐在他身旁的佐知子也盛裝打扮，穿著鮮紅色禮服，胸前別著嘉德利雅蘭。

田所重喜瞇著眼端詳這對情侶，在夫人的耳畔低語：「今晚與其是說是祝賀我，倒不如說像是這對新人的婚禮。」

夫人笑了。

「哎呀，爸爸，您在胡說什麼嘛。」佐知子挨近，嬌嗔地抱怨父母的竊竊私語。

愉快的餐會進行到一半，女傭來到佐知子的身旁低聲說有訪客。佐知子馬上告知旁邊的和賀英良，於是他抬頭看了田所重喜一眼。

「什麼事？」父親早已察覺，向佐知子問道。
「英良的朋友來給爸爸祝賀了，有關川、武邊和片澤。」
「噢，眞是太多禮了。」新任大臣直率地說：「是你們的朋友吧，佐知子應該也認識？」
「是的，我們經常碰面。上次英良出車禍住院，他們都來探望過。」
「新思潮派的成員滿有情義的。」田所重喜微笑。
「請他們到會客室吧？」夫人提議。
「不，請他們到這裡吧。又不是普通的客人，請他們來同樂，比較有一家人的感覺。」
餐桌很大，還容得下訪客，夫人吩咐女傭立刻送來三人份的菜肴。女傭依指示將關川等三名年輕人帶了進來。乍見這種場面，他們頓時有點不知所措。和賀英良起身，朝這群朋友笑了笑。評論家關川重雄、劇作家武邊豐一郎、畫家片澤睦郎等三人，端正姿勢走到新任大臣身旁。
「恭喜您。」
田所重喜也從椅子上站起：「感謝你們啊。」
這時候，夫人跟著起身說：「承蒙各位專程前來，實在感激。我們正好在舉行家庭聚會，來，各位請到這邊坐。」
夫人安排三名訪客就座，其他的親屬好奇地看著新闖入的客人。關川拍拍和賀的肩膀後坐下，剛斟滿酒的杯子端了上來。
「恭喜、恭喜。」率先祝賀的果眞是關川，其餘二人紛紛舉起杯子。
「謝謝。」田所重喜謙虛地回禮。
「謝謝你們的光臨。」和賀走到三人的後面說道，佐知子也親切問候：「三位都是大忙人，感謝你們大駕光臨。」

「不，再忙都得趕來。」關川代表大家回答。

「難為你們有心。」

客廳的天花板垂掛著北歐民藝式的枝形吊燈，在明亮的燈光下，佐知子的鮮紅色禮服更為亮眼，三人不由得流露驚艷的目光。

「噢，今天晚上簡直像是和賀結婚典禮的預演。」關川開玩笑地說。

家庭聚會裡多了三個來客，氣氛益發熱鬧。三名年輕人高談闊論，能說善飲。田所重喜面帶微笑，聆聽著年輕人的藝術高論。最能言善道的是評論家關川重雄，他的口才和筆鋒一樣銳利。其他兩人是實踐家，在論述邏輯方面比不上關川。關川盡量把他的新藝術論點講得淺顯簡要，好讓舊官僚出身的田所重喜也能聽懂。總結來說，他的論點就是否定過去的藝術觀點，認為眞正的藝術必須由他們親手創造出來。

「即使是和賀的音樂，現階段我們認為仍有不足之處。」關川毫不客氣地對新任大臣批評起他未來的女婿。

「不過，從和賀現有的作品來看，最接近我們的理想。他的音樂創作處於初創階段，後繼者將深化他音樂創作上的不足。儘管目前的作品稍嫌粗糙，然而，我們對他開拓音樂新領域的功績，給予高度肯定。」

「他是備受期待的音樂家呢。」佐知子插嘴。

「是啊，創作表面上看來簡單，其實相當不容易。雖然之前我對和賀有諸多批評，但這一點我是肯定的。」

「和賀，」劇作家出聲，「你可要好好招待評論家。」

在場的賓客都笑了。

這時，女傭送來一份電報。田所重喜打開讀了起來，然後默默遞給身旁的夫人。那是印有花紋的賀電。

「祝賀就任大臣，田所市之助敬賀……哎呀，這是伊勢市的田所先生發來的祝賀。」夫人當著大家的面前念出電報的內容，接著望向丈夫。

「嗯。」田所重喜點點頭。

「是您的親戚嗎？」畫家片澤睦郎問。

「不，他在伊勢市開了間電影院，是我的同鄉。」

「噢，可是他也姓田所。」

「是啊，我們村子裡姓田所的人很多，外地人常搞混。我們可能是同一個祖先，後來幾經分家傳衍，所以村子裡有半數人家姓田所。住在伊勢市的這位田所先生，年輕時代就離開家鄉在外奮鬥，是我的後援會成員。」

「他非常崇拜爸爸呢。」佐知子補充道。

家庭聚會約莫一小時後結束。與會者陸續來到大廳，老人和孩子沒有跟上，六、七個大人靠著椅墊坐下，咖啡和水果端了上來。和賀、佐知子和關川三人繼續談著剛才在餐桌上提及的藝術論，當今的文壇大家和青壯派被他們批判得體無完膚。

田所重喜和夫人坐在一旁聆聽，似乎是受到年輕人充滿活力的高談闊論吸引。在這期間，不斷有客人登門祝賀，不僅有黨政人士，還有報紙和雜誌社的記者要求拍照，田所重喜忙得無暇再聽他們談論藝術。

「來得正好，我們和這幾個年輕人拍張照片吧。」

新任大臣神情愉快地和大家站在一起。田所重喜夫婦在中間，旁邊是和賀與佐知子，關川、片澤與武邊等人也混入田所家的親戚中。總之，這是個喜氣洋洋的夜晚。田所重喜爲了會見來客，帶著夫人退了出去。

「我們也該告辭了。」果眞是關川掌握主導權。

「哎，別急著走。」和賀英良的口氣儼然是田所家的人。

「不，很晚了，我們該離開了。」

「噢，眞掃興，再多留一會嘛。」佐知子出聲挽留。

「不，看來我們還是早點回去比較好。」片澤睦郎望著佐知子與和賀說。

「別這麼冷淡嘛。」

「請代我們向令尊和令堂問好。」關川代表大家致意：「謝謝你們的招待。」

和賀與佐知子送他們到門口。今晚田所家門口的燈火通明，大門也敞開。不遠處停著兩輛賀客的車。三人並肩走著。

「場面挺熱鬧的。」武邊說道。

「嗯。不過，看和賀那傢伙的樣子，完全像是田所家的女婿了。」片澤語帶不平。

夜路籠罩著薄霧，遠處人家一片朦朧。

「霧好大，最近常起霧呢。」關川說著無關緊要的話。

關川、武邊和片澤三人，一起坐上計程車前往銀座。

「我知道有一間酒吧不錯，再去續攤怎麼樣？」劇作家武邊豐一郎邀約，畫家片澤立刻表示贊同。

「關川，你呢？」

「我不去了。」

「爲什麼？」

「我突然想起有事情要辦。司機，待會在有樂町讓我下車。」

計程車在穿過高速公路的天橋後停下。

「失陪了。」關川下車後，向夥伴揮揮手。

「再見。」

車子再次出發。

「關川這傢伙眞奇怪，」畫家對劇作家說：「爲什麼在那個地方下車？這麼晚還會有什麼事情要辦？」

時間將近晚上十一點。

「也難怪他會心理不平衡。」

「怎麼回事？」

「看到和賀今晚春風得意的樣子，他想必受到很大的衝擊吧。」

「嗯。」

畫家這句話不難理解。其實，不論是劇作家或畫家，今晚在田所家看到和賀英良得意的神態，總覺得有種說不出的壓迫感。

「可是，他最近跟和賀走得很近，今晚還興奮地高談闊論。」

「人難免會這樣，」畫家說：「在那種場合表現得愈興奮起勁，事後愈感到落寞，或許這就是人性。」

「好，我們去續攤吧。」劇作家喊道：「去喝個痛快。」

關川重雄下車獨自漫步。他說有事待辦，跟朋友分道揚鑣後，卻毫無目的地走著。大概是電影院剛剛散場，行人熙來攘往。從有樂町往銀座望去，盡是霓虹燈海，將夜空照得通亮。關川沒走向熱鬧的地方，而是拐進巷子裡。他像是在散步，其實是低頭盯著人行道，彷彿在沉思。他來到燈光明亮的小鋼珠店前，走了進去。

「給我兩百圓的珠子。」他捧著鋼珠，站在機台前。

贏不贏都無所謂，只是機械似地撥打著珠子。從側面看去，他的神情顯得十分落寞。

15 CHAPTER — 第十五章

航跡

1

這是三重縣伊勢警署搜查課長，寄給警視廳搜查一課今西榮太郎的信函。

有關台端請本署查詢一事，答覆如下：

經調查，本市電影院「旭館」老闆田所市之助指出，如前次覆信所述，他不認識三木謙一，當時也未曾謀面。如您所知，田所氏與新任農林大臣田所重喜爲同村出身，對田所重喜極爲尊崇。他每次上京必至田所重喜宅邸問安，並致贈本縣名產表示敬意。此外，他也深受田所重喜夫婦的眷顧。

因此，田所家中保存著許多田所重喜的信件、親筆題字和相片等等。由於他對田所重喜崇拜有加，據說還將與田所重喜的合照懸掛在自家經營的「旭館」當中。側面探詢五月九日的情形，當時電影院的走廊牆上曾掛有與田所重喜全家的合照，但這張照片已於五月底取下，現保存在田所家中。

爲此，我權商向田所氏借來那張照片，另外寄去，用畢請寄還。這是以我的名義暫借，萬萬請勿遺失，爲盼。

信上只寫著照片稍後才會寄來，可能得再過一、兩天吧。今西榮太郎現在才明白，三木謙一之所以兩次進入那家電影院，主要目的就是去看掛在牆上的田所重喜全家福。照片中有老闆田所市之助，他引以爲傲地希望進場的觀眾也能看到這張合照。

今西是秋天之後去查訪「旭館」電影院，因此沒看到掛在牆上的合照。在此之前，今西始終認爲三木謙一是看到上映的電影才興起去東京的念頭，原來這張合照才是主要原因！今西等候著伊勢警署寄來照片。

今西許久沒如此心情快活地到警視廳上班。他急忙離開家裡，感覺特別興奮，許多年不曾這樣了。九點踏入警視廳，辦公室裡只來了兩名年輕刑警。

「喂，郵件到了沒有？」他劈頭問道。

「還沒。」

「平常是幾點到？」

「就快到了。」

「伊勢警署要寄照片給我。」

「我會注意的。」

今西鎮靜不下來，眞怕今天早上又有什麼案件發生。一有突發案件，他就得到外面奔波，就算郵件寄達也不知什麼時候才能看見。

早上十點左右，股長來了。他坐在桌前喊道：「今西君。」

今西嚇了一跳，擔心該不會又要出任務了吧。所幸與案件無關，股長只與他商量兩、三件公事就結束。他回到自己的桌前，已開始分發郵件，可是桌上仍沒有任何包裹或信件。

「喂，沒有我的嗎？」他朝分發郵件的年輕刑警問道。

「沒有。」

「眞奇怪。」

「早上聽您這麼問，我還特別留意呢。這批郵件沒有您的。」

「下一批什麼時候送來？」

「下午三點左右。」

「嗯，說不定要等到那時候吧。」今西怏怏不樂地喝著新進刑警端來的茶。他急切地等待下午那批郵件送達。倘若要拖到明天，他眞不知該如何排遣焦慮的心情。好不容易熬到下午。下午三點左右，今西就坐在桌前，時而寫寫不趕的公文，時而頻頻看著手表。年輕刑警從櫃檯抱著郵件走向辦公室。三點十五分，腋下夾著郵件的年輕刑警出現在門口，目光與今西交會。

「今西先生，東西來了。」他拿著牛皮紙信封，朝今西招招手。

「太好了！」今西從椅子上跳了起來。

大概是怕照片受到折損，信封內夾著硬紙板，那張照片有六吋左右。今西仔細注視著照片，專心到聽不見周邊的聲音。照片中有六、七人合影，像是在一座豪華的宅邸前拍攝的。

今西的注意力集中在這張合照的一個人身上，久久凝視著。由於照片只有六吋大，每個人物的臉孔都很小，他對年輕的刑警說：「放大鏡快借我。」

年輕刑警拿著直徑七公分左右的放大鏡來。今西將放大鏡疊在照片上，每張臉孔隨之凸顯出來。他動也不動地坐著，一種深沉的感慨油然而生。

——原來三木謙一看到的，就是這張照片！

寄來的是六吋大的照片，掛在伊勢電影院牆上的，很可能是放大成36×43公分的尺寸。今西想像鑲著鏡框掛在白牆上的那幅照片，進一步聯想：

三木謙一投宿到旅館後，爲了消磨時間走進那家電影院。他步向觀眾席時，無意間抬頭看到那張照片。三木謙一只是隨意瀏覽，但這是老闆引以爲豪的合照，肯定在旁邊做了補充說明。比如，中央是田所重喜先生，他的左側是夫人，左邊是小姐，接著是公子……這時候，三木謙一並沒有多看一眼，電影結束便回去了。他回到旅館後，忽然想起那張照片。不，應該說，他想起合照中某個人的臉孔，或許苦思良久吧。

三木謙一爲了確認沒看錯，隔天專程買票進場去看牆上那張照片。這次看得非常仔細，在六、七個人當中，他的目光鎖定某個人。接著，他抄下照片旁的說明，記下其中某個人的名字。雖然上面沒有寫明住址，但他認爲只要到了東京便可找到此人。這就是三木謙一改變返鄉行程，突然前往東京的原因。

三木謙一從京都、奈良來到伊勢，原本只是爲了完成終生的夙願，可是在他的遺願中還想見一個人，就是照片中的某個人。

五月十一日，三木謙一很早抵達東京。或許是從某本書或翻閱電話簿查到照片中的人的住址，打電話給對方……

今西榮太郎聯絡吉村。吉村已了解大致情況，所以他一說照片寄來了，吉村馬上提高話聲。「我馬上去找您，在哪裡碰面？」

「不，我過去好了。」

「這樣啊。」

「那約在蒲田車站前吧，就在西口。」

「知道了。」

兩人決定好見面時間。今西之所以說要去蒲田，主要是以前都約在渋谷，這次想轉換氣氛，盡可能在案發現場附近討論。刑警這種工作眞奇怪，離案發現場愈近，當時的緊張氛圍就會重現，引發承辦人員的鬥志。

六點半是吉村決定的時間。今西將那張照片放進信封，小心翼翼地收在口袋。只見吉村怔愣地佇立在擁擠的人群當中。

「喲。」今西從旁拍拍吉村的肩膀。吉村笑了笑，兩人並肩邁開腳步。

「要在哪裡談？」

「我想想……」今西看過商店街，但沒有適合的地點。蒲田的商店街有點狹長。

今西走進一家兼售咖啡的糕餅店，那裡既沒有大聲嚷嚷的醉漢，又不吵鬧，而且客人以吃豆沙水果和年糕紅豆湯的婦女居多，剛好可談些祕密話題。他們在最裡面的角落坐下。

「終於寄來了？」吉村趕忙窺探今西的表情。

吉村向一名可愛的女服務生點了兩杯果汁，今西從口袋拿出信封。

「就是這個。」

「我看看。」吉村愼重接過信封，取出裡面的照片。這也是他期盼已久的照片。

吉村仔細凝視照片，那種眼神和今西剛收到照片時一樣。今西不打擾吉村，靜靜抽著菸。

「今西先生，」吉村抬起頭，目光炯炯有神：「總算找到了。」

「嗯，」今西回應：「好不容易。」

今西說，爲了找出這張臉，他繞了很多彎路。就是這張臉，使得三木謙一改變返鄉計畫前往東京。他深深嘆了口氣，吉村跟著嘆氣附和。兩杯果汁端了上來，他們都口渴似地喝了起來。今西和吉村都沒再談到照片的事情，此刻已無談論的必要，接下來的問題是如何探究案件的核心。

「吉村君，你們曾在轄區內調查成瀨里繪子的住處吧？」

「是的。」吉村點點頭，「不過，沒什麼結果。」

「好像是這樣，你們那麼盡心調查……」

「是啊，我們用盡所有方法。」

今西曾委託吉村調查丟撒紙片的女人——找出成瀨里繪子的住處。事實上，今西是在她自殺後才知道，她竟然就是那名丟撒紙片的女子，而且就賃居在自家附近的公寓裡。由於這起自殺騷動今西才得知她的名字，及在中央線夜間火車上丟撒紙片的事。

案發當初，今西榮太郎就認爲凶手的藏匿處必定離蒲田車站不遠。因爲凶手身上濺滿被害人的鮮血，那個時段又沒有計程車可坐，只能步行到附近的藏匿處脫下血衣。

一般而言，歹徒行凶的時候，不會把被害人喚至自家附近，會盡可能到陌生的遠方下手。於是，今西推測凶手選擇蒲田車站爲行凶現場，是凶手的住處離距很遠的緣故。但比較棘手的一點是，凶手是否眞的在現場附近換上衣服潛逃？果眞如此，協助掩護凶手的人，絕對與他關係密切，所以今西推測是住在蒲田附近的凶手情人。成瀨里繪子把染血的運動衫剪成碎片，丟撒到窗外企圖湮滅證據的行爲，即是最有力的證據。簡單講，她顯然與凶手關係匪淺。

成瀨里繪子搬到今西附近的公寓是在案發不久之後。今西只記得當時回家途中，有搬家的行李送到那棟公寓前。鄰居傳聞，她是話劇的演員。其實，她是前衛劇團的職員。這個關鍵性的女人住在自家附近，今西竟渾然不知，對他而言簡直是個諷刺。

那麼，成瀨里繪子搬來之前，到底住在什麼地方？今西問過公寓管理員，卻不得而知。他很想確認成瀨里繪子之前的住處，因爲他推想成瀨里繪子之前很可能就住在蒲田車站附近。

當時，吉村刑警依照這個想法，拿成瀨里繪子的相片在轄區內全面搜查。同署的刑警也四處打聽，還委託交通警察協助，最終仍是徒勞無功，沒有查出成瀨里繪子以前的住處。

「吉村君，」今西說：「我們都弄錯了。成瀨里繪子因失戀自殺，這一點毋庸置疑。不過，我們把她的對象弄錯了。」

「是啊。」吉村也有同感。

「這麼一來，我們又得重新調查案發當時成瀨里繪子的住所，你們署裡應該還保有她的照片吧？」

「有。」

「之前調查過一次，但可能有遺漏之處。依我推測，從蒲田步行到她的住處頂多二十分鐘。凶手在調度場犯案之後，走到她那裡藏身……」今西抽著菸，繼續道：「如果路程太遠，容易引起別人注意，不僅疲勞，也會增加凶手被看見的風險。」

「您分析得很有道理。」吉村頻頻點頭，「重新調查吧。雖然之前調查過一次，但這次會鎖定重點，以蒲田為中心，在步行二十分鐘內的範圍進行搜索。」

吉村心想，案發之後曾徹底進行搜索，可惜沒有任何斬獲，這次會有什麼成果嗎？然而，事態已有新的發展，吉村答應回到警署便向搜查課長報告，建議重新搜查。

「話說回來，那件案子已過很久，當時沒掌握到有力的證據，現在要重啟調查，可能有點困難。不過，我會試試看。」

「嗯，就當上次沒調查，重新來過吧。一切拜託了。」

2

第三天，吉村向今西報告。

「看來，情況不是很順利。」吉村表情暗淡，「我們搜查課長聽到您的建議很感興趣，而且那件案子懸而未破，到現在仍覺得懊惱，所以成立了專門調查的小組。」

「真是太感謝了。」今西非常欣慰，就算他多麼有心想偵破此案，轄區警署不積極配合，最終也不可能成功。

「只是，新聞記者若聞訊而來搞得沸沸揚揚，我們就不好行動了。」
「所以，這件事情絕不能讓新聞記者知道。」
「當然，我們會多加注意，只是那些人眼尖得很，只要署裡有什麼風吹草動，就緊跟不捨。我曾被他們逼問好多次。」
「實在傷腦筋啊。」今西露出陰鬱的神情。
「沒關係，我會想辦法唬弄他們。不過，照這種情況，可能無法很快找到線索。」
「我也不認爲會這麼簡單。」
「之前我們曾查訪一次，總覺得希望不大。不過，我們三個人會拿著照片再分頭查訪，也拜託各轄區的派出所員警幫忙。」
「現在調查到什麼地方？」
「以蒲田車站爲中心，半徑兩公里以內的地方幾乎全查過了。」
「辛苦你們了。」今西沉思後說：「這是我的直覺，凶手的下落不會在東邊，而是北邊或西邊。」
案發後，今西始終認爲凶手的藏匿處，可能在由蒲田車站延展出去的兩條私鐵上，也就是目蒲線和池上線沿線，搜查卻徒勞無功。儘管如此，今西對這兩條沿線的搜查仍沒有放棄。
「以蒲田爲中心，範圍可能太大，我還是認爲這兩條沿線比較重要。當然，用上述的方式也沒關係，但以這兩條沿線爲重點調查是不是更妥當？」
「今西先生，您一開始就持這種看法吧。」吉村知道這一點。「總之，就試試吧。今天沒什麼好消息，我先告辭了。」
「好吧，我等你的好消息。」

「這段期間您有什麼行動嗎？」吉村知道今西不是光說不練的人，所以這樣問道。

「看看吧。」今西微笑以對。

今西跟吉村不同，另有要事待辦。他最大的希望還是蒲田警署能夠查出成瀨里繪子先前的住所。

今西也知道要查出成瀨里繪子的住處並不容易，在此之前的調查並無結果，經過這麼長的時間，恐怕更難。

現在唯一的線索就是成瀨里繪子的一張照片，調查員拿著照片四處打聽。如果她獨自一人生活，早晚上下班途中、到附近買東西，或是房東……絕對有人認識她。調查重點放在這裡，但到目前爲止，仍沒有人出來指認。

今西顯得焦慮不安。如果情況允許，他也想拿著那張照片挨家挨戶打聽。

某天早晨，今西在家裡翻開報紙時，不經意看到藝文版的一則報導：

最近作曲家和賀英良將應美國洛克菲勒財團的邀請，前往美國。他預定於本月三十日搭乘泛美航空客機從羽田機場出發，在紐約短暫停留。他將在美國旅行三個月，期間會在各地發表其編寫的電子音樂，然後到歐洲各地遊歷，考察各國的電子音樂現況，預計四月底返回日本。返抵國門後，與新任農林大臣田所重喜的千金佐知子舉行婚禮。

今西把這篇報導看了兩遍。有才能的年輕人紛紛展翅飛向世界，他的腦海又浮現在簡陋的東北羽後亀田車站，遇到的新思潮派成員的臉孔。

「你來得眞早。」

「是啊。」

吉村流露疲憊的神色。今西看到那樣的表情，就知道查訪工作進展得不順利。

「進展得不順利嗎？」兩人站在玄關大廳的角落。

「是的。」吉村垂著頭，「搜查課長大力幫忙，可是……」

「調查幾天了？」

「將近一星期，該調查的地方幾乎都查遍了。」

「是嗎……」

今西雙手抱胸沉思著。他非常清楚，蒲田警著一定盡全力了。然而，出動如此陣仗的警力還找不到成瀨里繪子先前的住處，她到底是住在哪裡？是今西的推測有誤嗎？難道她住在蒲田附近，及她住在兩條私鐵沿線的推論都錯了嗎？不，不會的！凶手身上濺滿死者的鮮血後，慌忙逃離現場。當然，他不可能搭乘計程車，而是在深夜十二點多沿著暗路走到藏匿處。一般人都會認為他是駕駛自用轎車逃走，但今西斷然捨棄這樣的推論。假設她住在蒲田附近，及住在這兩條私鐵沿線的推論沒錯，那麼，她會是住在今西尚未察覺的盲點中嗎？

「吉村君，」今西的手搭在後輩的肩上，「讓你勞累奔波了。」

「不，反倒是我毫無成績，對不起。」

「不，我們不能這樣自暴自棄，得多加把勁。」

「是的。」

「看來，我們還有很多力所不及的地方，你要拿出勇氣。」

「是的。」

「你們非常盡力，依我判斷應該不會有什麼疏漏，當中可能存在著我們沒注意到的盲點。」

「……」

「吉村君，從另一個角度來看，我不認爲我們的調查是徒勞的。因爲我們已證明凶手的藏匿處不是普通的家庭，沒錯吧？這樣一來，目標就會更集中，範圍更具體。所以，我們的努力並沒有白費啊。」今西安慰著吉村。

「今西先生，您這樣說我就安心多了。或許當中眞的存在著什麼盲點。」

「嗯，我們再集思廣益，試著想想吧。」

「好的。」吉村這時才又振作起來。

「那麼，請代我向搜查課長問好。」

「我會轉達的。」

今西送吉村到警視廳的玄關，看著他的身影越過明亮的電車道而去。今西回到辦公室，一臉困惑地喝著茶。

——成瀨里繪子是在什麼地方跟凶手聯絡的呢？

前衛劇團位於青山附近，所以成瀨里繪子是從某處的宿舍或公寓通勤上班。她自殺之後，今西曾到劇團辦公室查訪，劇團人員表示不知道她是從哪裡坐車通勤。據說，她沒買電車或公車的月票，想必有什麼內情。一般人通常是買月票通勤上班，而她可能是當天買票，要不就是買來回票，這種通勤方式絕非尋常。

成瀨里繪子在劇團裡幾乎不跟任何人往來。她個性老實溫厚，可是問到住在哪裡時，總是閉口不談。她在今西家附近的公寓自殺時，劇團人員才知道她的住處。當然，她在進入劇團時曾登記住處資料，但後來調查得知那是她朋友家，她待了一年左右就搬出去，連朋友都不清楚她搬到何處。

總之，談到她的住處時，她總是極度保密，似乎很怕別人知道。她在前衛劇團上班四年後便自殺。今西由此推測，她應該是談了戀愛，也就是說，她在朋友家住了一年搬出去——正是和男友確立關係的時期。反過來說，她始終不願透露的住家，其實就是凶手的藏匿處。

若是蒲田警署在查訪的範圍內一無所獲，就不得不朝其他方面擴大調查。然而，一旦範圍擴大，調查難度將隨之增大。儘管如此，今西仍未放棄希望。

（有個人知道成瀨里繪子的情人是誰，就是死去的宮田邦郎，而他偏偏在吐露眞相之前離奇猝死。）

聽完吉村的報告那天，今西沒有直接回家，而是坐上電車前往青山。前衛劇團的事務所在皇宮外苑的入口附近。黃昏時分，事務所裡已亮著燈光。今西走進去，三個職員正在各自的桌上整理海報和門票。其中有個職員認識今西。

「您好。」職員把今西帶到狹小的會客室。

「上次承蒙你們多幫忙了。」今西脫下風衣，坐了下來。

「怎麼樣，查出成瀨小姐先前的地址了嗎？」一個男職員見有客人來訪，於是藉機休息，點了根菸反問。

「還沒。」今西也點了根香菸，「你們也還不知道嗎？」

「完全不知道。」他回答：「儘管我已多加留心……」

3

今西與職員閒聊了一下。雖然這次他是爲查案而來，但總不能沒說上兩句就離去。他知道在這裡已查不出成瀨里繪子的住所，不過考慮到日後還得打交道，不便立刻就走。

「警視廳爲何那麼執著於追查成瀨里繪子以前的地址？」男職員納悶地問。

劇團裡的人大概做夢也想不到，成瀨里繪子居然會跟蒲田調度場凶殺案扯上關係。

「只是發生了點狀況，」今西支吾其詞，「儘管成瀨小姐是自殺身亡，但與普通的病死不同，也算是死於非命。做爲日後的參考，我們想多了解當事人的背景。」

「原來如此。」男職員聽完非常感動，「想不到死後會受到這麼綿密的調查，看來還眞不能輕易自殺。」

「大致情形就是這樣。」

交談的時候，今西聽到遠處傳來叫喊聲。

「那是什麼聲音？」今西豎耳傾聽。

「啊，這聲音嗎？團員們正在排練下期的公演。」

「噢，原來如此。」

「怎麼樣，有興趣的話，要不要去看一看？」

今西從來沒有看過話劇。他對這方面的知識，頂多是年輕時去築地小劇場看過幾場戲而已。這個劇團正如團名，是以表演前衛戲劇爲主，頗受好評。

「這樣啊，那就讓我觀摩一下。可是，我在場會不會影響排練？」

「不會啦。雖然是舞台排練，其實演員都上妝打扮，跟正式表演沒兩樣。再說，前面有觀眾席，坐在那裡觀賞，一點也不會引起側目。」

「那我就不客氣地叨擾了。」

「請跟我來。」男職員在前面帶路。

推開事務所的門，男職員領著今西來到走廊盡頭。男職員輕輕推開前方的一扇門，今西跟著走進去，頓時傳來舞台上的聲音，許多在燈光下走動的身影倏地映入眼簾。男職員帶著今西坐在暗處靠牆的椅子。除了他之外，還有四、五個人站在暗處，或是抽菸，或是雙手抱胸，或是蹺著腿凝視舞台。

今西不知上演的是什麼劇目，但看得出舞台布置成工廠的角落，一大群扮工人的演員圍著一名同是穿著工作服的男子高聲議論。坐在台下的導演不時糾正台詞。

今西盯著舞台上的排練，跟正式演出沒兩樣，頗有震撼力。內容是勞工在討論是否要進行罷工。每個人都穿著工作服，共有二十人左右在舞台上來回走動。今西一面觀賞，一面思忖，光是要準備這些服裝就是項大工程。他注視著劇情的發展，突然眼睛一亮。他表面上在看戲，他心裡卻在思索別的事情。接著，他從暗處站起，輕輕推開門，來到走廊上。當他回到事務所的時候，三個男職員正準備分發海報。

「如何？」帶今西去看排練的男職員回頭問。

「滿有趣的。」今西微笑著答道。

「這是我們劇團首次上演的戲，花了很大的工夫。託您的福，未演先轟動。」

「是嗎？看得出大家都相當賣力演出。」今西在男職員的耳畔低語：「不好意思，有件事想請教。」

男職員立刻放下手上的工作。

「剛才參觀排練，好像準備了很多服裝？」今西問道。

「是的。這些服裝製作嚴謹，一點也不馬虎。」

「公演結束以後，這些服裝都會保存下來嗎？」

「幾乎都會保存下來。」

「這麼說，需要專人管理？」

「是的。」

「不好意思，我可以去見對方嗎？」

「去見服裝管理員嗎？」男職員疑惑地望著今西。

「是的，我有事情想請教一下。」

「請稍等，我去看她在不在。」男職員走出事務所。

今西抽著菸等候。

——成瀨里繪子身爲劇團的職員，應該非常了解內部情形，當然也認識各種人員。在等待男職員回來的期間，今西發揮著想像力。

「她還在，不過正準備下班。」男職員回報。

「太好了。」今西扔掉菸蒂，「我想找她談談，五到十分鐘就夠了……」

「好，我帶你去。」男職員領著今西走到裡面。

「這位就是服裝管理員。」男職員介紹的是一名三十五、六歲，身材肥胖的婦女。

「耽誤妳下班，實在抱歉。」今西低頭說道。這時，服裝管理員已穿上大衣，正要回家。

「請問有什麼事嗎？」身材矮胖的婦女抬頭看著今西。

「冒昧請教，剛才我參觀過貴團的戲劇排練，不曉得演員的服裝全由妳保管嗎？」

「是的。」

「數量那麼多，從來沒遺失過嗎？」

「這種情形很少。」

「很少？」今西藉機問道：「這麼說，也曾遺失嘍？」

「嗯，不過頂多遺失一、兩件，而且幾年才那麼一次。」

「原來如此，那是妳管理得當。況且，服裝數量那麼多，即便非常小心，也很難照顧周全。」

「也是。不過，我還是得負全部責任。」
「啊，請問今年春天遺失過男裝嗎？」
聽今西說得這麼具體，服裝管理員不由得露出驚訝的表情。
「嗯，有過一次。」
「噢，大概是什麼時候？」
「今年五月上演川村友義老師的《笛子》，有件男性風衣不見，一直找不到。」
「風衣？」今西睜大眼睛問：「具體而言，是什麼時候？」
「那次公演五月底結束，記得是五月中旬遺失，無論怎麼找就是找不到，急得我用別的衣服才湊合上。」
「不曉得妳記得確切的日期嗎？」
「請等等，我去看一下工作日誌。」她跑回自己的辦公室。
「果眞是遺失了。」今西跟職員交談著，表面上口氣緩和，心臟卻怦怦作響。
「查到了。」服裝管理員返回後，立刻告訴今西：「剛才我翻查日誌，那件男性風衣是五月十二日遺失。」
「五月十二日嗎？」今西心想，這回不會錯了。
「是的。十二日那天，我拿別的風衣替換。」
「這麼說，十一日那件風衣還在？」
「是的，十一日沒有發現遺失，件數都齊全。」
「公演幾點結束？」
「記得是晚間十點。」

「在什麼地方？」

「渋谷的東横會館。」

今西暗吃一驚。渋谷離五反田很近。從五反田可搭池上線前往蒲田，而且離目黑更近。從目黑到蒲田又有目蒲線電車。

「那件風衣是什麼顏色？」

「深灰色。」說到這裡，服裝管理員露出納悶的神色。「當時我並沒有報案，這樣做有問題嗎？」

「不，跟報不報案沒關係。」今西微笑，「不過，妳說要報案，是因爲戲服被偷嗎？」

「不，我不敢斷定，但確實是遺失了。」

「妳把衣服放在後台嗎？」

「是的。通常公演結束，會把服裝送回倉庫保管，演出期間則放在後台。」

「奇怪，難不成後台有小偷入侵？」

「倒不是不可能，以前劇團被偷過錢。話說回來，大概沒有小偷會想拿走那件皺巴巴的風衣。」

「這麼說，妳是在十二日那天發現風衣不翼而飛，表示十一日晚上風衣還在，戲得以順利演完。不過，隔天即將上演的時候，妳才發現風衣不見？」

「是的。我簡直急壞了，好不容易找了件衣服。尤其宮田先生身材高大，很難找到合身的風衣。」

「宮田？」今西不由得大聲問：「那件風衣是給演員宮田穿的嗎？」

「沒錯。」服裝管理員聽到今西提高音量，不禁感到驚訝。

「這樣啊。妳說的宮田先生，應該就是宮田邦郎吧？」

「是的。」

今西呼吸急促起來。「宮田先生知道戲服的風衣不見，有沒有說什麼？」

「他只說『糟糕、糟糕』懇求我趕緊想辦法。而且，他還歪著腦袋說『奇怪，昨晚風衣還在。』」

「請等一下，宮田先生一直演到散場嗎？」

「是的，他穿著風衣一直演到落幕。」

今西雙手抱胸，陷入沉思。宮田邦郎的死突然變得真切起來，緊緊壓迫著他的胸口。

「再請教一件事，貴團有個叫成瀨里繪子的女職員吧？就是自殺身亡……」

「這件事我知道。」

「這樣問也許有點失禮，據說宮田先生和成瀨小姐很要好？」今西向服裝管理員問道。

「唔，談不上特別要好，但看得出宮田先生似乎喜歡成瀨小姐。」

這件事情今西以前也問過。他曾親眼目睹心儀成瀨里繪子的宮田邦郎，在他住家附近的公寓樓下徘徊。

「那天晚上，宮田先生下戲後就直接回家了嗎？」

「不清楚。」她的眼角堆起魚尾紋笑著說：「他好像都是一個人回家，既不喝酒，朋友也不多。」

「成瀨小姐呢？」

「這我就不知道了，可能她辦公室的同事比較了解。」她轉頭看著身旁的男職員。

「唔……」男職員歪著腦袋說：「我實在記不得成瀨哪幾天直接回家，不過，她非常認真，總是做到最後才下班，很少早退。」

「你們沒有設打卡鐘嗎？」

「沒有。」

今西想知道五月十一日晚上，成瀨里繪子在上班期間是否外出過？

「成瀨小姐的工作可以中途離開嗎？」

「倒不是不可能。她的任務是在戲演完後做總整理，開演期間不是很忙。」

聽服裝管理員這麼說，男職員立刻表示：「成瀨不會那樣做，她總是在演出場地待命。」

「你說那次演出是在東橫會館，所以成瀨小姐當然也在那裡嘍？」

「是的，絕不會錯。」

今西的問話到此結束，他低頭行禮：「百忙之中，叨擾你們了。」

眞是意想不到的收穫。

五月十二日發現遺失一件表演用的風衣，所以確定是在十一日公演結束之後不翼而飛。十一日正是發生蒲田兇殺案的當天，表演是在晚間十一點結束，而死者在蒲田調度場遇害的時間，推定爲深夜十二點至凌晨一點之間。

若穿著染血衣服的兇手罩上風衣，不僅不會被人發現有異，還可從容地坐上計程車逃走。這件風衣就是宮田邦郎在舞台表演時穿的，宮田邦郎對成瀨里繪子有好感，而成瀨里繪子卻暗戀著某個人，這可能成爲一條線索。

今西記得自殺的成瀨里繪子手記中的一段話：

——難道愛情注定是孤獨的嗎？三年來，我們彼此相愛……

上頭清楚寫著「三年來」。成瀨里繪子四年前到前衛劇團上班，一年以後，她從登記的住所搬走，之後三年始終沒告知劇團她的住所。今西對這樣的推論頗有自信，因爲手記既是她日常的感想，也可視為她的遺書。她在筆記中沒有寫出情人的姓名，有點自我抒發苦悶的意味。從這點來看，成瀨里繪子行事謹慎，就算別人偷看，也無從知道她的情人是誰。這樣做當然不是為了她自己，而是不願意給對方帶來麻煩。她寫著「因為這份愛情，要求我做出犧牲」，事實上，她真的為愛犧牲奉獻。為了情人，她從劇團偷出衣服，送到情人等待的地方，又將染血的衣服剪成碎片丟出車窗外，即使觸犯法律也在所不辭。

——我必須為此感到殉教式的歡愉。

今西至此的推論都錯了。他不僅弄錯成瀨里繪子心儀的對象，還斷定她的住所就是凶手藏匿處。難怪以蒲田車站為中心展開查訪，沒能找出凶手的藏匿處，因為這地方本來就不存在。

今西試著重新整理案情的順序——有個男子下定決心殺人，但認為屆時身上的衣服可能沾滿死者的鮮血無法坐計程車逃走。因此，在行凶之前打電話給在東橫會館的成瀨里繪子。雖然時間已晚，但她還沒下班。男子要她帶件衣服到指定的地點，於是她趕忙從劇團裡偷了一件風衣，也就是宮田邦郎演戲時穿的那件。

說不定她是偷偷拜託宮田。沒錯，一定是這樣。否則，即使是一件風衣，她也會為了偷劇團的東西而受到良心苛責。從澁谷到案發現場，坐計程車不需幾分鐘。就算要坐電車，在五反田或目黑換乘即可。她和站在暗處的情人會合，把風衣交到他手上……

4

今西大致釐清凶手當天晚上的行蹤。凶手在蒲田附近並沒有藏匿處，他有個女友，但聯絡處不是普通的民宅。長期以來未解的謎團總算解開，雖然有點晚，總比困在迷霧中好。

然而，今西不明白的事情還很多，仍未掌握破案的關鍵。他姑且先把目前的推論告訴吉村。

「您說得對。」吉村表示同意。在這次的調查行動中，最費心盡力的便是這年輕的同事。

「這個發現太重要了，不愧是今西先生！」

「哎呀，別這樣說。」今西難爲情地應道：「如果一開始就弄清楚，受到稱讚還不會不好意思，不過，我是走了好多冤枉路才弄清楚。」

「儘管如此，還是很値得。原來，凶手用了這個策略。」

凶手的犯罪手法十分簡單，拿石頭把死者的臉孔砸得稀爛後，要一名女子送來衣服，掩飾身上的血跡。問題是，他後來的行動不得而知。自從這件凶殺案發生以來，已死了三個人。今西試圖從這三人的死亡中，找出蒲田調度場凶殺案的蛛絲馬跡。

隔天下午三點左右，今西感到飢腸轆轆。警視廳的餐廳分別在一樓的刑警專用餐廳，和五樓的咖啡館。除了供應廉價咖啡和果汁之外，也販售糕餅和兒童用品等等，價格較市售便宜。工作告一段落後，今西登上五樓，看來大家都餓了，這時間幾乎是客滿。今西點了杯廉價咖啡和一份蜂蜜蛋糕，坐了下來。在他桌旁的是犯罪防治課的同事，雖然認識他們，但平常很少交談。那夥人當中，有兩名不是警視廳的人，好像是犯罪防治協會的職員。他們五、六個人熱鬧地交談著。

今西以咖啡配著發硬的蜂蜜蛋糕，嘴裡的蛋糕變軟許多。

「最近，各家庭的防範工作似乎做得相當徹底。」犯罪防治協會的人員說：「我認爲應該歸功於警視廳的宣傳得宜。」

今西交替把蜂蜜蛋糕和咖啡送進嘴裡。刑警這職業眞是辛苦，爲了抓拿犯人，有時必須在寒冬夜裡進行監控；有時得在夏夜裡忍受蚊蟲的叮蚊，整晚蹲在暗處埋伏；有時爲了尋求證據，拿著一項物件在市區查訪十幾天……想起忙碌辛苦的日子，這悠閒的片刻時光實在難得。

「市民最擔心的是小偷闖空門，可是，自從宣導左鄰右舍外出時相互聯絡之後，遭小偷的情形改善許多。」坐在旁邊的犯罪防治協會的人員說：「東京市民的生活特徵就是鄰居很少往來，這就是小偷闖空門的原因之一。最近，遭竊案件大幅減少。」

「在玄關門口裝設警鈴的家庭愈來愈多。」

「這可達到某種警示效果，不過，門裡門外都得加裝警鈴才行。問題是，不少家庭忘了在關鍵的門外加裝警鈴。」

「闖空門的小偷可這樣對付，但上門強迫推銷東西的混混還是沒有減少。」犯罪防治課的刑警說：「眞是令人困擾。如果花一百圓能打發倒無所謂，但莫名其妙被逼著買下高價物品才教人氣結。家庭主婦到菜市場，連區區三十圓的蔬菜都要瞪大眼睛挑選呢。」

「是啊，成員較少的家庭碰到這些不速之客，難免心生恐懼，馬上掏出錢，剛好讓那些傢伙逮到機會，逼人買這買那的。這時，若向鄰居求援，又怕不在家時遭小偷闖入洗劫。就算跑去叫人，鄰居一聽是惡質推銷員，跑都來不及，實在傷腦筋。」

「不過，也不必這麼悲觀。」犯罪防治協會的人員說：「近來有種妙方，可擊退惡質推銷員。」

「噢，是什麼妙方？」

「就是安上一個小小的裝置。」

聽到這段話，今西不由得轉向他們。剛才提到惡質推銷員時，今西已豎耳傾聽，這下又聽到有擊退這種人的裝置，興趣益發濃厚。

「是這樣的……」犯罪防治協會的人員說：「我先談談效果。只要安上這個裝置，惡質推銷員馬上會感到身體不適，逃之夭夭。」

「噢，眞的嗎？」

「當然是眞的。」說話者點點頭。

「的確是個妙方。安上這簡單的裝置，每戶家庭就可放心。連強壯的惡質推銷員都會感到不舒服，落荒而逃，實在太有意思了。請你詳細講講，這是什麼裝置。」

鄰座談論擊退惡質推銷員的話題，今西非常感興趣。這不是跟不久前，在某戶人家發生的情形相同嗎？爲此，他還拜託吉村，找來當天到過那戶人家的推銷員問明情況。他喝著咖啡，聚精會神聆聽。

「那種裝置啊……」犯罪防治協會的人員說：「叫『電子魔音擊退器』。」

「電子……從名稱聽來，是一種電氣裝置嗎？」

「不，不是電器，聽說是利用發出很高的聲音，讓對方身體不適的裝置。」

「很高的聲音？那不就會吵到附近鄰居嗎？」

「不，不是那種高音。原理我說不上來，但與其說是發出高音，不如說是利用聲音的頻率，使人莫名其妙感到身體不舒服。」

「那種裝置是在哪裡製作的？」犯罪防治課的刑警問。

「有個技師正在試作，等量產普及後，效果應該會更好。」

接著，他們閒談的內容大致是安上這種裝置，婦女照樣可輕易擊退惡質推銷員，使用多麼方便等等。五分鐘後，他們一行人不約而同站了起來，今西旋即抓住認識的犯罪防治課刑警低聲問：「剛才在談『電子魔音擊退器』的人，是做什麼的？」

「他是犯罪防治協會的安廣，是腳踏車店的老闆。」刑警回答。

「不好意思，能替我介紹一下嗎？我有事情想請教他。」

「沒問題。」

刑警從往門口走去的那群人當中叫住對方。他身材很矮、臉色紅潤，就是剛才談論擊退惡質推銷員的人。刑警把今西介紹給他。

「我是……」今西拿出名片，行禮致意：「平常承蒙多方關照，謝謝。」

「不客氣。」安廣也遞上名片。

「剛才我稍微聽到你在談論擊退惡質推銷員，想進一步請教。」今西央求道。

對方告訴今西，擊退器的研發者是T無線技術研究所的研究員。該研究所位於千歲船橋一帶。今西打電話到研究所，表明想去拜訪。那個研究員是個年輕技師，名叫濱中省治。

「我白天做研究非常忙碌，請在今天傍晚五點左右，或明天早上十點再來。」濱田技師在電話中答道。

今西急切地想弄個清楚，於是約定傍晚五點造訪研究所。

「這消息是從哪裡聽來的？」對方笑著問。

今西思忖著，若先表明訪問目的，也許對方會幫忙準備資料。

下午四點剛過，今西榮太郎便離開警視廳。從這裡到千歲船橋有點距離，但他恨不得立刻抵達。平常他會坐電車或公車，不過今天決定坐計程車趕去。

然而，從警視廳所在的櫻田門到赤坂、渋谷這條路線，正逢車流最壅塞的時段，折騰了一小時，才終於抵達目的地千歲船橋。

研究所座落在雜樹林叢生的空地上，四周架著簡單的鐵絲網。只見一棟規模不大的雙層白色洋樓，屋頂上矗立著碗狀天線和無線鐵塔。

今西一走近櫃檯，警衛似乎已接獲濱中的通知，馬上帶今西到會客室。等候的空檔，今西眺望著窗外的風景，櫟樹林梢的樹葉已染上秋黃。沒多久門開了，一名約三十四、五歲，頭髮稀少、額頭寬廣、雙目有神的男子走進來。

「敝姓濱中。」對方遞出名片，頭銜是「郵政技士」。他自我介紹道：「我是公務人員，被派到這研究所服務。」

「在電話中說過，犯罪防治協會的人員提到『電子魔音擊退器』是你的發明？」

「不，也不能說是我的發明。」濱中技士一雙大眼眯起，笑答：「這東西的理論很簡單，但實際上組裝起來的，我或許是第一個。」

「這是什麼理論？請簡單爲我說明一下。」今西提出請求。

濱中表示，要擊退上門強迫購物的惡質推銷員，沒有比使用這種裝置更有效的。接著，他露出微笑：「總之，這是一種聲音。」

「聲音？」

「嗯，我來解說一下。其實，我們每天都生活在各種聲音當中。」濱中試圖用淺顯的字眼解釋：「在那些聲音裡面，有的類似音樂，有的像是雜音，但有些會使人感到不愉快。比如，吱嘎吱嘎的鋸聲，或指甲抓玻璃的聲響，都會讓人不舒服。」

「這倒是。」

「那是因爲音色不同，引發不適。聲音在空氣中以波浪的形式傳播，稱爲『波形』。這波形周期性地傳播出去，即形成特定的周波數，有時會帶給人不愉快的感覺。總之，『電子魔音擊退器』就是利用這種音感產生作用。」

「原來如此。」今西認爲接下來的原理會更難理解，等著濱中進一步說明。

「再舉個例子。」濱中技士微笑繼續道：「假定我們在連續數分鐘內，聽一種波長十幾赫的低音——其實，我們平常不稱爲聲音，也許會說是『震動』。所以，應該說是『感知到』，會比『聽到』貼切。」

「……」

今西露出似懂非懂的表情。濱中技士大概察覺他沒聽懂，便用更簡單的方式解釋：「處在這種低音或受震的狀態下，聽者會感到不舒服。比如，頭疼或渾身顫抖。」

「眞的會出現那種狀況嗎？」今西傾身向前。

「會，剛剛我說的是耳朵難以分辨的低音，同樣地，高音也有這種效果。」

「高音？」

「是的。通常，發出一萬赫以上的高音，也就是兩萬到三萬赫的高頻音，動物都能敏銳地感受到，而聽者面對這些分辨不出的高音，會出現身體不適或頭疼的狀況。我們耳朵能忍受的聲音周波有界限，高出上限或低於下限都會感到難受。」

濱中技士在說明何謂「電子魔音裝置」之前，先如此向今西解釋聲音的原理和概念。

16 CHAPTER — 第十六章

某個戶籍

1

今西榮太郎收到島根縣仁多郡仁多町公所的來函。

東京警視廳巡查部長今西榮太郎先生：

有關台端查詢本浦千代吉一事，後來我們又進行調查，現答覆如下。經查閱本公所舊有資料，本浦千代吉被送進岡山縣兒島郡××村慈光園，是昭和十三年六月二十二日。然而，當時千代吉所帶的長子秀夫並未登記在冊，可能是照料本浦千代吉的龜嵩分駐所的三木謙一巡查另做安排。不過，若不查閱分駐所的執勤日誌，便無法得知秀夫的後續情況。問題是，該日誌已於昭和十三年銷毀，詳細情況不明（依照當時的規定，執勤日誌保存十五年，所以可能於昭和十三年銷毀）。

從前後的情況判斷，三木巡查只將患者本浦千代吉送往岡山縣慈光園，而把身體健康的秀夫加以隔離保護。我們也急切地想知道秀夫的後續情形，但礙於上述原因，難以查明，實爲遺憾。根據我們推測，以三木巡查的爲人，可能將秀夫交由篤實的家庭扶養，但經過實地調查，並無任何發現，我們甚至懷疑秀夫失蹤。這是隨父親四處飄泊的流浪兒常有的習性。

總之，有關本浦秀夫，經過在轄區內數個月的調查，並未找到了解內情，或是收養他的家庭。以上爲最終結果報告，敬請諒察。

仁多町公所　庶務課長

今西榮太郎陷入沉思。腦海浮現出初夏的龜嵩街道。某個炎熱的日子，一對父子在這條街上沿路行乞，做父親的全身流著膿汁。三木巡查看到這對不幸的父子，說服孩子的父親，幫他辦了住進岡山縣慈光園的手續，當時他身旁的小孩只有七歲。

三木巡查保護著這名孩子，可是，跟父親過慣流浪生活的孩子不適應這種生活，於是趁機逃走。這名滿身污垢的七歲小孩，越過中國山脈往南逃。接著，他可能選擇兩條路徑：前往廣島縣北邊的比婆郡，或從備後落合越過作州津山到岡山。男孩曾走哪一條路？

不，他也可能不越過中國山脈，順著跟父親來時的方向獨自往回走，步向宍道、安來、米子，然後往鳥取前進。流浪兒行經的路徑可設想爲這三條。然而，不管選擇走哪條路徑，最後來到大阪是個事實。流浪兒在大阪被善心人士領養，面對失去故鄉的小孩，對方如何撫育呢？首先，可收爲養子。

於是，今西打開泛舊的筆記本查到，流浪兒的故鄉是石川縣江沼郡××村××號。不過，上面只有「長子秀夫」的出生登記，並沒有他成長的紀錄。另一份戶口名簿上，也僅僅這樣記載：

大阪市浪速區惠比須町二之一二〇
父　英藏　明治四十一年六月七日生，昭和二十年三月十四日死亡。
母　君子　明治四十五年二月七日生，昭和二十年三月十四日死亡。
本人　昭和八年十月二日生。

這份紀錄顯示，不管流浪兒從島根縣的深山走向哪條路徑，最終都在大阪獲得「重生」。問題是，「本人」的出生年月日和流浪兒秀夫不同，而且戶口名簿上也沒寫明爲養子關係。

之前今西便懷疑戶口名簿的可信度，這次透過仁多町公所的來函，情況益發明顯。沒有註明養子關係和本人出生年月日的不同，更加深他的懷疑。

不能這樣耽擱下去，寫信委託調查永遠緩不濟急。

當天晚上，今西榮太郎搭上二十二點四十五分從東京開往大阪的快車。他喝著小瓶裝的口袋型威士忌，在難以安眠的鋪位上閉目沉思。奔馳的夜間火車發出單調的律動，但那不是令人不愉快的聲音。以某種意義來說，像搖籃曲般輕快。

聲音、聲音……他耳畔又響起濱中技士的那句話：

——我們耳朵能忍受的聲音周波有界限，高出上限或低於下限都會讓人感到難受。

2

早上八點半，今西榮太郎抵達大阪車站。

他先到派出所問明浪速區惠比須町在哪個方向，當班的巡查回頭看著掛在牆上的偌大地圖說：

「就在天王寺公園的西側。」

「區公所也在附近嗎？」

「在北面五百公尺之處。」

今西坐上計程車，沿著大阪的街道朝南奔去。

「請問浪速區公所在什麼地方？」車子正要爬向天王寺的坡路時，今西開口。

「浪速區公所嗎？就在那裡，看到了嗎？」

今西瞥一眼手表，八點五十分，區公所還沒開始上班。

「先生，您要去區公所嗎？」

「不，待會再去。」

計程車繞過公園的右側，路旁有很多學生。今西把地址告訴司機，沒多久，車子便駛進商店街，但店家皆尚未開門營業。

「這一帶的商店街眞漂亮。」今西眺望著窗外說道。

「嗯，因爲戰後全部重新改建。」

「這一帶在空襲時燒得精光嗎？」

「是啊，這一帶被炸成廢墟。」

「是什麼時候遭到空襲？」

「戰爭即將結束的昭和二十年三月十四日。當時，B—29機群飛來，燃燒彈如傾盆大雨。美國若晚點行動，這一帶就保得住了。」

「死了很多人吧？」

「唔，少說也有幾千人。」

司機所說的空襲日期，今西在東京時早就牢記在心。

「先生，到了。」

今西抬頭一看，車子停在西裝店前面。「是這裡嗎？」

「是的。」

今西付了車資。他在原地打量周遭，每戶店家都是新建的，看不見任何戰前的老建築物。這間西裝批發店掛著「丹後屋商店」的招牌。今西來到架上擺滿布料的店頭，向店員表示要找老闆，店員請他稍等。

「您好。」一個六十幾歲、和服上套著藍色圍裙的老人走出來。

今西向老人表明自己的身分。

「不知有何指教？」老人掀著圍裙跪坐在地。

今西聽著「丹後屋」老闆的說明。這個身材枯瘦的老人，從祖父輩以來即住在大阪，對這一帶的情況非常熟悉。今西聽老闆講了三十分鐘後才離開，順著緩坡朝區公所走去。附近好像有學校，不時傳來孩童的嬉鬧聲。

在「丹後屋」聽到的訊息，更加證實今西的想法。走在空氣清新的路上，孩童的嬉笑聲顯得格外高亢。這喧嚣的聲音，讓他聯想到那種聲音——也就是吵雜的聲音、令人不愉快的聲音。

今西回想著惠美子臨死前吐出的夢囈般的話語：

——你別這樣。啊，不要、不要。總會有辦法的。請住手，住手、住手……

今西低著頭沉思。電車從旁邊駛過，前面剛好是轉彎處，車輪發出尖銳的軋軋聲響，令人覺得很不舒服——又是討厭的聲音、令人不適的聲音。

一群鴿子飛向天空，明媚的陽光將牠們的羽翼照得閃閃發亮。他來到區公所前，門旁坐著一個年老的代書。

「請問戶籍課在什麼地方？」

老代書放下手中的筆，不耐煩地說：「往前走，盡頭的右邊就是戶籍課。」

「謝謝。」

今西登上石階，走進昏暗的建築物。區公所內有許多來辦事的人。他走到戶籍課的服務窗口前，負責業務的是年輕的女課員。

「冒昧打擾……」今西掏出筆記本說道。

「有什麼事嗎？」女課員抬頭望著今西。

「請問浪速區惠比須町二之一二〇號，有沒有這個人的戶籍？」今西出示筆記本。

女課員年約二十二、三歲，瞇起細眼看著今西潦草的字跡。

「請稍等一下。」女課員站起來，朝戶籍檔案櫃走去，在那裡翻找著。今西神情焦慮地等待。約莫等了兩、三分鐘，女課員抱著戶籍原簿回來。

「有這個名字的戶籍。」

「噢，有嗎？」

「是的，原簿上確實登記著這個人的戶籍。」

「眞的嗎？」今西不禁脫口。

「當然，」女課員慍怒地說：「區公所的原簿上有可能造假嗎？」

「話是沒錯……」今西認爲戶籍原簿不可能造假，倒是能動手腳。比如，擅自取用他人戶籍的事時常發生。

「不好意思，戶籍原簿可以讓我過目一下嗎？我是……」今西掏出警察證，女課員一瞥，旋即將厚厚的戶籍原簿從窗口遞出來：「請看吧。」

今西想像中的戶籍原簿，應該是紙張泛黃、邊角破損不堪，想不到居然這麼新。他先查看可疑的部分。

原籍，大阪市浪速區惠比須町二之一二〇號……今西對照筆記本上的資料，一字都不差。

「戶主英藏和妻子君子死亡年月日相同，都是昭和二十年三月十四日，他們是在空襲中死去的嗎？」今西確認道。

女課員看了一眼說：「是的。那天浪速區遭到大空襲，幾乎所有房舍都燒得精光，他們應該是當時死去的。」

「果眞是這樣啊。」今西注意力回到戶籍原簿上，「這本戶籍原簿的紙張滿新的。」

「是啊，舊的戶籍原簿在戰火中燒毀，這是後來重新謄錄的。」

「燒毀？」

原來戶籍原簿被燒毀了。戶籍原簿共有兩套，分別保存在區公所和轄區的法務局，如果區公所的存檔燒毀，可從法務局的原簿重新抄錄出來。

「這是從法務局那裡抄錄出來的嗎？」

「不是，法務局當天也在空襲中遭到轟炸，原簿一起燒毀了。」

「咦，」今西眼睛一亮，「那麼，是根據什麼重新製作的？」

「根據本人的申報。」

「本人？」

「是的。法律明文規定，戶籍原簿若因戰爭燒毀，可重新申請登記。請看這邊。」女課員指著戶籍原簿首頁的文字，上面寫著：「各區公所及各縣廳因受戰爭災害導致户籍原簿燒毀者，可於戰後昭和二十一年至二十二年申請户籍重製。」

今西抬起頭，「這麼說，這份戶籍也是昭和二十一年至二十二年間申請重製的嗎？」

「不，不是，也有事後申請的。」

「抱歉，可以幫我查一下，這個人是什麼時候提出申請的嗎？」

「馬上查得出來。」女課員翻閱著原簿說：「這個人在昭和二十四年三月二日提出申請。」

「昭和二十四年？」今西暗暗思索，昭和二十四年，當事人正好十六歲。

「提出申請戶籍重製的時候，爲了證明申請人所說無誤，是不是需要保證人？」

「我們當然如此希望，但在遭遇戰火災難的特殊情況下，有時找不到人證明，只能依照本人的申報重製。」

「那麼，這個人的戶籍也是依本人的申報重製的嘍？」
「請稍等一下，我查查看。」女課員離開座位。
從這裡可看到，戶籍課後方有幾個櫥櫃。她蹲在卷宗堆疊的櫥櫃下，努力翻找約十分鐘，顯然要找出來頗爲費事。到窗口辦事的民眾愈來愈多，今西有點過意不去。
女課員終於回到今西的面前。
「剛才查了一下，申請書只保存五年，已處理掉。」
「這樣啊。」今西低下頭，「對不起，讓妳白忙了。」
「不客氣。」
「順便請教，只要本人提出申請，都會如本人所說的內容塡寫嗎？」
「是的。」
「不過，如果有人想藉此登記假的原籍，豈不是無法分辨？」
「就是啊。這裡的原籍資料全燒毀了，對方若是謊報，我們也無從發現。」
「這樣啊……」今西在原地沉思著，似乎還有疑點待問。「剛才妳說，即使對方謊報也無從發現？」
「是的。」女課員點頭。
「有沒有什麼方法，可看出申請人謊報呢？」今西心想，若沒有這種查核機制，要謊報戶籍豈不是太容易？
「有的。」女課員肯定地回答。
「噢，有嗎？」
「是的。比如，戶主英藏登記了自己的出生地，我們可向當地市公所或村公所查詢是否屬實，他的妻子君子的情況也一樣。」

原來戶政機關有這樣的查核機制。

「這份戶籍是依這種手續辦理的嗎？」今西追問。

「應該沒錯，否則不可能受理。」

女課員說了句「請稍等」，便離開座位。她又到櫥櫃翻找厚厚的卷宗，經過一段很長的時間後才回來。

「我看了當時的卷宗，承辦員已離職。從上述資料判斷，當時受理了申請，但戶主英藏和妻子君子的原籍登記都得追查申報。」

「追查申報？」今西不明白是什麼意思。

女課員看出今西的疑惑，解釋道：「這只是我的推測，當時申請人可能對戶主英藏和妻子君子的詳細出生地不太清楚。」

「不太清楚？」

「申請人當時才十六歲，雙親突然在戰火中死亡，而他對父母的出生地不太清楚，無從寫起，只好直接重製。戶政機關爲了方便民眾，同意申請人可在得知父母的出生地後再行補辦，這就是追查申報。」

原來如此，這種狀況是有可能的。之所以說是「有可能」，不是因爲十六歲的申請人不記得父母的出生地，而是申請人採取這種方式實在太聰明。

「非常感謝妳的幫忙。」今西爲耽誤女課員的辦公時間致歉。

今西來到外頭，腳步輕快起來。可以確定的是，這個流浪兒住過大阪。

今西榮太郎準備前往京都府立××高級中學。既然名爲「京都府立」，應該離京都市區很近，其實比較靠近大阪府。

那所高中座落在市郊的丘陵上。今西坐計程車來到學校下方，再登上高高的石階，爬得全身是汗。出來與他會面的校長年約五十四歲，身材矮瘦，和藹可親。今西向他告知來意。

「這名學生是哪一年畢業的？」

「不，他沒有畢業，中途退學了。」今西回答。

「他是幾年級退學的？」

「不太清楚。」

「那麼，是哪一年退學？」

今西搔著腦袋說：「這個我也不清楚。」

校長露出困惑的神情，「這就不好辦了，只好從年齡來推算。他是哪一年出生？」

今西將那個流浪兒的出生年月日告訴校長。

「還是舊制中學，這就難查了。」校長面有難色，「其實，本校也遭到空襲轟炸，舊制中學的檔案資料全毀於戰火中。」

「噢，這裡也遭到轟炸？」今西愕然，「一樣是在昭和二十年三月十四日嗎？」

「不，這個城市很早就被炸了。本地有座R軍需工廠，所以首當其衝，昭和二十年二月十九日便遭到大空襲，大半城市幾成廢墟。當然，本校座落在市中心，也跟著遭到戰火吞噬。」

「這麼說，當時的中學畢業生名冊和在校生名冊也都……」

「是的，全燒毀了。所以，我們盡可能分頭重製當時的資料，畢竟時間拖愈久愈難整理。」

「真是遺憾。」這句話同樣適用在今西身上。

「是啊，本校創立於大正時代，卻失去當時的寶貴資料，實在太令人惋惜。」

「難道沒有其他辦法查出這個人的資料嗎？」

「從您提供的出生年月日來查入學狀況也是個方法。」

「怎麼說？」

「當時的畢業生大概對他還有點印象，即使只念到二年級，但問問他的同學也許知情。」

這的確是個好辦法。

「有這樣的人住在附近嗎？」

「有，現在從事釀酒工作，正好是那時候的學生。」

今西榮太郎回到街上。由於城市大半毀於那場戰火，鬧區或市中心幾乎都是新建，但較偏僻的地方仍保有舊街景。受災區域和倖免的街道在此截然分明。

今西依××高中校長所說的地址，來到「京之花」釀酒廠。從牆外就可看到酒倉。正門裝飾著關西酒倉特有的格子門，屋頂上掛著「京之花」字樣的大招牌。

今西走進店裡，要求見老闆。一名二十七、八歲的年輕老闆走出來。今西表明想打聽一個人的下落，剛才去過××高中，對方介紹他可能是那個人的同班同學，所以特地上門拜訪。

「請等一下，」年輕老闆雙手交抱，望著天花板，似乎在拚命回想。「啊，我想起來了。」

「想起來了？有這個人嗎？」今西不由得盯著對方。

「好像有。沒錯，記得他只念到二年級就退學。」

「你知道他是從哪裡上學嗎？」

「嗯……他好像寄宿在這條街上的某戶人家。」

「寄宿？」

「是的，他說老家在大阪，暫時寄住在這裡。」

「他寄宿的地方在哪裡？」
「那一帶被戰火燒得精光，看不出任何形跡。」
「那戶人家姓什麼？」
「我不太清楚，因爲他念到二年級就退學，沒有同學知道他的下落。」
「是嗎？」
今西的調查工作又因戰禍而碰了壁。接著，今西問老闆，知不知道這個同學目前在東京非常活躍？老闆搖搖手說：「不知道。」
今西拿出夾在筆記本裡的剪報，上面登著一張照片。
「這是他的近照，你還記得嗎？」
年輕老闆拿著剪報端詳許久，吃驚地說：「的確長得很像。不過，我們同班時間很短，印象不深。噢，原來他在東京那麼出名啊！」
「當時的級任導師還在嗎？」今西把剪報夾回筆記本裡。
「很遺憾，我們的級任導師也在那場戰禍中死去。」
當天傍晚，今西榮太郎便前往京都車站。由於離搭乘八點半的上行火車還有些時間，他在車站前的餐館吃了咖哩飯。這次專程過來，總算沒有白費工夫。大致的情況都如預期，而且也可說已取得初步證據。
跟隨罹患傳染病的父親，流浪到島根縣偏遠山村的七歲小孩，從亀嵩逃走，前往大阪。後來，他在大阪被別人收養，長大成人。不一定是被收爲養子，也可能在店裡當供膳宿的學徒。而那間店和店主卻在戰禍中化爲灰燼，找不到任何影子。
不過，那店主不是那份戶籍上的英藏和君子夫婦。這名字很可能是申報人編造的，因爲他們夫婦的原籍都不明確。雖說戶政機關通融允許追查申報，但直到現在仍未申報他們夫婦的出生地。

後來，這孩子來到京都府××市。雖然自稱是寄宿，但是否眞有其事仍存疑。或許他從大阪來到這裡，又被別人收養，而那個家庭也在空襲中燒毀。他在中學二年級時退學，前往東京。

總結來說，他確實待過大阪和京都，問題是都沒有留下確切的證據。他將父母親的戶籍設定在大阪的浪速區惠比須二之一二〇號，實在聰明。因爲這裡的戶政機關存檔的戶籍原簿，在戰火中燒得半頁不存，連法務局的備份資料也都燒得灰飛煙滅。

他自稱就讀過京都府××高中，也是使用同樣的手法。這所學校在舊制中學時代的資料毀於戰火，大半市街也成了廢墟。他的經歷雖然有部分痕跡，卻沒有留下具體可尋的證據……

今西榮太郎吃完辣味咖哩飯，正喝茶解渴，看見旁邊有客人沒帶走的晚報。他隨手拿起，是地方報。隨意瀏覽著，他的目光忽然停留在藝文版角落的一則報導。

〈和賀．關川二氏決定出國遊歷〉

和賀英良計畫前往美國，決定於十一月三十日晚間十點，搭乘泛美班機從羽田機場啓程。預定先到紐約演奏，再到美國各地巡迴演出，然後走訪歐洲。

關川重雄預定於十二月二十五日搭乘法航班機前往巴黎，該氏決定以法國爲起點，再到西德、英國、西班牙、義大利等國遊歷，預定明年二月下旬返國。此外，該氏也將代表日本出席國際知識界的研討會，遊歷歐洲各地。

3

早晨抵達東京後，今西榮太郎先行返家。

「累了吧？這時候泡個澡一定很舒暢，可惜公共澡堂十點才開門。」妻子遺憾地說。

今西家裡還沒買浴桶。在家燒水洗澡是他唯一的願望，但至今仍沒能實現。原因是沒存到這筆費用。

「算了，反正時間不多，讓我睡個一小時吧。」

今西將在京都買的蕪菁醬菜交給妻子。

「噢，你說要去大阪，怎麼到京都去了？」

「辦案隨時都可能改變行程。」

「聽說京都很漂亮，有機會我也想去走走。」妻子看著蕪菁醬菜的標籤說。

「好啊，等我領到退休金，再去遊覽。」

對今西來說，無論到什麼地方，滿腦子都是工作，根本沒有心情觀光。昨晚，從京都回來的途中，他幾乎一夜沒睡。車內非常擁擠，他在通道鋪上報紙，時而打盹，時而翻看著雜誌。

今西躺在榻榻米上。

「哎呀，這樣睡會感冒。我幫你鋪上被子，你先換下衣服。」

「不，沒時間了。」

妻子從壁櫥拿出棉被，蓋在丈夫身上。丈夫十分疲憊，臉色暗沉。睡沒多久，他就被叫醒。

「十點了。」妻子坐在枕邊同情地說。

「噢……」今西掀開棉被坐了起來。

「還沒睡夠吧？」

「不，多虧睡了一會，精神好多了。」今西用冷水洗過臉後，精神振奮不少。

「今天晚上可以早點回來吧？」

今西吃著熱騰騰的早飯時，妻子問道。

「嗯，我會早點回家。」

「要早點回來喔，否則身體會累垮。」

「是啊，以前連續兩天徹夜埋伏都不覺得累。」今西喝著熱茶感嘆道。

十一點多，今西抵達警視廳，先到股長處報告此行結果。「知道了，辛苦你了。」股長聚精會神地傾聽，接著遞出一張便條紙。「你去找這個人，也許他的講解，可供你辦案參考。」

便條紙上寫著「東京××大學教授工學博士久保田貞四郎」。

今西榮太郎坐東橫線在自由之丘站下車。從車站到東京××大學，徒步約十分鐘。一進校門，旁邊就是警衛崗亭。今西向警衛說明來意，警衛馬上打電話請示，隨後說了聲「請進」，還告訴他詳細的路線。

今西在高聳的白楊林蔭道上走著，看到學生結伴來來去去。他穿過本館，出現一棟雙層的白色洋樓。他走進玄關，沿著水泥階梯拾級而上。這棟建築物十分老舊，水泥走廊和白色牆壁給人一種陰森的感覺。來到掛有「久保田教授」名牌的辦公室前，他先整了整衣服，再輕輕敲門。

室內傳來「請進」的聲音，今西推門而入。裡頭頗爲寬敞，放著辦公桌，牆邊有張會議用的長桌，擺了幾張椅子。一名約五十出頭、身材清瘦的紳士，坐在辦公桌前，看著今西。

「請問是久保田教授嗎？」今西問。

「是的，我是。」教授微笑著站起。他的頭髮已半白。
「我是從警視廳來的，敝姓今西。」今西習慣性地挺直背脊。
「來，請坐。」教授走上前，招呼今西坐在會議用的椅子上。
「謝謝。百忙中叨擾，實在抱歉。今天特地前來，請多多賜教。」
「啊，您在電話中提過，是有關音響方面的事吧？」
「是的……我對音響是門外漢，請盡量簡單明瞭地講解……」今西誠惶誠恐地低頭致意。
「好啊，我也不知道能不能勝任。」教授露出溫文的笑容，「這跟搜查中的案子有關嗎？」
「是的，不過現階段還不明朗，希望透過教授的解說找到相關線索。另外，還想請您講解我們聽到的聲音，會因爲某種機械裝置，產生什麼變化。」
「機械裝置嗎？」教授歪著腦袋說：「那得從聲音的概念講起，否則不容易理解。」
「好的，請費心指教了。」今西低下頭，做好理解深奧理論的準備。
「那麼，首先談談我們平常聽到的聲音吧。」久保田教授繼續道：「聲音可分爲樂音、非樂音、噪音、純音，此外，還有複合音、單音、協和音、上音等等。所謂『樂音』，是以一定的周期又反覆同一波形的聲音，會帶給人一種快感。比如，管弦樂器的聲音、語言的母音等，這些聲音在自然界幾乎是不存在的。所謂『非樂音』，是指除了樂音以外的一切聲音，儘管給人不快的感覺，但也使用於音樂上。比如，腳步聲、水聲、風聲、電車聲、打擊樂器聲等等，現實中的聲音。不過，樂音和非樂音的界限不是很分明。」
今西努力記著重點。
「所謂『騷音』是聽者最不想聽到的聲音，也就是令人厭煩的聲音。這種分類完全出於主觀，比如收音機的聲音，若是由別人打開，就可能成爲噪音。工廠的嘈雜聲、車輛的噪音，就成了被取締的對象。接著，所謂『純音』是指單一波長的聲音，不存在於自然界，由人工發出，具有正弦波形的聲音。所謂『複合音』，是波長不同的多數純音集合而成，跟樂音相同，各個純音稱爲部分音。『單音』是由一個基本音，和具有它整數倍波長的倍音，組成的樂音。『協和音』是這種單音的組合，而『上音』是除了基本音之外的所有部分音。」

今西抄著重點。不過，聽到這裡，離他想知道的內容還有段距離。問題是，他不能只聽一半就直接進入主題。

「聽懂了嗎？」教授詢問像學生般抄著筆記的今西。

「嗯，還可以。」今西答得十分含糊，其實他似懂非懂。

教授繼續道：「音波和人能否聽到沒有關係。所謂『可聽音波』，是指人的聽覺範圍內，可聽到的彈性波。請看這裡。」

教授從桌旁的書架上拿出一本書，指著圖解的部分：「這是把許多人的平均聽覺範圍，按波長及強度表示的圖表。下面的數字是指波長，左邊的數字表示強度，右邊是音壓。聽覺的波長範圍通常是在一萬至兩萬赫之間，但如圖表所示，弱音的範圍很窄。強度的範圍如圖表所示，也因波長而有所不同。圖下的曲線是指最小可覺限界或可聽限界，更小的聲音人就聽不到。在圖上的曲線叫最大可聽限界或可覺限界，更大的聲音就會讓人產生不舒服或疼痛的感覺……」

4

今西榮太郎離開東京××大學後，先回到警視廳。他把久保田教授講解的重點全部記錄下來。聽完教授這番講解，不禁讓他想起很久以前讀到的一篇報導。當時，妻子和住在川口的妹妹，在旁邊聊

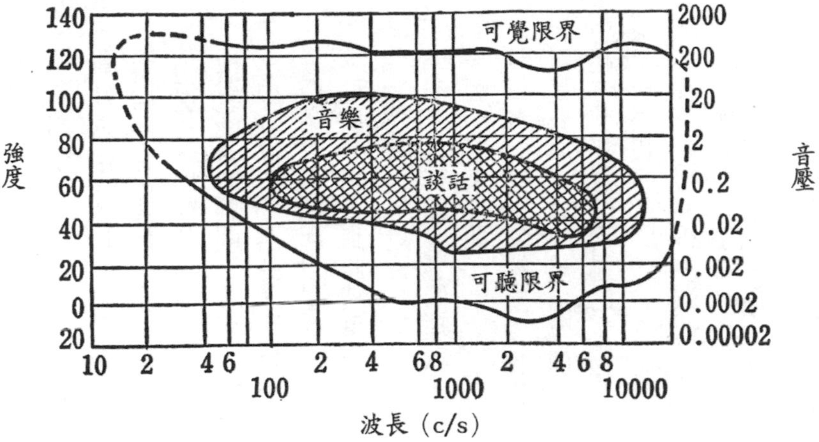

聽覺範圍

▲出自實吉純一著《電氣音響工學》

著電影，至今他仍記得她們的對話。

「我覺得有時預告片比電影正片來得有趣。」妻子說道。

「是啊，爲了招攬觀眾，預告片都是剪輯比較精采的畫面。」妹妹回答。

那時候，今西看著報紙，卻豎耳聽著她們的對話。現在想起的，正是當時掠過眼前，不感興趣的科技報導。

警視廳裡保存著各類報紙。

「您好。」今西走進宣傳課。

「你好，今天又爲了什麼事來啊？」課長坐在遠處的辦公桌前，爽朗地招呼道。不久以前，今西曾來這裡查閱資料。

「不好意思，方便讓我看看××報的合訂本嗎？」

「什麼時候的？」

「上個月的。」

「已拆下放到別處，你隨便看吧。」

「謝謝。」今西依課長的指示，朝書架角落走去。

原來各報合訂本皆用繩子綁起來，高高地堆著。今西翻找一下，目標的報紙壓在三、四疊舊報下面。他拿到明亮的窗下，大致查找著日期。眞要找的時候，卻始終找不到。他拿出口袋裡的眼鏡戴上，費好大工夫才找到看過的那篇報導。這篇報導很長，他取出筆記本抄寫。抄寫細小的文字頗吃力，不過他非常興奮。花了相當長的時間，他終於抄寫完畢，闔上報紙合訂本。

「你在抄什麼？」

面對課長的詢問，今西笑而不答。

一小時後，今西到蒲田警署造訪吉村刑警，兩人坐在空蕩蕩的小房間裡。

今西榮太郎講起自己的調查結果，吉村聚精會神，深怕聽漏隻言片語。

「京都的調查到此結束，」今西繼續道：「接著，我去東京的××大學請教音響學的教授。」

「音響學？」

「嗯，是有關音響的理論。」

「啊，原來如此。」

「學者說得比較艱深，我特地做了筆記，但老實講我還是不懂。這些理論。教授盡可能簡單說明，可是我原本就缺乏這方面的知識……」今西翻了翻筆記本，「聽我轉述也沒什麼用。不過，我倒是想起之前無意間看過的一篇報導。」

「什麼報導？」

「那篇報導寫得很艱澀，我是勉強讀完的……就是這篇。」今西把剛才抄下的報導拿給吉村看。

〈超硬質合金鑽孔新革命——強力超音波的應用……〉（見第三七二頁）

吉村非常仔細地讀完。

「接下來就是這個。」今西又翻著筆記本說：「你看看。」

吉村探身一看，原來是之前與今西前往宮田邦郎猝死現場，撿到的「失業保險金給付總額」的紙片（見第二四九頁）。

「你認爲這跟宮田邦郎的死有關嗎？」

「果眞有所關聯嗎？」吉村抬頭看著前輩。

「應該吧。」今西繼續道：「當時，我以爲是某人不小心掉在那裡，不過，現在我持相反看法。也就是說，這是有人故意遺留在草叢間。」

「爲什麼要故意丟下呢？」

「不知是出於怎樣的心理，但可解釋爲對某人的一種挑戰。」

「挑戰？」

「嗯，一旦心高氣傲，就會出現這種情緒，想藉此惡整別人——你摸不清楚我在故弄玄虛什麼吧？大概就是這樣的心理。」

「但這是保險金的給付額啊。」

「沒錯。原本我也懷疑這些數字是故意亂寫的，於是請人做了調查。但調查結果證明，這些數字毫無作假。」

「這些數字和宮田邦郎的死有關嗎？」

「你注意看看，上面有的地方沒寫金額吧。只有二十八年、二十九年和三十年有寫金額，二十四年之後全部沒有，二十八年和二十九年之間劃有兩條線。即使二十七年以前省略，但二十八年和二十九年之間，爲什麼又留下空白？」

「我不知道。」

「起初，我以爲在統計學上有什麼意義，但仔細想想又覺得奇怪，沒必要在中間留下這樣的空白。」

「那麼，空白有什麼特殊意義嗎？」吉村看著列表問。

「我想是有的。在此之前我並未察覺，昭和二十八年、二十九年是空白欄，也就是同一年裡有兩、三次沒有給付。原以爲是單純的省略，其實剛好相反。表面上看來是沒有意義的空白，不過，這是當成統計表來看的情況。」

「我聽不懂您的意思。」吉村托著腮幫子。

「失業保險金給付額分別爲二五．四〇四和三五．五二二，這些數字通常讀爲兩萬五千四百零四，和三萬五千五百二十二。當然，在這張表上，金額可以是不同的單位，但從數字來看，是這種讀法。剛才我不是提過『音響學』嗎？」

「是啊。」

「簡單講，聲音太小或太大，人的耳朵都聽不到。對一般人而言，超過兩萬赫以上，就無法感知聲音……」

「啊，我懂了。那麼，兩萬五千、三萬五千、三萬、兩萬四千、兩萬七千、兩萬八千，這些數字是表示高周波數？」

「沒錯，也就是超音波。這張保險金給付表，就是超音波的高周波數調配表。」

「……」

「當然，因爲是金額，後面有零數。事實上，三萬五千或三萬這些數字，也許是眞正要放出的周波底限。」

「這樣一來，中間的空白就是休止的部分，這在音樂上挺常見。」

「嗯，肯定沒錯。」

「所以，並非連續放出高周波，而是有休止的。如果依這張表執行，剛好就是如此。」

「我認爲中間是有休止的。意思就是，不是連續放出高周波，而是利用中間休止調節波長的變化。」

吉村露出欽佩的表情。

「依效果來說，與其連續放出相同的周波數，不如斷續地變化，更能得到刺激對方的效果。」這不是今西的見解，而是他從久保田教授那裡學來的知識。

「而且，就我看來，」今西繼續道：「這種休止，不是單純的休止。我覺得這段期間音響不曾間斷。」

「您是指不爲零？」

「不是，音響仍在繼續，但不是超音波，而是我們聽來覺得舒服的聲音。」

「聽來舒服的聲音？是音樂嗎？」

「是的，與其說在超音波與超音波之間，倒不如說是在音樂中放出的超音波。」

「超音波？」吉村一陣茫然。

「艱深的理論我也不懂，轉述久保田教授的說法，反而會讓你如墜五里霧中，只要記住有這樣的東西存在就行了。研究這種聲音理論的叫『音響學』，現在透過此一理論，可設想出很多方法。比方，我抄寫的這篇報導就是一例。」

今西翻著筆記本。那是從警視廳宣傳課辛苦抄下的新聞報導，吉村仔細讀了一次。

「原來超音波還能代替手術刀啊。」

「是的，這只是用途之一。」

「不過，需要很多設備，而且會在患者身上留下傷痕。」

今西明白吉村的意思。換句話說，吉村終於察覺，宮田邦郎和三浦惠美子並非自然死亡。宮田邦郎的屍體沒有外傷，也無服毒自盡的跡象。經過解剖後，可清楚證明這一點。

此外，三浦惠美子和宮田邦郎的情況相同，差別只在她懷有身孕，導致異常流產。

若是如今西所說，兇手利用超音波殺人，勢必會在死者身上留下像手術刀劃下的外力攻擊傷痕。這正是與普通兇器的差異。然而，無論是宮田邦郎或三浦惠美子，都沒有類似的傷痕。據醫生和法醫的診斷，一個死於心臟麻痺，一個是大量出血致死。

「你說得對。」今西繼續道：「假定宮田邦郎和三浦惠美子是遭到他殺，這種手法絕對是前所未有。不過，必須考慮到一件事，比方……我只是打個比方，殺害宮田和三浦的人，和在蒲田調度場殺死三木謙一的是同一個人，不覺得兩者的手法有很大的不同嗎？」

「是啊，」吉村點點頭，「有很大的不同。兇手把死者勒斃之後，還拿石頭將對方的臉孔砸得稀爛。」

「沒錯，這種殺人手法單純又兇殘，可說是見了面就行兇，完全沒有計畫性。另一方面，假設宮田邦郎和三浦惠美子都是遭到他殺，兇手必定是想方設法、經過精心策畫才下手。這兩者之間，不是存在矛盾嗎？一方面是單純臨時起意，另一方面是經過複雜的計算行兇。假定兇手是同一人，該如何解釋這種心理狀態？」

「是啊，」吉村也思索起來，「會不會是三木謙一突然前往東京的關係？」

「沒錯。但假設兇手是精心策畫殺掉宮田和惠美子，當然不可能把三木謙一除外，而且絕不會展現那種拙劣的殺人手法吧……不過，也可這樣設想……」

「如何設想？」

「以殺人的手法來看，三木謙一的死狀，遠比宮田悽慘，大概那時候還沒完成這種新型兇器吧。」

「是啊，也有這種可能性。」

「是吧。所以，殺死三木謙一、宮田邦郎及三浦惠美子的案件，從行凶手法來看，屬於兩種極端。不過，可從中找到一個著眼點。」

「嗯。」吉村重重點頭。

「三木謙一來到東京是十一日的清晨。」今西繼續說：「他在十一日深夜十二點，至隔天凌晨一點之間被殺害。所以，抵達東京的那天夜裡，他就遇害身亡……」

「是的。」

「三木謙一到東京當然有他的目的，而他從十一日清晨到深夜的行動，才是惹來殺身之禍的原因。」

由於這是觸及案件核心的問題，他們嚴肅地思考起來，陷入短暫的沉默。

「總之，」吉村首先打破沉默：「凶手沒做好萬全準備便殺死三木謙一，並不是時間不夠，而是在設備上……」

「你的推測很有道理。所以，我們得找出五月十一日到宮田邦郎遇害的八月三十一日之間，凶手是否有製造出那種設備的跡象。我認爲這是破案的關鍵。」

「不過，那種設備絕對是在極祕密的情況下準備的吧？」

「很有可能。不過，正如凶手自信地在現場故意遺留那張失業保險金表格，他大概也認爲犯案設備不會被輕易發現，因而疏忽大意。他的得意忘形，正是我們的可乘之機。」

吉村凝視著今西，「今西先生，三浦惠美子臨死前的囈語，也是受到超音波的影響嗎？」

「不，她的耳朵應該聽不到超音波。」今西神情鬱悶地應道。

17 CHAPTER 第十七章

廣播

1

和賀英良赴美的歡送會，在T會館的大廳舉行。雖然距離出發日期還有幾天，但顧慮到當事人忙於準備，提前在今夜舉行。會場裡擠滿賓客，由於是雞尾酒會，不像普通宴會般講究禮節，場內洋溢著輕鬆融洽的氣氛。

會場入口處放著三本供留念用的簽名簿，幾乎已寫滿。來客冠蓋雲集，除了音樂相關人士之外，還有文學、繪畫、雕刻等文化界人士，報社和電台也派代表參加。

比較不同的是，很少在這種場合露臉的耆老居然也出現了，而且他們的態度大不尋常。這是基於和賀英良未來的岳父田所重喜的關係，他是執政黨的當權者，又是現任大臣，這些長者多是政治人物和政府官員。

正面金色屛風前架有麥克風，從剛才到現在，各界名流在司儀的指名下，輪流上台致詞。會場裡有不少打扮時髦的女性，穿和服的又比穿洋裝的多，大概是考量到當事人要前往美國的緣故吧。

今天，田所佐知子難得穿上長袖和服，依偎在和賀英良身旁。身爲大臣的父親，不知是喜上眉梢或是喝了酒，臉色格外紅潤，與梳理整齊的白髮十分相稱。

穿白色制服、托著銀盤的服務生，在擁擠的賀客中來回穿梭。總之，最近很少舉辦這種熱鬧的聚會，場內處處是溫文的談笑聲，氣氛歡樂。新思潮派的成員聚集在一角，他們不時從桌上拿起威士忌蘇打，或從服務生的托盤端起雞尾酒。

「下次就輪到你了。」畫家對關川重雄說道。

「嗯。」關川重雄望著正在致詞的老人，點著頭回應：「我本來不想去，但禁不住各方人士遊說，才動了出國的念頭。」

「不，有機會應該出去看看。」去過巴黎的前輩畫家語帶挖苦：「或許幫助不大，但拓展視野也不錯。這一點倒是千眞萬確。」

有傳言指出，關川重雄突然決定前往歐洲，是受到和賀英良赴美的刺激，說他總是跟同齡的和賀英良暗中較勁。和賀英良旅美一事引起他的對抗意識，便私下籌募前往歐洲的資金。其實，前輩畫家這句話也算是忠告，希望他到歐洲能拋棄狹隘的成見，吸納新知，只是關川重雄佯裝沒聽懂。

盛大的歡送會持續進行，和賀英良走進賀客當中，隨即受到熱情包圍。他簡短招呼一下，便穿過人群，往剛到的賀客走去。每到之處立刻引起人潮追捧。

過了很久，和賀英良好不容易才來到新思潮派成員的面前。

「嗨，你們到齊了。」他先向伙伴打招呼，見全員到齊，說話的口氣也隨之改變。

「恭喜啊。」那些被人潮擋住，沒來得及跟和賀寒暄的遲到訪客，趕緊趨前問候。

「好盛大的歡送會，」畫家朋友稱讚：「看得我也想出國走走。」

「算了吧，」雕刻家說：「換成是你，頂多湊個十人就很風光了。搞不好有半數的人是專程上門討債。」

「大概吧……」

「關川，」和賀英良來到這位評論家的身旁，「百忙中讓你趕來，眞不好意思。很遺憾，我沒辦法參加你的歡送會。」

「不，無所謂。也許我們會在那裡見面，到時候再痛快地喝幾杯吧。」關川拍拍和賀的肩膀。

「你看他多春風得意！」另一個團體的成員不屑地說。

「從沒看過這麼粗俗的聚會，三分之一的來賓不是政治人物就是政府官員，簡直成了和賀英良的撐腰大會。」

這時，關川與和賀在交談。

「最近關川好像跟和賀握手言歡了，以前他盡講對方的壞話，現在都不怎麼講了。」

「那種對抗意識會惹來別人的訕笑，這次出訪歐洲只會增長他的氣焰。」

「不過，和賀英良從美國回來後，就要跟田所的女兒結婚，到時候我們就會收到鑲金邊的喜帖。唉，眞不想看到這麼醜陋的聚會。」

「你可以不參加啊。」

「不行，這種醜陋的聚會反倒需要仔細觀察。」年輕的小說家應道。

會場的談笑聲不斷，這些話當然傳不進新思潮派成員的耳裡。上台的致詞者層級似乎下降許多，台下已沒人在聽。

「喂，關川。」和賀在關川的耳畔低語：「我有話跟你說，來一下。」

2

連續兩天，吉村都上門造訪廣播技術研究所，提出各種疑問，並得到滿意的答覆。他不僅拜會該研究所，還逐一走訪無線電材料行。陪同他前往的，是蒲田警署的一名刑警。

蒲田調度場凶殺案的搜查，雖說處於停擺狀態，但後來發現新的事證，於是蒲田署長開始把重點放在「任意搜查」上。而資料就是由吉村和今西的談話，及吉村自行調查所得，彙集而成。

委託吉村調查的同時，今西另有行動。

某天，今西來到前衛劇團的事務所，出來招呼的仍是之前那名職員。

「上次非常感謝，」今西笑著致意，「今天又來打擾……」

「這次是爲了什麼事？」

「我想再見見上次那個服裝管理員。」

「沒問題，她才剛進門。」職員立刻找來服裝管理員。

「前幾天失禮了。」服裝管理員主動攀談道。

「不，上次承蒙說明，幫助很大。」今西坐在空無一人的會客室裡說道。服裝管理員知道今西的來意，所以把他帶到會客室。

「前幾天，我向妳打聽那件遺失的風衣，後來還是沒找到嗎？」

「沒有。聽您這樣提問，我也覺得奇怪，愼重起見又清點一遍，果眞沒找到那件風衣。」

當初，今西認爲偷走風衣的人可能在事後歸還，但服裝管理員的話讓他徹底打消疑慮。

「目前演戲時還用得上那件替代的風衣嗎？」

「這個嘛，」她思考一下，「這次和下次上演的劇目已確定，應該用不到這件風衣。」

「不好意思，我有個請求。」今西低頭說：「那件風衣可以借我兩、三天嗎？」

「要借走？」服裝管理員面有難色。

「我會負全責。當然，我也會寫借據。抱歉，請務必借我……」

「依規定，劇團的東西不能夠外借……」她露出爲難的表情，但面對警視廳刑警的請求，加上似乎對今西的人品頗有好感，於是果斷地說：「好吧，如果你願意負起責任……」

那天傍晚，今西和吉村約在澁谷的大眾食堂見面，一起吃著咖哩飯。今西看到吉村猛吃的樣子，禁不住問：「你好像很餓？」

「是啊，這兩天我都在外面東奔西跑。」

接著，吉村詳細將拜會廣播技術研究所和查訪無線電材料行的結果告訴今西，今西扼要地把重點寫在筆記本上。當中出現「弧形天線」這個名詞，經吉村解釋，放出某種音波的時候，透過弧形天線的收集，會更加聚集和增強效果。

「這樣說吧，您注意過大樓屋頂上裝設的圓形物體吧？那就是弧形天線。當然，大樓專用的天線體積比較大。後來，我查訪了一下，如您推測的，他果然祕密地買過那種東西。」

吉村繼續報告：「根據調查顯示，他於七月左右即有所行動。當然，他不只買了弧形天線，還買了其他器材。惡質推銷員上門之後，沒多久便感到不舒服，就是他在門口安裝弧形天線和高頻揚聲器的緣故。詳細情形我已記錄下來……」

「三木謙一遇害是在五月，宮田邦郎死在八月三十一日，七月正好在中間。」

「沒錯。正如您料想的，離宮田的死還有兩個月。他有相當充裕的時間可做準備。」

「是啊。」今西點點頭，表情卻不怎麼開朗。

「大致情形已逐漸明朗，問題是我們得掌握確鑿的證據，否則終究走不出推測的範圍。」

「也是。」

「傷腦筋，得想想辦法才行。」

「犯罪手法愈完美，愈難找出其中的破綻。」

「的確棘手。找不到具體證據，只好用點計策。」

「計策？」吉村望著今西問道。

「這是……」今西把夾在腋下的紙包遞給吉村，接著說：「我向前衛劇團借來的衣服，也就是那件不翼而飛的風衣的替代品。無論顏色或樣式都和被偷走的完全一樣，是依照宮田的身材訂做，比市售的尺寸稍長。」

「這風衣有什麼用途嗎？」吉村納悶地問。
「你穿這件風衣去。」
「去哪裡？」
「當然是去那個人的家啊。不光是我們，負責取締違反電信法的官員也要一起。」
「您的意思是，要以違反電信法取締他？」吉村驚訝地問。
「我知道這樣有點牽強，但除此之外沒有辦法了。搜查一課已致電相關單位取得共識，所以取締人員會陪同我們去他家。到時候，醫生和法醫學者都會在場。」
聽今西這樣敘述，吉村露出不敢置信的表情。
「這麼說，是要開始實驗嗎？」
「就是這麼回事。」今西依舊愁眉不展，「像他這種犯罪方式，很難找到確切的證據，只好透過實驗來取證。實驗期間，必須把當事人請到外面。」
「要以違反電信法的嫌疑，請他到警視廳說明嗎？」
「嗯。」今西的神情益發顯得鬱悶，「我很有信心。之所以要做實驗，是爲了取得科學的證明。科學家和醫生都會協助我們。不過，最先能確立我的信心的，是你的任務。」
「是指穿上這件風衣嗎？」
「沒錯。這件風衣，跟凶手在蒲田調度場套在染血運動衫上的風衣一模一樣，是前衛劇團演出民眾劇時的舞台服裝。」
「不過，凶手早就把那件衣服處理掉。」
「是啊，那件染血的運動衫，被成瀨里繪子剪成碎片丟棄。說不定，套在外面的那件風衣也沾有血跡。凶手的警覺性非常高，當然會把風衣處理掉，不可能藏在某處或交由他人。凶手知道留下那件風衣，日後很可能被魯米諾爾反應或什麼方法檢驗出血跡。正因他已處理掉，那件風衣不會回到前衛劇團。」

「我明白了。」吉村似乎領會今西的企圖。

「我會跟在你旁邊，觀察凶手看到你穿那件風衣時的反應。人不論多麼機警，都禁不起冷不防的測試。這個判斷由我來做，我會視情況決定是否追究他違反電信法。」

「那麼，什麼時候行動？」

「明早八點左右吧。我和你們署長聯絡過，你回署裡後應該會接到指示。」

稍過片刻，今西榮太郎問：「和賀英良哪天出發？」

「後天晚上十點，從羽田機場起飛的泛美航空班機。」

「這樣啊。」今西似乎在計算距離飛機起飛的時間。

「今西先生，來得及嗎？」

「總有辦法。」今西難掩焦急的神色。

「到明天會有結論嗎？」吉村擔憂地問。

「我會盡快做出結論。」

「很難吧。」年輕的吉村也知道這件事並不容易。

「是很困難，但對我們來說，不管成敗與否，這是關鍵之舉。」今西斷然地說，看得出他的表情更堅定了。

「科學家和醫生在他家進行實驗的時候，我和你還有其他事情要辦。」

「什麼事情？」

「去評論家關川重雄的住處。」

吉村眼神一亮。這是他對來到破案的最後階段，表現出的緊張與期待。

「重新回想三浦惠美子死亡的情形。原本以爲她是跌倒流產致死，看來這個推論錯了。事實上，她在跌倒之前已流產。換句話說，她不是死於流產。」

「是那種『超高音頻』的影響嗎？」

「她接受了一種『手術』。」

「不過，她應該去找正規的醫生吧？」

「如果是出於本人意願，當然可以這樣做，但不得不接受特殊手術，顯然是她不想去醫生那裡。換句話說，其實惠美子很想生下孩子來。」

「這麼說，她是受騙被帶去那裡嗎？」

「大概吧，關川拜託他的朋友這樣做。」

「問題是，她死了。」

「沒錯。剛開始，他們並沒有殺死她的意圖，而是手術失敗了。」

「這麼說來，關川知道那種裝置？」

「我說不出是什麼時候，但他應該知情。事實上，他對宮田邦郎的離奇死亡早有懷疑。倘若惠美子沒有懷孕，他倒可以拿這件事威脅朋友。你也發現關川突然對和賀英良的音樂給予善意的批評吧？那是因爲拜託朋友幫惠美子動手術，他的立場逆轉，處於劣勢。」

3

早上八點左右，五名男子登門造訪音樂家和賀英良。

那是個寒冷的清晨，來者有的穿著大衣，其中一人的灰色風衣有點髒污。這一帶是住宅區，十分靜謐，只有上班族在路上匆匆走著。

一個人摁了門鈴。出來招呼的是一名中年婦女，她以圍裙擦著濕漉漉的雙手，將門打開。

「早安，」高個子的年輕人打招呼：「屋主在家嗎？」

「請問是哪位……」她似乎是來整理家務的女傭，正在打掃。

「我們是……」男子遞出名片，「想找屋主談個話。」

「屋主還沒起床……」

「對不起，等他醒來之後，請妳幫我們通報一聲。」

他們五人站在門前，女傭被這陣仗嚇得退到屋內。今西榮太郎待在門口，環視四周，發現門框上裝有一個高爾夫球狀的金屬製高頻揚聲器。同行中的兩、三人抬頭看了一下，有默契地互相點頭。

女傭回來了。

「請進。屋主還在休息，但很快就會出來見各位。」

「打擾了。」

他們五人被帶到會客室，裡面有四坪大，西式格局，擺設簡單卻很有品味。和賀英良不愧是音樂家，壁爐上堆著樂譜，牆上掛著兩、三幅西方人的肖像，雖然說不出名字，但猜得出是著名的音樂家。其他人都脫掉大衣，唯獨吉村穿著那件風衣穩坐不動。透過窗戶，可看到鄰家的燈火。

五個人默默抽菸。遠處傳來關門聲，也許是屋主起床後洗臉去了。室內一片靜悄悄，依稀能聽見鄰居的收音機廣播聲。他們足足等了二十分鐘。

外門傳來趿著拖鞋的腳步聲，門開了。剛換穿和服的和賀英良走進來，他的頭髮梳理得光鮮有致。

「歡迎。」他拿著名片打招呼。

五個人隨即站了起來，回一聲「早安」後，其中一人說：「大清早就上門叨擾，實在抱歉。」

「沒關係。」

和賀英良像是要分辨他們五人的位置，環視一圈。目光掃過吉村時，他頓時瞪大眼。他銳利的視線並未落在吉村臉上，而是被他身上那件風衣吸引。他的雙眸流露驚愕與疑惑的神色。

今西榮太郎站在最不醒目的位置，緊盯著和賀英良的表情。和賀英良的驚愕僅停留數秒，但他剎那間的驚慌已深深烙印在今西的眼底。今西突然嘆了口氣。

這時，和賀英良恢復平靜，面對五人坐下。他從桌上的菸盒取出一支菸，但不知什麼緣故，手指沒能靈巧夾起。

年輕作曲家劃亮火柴，低頭點著香菸。一縷輕煙從他的嘴角升起，短短的幾秒間，也許他已做好應戰的覺悟。

「請問有什麼事嗎？」和賀英良揚起眉毛，看著剛才先打招呼的男子。

「不好意思，」男子從口袋裡拿出摺成三折的紙條說：「請過目一下。」

紙條在和賀的手裡攤開。和賀仔細讀著，並未流露驚慌的神色。

「你是說，我違反電信法？」和賀抬起頭，略帶微笑。

「是的……最近違反〈超短波管理法〉的人相當多，我們透過各種關係，決定大力進行取締。這次藉由電波探測器的搜尋，發現府上發出高頻電波……和賀先生，府上有這樣的設備吧？」

「啊，這個是……」和賀露出苦笑，「你們可能知道，我從事電子音樂創作，為了練習或實驗，會使用真空管。不過，絕對沒有違反你們說的電信法。」

「是嗎？不過，既然你有這樣的設備，能否讓我們參觀一下？」

「請。」和賀英良不動聲色，甚至帶著一絲輕蔑。「就在那裡，我帶各位去。」

「是嗎？那就麻煩帶路。」

五個人不約而同站起，吉村當然也拉開椅子。這時，和賀的目光再次像銳箭般射向吉村。今西最初捕捉到的疑惑神色，在他那惶恐的一瞥中，清楚顯露出來。

五個人尾隨和賀英良穿過長廊，沿著連接另一棟房子的走廊前進。盡頭有棟像實驗室的小型建築物，和賀打開正面的門。他們走到裡面，才知道這是橢圓形的播音室，天花板和牆壁都和正式的播音室一樣，裝有完善的隔音設備，還有部分像電台的裝置。另外一個罩著玻璃的房間，規模很小，音量調控室卻占去其中的大半。

「這設備眞是壯觀！」說話的是最先跟和賀打招呼的警官，「和賀先生，我們想仔細參觀這些設備。」

4

警視廳採取三項行動。

作曲家和賀英良當天被喚至警視廳，接受一整天的偵訊。

警方以他違反電信法第四條第一款（開設無線電台，需經郵政大臣核准）和第一百一十條（凡符合下列各項者，處以一年以下徒刑或五萬圓以下罰款：一、依第四條第一項規定，無執照開設無線電台者；二、未按第一百條第一項的規定獲得核准，使用該設備者）的名義，傳訊到案說明。

另外，專家來到和賀英良家中，對安裝在播音室內供練習電子音樂用的機械裝置，做了各種實驗。經過檢測發現，播音室裡的裝置足以發出兩萬赫至三萬赫以上的超高音頻，同時對該超高音頻是否會對人體產生影響，進行詳細測試。醫生和法醫學者分別記下這些數據。

最後，今西榮太郎和其他刑警到評論家關川重雄的住處，以有助案情參考爲由，長時間訊問他。這次問得鉅細靡遺。針對關川重雄的供述，刑警又四處奔波取證。

那天晚上，在警視廳搜查一課的會議室裡，悄悄舉行著聯合搜查會議。出席會議的包括課長以下的搜查一課股長、今西巡查部長，和蒲田警署的搜查課長、吉村刑警等等，都是專門偵辦調度場凶殺案的搜查員。另外，郵政省（交通部）主管電波業務的技佐、鑑識課長和法醫學者也列席其中。

首先，由郵政省的技佐進行說明。

「有關和賀氏播音室的調查結果如下：

這間播音室是由電子作曲家精心設計，分成兩部分，即小型控音室和橢圓形播音室。在控音室裡，短波發信機連接著超高音頻振盪器，超高音頻可透過短波電波發射出去，短波接收機接收到這個電波後檢出超高音頻，透過放大器，向裝有弧形天線的播音室傳送超高音頻。短波發信機藏在別棟房子的屋頂後面，控音室設有切換裝置，可依需要調整。

所謂的弧形天線，是傳送高頻的裝置。和賀氏持有的弧形天線，可發出三萬赫以上的高頻電波。值得注意的是，這個橢圓形的房間，是接放超高音頻最具效果的空間。有關這些機械裝置的專業細目，日後再做詳細的書面報告。接下來，我要談談超高音頻振盪器對人體有何影響。

坦白說，有關這些裝置能否用來殺人，我們已做過人體實驗。首先，我們依照警視廳的指示，使用和賀氏的錄音帶，連續三小時在播音室裡播放電子音樂。當然，有關聲音大小的調控，都是由廣播相關的技術人員負責執行。根據參與實驗的人員表示，兩小時後即出現精神混亂、身體不適的感覺，也就是嘔吐、暈眩和頭疼。在這種狀態下，技術人員又透過連接短波發信機的超高音頻振盪器，分別按兩萬五千赫、三萬五千赫、三萬赫、兩萬七千赫等頻率，斷續發出超高音頻，受實驗者心跳急遽加快。有關這項實驗的詳細報告，屆時再請負責的醫生說明。不過，可以確定的是，受實驗者長時間處在這種裝置下的作用，將危及性命……」

接著，今西榮太郎站起來，看著自己整理的資料說道：

「這起案件給了我們很大的磨練。當事人今天因爲違反電信法遭到傳訊，傍晚已飭回。不過，我確信他犯有罪行。

先從犯罪動機說起，這一點令人同情。在此講的是一個叫本浦秀夫的男子，他的父親本浦千代吉出生於明治三十八年十月二十一日，死於昭和三十二年十月二十八日。母親名叫阿政，死於昭和十年六月一日，那時秀夫才四歲。

本浦千代吉原籍石川縣江沼郡××村，中年罹患痲瘋病，與阿政離婚，獨力撫養秀夫。秀夫出生於昭和六年九月二十三日。

以上是我根據本浦千代吉的戶籍，以及到石川縣江沼郡山中町查訪阿政的胞姊，所取得的資料。我猜想本浦千代吉發病後，之所以到處流浪，走遍各神社問神，主要是爲了治療這種不治之症，和信仰的因素。

昭和十三年，本浦千代吉帶著七歲的長子秀夫，來到島根縣仁多郡仁多町字龜嵩附近，巧遇龜嵩分駐所古道熱腸的巡查三木謙一。三木看到本浦千代吉患有不治之症，而且嚴重到必須隔離，便依法於昭和十三年六月二十二日，經仁多町公所介紹，把他送到岡山縣兒島郡××村的痲瘋病收容所『慈光園』，並爲他辦理入院手續。依照當時的規定，同行的長子秀夫可能已跟父親隔離，被三木巡查暫時安置在他設立的育幼院。

接下來，我來談談三木巡查的爲人，他實在是個了不起的警察。他的善行義德，至今仍受到當地村民的傳頌。」

今西刑警喝了一大口茶，繼續道：

「這名巡查在村裡遇到貧窮的人，便用微薄的薪水幫助他們。深山有病患受困，他揹著病患越過山脈到醫院看病。村中若起糾紛，他會居中調解。我到當地後，不時聽到村民提起這些美談。依三木巡查的性格可以想像得出，他在安置這對可憐的父子後，打算把年幼的秀夫留在身邊，將來找個適當的家庭，扶養秀夫長大。不過，流浪成性的秀夫無法接受三木巡查的照顧方式，逃離龜嵩，隻身到什麼地方去了。這就是悲劇慘案的開端……」

今西說到這裡，環視四周，只見每個人都屏息以待，等他繼續講下去。

「從那以後，本浦秀夫就音信全無。」今西接著說：「我猜想他是前往大阪。這件事我待會再說明。三木謙一巡查後來高升為警部補，昭和十四年十二月依願退休。他的義行善德，實在堪稱警察同仁的典範。後來，他在岡山縣江見町開了家雜貨店，把店員彰吉收為養子，還為他找媳婦，過著祥和的晚年生活。附近的鄰居都稱讚他慷慨慈善，簡直像尊活菩薩。

謙一先生長年的夢想，就是到關西旅行，於是在今年四月七日從江見町出發，十日到達岡山市，十二日來到琴平町，十八日抵達京都，繼續悠閒自在的旅程。這些情況，是從他每次由下榻旅館寄給養子彰吉的明信片得知。

謙一先生在五月九日投宿伊勢市××町的二見旅館，偶然到附近的電影院看電影，意外發現一張令人懷念的照片。為了證實，他隔天又去了那間電影院。他看到的，到底是什麼照片？

那是掛在電影院牆上的紀念照，為電影院老闆最尊敬的現任大臣某氏的家族合照。照片裡不光是某氏的家族成員，還有經常出入該大臣家庭的某個青年。這青年是音樂家，同是也是大臣愛女的未婚夫。三木謙一從照片旁的說明得知，該青年現在是頗為知名的年輕作曲家——和賀英良。

無疑。

然而，在三木先生眼中，那青年不是和賀英良，而是像自己照料過的痲瘋病患的兒子本浦秀夫。由於當時秀夫只有七歲，巡查的印象不甚清楚，但這位記憶力超群的巡查看過照片第二遍以後，確信無疑。

當然，七歲的小孩和三十歲的青年在容貌上有很大的差異，不過三木巡查可能在那張成熟的臉孔上找到幼年的特徵。第一線的員警通常有善記面相的特質，而他就是這種擁有罕見記憶力的人。

三木巡查頓時備感親切，立刻改變當晚回鄉的行程，興沖沖地來到東京。依我猜測，三木巡查看到那張照片時，還半信半疑，但他相信自己的記憶力不會出錯。於是睽違二十三年，他終於見到本浦秀夫……不過，這次見面是什麼情形不得而知，只能依靠當事人自白。但他們確實見面了，而且是在今年五月十一日晚間十一點，在蒲田車站前的得利思酒吧……

如今，本浦秀夫已是新銳作曲家，備受各界矚目，又是現任大臣的乘龍快婿，前途似錦，正要迎向美好的人生。然而，令人忌諱的人物突然出現在眼前……原先三木謙一並無他意，只是在伊勢看見久別的秀夫的面貌，興起懷念之情，於是趕來東京。只是，這對秀夫而言，卻是極大的恐懼。秀夫害怕對方洩漏他的身世，這樣一來，婚約可能告吹，又會被人知道他有個得了痲瘋病的父親，謊報戶籍和經歷的事也將隨之曝光。秀夫無法忍受這一點，可以想見他當時的驚愕和苦悶。

爲了自己的將來、爲了保護自己的地位，秀夫萌生殺死三木謙一的念頭，這就是蒲田調度場凶殺案的殺人動機。

剛才提到秀夫謊報身世。我調查過和賀英良的經歷，他原籍在大阪市浪速區惠比須町二之一二〇號，爲和賀英藏的長子，母親爲君子，登記的出生年月日是昭和八年十月二日。值得注意的是，此人出生於昭和六年九月，卻謊報爲兩年後的昭和八年。

此外，和賀英藏與君子都死於昭和二十年三月十四日，這天剛好遇上大空襲，浪速區惠比須町一帶炸成廢墟，連保存戶籍原簿的浪速區公所，及法務局所有重要檔案都化爲灰燼。依法律規定，在這種情形下，當事人可重新申請戶籍。秀夫早就注意到這一點，也就是說，和賀英良這個人原本就不存在，完全是本浦秀夫的虛構。十八歲的他有如此智慧，可說是很早熟，也很有天賦。但想到其動機是爲了自己的將來，想從患有不治之症的父親的戶籍中脫離出來，實在令人同情。」

在場的每個人都安靜地聽今西講下去。

「秀夫逃出島根縣以後，可能在大阪度過童年。或許被別人領養，在那裡長大成人。不過，現在已無從查起，因爲收養他的家庭很可能也死於那場戰禍。只知道後來他就讀京都府立××高中，在二年級時退學。聽說，他曾向同學透露曾寄宿在××市。最後，他來到東京，音樂天賦受到藝術大學的烏丸教授賞識，才有今天的成就。他從一個流浪兒，躍升爲我國作曲界的年輕巨星，不能不說是個異數。他在新思潮派的成員中也是很突出的人物。方才我提過，他與某實力派政治家的愛女訂了婚……三木謙一卻突然出現。」

今西接著說：

「和賀英良約三木謙一在蒲田車站附近的廉價酒吧見面時，想必已萌生殺機，才故意穿得很隨便。三木謙一不自覺地以地方口音說話，因爲他曾長年在島根縣仁多郡任職巡查，自然學會當地的腔調。這就是目擊者誤以爲他有東北口音的緣故。那一帶至今還保留跟東北方言相同的腔調。

由於這個緣故，搜查工作一度失去方向，但不久後便朝正確的方向前進，有關這階段的過程在此不贅述。和賀英良從報上得知，警方搜查的重點爲東北方言和亀田，推測我們遲早會把注意力轉向東北的亀田，急忙叫演員宮田邦郎到亀田地區旅行，並要求他做出怪異的舉動。宮田不知道他的目的，只是受託行事。宮田很可能是受到愛慕的前衛劇團女職員成瀨里繪子的委託。

後來，和賀英良又邀新思潮派的成員到岩城町的火箭研究所參觀。經調查得知，這是和賀硬邀他們去的。他約莫是爲了暗中打聽宮田邦郎東北之行的成效如何。里繪子是和賀的地下情人，和賀犯案之後，她把當時宮田演戲所穿的風衣送到和賀手裡，還幫他把那件染血的運動衫處理掉。

不過，里繪子對犯下殺人重罪的情人感到絕望，自殺身亡。宮田從里繪子的自殺隱約察覺自己扮演的角色，因而責備和賀。爲了封住宮田的嘴巴，和賀利用電子音樂搭配超高音頻，導致宮田心臟麻痺，達成殺人滅口的目的。

當時，宮田跟我約在銀座見面。我猜想他是從劇團下班後到和賀家裡，連續好幾個小時被關在橢圓形的播音室，聽著奇怪的電子音樂，先是精神紊亂，然後身體感到不適，最後和賀陸續施以超高音頻的刺激。和賀很早以前就知道宮田有心臟方面的疾病，至於醫學上的專業判斷，待會再請專家詳細解說。總之，我想強調的是，這種殺人手法是極其罕見的。

對不起，我講的順序有點顚倒。和賀六月中旬在巢鴨車站附近發生車禍負傷，平時出門他都開車，那時爲什麼坐計程車，而且是到很少前往的巢鴨一帶？他的朋友也納悶不已。據我推測，他可能先去瀧野川找女友成瀨里繪子，返家途中遇上車禍。因爲那天剛好是里繪子搬到瀧野川的日子。

另外，他的朋友中，有個評論家叫關川重雄。這個人出於對和賀的競爭意識，私底下對和賀頗爲不滿。儘管如此，有天他告訴和賀，他的情人三浦惠美子是個陪酒女郎，不愼懷孕卻不肯墮胎，他實在不知如何處理，央求和賀幫忙。以下是關川的供詞，應該不會有錯。關川會拜託和賀，是因爲曾聽說電子音樂可能使人的生理狀態產生異常，但他根本不懂超高音頻是怎麼回事，實在無技可施，才向和賀求助。惠美子在不知情的狀況下，進入和賀的播音室，結果與宮田邦郎相同。我想當時和賀並沒有殺她的意圖，只是認爲這個方法可以使她流產。問題是，這個方法失敗，惠美子走出播音室，隨即搖搖晃晃地跌倒，不巧墜落走廊，摔在堅硬的水泥地上，導致流產。

惠美子的死亡，不僅和賀英良感到震驚，關川也錯愕不已。不過，他們決定當成彼此之間的祕密，永遠埋在心底。正因如此，關川在和賀的面前才突然變得軟弱起來。以上是這起案件的梗概。總之，和賀英良明天晚上就要從羽田機場出發前往國外訪問。接下來，我將接受各位的提問，並請求依各位的判斷，盡快對和賀英良發出逮捕令。」

5

羽田機場國際航線的大廳裡，聚集許多旅客，人聲鼎沸。距離晚間十點飛往舊金山的泛美航空班機起飛，還有一小時。

國際航線大廳裡，總是擠滿穿著時髦的送行人群。今天晚上年輕人特別多，尤其以蓄著長髮的青年最爲醒目。前來送行的年輕女孩打扮得艷麗非常，到處都是三五成群的人圍聚在一起，無拘無束地談天說笑。他們歡送的只有一個人——即將赴美的作曲界巨星和賀英良。

時鐘指著九點二十分。

有人說出發的時間已近，在大廳裡談天說笑的人們頓時朝和賀英良圍攏。這天晚上，和賀英良穿著帥氣的嶄新西裝，胸前別著一朵大玫瑰花，一隻手抱著許多花束。未婚妻田所佐知子一身天藍色套裝，緊靠在他身旁，比誰都笑得開懷、興奮。有人甚至調侃，他們宛如要去蜜月旅行。

站在一旁的田所重喜滿頭銀髮，紅潤的臉上掛著笑容。由於他是現任大臣，又是政黨要人，不少與音樂界無關的政治人物也來了。

新思潮派的成員站在和賀面前，包括武邊、片澤和淀川等人，不知什麼原因，沒有看到關川重雄的身影。他們議論著，關川可能有急事待辦，無法到場。

和賀英良站在人群間，向大家致意：「那麼……諸位再見了。」

他顯得志得意滿，胸前那朵大玫瑰花象徵著美好的前程。

機場內開始廣播。

「晚間十點經由檀香山飛往舊金山的泛美航空班機，即將完成起飛準備，請各位旅客即刻辦理出境手續。」

「萬歲」的歡呼聲隨之響起，許多隻手一齊熱鬧地舉了起來。在旁的送行人群，都瞪大眼盯著這幕情景。和賀英良沿著旅客專用的通道往下走，一架巨大的外國客機停在跑道上，等待起飛。

送機者從大廳走向觀機平台，準備向登機的和賀英良獻上最後的歡呼和揮手致意。這時候，舷梯緩緩推過來，靠向機體側邊。

機場建築物下面是旅客辦理出境手續的地方，在狹窄的通道兩側，分設行李檢查、護照查驗和結匯銀行等機構。經過那裡便是旅客專用的候機室。在空服員通知登機之前，旅客必須暫時在此等候。

「就快到了。」今西榮太郎在候機室外對吉村說道。吉村雙手插進口袋裡，直盯著通道，身體微微顫抖。

「總算結束了。」今西榮太郎突然嘆了口氣。

「是啊，總算結束了。」吉村這句話包含著對今西的慰勞和尊敬。

「吉村君，」今西說，「待會由你出示逮捕令，要緊緊抓住他的手臂。」

「今西先生……」吉村吃驚地看著今西。

「我無所謂，以後是你們年輕人的時代了。」

成群的旅客朝通道走來，領頭的是一對身材肥胖的美國夫婦，經過行李檢查、護照查驗、結匯等處辦理手續。沒多久，全數辦理完畢的人陸續走進候機室。候機室小而雅緻，最先進來的旅客紛紛坐在豪華的座椅上。

「來了。」今西榮太郎看到行列中的一名日本年輕人，抬起下巴向吉村示意。
內心激動的吉村，若無其事地走近和賀英良。
「和賀先生。」
和賀英良朝搭話的男子一看，嚇了一跳。對方就是昨天闖入家裡的五人當中，穿風衣的刑警。
「對不起……」還沒等和賀走進候機室，吉村就把和賀叫到旁邊。今西榮太郎在那裡等候。
「在這種場合打擾你，實在抱歉。」
吉村從口袋拿出信封，出示裡頭的文件。和賀英良顫抖著接過，露出驚慌的神色。原來這是一張逮捕令，理由是涉嫌殺人。他的臉色霎時變得慘白，目光茫然。
「我不給你扣上手銬，警署的車子在外面等著，請跟我來。」
吉村像朋友般把手搭在和賀背後。今西榮太郎緊靠在和賀的另一側，始終沒說話，表情也沒多大變化，但眼裡泛著淚光。其他旅客都詫異地望著三個往原路折返的男子。
站在觀機平台上歡送和賀英良的人群，俯視著巨大的客機。從機場的建築物到那裡大約有五十公尺，熾亮的燈光把那段距離照得像舞台的通道。第一位旅客從建築物下面走了出來，送機者的目光不約而同轉過去。那是身材高大的美國軍官，緊接著是一對體型肥胖的美國夫婦、個子矮小的日本人、牽著小孩的外國婦女、身穿和服的日本女子和年輕紳士，接著是外國人……
沒有看到和賀的身影。爲首的旅客登上舷梯向送行的親友揮手，旅客陸陸續續走上去。最後一個人走出來，是個年老、身材肥胖的外國人，之後再也沒有其他人。田所佐知子露出驚訝的神色，周圍傳來錯愕和議論的低語。
旅客在空服員的歡迎下，揮著手走進機艙。最後一位旅客也登上舷梯。
大家無不露出納悶的表情。

不知是誰說了句「奇怪」，一旁旋即冒出「不對啊！」、「到底怎麼回事？」的竊竊私語，連田所父女也惶然不安起來。

這時，機場內傳來播音員甜美的聲音。

「各位送機者請注意，搭乘晚間十點飛往舊金山泛美航空班機的旅客和賀英良先生，因爲有緊急事情，無法搭乘這班飛機。和賀英良先生無法搭乘這班飛機……」

那廣播的聲音悠揚緩慢，宛如音樂般悅耳。

（全文完）

原著書名／砂の器・作者／松本清張・翻譯／邱振瑞・責任編輯／王曉瑩（初版）、吳玲緯（二版）、陳盈竹（三版）・行銷業務部／徐慧芬、陳紫晴・編輯總監／劉麗眞・總經理／陳逸瑛・榮譽社長／詹宏志・發行人／凃玉雲・行銷業務部／陳玫潾・出版／獨步文化 城邦文化事業股份有限公司 104台北市中山區民生東路二段141號5樓 電話／(02) 2500-7696 傳眞／(02) 2500-1967・發行／英屬蓋曼群島商家庭傳媒股份有限公司城邦分公司 台北市中山區民生東路二段141號2樓・讀者服務專線／(02)2500-7718; 2500-7719・服務時間／週一至週五：09：30-12：00、13：30-17：00・24小時傳眞服務／(02)2500-1990; 2500-1991・讀者服務信箱 E-mail／service@readingclub.com.tw・劃撥帳號／19863813 書虫股份有限公司・香港發行所／城邦（香港）出版集團有限公司 香港灣仔駱克道193號東超商業中心1樓 電話／(852) 25086231 傳眞／(852) 25789337・馬新發行所／城邦（馬新）出版集團 Cite (M) Sdn. Bhd. 41, Jalan Radin Anum, Bandar Baru Sri Petaling, 57000 Kuala Lumpur, Malaysia. 電話／(603) 90563833 傳眞／(603) 90576622・封面設計／廖韡・排版／游淑萍・印刷／中原造像股份有限公司・2019 年8月二版・2022年7月4日二版三刷・定價／499 元
ISBN 978-957-9447-43-0
Printed in Taiwan

砂之器

日本推理一大師一經典

SUNA NO UTSUWA

ISBN 978-957-9447-43-0

國家圖書館出版品預行編目資料

砂之器／松本清張著；邱振瑞譯．初版．-- 臺北市：獨步文化：家庭傳媒城邦分公司發行，2019〔民108〕
面；　公分.（日本推理大師經典；08）

譯自：砂の器

ISBN 978-957-9447-43-0（平裝）

861.57　　108011007

城邦讀書花園
www.cite.com.tw